Prisonniers du bonheur

J'AI LU

JANET DAILEY	*ŒUVRES*
LE SOLITAIRE	*J'ai lu* 1580****
LA DYNASTIE CALDER	*J'ai lu* 1659****
LE CAVALIER DE L'AURORE	*J'ai lu* 1701****
LA TEXANE	*J'ai lu* 1777****
LE MAL-AIMÉ	*J'ai lu* 1900****
LE RANCH CALDER	*J'ai lu* 2029****
LES AILES D'ARGENT	
LE CAVALIER DE L'OMBRE	
PRISONNIERS DU BONHEUR	*J'ai lu* 2101****

Janet Dailey

Prisonniers du bonheur

traduit de l'américain par Françoise VERNAM

Éditions J'ai lu

Ce roman a paru sous le titre original :

STANDS A CALDER MAN

1

Dans le ciel infini du Montana, le soleil dardait ses rayons sur la multitude des bêtes parquées dans les enclos, le long de la voie ferrée. De leurs longs aiguillons, les bouviers les poussaient vers les wagons, dans un vacarme de meuglements plaintifs et de raclement de sabots. Les bêtes piétinaient les plans inclinés; le halètement poussif de la locomotive à l'arrêt était à peine un murmure.

– Dix-huit!

Dès qu'un wagon avait fait le plein, la locomotive interrompait son ronronnement paresseux pour traîner plus loin la file de voitures et permettre l'accès au wagon suivant. Le claquement des roues sur les rails s'ajoutait à la cacophonie; des volutes de fumée s'échappaient de la cheminée; le bruit et la puanteur dégagée par ces animaux entassés rendaient plus déplaisante encore la corvée de leur chargement en direction des abattoirs de l'Est.

Un peu à l'écart, Benteen Calder surveillait les opérations, ses yeux attentifs à demi cachés par le large bord du feutre qui abritait ses traits burinés. Des fils d'argent striaient ses cheveux noirs, mais il était un authentique ranchero. Il n'avait ménagé ni son sang, ni sa sueur, ni son habileté pour créer et défendre contre l'avidité des hors-la-loi, des Indiens rebelles et des voisins jaloux, le ranch des « Trois C ». La propriété exciterait toujours la cupidité de quelqu'un : l'homme, que l'on appelait Chase Benteen Calder, ne l'ignorait pas.

Le bétail que l'on embarquait portait la marque des « Trois C », la sienne, celle de la *Calder Cattle Company*. Eprouvé par la sécheresse de l'été, le bétail n'arriverait pas au marché en très bonne condition; dans l'est du Montana, le climat ne lui était guère favorable.

Benteen sentait bien qu'après six semaines de rassemblement et de rabattage, ses muscles accusaient la fatigue; il frotta machinalement son bras gauche, toujours un peu contracté. Puis son attention fut attirée par une silhouette qui se dirigeait vers lui; reconnaissant Bobby John Thomas, le chef de gare, il étira les lèvres en un silencieux sourire de bienvenue.

– Vous n'en avez plus guère que pour une heure, observa l'autre sans le saluer.

– A peu près, acquiesça Benteen avec un hochement de tête.

Avisant dans le bétail parqué une bête portant une marque différente, Thomas s'étonna :

– « Diamant T », je n'avais encore jamais vu cette marque!

– Je crois que c'est du Dakota. Dans ce chargement, il doit y en avoir quatorze en tout.

Benteen n'essayait même pas d'identifier toutes les marques des divers ranches situés hors du Montana, c'eût été impossible.

Mais la liste exacte de toutes ces origines figurait sur le connaissement. Etant donné l'humeur vagabonde des bovins et leur mépris des barrières, un rassemblement incluait inévitablement des bêtes égarées, d'où la présence de spécimens des ranches voisins. De toute façon, on embarquait les intruses. Abandonnées à leur sort, elles ne pouvaient que mourir de vieillesse, sans profit pour personne; et surtout, elles auraient brouté en pure perte une herbe destinée au bétail du propriétaire des lieux.

Un inspecteur identifiait, à destination, les bêtes vagabondes, et les faisait payer à leur éleveur. Cet usage, considéré par tous comme de tradition, était presque toujours scrupuleusement respecté, comme une mise en pratique de la règle d'or : « Ne faites pas à autrui ce que vous ne voudriez pas qu'on vous fît. »

La porte à glissière d'un wagon qui venait de faire le plein se referma et la locomotive repartit pour mettre en bonne place le suivant. Profitant de ce court répit, l'un des cow-boys sauta de la rampe où il se tenait et enleva son feutre; d'un seul geste de l'avant-bras, il s'épongea le front et remit son couvre-chef sur sa crinière noire. Ce bref aperçu de ses traits anguleux, de la texture et de la couleur d'un cuir du grain le plus beau, suffisait à révéler sa ressemblance avec le propriétaire du troupeau.

– C'est votre fils Webb? demanda Bobby John Thomas.

Benteen acquiesça, tandis que sa bouche se crispait imperceptiblement. Un éclair, révélateur de son inquiétude latente, passa dans son regard.

– Sûr qu'il a grandi, depuis la dernière fois que je l'ai vu!

– Oui.

Le laconisme de la réponse dénotait sans aucun doute un sous-entendu plein de réticence. Benteen n'alla cependant pas jusqu'à dire que Webb n'avait grandi que par la taille, ni que les promesses de son jeune âge ne semblaient pas encore porter leurs fruits.

A bien des égards, il pouvait se montrer fier de son athlétique rejeton : à vingt-six ans, il était déjà l'un des plus compétents cow-boys du ranch des « Trois C », capable de monter le plus rétif des chevaux sauvages, de manier le lasso avec une adresse consommée, d'accomplir toutes les tâches qui se présentaient à lui sans jamais rechigner; Webb ne péchait que par son manque de goût pour les responsabilités. Il ne les acceptait que lorsqu'il y était obligé, s'en tirant d'ailleurs presque toujours assez bien et ne s'étant que rarement trompé dans ses décisions. Mais il ne manifestait nul désir d'assumer un rôle actif dans la direction du ranch. Benteen se désolait de voir que les efforts pour stimuler l'intérêt de son fils, en lui faisant valoir qu'il lui appartiendrait un jour, produisaient un effet contraire.

Lorna, qui persistait à trouver Webb trop jeune pour se charger de si lourds soucis avant d'avoir vécu sa vie de garçon, ne l'aidait guère, en l'occurrence. Elle lui reprochait son impatience; n'empêche qu'au même âge, lui-même avait mené son troupeau du nord du Texas à ce qui était devenu le ranch des « Trois C ». Il acceptait donc mal l'idée que Webb puisse se contenter d'obéir aux ordres au lieu d'en donner.

Quittant des yeux la haute silhouette de son fils, source de sa sourde angoisse, Benteen tourna vers Thomas un visage parfaitement détendu.

– Vous avez eu du boulot, hein, Bobby John?

– On a du boulot, oui, mais ça n'a pas rapporté beaucoup, répondit l'autre d'un ton amer.

– Les gens des chemins de fer se plaignent toujours, et vos tarifs de fret ne cessent d'augmenter!

– C'est vrai. Il se peut qu'à l'automne on ait beaucoup de bêtes à embarquer à Miles City, mais que ce soit dans un sens ou dans l'autre, on n'a tout de même pas assez de trafic. C'est simple : ici, ça manque soit de gens soit de marchandises.

– Possible, admit Benteen.

– Ça pourrait changer, remarquez.

Ce commentaire, apparemment innocent, contenait sans aucun doute une allusion qui ne demandait qu'à être relevée. Mis en éveil, Benteen lui demanda vivement :

– Ah oui? Et pourquoi?

– Du côté de la rivière aux Moules, il y a un gars qui a labouré et planté un peu de blé, et il paraîtrait qu'il a récolté une quarantaine de boisseaux à l'acre... C'est la méthode qu'on utilise au Kansas pour les terres arides qu'il a employée, expliqua Thomas devant l'air sceptique de son interlocuteur.

Benteen connaissait en effet plus ou moins le principe : dans ces régions manquant de moyens d'irrigation, on ne cultivait qu'une moitié de la superficie d'un terrain; l'autre moitié restait en jachère, mais labourée et hersée afin qu'aucune végétation susceptible d'absorber l'éventuelle humidité du sol ne s'y développe. L'année suivante, c'est elle qu'on ensemençait. Ainsi profitait-on, d'une année sur l'autre, de toute l'hydratation que la pluie ou la neige avaient pu apporter.

– Ça ne marchera pas ici, affirma-t-il sèchement, malgré la preuve qu'on venait de lui fournir. C'est un pays d'élevage et rien d'autre. D'ailleurs, je n'ai jamais entendu dire qu'un cultivateur pouvait vivre du rapport de quatre-vingts acres.

Le Homestead Act allouant cent soixante acres à chaque famille, la superficie productive se réduisait en effet à ce chiffre.

– Vous avez peut-être raison, mais on dit aussi qu'un projet doit être présenté au Congrès pour doubler l'allocation.

A cette nouvelle information, Benteen releva imperceptiblement le menton et, avec un vague sentiment de malaise, il reporta son regard vers les plaines qui s'étendaient au-delà des enclos bordant la voie ferrée.

En cet après-midi d'automne, l'austère paysage du Montana évoquait un océan d'herbes sèches, mais c'était le meilleur des pâturages qu'un éleveur puisse souhaiter. L'idée qu'une charrue vienne éventrer ce sol pour y faire pousser des céréales était plus qu'il ne pouvait en supporter. Bien des changements étaient intervenus depuis l'arrivée de Benteen en ces lieux, mais celui-là, il ne l'accepterait pas. Il le combattrait même de toutes ses forces.

– Ce projet ne passera jamais, déclara-t-il d'une voix dure.

La perspective d'une lutte, politique ou autre, ajouta à la fatigue qui pesait déjà sur lui.

– Je n'en suis pas aussi sûr. Les fermiers ont besoin de terres et ils demanderaient pas mieux que ça passe, se contenta de répliquer Bobby John Thomas d'un air entendu.

Benteen se maudit intérieurement de sa réaction hâtive. Seules les compagnies ferroviaires entraient en ligne de compte; les fermiers, qui dans cette partie de l'Ouest ne possédaient que de petites parcelles en bordure des voies ferrées, importaient peu. Les autres feraient miroiter à leurs yeux la modification du Homestead Act pour leur faire vendre du terrain à bâtir ou à cultiver. De nouveaux venus dans le pays représentaient des besoins accrus, et donc une augmentation du volume de fret, c'était une évidence. Mais les méthodes grâce auxquelles du blé russe poussait maintenant dans ce qui avait été la prairie du Kansas, du Nebraska et du Colorado ne réussiraient pas ici. Le pays ne s'y prêtait pas.

Il fallait absolument empêcher ce projet et, pour cela, agir vite. Benteen en avait la certitude mais, en dépit des apparences, il ne possédait plus la même résistance que son fils et il ressentait cruellement la fatigue des six dernières semaines.

– Je crois que je ferais bien de retourner dans mon bureau, observa Thomas sans enthousiasme. Mon bon souvenir à votre femme.

Benteen ne fit rien pour le retenir.

– Je n'y manquerai pas, répondit-il, évoquant soudain l'image de Lorna l'attendant à l'hôtel.

Il éprouva un immense désir de se retrouver auprès d'elle.

Sans plus s'occuper de l'homme qui s'éloignait de lui, il chercha Barnie Moore du regard, en direction du bétail que l'on poussait vers le nouveau wagon. Ses yeux se posèrent sur son fils, futur héritier de sa terre et de son ranch; forçant la voix pour se faire entendre, il l'appela d'un ton où perçait son irritation.

Comprenant que son père voulait lui parler, Webb tendit son aiguillon à un autre vacher et sauta sur le quai. Tandis qu'il s'approchait de Benteen, il sentait monter en lui ce mélange de fierté et de ressentiment que celui-ci lui inspirait toujours : fierté de ce qu'il était et avait su accomplir tout seul et ressentiment, pour les mêmes raisons.

Il ne voulait pas être placé plus haut que les autres employés du ranch parce qu'il était le fils de la maison et s'appelait Calder. Il aurait voulu mériter le droit de commander au lieu de le tenir de sa naissance, s'appeler Webb Smith au lieu de Webb Calder. Jamais il ne se permettait de trancher ou d'imposer son opinion. Et pourtant, à l'exception des hommes de la génération de Benteen, venus du Nord avec lui, c'est à lui, Webb Calder, que s'adressaient tous les cow-boys, quand il s'agissait de prendre une décision. Et cela l'irritait secrètement.

Il savait également que son attitude décevait son père, qui lui reprochait d'éviter les responsabilités. Il avait vainement tenté de lui expliquer son point de vue et en était même arrivé à songer à quitter le ranch des « Trois C ». La pensée de sa mère l'en avait chaque fois dissuadé, et il espérait que les choses s'arrangeraient.

– Oui?

Avec déférence, il attendit que Benteen lui donne la raison de son appel.

– Je voudrais que tu ailles à la poste envoyer quelques télégrammes. L'un pour Frank Bulfert, l'assistant du sénateur, à Washington. Demande-lui où en est le projet d'amendement du Homestead Act, et de quels appuis il dispose. Mêmes questions à Asa Morgan, à Helena. Le dernier télégramme, adresse-le à Bull Giles, à La Colombe Noire, Washington, sollicitant les mêmes informations... Tu as bien compris?

L'impassibilité de Webb l'agaçait.

– Oui.

Malgré son apparente indifférence, le jeune homme réfléchissait : pourquoi ces questions, en quoi pouvaient-elles concerner le ranch?

– C'est tout?

– Non. Tu n'as pas envie de savoir pourquoi je tiens à avoir ces informations?

Benteen se sentait las et excédé, mais cette fois, il vit un éclair s'allumer dans les yeux de son fils, ce qui le rasséréna.

– Je pense que tu me le diras quand tu le jugeras bon, répliqua Webb.

– Va expédier ces télégrammes et fais-moi adresser les réponses à l'hôtel, murmura Benteen, déçu.

Et tandis que son fils s'éloignait en faisant cliqueter ses éperons, il se mit à masser doucement la vieille douleur qui contractait de nouveau son bras et son épaule gauches.

– Alors, qu'est-ce qu'il a, votre bras? demanda Barnie Moore, qui venait d'arriver.

– Trop de nuits à dormir à la belle étoile, au froid et à la dure, je suppose.

– J'en sais quelque chose! s'exclama Barnie, arrondissant le dos pour assouplir ses muscles raidis. C'est qu'on n'est plus tout jeunes, nous autres. Et celui-là, je le revois tout môme, jouant avec mon fils. Ce sont des hommes, maintenant!

– Je voudrais bien savoir quand j'ai commencé à le prendre à rebrousse-poil, soupira Benteen.

– Webb? Y a pas meilleur cow-boy que lui dans tout le ranch!

– Ce n'est pas d'un cow-boy que je veux!... Combien de wagons de bestiaux avons-nous encore à expédier?

Il se garda bien de préciser ses doutes quant aux capacités de commandement de son fils.

– Huit ou neuf, répondit vivement Barnie, heureux de changer de sujet. On n'a pas besoin de vous pour surveiller ça, on saura s'en charger, ajouta-t-il, inquiet de l'expression exténuée de son patron.

– Je serai à l'hôtel, vous pourrez toujours m'y joindre, répondit Benteen au bout de quelques instants d'hésitation.

Ses nerfs à vif ne pouvaient plus supporter ce vacarme.

Quand il prit ses clefs à la réception, on l'informa de l'absence de sa femme, partie faire des courses en ville. Déçu, il demanda qu'on lui monte une bouteille de whisky.

– Mme Calder y a déjà veillé, monsieur. Vous en trouverez une dans votre chambre, répondit le réceptionniste avec un grand sourire.

En montant, Benteen songea que Lorna avait dû aussi penser à commander des cigares. C'était le cas, et cette sollicitude contribua plus que le cigare et le whisky eux-mêmes à l'apaiser.

Mais à peine s'était-il installé dans un fauteuil, étendant les jambes de tout leur long, qu'il entendit dans le couloir des rires de femmes. La porte s'ouvrit et il voulut se lever, mais ses muscles engourdis ne lui obéirent pas. Dans un froufrou de jupes, les bras encombrés de paquets, sa femme fit irruption dans la pièce, suivie d'une jeune fille blonde, aussi chargée qu'elle. Benteen constata que Lorna ne paraissait guère plus âgée que celle-ci. A peine remarquait-on ses quelques cheveux blancs; quant à son teint et à sa peau, malgré le rude climat du Montana, ils avaient gardé l'éclat de la jeunesse. Rien dans son aspect ne révélait son énergie cachée ni les épreuves subies dans le passé.

Car elle aussi avait dû lutter et grâce à elle, son mari s'était toujours senti sûr de vaincre.

– J'espère que Daddy ne trouvera pas que j'ai trop dépensé, dit Ruth Stanton d'une voix anxieuse.

Ni l'une ni l'autre n'avait vu Benteen, peu soucieux de révéler sa présence, car il appréciait cette occasion d'observer Lorna à son insu. Tout en détachant les épingles piquées dans son chapeau de soie bleue orné de plumes, elle rassura la fille de son amie Mary, qu'une pneumonie avait enlevée l'hiver précédent. En la prenant sous son aile, elle lui offrait l'appui de son exemple. Benteen savait aussi qu'elle trouvait en Ruth la fille tant désirée qui comblait un vide dans son cœur.

Il fit tomber la cendre au bout de son cigare et la fumée ou son mouvement, peut-être les deux à la fois, attirèrent l'attention de Lorna.

– Benteen!

Posant son chapeau sur les paquets amoncelés, elle s'avança vers lui, les yeux brillant de plaisir, s'étonnant qu'on ne lui ait pas annoncé son retour.

– Et toi, pourquoi n'as-tu rien dit quand nous sommes entrées? dit-elle en effleurant des lèvres la joue rugueuse de son mari, puis elle se redressa, laissant la main sur son épaule pour maintenir le contact.

– Je savais bien que tu finirais par t'apercevoir de ma présence... J'ai l'impression qu'à vous deux, vous avez dévalisé la ville, observa-t-il en souriant.

– Nous avons essayé, répliqua Lorna, avec un clin d'œil à l'attention de Ruth.

Jamais cette jolie fille blonde, qui considérait pourtant Benteen comme un oncle, n'avait osé planter ses doux yeux bleus dans les siens tant elle était timide. Détournant vivement son regard vers Lorna, elle s'empressa de trouver un prétexte pour s'esquiver.

– Je crois que je ferais bien de vous débarrasser de mes paquets.

Sans tenter de la retenir, Lorna lui lança :
– Alors, rendez-vous à six heures dans la salle à manger. Webb sera là aussi. Pourquoi ne mettrais-tu pas ta robe rose?
– Oui, je la mettrai, répondit Ruth, rougissant de plaisir.
Et après un bref salut à l'adresse de Benteen, elle quitta la pièce.
– Es-tu sûre qu'il nous rejoigne pour dîner? demanda Calder à sa femme.
Il savait qu'une fois le bétail embarqué, la plupart des cavaliers des « Trois C », dont Webb se voulait solidaire, passeraient la soirée en ville.
– Il sera là, même si je dois aller moi-même le chercher au saloon, déclara farouchement Lorna.
– Peut-être se trouvera-t-il ailleurs, suggéra-t-il sèchement.
– Et alors?... Puis-je me permettre de te poser une question?
– Laquelle? demanda-t-il, aussitôt en alerte.
– Est-il vrai que Connie, la reine des cow-boys, a une robe brodée de la marque de tous les ranches d'ici à la Platte?
Le regard tourné vers Benteen exprimait une innocence si désarmante qu'il en hocha la tête.
– Où as-tu entendu pareille chose? s'exclama-t-il, émerveillé qu'elle réussisse encore à le surprendre après tant d'années de vie commune : Connie était la plus célèbre des prostituées qui aient fait les beaux jours de Miles City.
– Les femmes ne parlent pas que de couture, de cuisine et d'enfants. Sois tranquille, j'ai pris l'air choqué qui convient, assura-t-elle avec un regard moqueur. Les « Trois C » sont-ils brodés sur sa robe, Benteen?
– Comment le saurais-je?
Lui aussi semblait amusé, mais elle n'était pas dupe de sa prétendue ignorance.

– Un homme peut fréquenter de tels établissements sans consommer... A moins que tu ne l'aies vue sans sa robe?

– Alors que j'ai plus de femmes à la maison qu'il ne m'en faut? Quant à la robe, j'en connais l'existence. Mais sans les « Trois C », elle n'aurait pas été complète... J'espère bien que tu ne parles pas de ce genre de choses à Ruth; la pauvre fille n'a pas encore dû être embrassée.

– Non, je n'ai encore abordé avec elle aucun problème intime. J'ai l'impression qu'elle est amoureuse de Webb, observa-t-elle en défaisant des paquets sans quitter Benteen des yeux.

– C'est donc pour cela que tu tiens tant à ce qu'il dîne avec nous ce soir... et qu'elle mette sa robe rose?

– Ne trouverais-tu pas merveilleux que notre fils épouse la fille de Mary? soupira-t-elle pensivement. Moi, j'en serais ravie.

– N'y compte pas trop. Si tes efforts pour lui faire épouser Ruth aboutissent au même résultat que les miens pour en faire un ranchero, c'est l'échec total!

Il vida d'un seul coup son verre pour chasser le goût amer qui lui emplissait la bouche.

– Tu manques de patience. Les choses se sont passées autrement pour toi, en des temps différents, en des circonstances différentes aussi. Tu ne peux pas le juger d'après ta propre vie!

Il reposa brutalement le verre sur la table et bondit :

– C'est là le problème, en effet. Je n'ai pas été assez sévère avec lui. Je t'ai laissée le gâter.

– Moi?

Benteen, arpentant la pièce, poursuivait son idée :

– Depuis sa naissance, il a tout eu sans efforts. On l'a dorloté, chouchouté, tout le monde s'occupait de lui. On lui a toujours tout facilité. Il n'a jamais eu à lutter pour quoi que ce soit!

– Ce n'est pas vrai!

Dressée contre Benteen de toute la force de son instinct maternel, elle l'obligea à cesser ses allées et venues.

– Tu oublies comme il a travaillé dur pour mériter le respect des autres cow-boys! Il n'a jamais voulu bénéficier d'un traitement différent sous prétexte qu'il était le fils du patron!

– Et pourquoi ne se donne-t-il pas autant de mal pour gagner mon respect à moi? D'aussi bons vachers que Webb, je peux en trouver une douzaine, pour trente dollars par mois. Ce n'est pas d'une bête de somme dont j'ai besoin, mais de quelqu'un qui soit capable de tenir les rênes!

– Donne-lui-en le temps, insista Lorna.

– Il n'y a plus tellement de temps à perdre, soupira-t-il. Il se moque pas mal du ranch!

– C'est faux, il s'y intéresse. C'est son foyer, affirma-t-elle.

– Je veux bien te croire.

Regrettant d'avoir abordé ce sujet, il s'approcha de la table, à longues enjambées raides, et écrasa son cigare.

C'est alors qu'on frappa à la porte. Lorna alla ouvrir.

– Hello, maman, dit Webb avec une expression affectueuse qui adoucissait ses traits anguleux.

– Webb!

Heureusement surprise, mais craignant que son arrivée en cet instant ne provoque une nouvelle discussion, elle jeta un regard inquiet vers son mari. Quant à Webb, il sentit la tension qui régnait entre ses parents, et il s'assombrit.

– Entre. Ta mère et moi étions précisément en train de parler de toi, dit Benteen d'un ton peu amène.

Cherchant en vain à rencontrer les yeux de Lorna, le jeune homme obtempéra.

– En effet, enchaîna celle-ci avec un louable entrain.

Je menaçais justement d'aller en personne t'arracher au saloon ou autre lieu mal famé où tu aurais traîné afin de t'obliger à dîner avec nous. Cette épreuve sera donc épargnée à ton père, puisque tu es là.

– Je passais. Tous les télégrammes sont partis. Tu recevras les réponses ici, dit Webb, s'adressant à Benteen.

– Des télégrammes? De quoi s'agit-il?

Etonnée que son mari ne lui en ait pas parlé, Lorna s'emparait avec joie d'un sujet de conversation en principe moins explosif.

– Rien qui te concerne.

– Je voudrais bien que tu finisses par m'expliquer pourquoi, en présence d'un tiers, tu prétends toujours que des choses que tu me racontes quand nous sommes seuls ne me regardent pas. Les hommes s'imagineraient-ils que ce n'est que sur l'oreiller qu'ils peuvent se confier à leur femme? Webb, je t'assure que c'est faux!

Le jeune homme sourit et remarqua que son père hésitait entre l'irritation et l'amusement.

– Je tâcherai de m'en souvenir, dit-il.

– Et dire que je croyais avoir épousé une femme douce et facile à vivre! J'espère que tu auras plus de chance que moi, mon fils, soupira Benteen.

– Au fait, intervint Lorna, rendez-vous à six heures au restaurant de l'hôtel. Tu as juste le temps de te baigner et de te changer. Ruth a fait des achats en ville avec moi, elle sera aussi du dîner.

Cette dernière information troubla quelque peu le jeune homme. Il aimait bien Ruth, comme une petite sœur; elle faisait pratiquement partie de la famille. Or, sa mère insistait pour qu'il soigne sa tenue. Ne voulait-elle pas qu'il la considère comme une sœur? Cette subtile manœuvre l'amusa.

– Gentil de ta part, maman, de l'avoir emmenée. Depuis la mort de Mary, elle n'a pas une vie très gaie.

– C'est bien ce que j'ai pensé... Oh! Webb, n'oublie pas de remarquer la robe qu'elle portera ce soir! Elle vient de l'acheter.
– Sûr.
Il souriait en sortant. En lui rappelant ainsi les bonnes manières, sa mère n'essayait-elle pas plutôt d'attirer son attention sur la jeune fille?
– Pendant que tu prends un bain, je vais aider Ruth à se coiffer, dit Lorna pour échapper au regard intrigué de son mari.
– Jouer les marieuses, c'est comme mener un cheval à la rivière. Tu ne peux pas l'obliger à boire.
– Non, mais peut-être s'en souviendra-t-il quand il aura soif... Tu devrais t'allonger un peu et te reposer avant le dîner, proposa-t-elle, constatant soudain qu'il était exténué.
– Non, ça va, répliqua-t-il avec impatience. C'est bien La Colombe Noire, à Washington, la dernière adresse de Bull Giles, depuis son départ de Denver?
– Oui.
– C'est ce que je pensais.
– Pourquoi lui as-tu fait envoyer un télégramme?
– Je sais qu'il a quitté la scène politique, mais il a toujours des relations. Un certain projet de loi doit être présenté au Congrès, et il faut s'y opposer à tout prix. L'Etat serait entièrement livré aux fermiers et aux agriculteurs. Je ne saurais t'en dire plus pour l'instant, je manque de détails.
– C'est ça qui t'inquiète, n'est-ce pas?
– En partie. Et je suis fatigué. Fatigué de me battre pour préserver notre bien. Si mon fils m'y aidait, ce serait moins dur. Je livre un combat solitaire...
– Tu n'es pas solitaire.
Lorna s'était précipitée vers lui, et, jetant ses bras autour de son cou, la tête levée, elle le regardait droit dans les yeux.
– Non, je ne suis pas solitaire, reconnut-il tristement. Ce combat ne m'inquiète pas vraiment, mais je

vieillis. Qu'arrivera-t-il quand je ne serai plus là, Lorna? Je me fais du souci pour toi. Comment compter sur Webb pour s'occuper de toi?

– Tu es seulement un peu fatigué. Après deux ou trois jours de repos, tu verras les choses différemment.

– Ouais.

Il lui tapota la main et se dirigea vers la chambre, mais il ne semblait pas convaincu.

2

Ruth faisait partie intégrante de l'univers familier de Webb, et comme elle ne cherchait jamais à attirer l'attention, il en arrivait presque à oublier son existence. Pourtant, ce soir-là, il remarqua que sa mère s'efforçait de la faire participer à la conversation, lui demandant à plusieurs reprises son opinion sur divers sujets. Blonde aux yeux bleus, avec d'agréables rondeurs, on ne pouvait considérer Ruth que comme une jolie fille, mais sa beauté sans éclat manquait de piquant.

Or, pendant le dîner, Webb eut l'impression que, d'une façon indéfinissable, elle avait changé; elle lui parut plus féminine. Etait-ce la robe rose et son décolleté plissé, ou ses boucles d'un blond pâle? Assez cyniquement, il se demanda si ce ne serait pas plutôt les six semaines avec les vaches pour seule compagnie qui lui donnaient à ses yeux un nouvel attrait.

Charmé par sa réserve, ses rougeurs subites, sa vulnérabilité assez touchante, il éprouva le besoin de la mettre à l'aise. Et quand ils quittèrent la salle à manger, après un copieux dîner, il accompagna ses parents jusqu'à l'escalier et, au lieu d'aller, comme prévu, rejoindre Nate et ses camarades au saloon, il prit la main de Ruth et la passa sous son bras.

– Que dirais-tu de venir prendre un peu l'air avec moi? proposa-t-il spontanément.

– Oui, avec plaisir, répondit-elle, surprise et troublée, mais gardant les yeux fixés droit devant elle.

– Peut-être fera-t-il un peu frais, il faut te couvrir.

– J'ai quelque chose dans ma chambre. Attends-moi un instant, dit-elle vivement, comme si elle craignait qu'il ne change d'avis.

– Je t'attends, dit-il en s'appuyant contre la rampe, tandis que, relevant ses jupes, elle s'élançait dans l'escalier, malgré son désir de ne pas montrer trop de hâte.

Pour une fois, il se trouvait en présence de quelqu'un qui n'exigeait rien de lui. Tous, que ce soit son père ou ses camarades, essayaient toujours de le mettre à l'épreuve. Même les putains s'attendaient à ce que le fils Calder se montre plus généreux ou plus ardent que les autres.

Ruth redescendit presque aussitôt, ayant jeté sur ses épaules une cape brune, qui lui parut plutôt mal choisie comme tenue de soirée.

– C'est la seule chose chaude que j'aie emportée, expliqua-t-elle, consciente de la critique qu'elle lut dans le regard de Webb.

– Mais c'est très bien, voyons. Dommage de cacher cette jolie robe rose, protesta-t-il gentiment en lui reprenant le bras.

Faiblement éclairée par des becs de gaz, la rue était presque vide et les seuls bruits qu'on y entendait venaient du saloon, assez éloigné cependant.

– Tu retournes au ranch demain? demanda-t-elle.

– Oui, je pense.

– Tu dois être content de rentrer après tout ce temps passé à rassembler et à embarquer le troupeau, murmura-t-elle.

– Et comment!... As-tu assez chaud? s'enquit-il, voyant qu'elle remontait le col de sa cape.

– Je suis très bien.

Leur promenade les avait amenés à une certaine distance de l'hôtel. Il vit qu'elle tremblait de froid mais se gardait bien de s'en plaindre. Aussi lui proposa-t-il de faire demi-tour. Et, sans hâter le pas, ils repartirent en sens inverse.

– Que comptes-tu faire, maintenant que tu as quitté l'école? demanda-t-il.

– Je pourrais peut-être faire la classe aux enfants du ranch. Ta mère pense que nous pourrions utiliser à cet effet l'un des plus petits bâtiments.

– Bonne idée!

– Il n'y a guère beaucoup de métiers possibles, ici, pour une jeune fille... une jeune fille convenable, précisa-t-elle, tandis qu'on entendait, en provenance du saloon, des voix féminines et des rires aigus. D'ailleurs, maintenant, mon père a besoin de moi, aussi ne puis-je chercher du travail ailleurs.

– Un cow-boy ne tardera pas à t'enlever. Tu seras certainement mariée avant d'avoir eu le temps de prendre une décision.

– Non, sûrement pas.

Webb fut surpris de son ton catégorique.

– Et pourquoi?

– Parce que... c'est comme ça, déclara-t-elle, après lui avoir lancé un bref regard.

– Tu ne veux pas épouser un cow-boy? demanda-t-il sèchement, pensant qu'elle visait plus haut.

– Non, ce n'est pas ça, répliqua-t-elle aussitôt, plantant de nouveau ses yeux dans les siens, incapable, semblait-il, de les en détourner.

– Pourquoi alors? insista-t-il, intrigué par son expression éplorée.

– Oh! je crois que je ne me marierai jamais!

– Pourquoi donc? Tu es jolie, Ruth. L'homme de ta

vie va tomber amoureux de tes yeux bleus et de tes cheveux blonds, ça ne tardera pas, va!

– Possible, dit-elle évasivement, peu soucieuse de poursuivre sur ce sujet.

– Nous voilà revenus à notre point de départ. Je t'accompagne jusqu'à ta chambre, dit Webb en la faisant entrer dans le hall.

– Es-tu descendu là aussi?

– Non.

De même qu'au ranch il n'habitait pas « La Maison » avec ses parents mais vivait avec les autres cow-boys, de même il avait préféré loger en ville avec eux.

Les deux jeunes gens montèrent l'escalier en silence, Ruth précédant Webb. Quand il lui prit la clef des mains en la rejoignant devant la porte, elle sursauta.

– Veux-tu que je jette d'abord un coup d'œil? demanda-t-il en lui rendant la clef après avoir ouvert la porte.

Elle secoua la tête négativement et le remercia de la promenade, mais en gardant le visage détourné de lui.

– Tout le plaisir était pour moi, Ruth, l'assura-t-il en s'effaçant pour la laisser entrer.

Mais elle demeura sur le seuil, le regardant d'un air à la fois anxieux et suppliant; et il saisit dans ses yeux une expression d'adoration. Presque inconsciemment, il étreignit ses épaules sous la laine rude de la cape et se pencha vers elle.

Avides et inexpérimentées, les douces lèvres se pressèrent aussitôt sur les siennes. Webb fit durer ce baiser dont la fraîcheur inhabituelle l'enchanta. Puis il se détacha d'elle à contrecœur. Mais ce n'était pas avec des jeunes filles telles que Ruth qu'un gentleman devait assouvir ses instincts...

– Bonne nuit, Webb, murmura-t-elle d'une voix vibrante d'un timide bonheur.

– Bonne nuit, Ruth. J'espère que si tu viens faire la

classe à côté, on te verra plus souvent à la Grande Maison.

– Oui.

Elle fit un léger mouvement dans sa direction, et il lui conseilla d'entrer dans sa chambre; ce qu'elle fit, sans cesser de le regarder jusqu'au moment où elle referma la porte.

Immobile un instant, Webb redescendit l'escalier et croisa un télégraphiste qui avait dû apporter la réponse à l'un des câbles qu'il avait envoyés. Il s'arrêta pour allumer un long cigare mince, songeant à son père, qui avait su habilement profiter de ce Homestead Act pour donner à son ranch la vaste superficie qu'il atteignait maintenant. Pourquoi semblait-il considérer l'amendement projeté comme une menace pour les éleveurs?

Tout en réfléchissant, il se dirigea vers le bout de la rue et, à l'instant où il arrivait devant le saloon, les battants de la porte pivotèrent violemment et il faillit entrer en collision avec le cow-boy qui en jaillit.

– Où vas-tu Johnny, la soirée ne fait que commencer? s'écria-t-il.

Le saisissant par les épaules, le garçon le poussa à l'intérieur, où dans une épaisse fumée, traversée de relents de bière et de whisky, se pressait une foule d'hommes formée en majeure partie par l'équipe, au grand complet, des cavaliers des « Trois C ».

Des couples tournoyaient sur la piste et, faute de femmes, quelques cow-boys dansaient ensemble. D'autres, appuyés au mur, leur prodiguaient des encouragements ou se moquaient d'eux. Au fond de la salle, une partie de poker battait son plein.

– Eh, les gars! regardez qui arrive enfin! s'écria Johnny d'une voix avinée.

Des exclamations s'élevèrent de toutes parts et Webb rattrapa au vol une bouteille de whisky adroitement lancée dans sa direction.

– Tu n'as pas de temps à perdre si tu veux nous

rattraper, lui conseilla Nate en levant son verre en signe de salut.

Arrachant le bouchon avec ses dents, Webb avala deux longues lampées sous les hourras de ses camarades.

De ce qui se passa ensuite, il ne garda qu'un souvenir confus le lendemain matin. Courbatu et empestant le parfum à bon marché, il dut faire un effort pour poser la selle sur les flancs minces de son beau hongre noir; ses tempes battaient. Il se consola en pensant que l'état des autres garçons ne devait guère valoir mieux.

Il repoussa son feutre en arrière et décida de faire quelques pas en tenant son cheval par la bride plutôt que de l'enfourcher tout de suite. Evitant la vive lumière du soleil, qui lui blessait les yeux, il baissait la tête, mais il aperçut cependant son père, debout près de la voiture attelée de ses alezans, qui l'observait d'un air critique, et il se raidit instinctivement. Furieux, il s'arrêta, feignant de s'assurer de la stabilité de sa selle.

– Je vais rester quelques jours en ville, mais ta mère retourne au ranch avec Ruth. J'aimerais que tu veilles sur elle en mon absence.

Serrant les mâchoires, Webb acquiesça.

– Je veillerai sur ma mère.

– Bien, reprit Benteen, irrité d'avoir à faire une telle requête à son fils. Barnie me remplacera et il mettra Ely au courant.

Il aurait évidemment préféré profiter de l'occasion pour mettre Webb à l'épreuve des responsabilités, mais à quoi bon courir ce risque, songea-t-il avec amertume.

Et comme son fils restait muet, il ajouta :

– Si je peux organiser une réunion la semaine prochaine en vue de faire avorter ce projet d'amendement... (Une expression de protestation fugitive passa dans les yeux de Webb.) Tu veux dire quelque chose?

Non, Webb ne voulait rien dire, mais tout lui semblait aller de travers, ce matin-là. Et, au lieu de demeurer silencieux comme d'habitude, il affronta le regard inquisiteur de son père et décida de donner son opinion.

– Je ne vois pas en quoi il importe tant d'empêcher cette loi de passer. De toute façon, cette terre ne convient pas à l'agriculture. Ce seront donc plutôt des éleveurs que des fermiers qui en bénéficieront si elle passe.

Cette ignorance évidente des conséquences possibles de l'extension du Homestead Act agaça d'abord Benteen, puis il s'étonna :

– C'est ce que tu penses? Eh bien, tu te trompes!

Puis, pris d'une soudaine détermination, il ordonna à son fils d'aller desseller son cheval :

– Tu viendras avec moi à cette réunion. On n'est jamais à l'abri de tout, dans la vie. A plus forte raison pour les « Trois C »!... C'est un ordre, Webb! Je ne te demande pas ton avis, précisa-t-il, devançant toute tentative de protestation.

Le télégraphe ne chôma pas cette semaine-là, à Miles City, car bon nombre de messages s'échangèrent pour qu'une date convenant à tous les participants puisse être fixée pour la réunion. Et dix jours plus tard, accompagnés d'Asa Morgan, venu la veille d'Helena, Webb et son père se retrouvaient sur le quai pour l'arrivée du train venant de la capitale. Un Noir en livrée les salua obséquieusement avant de les introduire dans le wagon spécial.

Dans le compartiment lambrissé de chêne, au sol recouvert d'une épaisse moquette vert et or, Webb reconnut aussitôt Bull Giles; il ne l'avait pas vu depuis plus de dix ans; il était aujourd'hui un imposant personnage, assis sur un siège capitonné, sa jambe raide tendue en avant et une canne à portée de la main.

– Benteen, quel plaisir de vous revoir! s'écria un second personnage, qui avait guetté leur arrivée par la fenêtre et s'avançait vers eux, la main tendue, avec un large sourire. Et vous aussi, vous devez être un Calder! s'exclama-t-il en secouant vigoureusement la main de Webb après celle de son père.

– Mon fils Webb, en effet... Frank Bulfert, l'assistant du sénateur... Et je suis sûr que vous vous souvenez d'Asa Morgan, le représentant des éleveurs du Montana.

– Mais voyons! Comment allez-vous, Asa? s'écria Bulfert avec une chaleureuse accolade.

Benteen se tourna alors vers l'homme à tête de brute, resté assis sur son siège rembourré. C'était une vieille connaissance, datant de l'époque du Texas, quand il n'avait pas encore entrepris le long voyage, avec son premier troupeau, pour venir implanter au Montana le ranch des « Trois C ».

Il savait que Bull Giles cachait sous son masque rude une intelligence vive et, s'il ne le considérait plus en rival, sans pouvoir cependant le qualifier d'ami, il n'oubliait pas non plus que c'est en lui sauvant la vie que Giles avait reçu au genou la blessure qui faisait de lui un invalide. Grâce aux années passées à Washington avec lady Elaine Dunshill, dont il était le compagnon et l'associé, il avait acquis de nombreuses relations politiques et il jouait un grand rôle dans les coulisses du pouvoir.

– Hello, Bull! Ne te lève pas, je t'en prie... Comment va la jambe?

– Raide, mais elle est toujours là. Et comment va Lorna?

– Bien, répondit brièvement Benteen.

– Ça fait longtemps que je ne t'ai vu, Webb. Je m'en suis rendu compte en te voyant entrer ici. Mais tu n'es plus un gamin, dis donc!

– Non, monsieur, répondit le jeune homme en se penchant pour lui serrer la main, tandis que de lointains souvenirs d'enfance remontaient de sa mémoire.

– Installez-vous confortablement, je vous prie, intervint Frank Bulfert, qui ordonna au domestique noir de leur apporter à boire.

Ils prirent place autour du poêle à poignées de cuivre et, verre en main, se mirent à tirer les premières bouffées odorantes des cigares offerts par Bulfert.

Participant malgré lui à cette réunion, Webb souhaitait qu'on en vienne à son objet. Il regrettait d'avoir, dix jours plus tôt, prononcé les paroles imprudentes qui lui valaient de se trouver là.

– Le sénateur m'a prié de vous transmettre ses salutations, Benteen. Et il m'a chargé de vous aider de mon mieux. Il n'ignore pas la valeur de votre appui, déclara Bulfert, se carrant dans son fauteuil de cuir tout en remontant son pantalon sur son ventre. J'en ai entendu de belles sur la façon dont, vous autres rancheros, vous vous arrangez pour assurer la victoire de vos candidats! Il paraîtrait que vos cow-boys votent deux fois.

– Ils sont connus pour leur enthousiasme excessif, reconnut Benteen avec un léger sourire.

– J'ai surtout l'impression qu'ils vous obéissent, dit Bulfert.

– Ils servent loyalement leur ranch. Où en sommes-nous avec ce nouveau Homestead Act?

– Je crains que vous n'appréciiez pas beaucoup ce que je vais vous dire. Il y a pas mal de secteurs qui le soutiennent puissamment, dit Bulfert en guettant la réaction de Benteen.

– Les compagnies ferroviaires en tête, hein?

– Elles comptent sans aucun doute en tirer de larges profits, grâce à l'augmentation du fret et du nombre d'usagers. Je pense aussi qu'elles espèrent vendre les vastes terrains leur appartenant. Eh oui, elles ont de bonnes raisons pour y tenir.

– Mais il n'y a pas que les chemins de fer à souhaiter l'adoption de la loi, intervint Bull Giles. Il faut comprendre la situation dans l'Est. Un flot d'immigrants a envahi les villes. Or, l'Ouest a constitué de tout temps la soupape de sécurité qui assainit les régions surpeuplées : c'est là que vont s'agglutiner ces immigrants. Dans les faubourgs de l'Est, on se plaint des bas salaires dans les usines, on parle de syndicats et de grèves pour améliorer les conditions de travail. Les grands industriels sont favorables à cette loi, qui ferait partir le plus de gens possible vers les terres vierges et permettrait le maintien de l'ordre.

– Mais ce n'est pas le Kansas, ici. Ils vont y crever de faim autant que dans les villes! s'exclama Benteen, horrifié par la puissance du groupe adverse.

– Vous vous imaginez peut-être que ces grosses boîtes s'en soucient? ricana Bull Giles. Si ces gens-là crèvent, ça fera de la place... Les gros bonnets de l'Est se foutent bien de ce qui arrivera dans l'Ouest à ces indésirables. Les Indiens, on les a refoulés dans des réserves situées dans les régions les plus arides. Si ces émigrants subissent le même sort, les gens de l'Est s'en fichent éperdument.

– Jusqu'à présent, les nouvelles méthodes de culture ont donné d'excellents résultats; on ne saurait le nier, remarqua Asa Morgan d'un air lugubre.

– Pour le moment, oui, c'est un succès, reconnut Benteen. Mais si plusieurs années de sécheresse se succèdent, comme il y a vingt ans...?

– Vingt ans, c'est loin, dit Bulfert.

Bull Giles déplaça péniblement sa jambe ankylosée.

– Vous allez avoir un mauvais moment à passer, vous autres éleveurs. On ne vous aime guère, l'opinion publique est contre vous. Les nouveaux venus d'Europe vous considèrent comme des féodaux. Ils sont venus ici pour échapper aux grands propriétaires terriens et ils tombent sur vous, qui possédez des milliers d'hectares! Ils veulent que ça change et que chacun puisse avoir son lopin de terre. C'est pour réaliser ce rêve qu'ils sont en Amérique.

– En d'autres termes, vous estimez que nous n'avons aucune chance d'empêcher le vote de cette loi? jeta Benteen.

– On peut faire traîner les choses, mais elle finira par passer, elle a la majorité pour elle, dit Bulfert.

Benteen resta un instant pensif et silencieux, considérant le reste de whisky qu'il faisait tourner au fond de son verre.

– Ils voient là le moyen de prendre nos terres pour les donner à une bande d'immigrants. Mais si on leur faisait comprendre que la loi n'aboutira pas à ce résultat, hein? finit-il par dire.

– Et comment? demanda Bulfert, sceptique.

– Webb pense que cette loi devrait permettre aux éleveurs d'obtenir de nouvelles terres. Que se passerait-il, Bull, si certains de ces groupes apprenaient que les éleveurs sont en faveur de l'extension du Homestead Act?

– J'ai l'impression qu'ils en arriveraient à la même conclusion que Webb. Ils craindraient de consolider la situation des gros producteurs de bétail au lieu de la ruiner... Benteen a trouvé leur point faible, dit le gros homme en se tournant vers Bulfert.

– C'est la bonne tactique, reconnut celui-ci, quêtant du regard l'acquiescement d'Asa Morgan. Il va falloir leur faire tout un cirque.

Plus tard, Benteen et son fils retournèrent à l'hôtel, la réunion s'étant terminée au début de l'après-midi. Ils marchèrent d'abord en silence, puis Benteen demanda :

– Alors, tu as appris quelque chose?

– Que suis-je donc censé avoir appris?

– Que tu as trouvé la vraie réponse pour une fausse raison. Tu n'as eu qu'une vue superficielle des choses. Il faut que tu comprennes que tout peut jouer contre toi aussi bien qu'en ta faveur.

– D'après ce qu'ont dit Bull et Bulfert, il me semble qu'ils sont fichus.

– Ce n'est pas si simple. On n'en est qu'à la première escarmouche. Les chemins de fer tiennent toujours à ce que la population s'accroisse ici, et les villes de l'Est ont des tapées de gens à nous expédier. Pour le moment, nous ne pouvons que retarder l'inévitable. Ces sacrés fermiers vont arriver comme une nuée de sauterelles...

Deux ans et demi plus tard, le 19 février 1909, à la satisfaction générale, le Congrès vota l'extension du Homestead Act, accordant aux demandeurs trois cent vingt acres de terres, à condition qu'elles n'appartiennent à personne, ne soient pas irrigables et ne contiennent pas de minerais négociables; définition s'appliquant à près de vingt-six millions d'acres dans le Montana.

3

Monté sur son hongre noir, Webb galopait vers Blue Moon à travers l'herbe drue que les fleurs sauvages émaillaient de couleurs vives. La petite ville connue sous ce nom s'était développée autour du grand magasin, du saloon, de l'atelier du maréchal-ferrant et de l'église qui répondaient à tous les besoins d'un ranchero : s'approvisionner en denrées de toutes sortes, se désaltérer, faire ferrer les bêtes de trait et se faire pardonner ses péchés. Depuis que le train la desservait, on y entreposait des marchandises, et les habitants y bénéficiaient d'un service postal régulier.

En approchant des abords de la ville, Webb mit son cheval au trot et constata que beaucoup plus de passants que d'habitude sillonnaient les rues.

– Il y a du monde, observa Nate.

– Probablement à cause de l'arrivée du train, dit Webb.

Dans cette foule, peu de visages lui étaient familiers. Fronçant les sourcils, il se demanda qui étaient ces gens, d'où ils venaient et pourquoi.

– On va à la gare? demanda Nate.

Webb acquiesça. D'ailleurs, ils n'avaient qu'à suivre le flot qui allait dans cette direction. Ils remarquèrent avec étonnement que deux nouveaux immeubles avaient poussé depuis leur dernier passage en ville.

Près de la voie ferrée, des roulottes vides, dont les attelages s'énervaient à la proximité du « monstre d'acier », encombraient le passage. Le cheval de Webb se mit à caracoler. Ils durent aller jusqu'au bout du quai pour trouver la place d'attacher leur monture.

Des voyageurs descendaient en masse du train; surtout des hommes, accompagnés de quelques femmes et de quelques enfants. Aucun n'était vêtu comme un cow-boy ni même comme un représentant de commerce.

Un petit homme au visage de fouine, en costume blanc, les accueillait en brandissant son chapeau, également blanc :

– Vous y voilà, mes amis! Voici le terme de votre voyage, s'écriait-il, tel un prêcheur annonçant à ses ouailles l'arrivée en vue de la Terre promise. Montez dans ces voitures et vous découvrirez le paradis américain. Le long trajet a dû vous fatiguer. Allez vous dégourdir les jambes et regardez autour de vous. Voyez cette prairie où les chevaux s'enfoncent jusqu'au ventre et imaginez du blé à la place de l'herbe.

– Que diable raconte-t-il? grommela Nate, sans attendre la réponse de Webb.

Examinant attentivement les roulottes, celui-ci vit

qu'on y avait aménagé des banquettes en longueur dont le bois neuf faisait ressortir la vétusté du reste du véhicule.

Sautant de cheval, il vit aussi qu'à l'exception de rares visages tannés, la plupart de ceux qui formaient cette foule avaient le teint pâle des citadins; mais un espoir semblait les animer. Plus encore qu'un espoir, ce devait être la certitude d'avoir atteint la Terre promise. Avec un mélange de colère et d'amusement, il se dit que ces pauvres bougres ne savaient pas ce qui les attendait.

Nate était parti s'occuper des marchandises destinées au ranch et Webb eut tout loisir d'étudier ceux qui l'entouraient. Ses yeux sombres se fixèrent sur une jeune femme qui, se détachant d'un groupe, venait de s'immobiliser en bordure des vastes plaines s'étendant à l'infini; le menton levé, elle semblait respirer avec délice l'air pur qui la lavait de l'atmosphère encrassée et puante des grandes villes. Des mèches folles s'échappaient de la masse de ses cheveux d'un roux foncé, ramenés en arrière, où le soleil faisait briller des reflets fauves. Un petit bonnet bleu pendait à son bras et son châle noir glissait de ses épaules. Le vent plaquait sur son corps mince le guingan déteint de sa robe, révélant les fermes rondeurs de ses seins et la ligne pure de ses hanches et de ses jambes.

Tout son être vibrait d'excitation et de vitalité. Inconsciemment attiré par la force obscure qui en irradiait, Webb s'arrangea pour passer près d'elle. Elle tourna alors la tête comme pour chercher quelqu'un dans la foule grouillante des voyageurs, ses parents sans doute, une si jeune fille ne pouvant être seule. Puis elle retourna à la contemplation du paysage, écartant de son visage les mèches que le vent y ramenait sans cesse. C'est alors qu'elle aperçut Webb.

Elle l'examina curieusement, avec une certaine impudence, de son feutre poudreux de cow-boy à ses éperons relevés haut sur ses bottes en passant par le tissu rêche de son pantalon; enfin elle laissa errer son regard sur les traits anguleux du jeune homme, ses traits rudes comme son Montana natal, et son torse large et puissant aux muscles durs.

Webb était indifférent à l'impression qu'il produisait, mais il se sentit pris dans le bleu de ces yeux, d'un bleu aussi intense que celui du ciel qui les surplombait, et un léger frisson d'énervement le parcourut.

Touchant d'un doigt le bord de son stetson, il s'approcha d'elle, ralentissant l'allure de ses longues foulées :

– Bonjour, mademoiselle.

– Bonjour. Vous êtes un cow-boy? demanda-t-elle impétueusement, sans le quitter des yeux, tout en souriant.

– Oui.

En fait, il disait vrai et ce n'était pas la peine d'expliquer qu'il était le fils d'un ranchero.

– C'est ce que je pensais. Vous êtes habillé comme les cow-boys de la parade de M. Cody.

– Vous voulez dire Buffalo Bill Cody et son Wild West Show? demanda-t-il, amusé du rapprochement avec ce spectacle qui donnait une idée plutôt caricaturale de l'Ouest. L'avez-vous vu?

– Non, nous n'aurions pas pu nous le permettre, mais ils ont défilé dans les rues, avec les Indiens.

Elle secouait la tête en riant. Webb, remarquant de nouveau la modestie de ses vêtements, propres mais fripés par le voyage, comprit que sa famille ne devait pas avoir les moyens de faire de telles dépenses.

– Où était-ce? s'enquit-il, désireux de savoir d'où venait cette toute jeune fille à qui il ne donnait pas plus de dix-sept ans.

– A New York. C'est là que nous habitons, que nous habitions plutôt, corrigea-t-elle avec une expression joyeuse qui enchanta Webb.

– Que faites-vous ici?

– Nous allons y commencer une nouvelle vie. Posséder notre propre terre et y faire pousser des boisseaux et des boisseaux de blé!

– Si c'est ce que vous voulez récolter, c'est au Kansas qu'il faut aller. Cette terre-ci n'est bonne qu'à produire de l'herbe pour le bétail, affirma-t-il.

– Ce n'est pas ce que dit M. Wessel, lança-t-elle d'un air de défi.

– Et qui est M. Wessel?

– Là, dit-elle, montrant l'homme en blanc. Il prospecte pour nous et il va nous montrer les meilleurs terrains vacants pour que nous choisissions celui dont nous ferons la demande.

On imagine sans peine les mirobolantes perspectives que cet individu faisait miroiter aux yeux de ces gens naïfs et sans expérience.

– Il se charge de proposer des terres à tous ceux qui étaient dans le train avec vous?

– Oui, déclara-t-elle fermement. Nous avons tous signé un contrat avec lui, car il est le seul à connaître les bons terrains. Personne d'autre. Et nous serons les premiers.

– Après les rancheros et les cow-boys qui ont déjà arpenté ce pays dans ses moindres recoins. Il a dû vous dire aussi qu'il suffirait de passer la charrue et de semer un peu de grain pour devenir riches du jour au lendemain. Ce n'est pas aussi facile que ça.

– Rien de ce qui en vaut la peine n'est facile, répliqua-t-elle avec l'accent de quelqu'un qui sait de quoi il parle. Nous avons lu toutes les brochures publiées par les compagnies ferroviaires, sur la richesse de ce sol et la méthode de culture qu'il convient d'appliquer. Des expériences ont prouvé que le système de jachères alternées est un succès.

Webb ne discuta pas, sachant que de bons résultats avaient effectivement été obtenus et que les dénégations de son père provenaient surtout de sa répugnance à voir ce pays d'élevage devenir agricole.

– Lillian! cria une voix d'homme.

La jeune fille se retourna, mais il n'eut pas le temps de voir qui avait appelé. Avec une curieuse expression de regret, bientôt chassée par un sourire poli mais amical, elle lui dit qu'elle devait partir. Il fallait monter dans les voitures qui les conduiraient vers les terrains à visiter.

– J'espère que vous et votre famille trouverez ce que vous cherchez. Ici ou ailleurs, dit-il aimablement, sentant vaguement qu'il espérait la revoir.

– Oui, répondit-elle d'un air absent, en remontant son châle sur ses épaules avant de se diriger rapidement vers le groupe de ses compagnons.

Webb se mit en devoir de rouler une cigarette pour se donner le temps de l'observer. Il la vit rejoindre un homme grand, plus âgé qu'elle et un peu voûté, mal vêtu, avec une barbe blanche hirsute et des mèches argentées sortant de sous un couvre-chef noir qui cachaient en partie son visage maigre. Il semblait cependant solide, moins paysan qu'ouvrier habitué à trimer à la sueur de son front pour subvenir à ses besoins et à ceux de sa famille.

Nate Moore le rejoignit au moment où il allumait sa cigarette.

– Les marchandises sont là. Dès qu'ils partiront, dit-il en désignant les voyageurs qui se dirigeaient vers les carrioles, on pourra les charger.

– Bien, répondit Webb en jetant son allumette.

– A-t-on déjà vu une telle bande de loqueteux? remarqua Nate en suivant la direction du regard de Webb. Le type de la gare m'a dit que ce n'était qu'un début. Pour les gens qui viennent de l'Est, les billets ne coûtent presque plus rien. Et ils ne prennent pas d'aller et retour. Certains ont probablement vendu tout ce qu'ils possédaient pour se payer ce billet. Il ne doit pas y en avoir beaucoup qui ont encore un dollar en poche.

– Pourquoi auraient-ils besoin d'argent? La terre est gratuite, ironisa Webb.

Comme s'ébranlaient les chars à bancs remplis de ces pauvres gens que leur Moïse menait vers leur Canaan, Nate voulut l'entraîner pour aller chercher leur charrette. Mais Webb s'attarda un instant pour essayer, en vain, de repérer la jeune femme parmi les colons.

Une fois leur chargement arrimé au fond de la voiture, ils prirent le chemin du retour, passant devant le grand magasin, qui datait de la création de Blue Moon et dont la prétentieuse façade actuelle ne rappelait plus rien de la cabane en rondins du début. Le nom de Fat Frank Fitzsimmons y figurait toujours, bien que la veuve de celui-ci l'eût vendu quelques années auparavant pour aller retrouver sa famille dans l'Est. Ollie Ellis, le nouveau propriétaire, s'efforçait de servir au mieux les rancheros et de prévenir tous leurs besoins pour s'attacher leur clientèle.

Celle des « Trois C » l'intéressait tout particulièrement. Aussi se précipita-t-il au-devant de Webb dès qu'il parut sur le seuil, désireux de satisfaire ses désirs.

– C'est toujours un plaisir de vous voir, monsieur Calder! s'exclama le gros homme à crinière blonde, qui tenait à se montrer aussi déférent à l'égard de l'héritier présomptif qu'à celui du propriétaire des « Trois C ». On a un beau printemps, hein?

– Pas trop mal jusqu'à présent, reconnut Webb, un peu agacé de la différence qu'il marquait entre lui et son compagnon, qui eut, lui, droit à un accueil plus familier :

– Hello, Nate. La provision de tabac est en baisse?

– Eh oui, il m'en faut de nouveau une grande boîte, répondit-il, inconscient de la différence de traitement dont il était l'objet.

Parcourant sans mot dire la liste que Webb lui avait

tendue, Ollie passa derrière le comptoir pour commencer à rassembler les articles commandés.

– Vous les avez vus, ces gens qui viennent de traverser la ville, juste avant que vous entriez ici?

– Nous étions à la gare comme ils arrivaient. Ils se figurent qu'ils vont obtenir une concession dans la région! dit Nate.

– C'est ce qu'on raconte. Il paraît qu'ils vont rappliquer en masse. Pas de doute que c'est les compagnies ferroviaires qui battent le tambour pour les attirer... Oh! mais moi, je ne crois pas beaucoup à cette histoire que le pays va se transformer en immenses champs de blé! Y a jamais eu ici que des pâturages pour les bovins et les moutons, et avant eux pour les buffles et les antilopes.

– On a dit ça aussi, au Texas, avant que les fermiers posent des clôtures et empêchent le passage des troupeaux, ajouta Webb, évoquant ses souvenirs d'enfance. Dodge City, maintenant c'est une ville moche comme toutes les autres, avec des paysans les jours de foire au lieu de cow-boys pétant le feu après des mois de rabattage.

– C'est vrai, reconnut le marchand. Mais je ne vois pas encore les fermiers envahissant Blue Moon pour en faire un patelin de paysans. Notez que je serais pas mécontent d'avoir leur clientèle aussi, mais on ne doit jamais oublier ses anciens clients. C'est comme mordre la main qui vous nourrit.

– Ces gars-là n'ont pas l'air d'avoir beaucoup d'argent en poche. Ça m'étonnerait qu'ils aient de quoi faire des achats avant un bon bout de temps, observa Nate.

– J'ai remarqué quelques nouveaux immeubles en ville, dit Webb.

– L'un d'eux appartient à un dénommé Wessel. On dit qu'il spécule sur les terrains. Il s'habille toujours de façon excentrique, en blanc. D'après lui, il va y avoir une banque dans l'autre immeuble.

– Une banque? A Blue Moon? s'écria Nate, stupéfait.

– C'est ce qu'il dit. Et si les nouveaux venus sont aussi fauchés que vous le prétendez, il leur faudra bien une banque pour leur prêter de quoi acheter de la semence.

– La terre est gratuite, fit Nate avec un coup d'œil vers Webb. Mais il faudra qu'ils vendent leur âme pour y faire pousser quelque chose.

– Pendant que vous préparez notre commande, Ollie, Nate et moi, nous allons faire un tour au saloon.

– Ce sera prêt d'ici une heure.

– Oh, on n'est pas pressé, dit Webb, que la perspective du long trajet de retour au ranch n'enchantait pas.

Jusqu'à une dizaine d'années auparavant, le saloon n'avait été qu'une petite salle attenante au magasin, mais depuis que le train desservait Blue Moon, Sonny Drake était venu y construire une vraie hôtellerie avec un bar pour attirer du monde et, vaincu par la compétition, le premier établissement avait fermé ses portes.

Là aussi, on comptait surtout sur les rancheros et leurs hommes pour faire marcher le commerce. Sonny leur servait du whisky et, en cas de besoin, leur louait une de ses petites chambres du premier étage pour faire un somme. A cela s'ajoutait l'attrayante proximité de la cabane de rondins où Miss Fannie Owens exerçait sereinement son antique profession.

En ce début d'après-midi, un seul client s'appuyait au long bar de bois sculpté venu tout droit de Chicago quand Webb et Nate pénétrèrent dans la demi-obscurité de la salle. Sonny balayait, toutes les chaises retournées sur les tables, sauf celle sur laquelle un jeune homme aux cheveux bouclés se balançait en arrière, les pieds bottés posés sur la table, à côté d'une bouteille de whisky.

Il leva les yeux du verre qu'il tenait serré entre ses mains et son visage maussade s'éclaira en reconnaissant Webb. Plus jeune que celui-ci de deux ans, Doyle Pettit venait de succéder à son père à la tête du ranch « Tee Pee ».

– Hello, Webb, Nate, venez vous asseoir avec moi! Ça fait bougrement longtemps qu'on ne s'est pas vus. Sonny, des verres pour mes copains!

– Qu'est-ce que tu fais en ville? demanda Nate en s'accoudant à la table.

– Je bois à la mort du métier d'éleveur, répondit Doyle, levant son verre qu'il vida d'un trait.

Personne n'ignorait dans la profession que son ranch ne cessait de décliner depuis qu'il le dirigeait, en partie parce qu'il s'y prenait mal et aussi à cause de la baisse des prix du bétail.

– Mais tu ne penses pas à vendre? demanda Webb, s'étonnant que l'on puisse songer à abandonner une si belle exploitation, la meilleure après les « Trois C ».

– Si le marché continue à baisser, je n'aurai pas le choix.

Le visage rembruni, Doyle remplit les verres de ses invités.

– Ça va remonter; ça remonte toujours.

– J'ai déjà congédié hier une partie de mon personnel, soupira Doyle. Au printemps, j'ai eu du mal à faire la paie. S'il le faut, je les laisserai tous partir, mais je me cramponnerai à la terre. Ça finira par être une mine d'or.

– Pas de vachers, pas de bétail, dit sèchement Nate. Alors je ne vois pas où tu vas trouver de l'or.

– L'or dans le blé. La terre égale le blé. Et Dieu sait si j'en ai, de la terre.

– Tu ne crois tout de même pas qu'un type puisse faire pousser du blé par ici, non? pouffa Nate.

– Bon Dieu, je n'y crois pas, moi, mais les gars, eux,

ils le croient. Quand il n'y aura plus de terres disponibles, ils viendront m'acheter la mienne.

Doyle n'avait pas tort, mais Webb désapprouvait ce plan. L'idée de démanteler le ranch en exploitations agricoles lui semblait un acte de trahison de la part d'un éleveur. Mais, au nom de leur vieille amitié, il préféra n'en rien dire.

– C'est le bon truc, insista l'autre. Ces idiots veulent avoir des terres, rien ne les arrêtera. Ce sera la ruée. Il n'y a qu'à attendre et la valeur du terrain va augmenter prodigieusement. Ce qui comptera maintenant, ce n'est plus le nombre de têtes de bétail, mais la superficie de ton ranch. C'est de la folie de s'obstiner à faire de l'élevage; pour s'enrichir, il faut vendre de la terre.

– Il y a quelque chose que tu oublies, dit Nate en s'agitant sur sa chaise. Après un pareil boom, ce sera la crise. Si ces cultivateurs échouent et ne peuvent pas payer ce qu'ils doivent, ils perdront leur terre.

– C'est ça qui est bien, ricana Doyle. Te rends-tu compte du nombre de fois qu'on pourra revendre le même lopin de terre!

– Je n'aime pas ça, dit Nate en secouant la tête.

– Et les maquignons, donc! Si l'acheteur n'est pas capable de voir qu'on lui vend un cheval boiteux, il n'a que ce qu'il mérite.

Doyle semblait parfaitement sûr de son bon droit et Webb comprit qu'il avait étudié toutes les données du problème. Inutile de discuter avec lui plus longtemps.

– Moi je dis que c'est bougrement bien que le vieux Tom Pettit soit mort et enterré, déclara-t-il d'un ton sec.

Doyle rougit légèrement en fronçant les sourcils :

– Mon père était comme le tien, Webb. Pour lui, il n'y avait que ses bestiaux et son foutu ranch qui existaient. Tout ça, c'est du passé. Il a consacré trente ans de sa vie à son élevage. Quand il est mort, il m'a laissé un troupeau de bêtes, mais pas d'argent, pas un rond. Et c'est ce qui va t'arriver, Webb : des bestiaux et c'est tout. Moi, je ne vais pas gâcher ma vie comme mon père.

– Chacun doit faire ce qu'il juge bon, murmura Webb, en qui les paroles de son ami éveillaient un malaise nouveau pour lui.

– Ton père t'a laissé une grande superficie, lui fit remarquer Nate.

– Oui, et je vais en faire de l'argent. J'ai déjà proposé à Harve Wessel une association. Tu le connais, Webb?

– De vue seulement.

– Ce type-là, il vendrait des mocassins à un Indien! On a envisagé l'achat de terres pour spéculer. Depuis sa crise cardiaque de l'hiver dernier, Evan Banks parle de vendre son exploitation. Harve est sûr qu'on pourrait obtenir un prêt bancaire pour l'acheter.

– Au lieu d'être un pauvre éleveur, tu risques d'être un pauvre agent foncier.

– Non, un riche agent foncier. Si ton père était malin, il vendrait une partie de ses terres. C'est fini, l'époque des grands ranches. Il ferait bien de penser à réduire la taille de ses « Trois C » ou il finira par tout perdre.

Il se passa encore plus d'une heure avant que Webb et Nate prennent congé de Doyle pour aller manger. Sur le pas de la porte, Nate lança un coup d'œil à son ami en remontant son pantalon sur ses hanches.

– Qu'en penses-tu?

– Oh, il le fera. Il vendra le « Tee Pee ».

Ni l'un ni l'autre n'appréciait ça. Mais les choses changeaient et il fallait s'attendre à ce qu'elles changent encore davantage.

Les immigrants, astucieusement conduits par Wessel dans une grasse prairie dont les hautes herbes leur frôlaient les genoux, le regardaient, bouche bée, pérorer sur un talus d'où il les dominait. Assuré d'avoir placé sa marchandise, il leur lança finalement :

– Y a-t-il encore quelque chose que vous ne compreniez pas dans cette méthode de culture des terres arides?

Personne ne dit mot et, au premier rang, Lillian debout à ses côtés, Stefan Reisner secoua négativement la tête.

– Bon, alors pour ceux qui manqueraient de fonds (le cas général, il le savait), je peux les aider à obtenir de quoi acheter graines et instruments aratoires! Auprès de notre nouvelle banque, la vôtre, à dix pour cent d'intérêts, mais le terrain est gratuit. D'autres questions?

– Et où habiterons-nous? demanda une voix.

– Des chariots et des tentes suffiront pendant l'été, jusqu'à la première moisson. Une scierie va s'installer à Blue Moon, vous pourrez y acheter de quoi vous abriter. Si vous êtes pressés, vous emprunterez, sinon vous vous ferez une hutte de terre avec le « marbre de la prairie ».

– Et pour faire la cuisine et se chauffer l'hiver, quel combustible utiliserons-nous? Il n'y a pas d'arbres par ici.

– Je suis content que vous posiez cette question. Eh, jeune dame, là-bas, passez-moi donc ce caillou noir qui est à vos pieds.

Lillian ramassa une grosse pierre noire comme il y en avait beaucoup, éparses, tombées d'une veine sombre au flanc du talus.

– Je vous ai dit, mes amis, que ce pays renfermait des trésors. En voilà encore un! C'est du charbon. A quelques centimètres sous la surface du sol, vous en trouverez partout. Et ici, il affleure. Voilà votre combustible!

4

Un vent léger faisait osciller les hautes herbes semées de fleurs éclatantes. Lillian Reisner regardait le soleil et emplissait ses poumons de cet air frais et odorant. L'espoir qui avait attiré ses parents sur les rivages du Nouveau Monde se trouvait enfin réalisé. C'en était fini des rues obscurcies par de hauts buildings, des fumées et des puanteurs de la grande ville, de la promiscuité de voisins bruyants et querelleurs.

– Tu entends le vent, Stefan. Je ne me souviens pas de l'avoir jamais entendu jusqu'ici, dit-elle en tournant vers le grand homme maigre son visage rayonnant.

– Et les oiseaux donc! s'exclama-t-il avec son rauque accent germanique. Je n'ai plus entendu que des pigeons depuis si longtemps que j'ai oublié le gazouillis des oiseaux des champs. Quand j'ai quitté l'Allemagne avec ton père, j'étais un tout jeune homme. Et toi, tu n'étais encore qu'un éclair dans ses yeux.

L'histoire de la longue traversée dans l'entrepont, le désir fou de ses parents de donner naissance à leur premier enfant en Amérique, où les rues sont pavées d'or : Lillian avait bien souvent entendu tout cela. Si la réalité n'avait pas été aussi brillante pour ses père et mère qui étaient morts à quelques mois de distance, leur optimisme y avait néanmoins résisté. Quant à elle, l'expérience de la migration entreprise dernièrement avec Stefan lui faisait comprendre un peu tard quels avaient été leur courage et leurs épreuves, et elle regrettait amèrement de s'être parfois montrée injuste à leur égard, quand elle avait ri de leur accent et des fautes qu'ils faisaient en parlant.

Stefan avait partagé le rêve de son père et c'est elle maintenant qui se trouvait aux côtés de ce mari de quarante-trois ans qu'elle respectait et aimait à sa manière. Il se montrait bon et attentionné avec elle et, malgré ses cheveux gris, il était encore solide comme un roc.

– Tu as attendu longtemps pour avoir une terre qui t'appartienne. Tu l'as maintenant, trois cent vingt acres, dit-elle avec un geste circulaire du bras, en regardant ses yeux brillant déjà de l'orgueil du propriétaire.

– Il avait bien dit, ce M. Wessel, qu'il nous montrerait ce qu'il y avait de mieux!

Ils avaient déposé la veille la demande de concession et, avec l'aide de M. Wessel, pris des dispositions pour obtenir un prêt de la banque, puis ils avaient procédé aux achats de semences, d'outillage et de provisions nécessaires à leur départ pour une nouvelle vie. Et, avec une vieille carriole, ils étaient allés chercher à la gare les quelques biens qu'ils y avaient laissés en consigne pour les apporter là où ils construiraient leur future maison. C'était à une vingtaine de miles de la ville, à six miles de leur plus proche voisin mais, quand on est venu de si loin, les distances importent peu.

– Regarde ça, Lillian, dit-il en dégageant du pied une épaisse touffe de graminées (elle se pencha en ramenant ses jupes autour de ses jambes), nous ferons pousser du blé aussi dru que cette herbe.

– Oui, c'est vrai, acquiesça-t-elle.

Et elle savait qu'en imagination il voyait déjà l'immense prairie transformée en un océan de blé.

Arrachant d'une seule secousse une poignée d'herbe qui vint avec ses racines entremêlées emportant toute une motte de terre qu'il émietta dans les mains de sa femme réunies en coupe, il déclara avec une lueur de bonheur dans les yeux :

– Notre terre.

Elle referma ses doigts sur cette poudre sèche et fraîche à la fois, consciente de tenir ainsi la source de toute vie végétale.

– C'est ici que nous construirons notre foyer, reprit-il. Je labourerai d'abord, puis je sèmerai.

Et Lillian ajouta :

– Il faudra aussi un potager pour faire venir nos légumes.

Tandis qu'il retournait vers le chariot pour le décharger, elle se frotta les mains sans toutefois en faire tomber toute la terre et revint à sa contemplation de l'immense paysage de verdure parsemé de vives taches de couleur.

Un sourire étira ses lèvres tandis qu'elle évoquait l'image du seul et unique cow-boy qu'elle ait vu en chair et en os; comme il différait des êtres frustes et brutaux tels qu'on se représentait généralement ceux qui avaient été les seuls jusqu'ici à parcourir et exploiter les vastes plaines dont les ondulations s'étendaient autour d'elle à l'infini. Elle revoyait ses yeux sombres qui la regardaient avec une expression attentive et une franche admiration. On sentait qu'il n'avait jamais vécu à l'étroit; il se mouvait avec naturel à travers les grands espaces de cet immense pays.

Son visage bronzé, ses épaules larges, son air robuste et fier lui faisaient paraître Stefan encore plus pâle et plus voûté. Elle rejeta cette comparaison injuste : son mari n'avait-il pas quinze ans de plus, au moins, que ce jeune cow-boy?

Et puis elle songea qu'elle n'avait pas à se monter la tête au sujet de ce garçon; avec tout le travail qui l'attendait ici, c'était folie de s'attarder à rêvasser.

Faire la ronde autour du ranch est une occupation solitaire, mais ce n'était pas pour déplaire à Webb. Tandis que son cheval longeait la clôture, lui s'assurait de la rigidité du barbelé et de la solidité des pieux. Ce travail, machinalement accompli, lui permettait de laisser vagabonder son esprit.

Comme l'été commençait à jaunir les herbes et que les longues foulées de sa monture les froissaient dans un bruit de faux, ce son et cette couleur évoquèrent soudain l'image monotone des champs de blé qui couvriraient un jour la vaste plaine.

Depuis deux mois, dans leurs chambrées, les cowboys ne cessaient de maudire les immigrants qu'ils affublaient de sobriquets désobligeants et méprisants. On les voyait débarquer par trains entiers et se répandre dans les plaines, menaçant d'accaparer les riches pâturages qui avaient été jusqu'alors le domaine réservé des éleveurs.

Webb n'aimait pas plus que les autres cette invasion, mais il s'y résignait; comme pour les rancheros, du temps de son père, ce pays représentait la dernière réserve de terres vierges pour les cultivateurs. C'était la marche du temps. Dans cette perspective historique, les tentatives de freinage de son père lui paraissaient aussi futiles que dénuées de réalisme.

Lorsque son cheval atteignit le sommet d'une légère éminence, il le vit pointer ses oreilles à un son venant de l'autre côté de la clôture et sentit ses flancs se gonfler pour pousser un hennissement amical à l'attention d'un attelage qui avançait dans le creux du vallon, laissant derrière lui le sillon ouvert par la charrue. Webb tira machinalement sur les rênes et il vit l'homme qui s'avançait derrière la croupe musclée de ses bêtes, puis le soc tranchant de la charrue à lames pivotantes, capable d'entamer ce sol durci par la sécheresse des étés ou le gel des hivers.

L'homme portait des bretelles qui retenaient son pantalon trop large. La sueur qui dégoulinait de son front sur sa chemise y formait des traînées qui rejoignaient presque les taches humides sous ses aisselles.

Remarquant ses joues glabres, Webb vit que ce n'était pas, comme il l'avait cru tout d'abord, celui qu'il considérait comme le père de la jeune fille rencontrée à la gare. Cet homme-là était plus jeune, presque de son âge à lui.

Suivant des yeux le sillon jusqu'à son point de

départ, il découvrit une charrette et le blanc déteint d'une toile de tente, devant laquelle jouaient deux petits enfants surveillés par une fillette. Ils étaient tous blonds, donc probablement pas apparentés à la jeune fille à la chevelure d'un roux sombre. Le regard de Webb retourna à l'homme. Pris par son travail, celui-ci ne s'était pas aperçu de sa présence et il ne le vit que lorsque Webb se trouva à son niveau. Il s'arrêta alors brusquement et le dévisagea avec méfiance, ce qui n'avait rien d'étonnant, l'accueil des voisins à l'égard des nouveaux venus ayant été plutôt froid, sinon hostile.

Or, Webb avait envie de faire connaissance avec eux. Repoussant son feutre en arrière, il laissa sa monture, naseaux frémissants, passer la tête au-dessus du grillage.

– On dirait qu'il va faire très chaud, aujourd'hui, observa-t-il, sachant ce genre de considération aussi important pour les cultivateurs que pour les éleveurs. (L'homme opina, mais sans quitter Webb des yeux pour regarder le ciel à son tour.) C'est du blé que vous allez semer là?

– Oui, répondit-il avec le même geste du menton.

– N'est-ce pas un peu tard dans la saison?

L'homme eut une expression fugitive qui exprimait peut-être le doute ou simplement l'inquiétude; mais elle fit bientôt place à un air de détermination désespérée, que Webb allait retrouver par la suite chez presque tous les nouveaux venus. Repensant à la jeune fille rousse, il se réjouit que sa famille soit arrivée parmi les premières; ainsi leurs semailles pourraient-elles arriver à maturité, à condition qu'il pleuve.

– M. Wessel a dit qu'on avait le temps de semer et de récolter.

Le ton était catégorique, avec un accent que Webb ne put identifier. Cette foi aveugle en la parole du promoteur découragea ses velléités amicales; son visage se durcit et il détourna les yeux vers le campement et les enfants qui jouaient au soleil.

– C'est votre famille?

– Oui, c'est mon Helga et les enfants, répondit-il.

Webb sentit que l'homme cachait de l'inquiétude derrière son attitude provocante, comme s'il représentait une menace pour eux, alors qu'en fait c'était l'ignorance de leur père qui mettait leur existence en péril.

– Avez-vous une idée des risques qu'ils peuvent courir ici?

– J'ai un fusil. Si on menace ma famille, je m'en servirai.

Devant cette réponse inattendue, Webb fut stupéfait. Face à une telle réaction, il fallait s'attendre à ce que des actes de violence se produisent, certains cow-boys étant eux aussi assez excités.

– Comment vous appelez-vous? demanda Webb en scrutant le visage de son interlocuteur.

– Kreuger, Franz Kreuger, répondit celui-ci d'un air de défi.

– Permettez-moi de vous dire quelque chose, Franz Kreuger. Beaucoup de rancheros, ici, ont des mœurs d'un autre âge. Ils se sont battus contre les Indiens et les voleurs de bétail, parfois même entre eux. Quand ils voient une arme, ils pensent qu'on va s'en servir. Un bon conseil, monsieur Kreuger, donnez ce fusil à votre femme, et vous serez tous plus en sécurité.

Faisant pivoter son cheval, il remonta la colline et vit la silhouette d'un trio de cavaliers se découper sur le ciel. Ne devant être relevé que deux jours plus tard, il s'étonna d'abord, mais il reconnut son père et se dirigea vers eux. Il préféra pousser son cheval entre ceux de son père et d'Ely Stanton au lieu de prendre place, comme on semblait l'y inviter, auprès du patron. Parce que c'était son fils ou parce qu'il voulait lui parler?

– Tout va bien? demanda-t-il sèchement, irrité par ce choix.

Il ne s'informait pas de l'état de la clôture mais du fermier installé de l'autre côté de celle-ci. Webb le vit lancer des regards inquiets vers les cavaliers, tout en continuant cependant à diriger son attelage.

– C'est parfait, répondit-il, sans faire allusion aux propos belliqueux de l'homme.

C'était inutile et dangereux, et d'ailleurs il sentait la fureur secrète de son père.

– Turner vient te relever.

– N'oubliez pas que vous m'avez laissé ici, plaisanta le cow-boy en s'éloignant.

Benteen dit alors :

– Bull Giles arrive après-demain par le train. Tu viendras l'accueillir avec moi.

– Les colons sont là. L'armée ne va pas les chasser maintenant. D'autres viendront encore et ce n'est pas toi ni Bull Giles qui pourrez les en empêcher.

– Aussi ne dois-je rien faire contre, n'est-ce pas? Regarde ça, derrière ces chevaux de trait! Tu vois l'herbe?

– Oui, répondit Webb sans comprendre où il voulait en venir.

– Regarde-la bien, car c'est la dernière fois que de l'herbe poussera sur cette terre. C'est comme si on violait une jeune fille. Ce qu'elle perd ne se remplace pas! Toi peut-être, tu peux assister à ça sans rien tenter pour t'y opposer, mais pas moi.

– Les choses changent avec le temps, se contenta d'observer Webb, trop conscient de l'inutilité de discuter avec son père.

– J'ai déjà vu bien des choses dans ma vie, mais ça, c'est un changement que je ne veux pas voir... Je ne sais pas s'il faut admirer le courage de cet abruti ou le haïr pour ce qu'il fait à ce pays.

La voix de Benteen vibrait d'émotion et son fils

sentit, repensant à l'agressivité de Kreuger, que la situation pourrait devenir explosive.

– Si l'herbe pousse si bien sur cette terre, pourquoi le blé n'y pousserait-il pas?

– Pour la bonne raison que les céréales ne poussent pas dans la caillasse ni le riz dans le désert. Il y a des choses qu'on ne peut pas imposer à la terre. Ce type-là n'est pas du pays; son ignorance est excusable, mais toi, tu devrais le savoir. Je n'ai jamais compris pourquoi l'expérience des uns ne profite jamais aux autres.

Rien dans tout cela n'expliquait à Webb en quoi les éleveurs avaient raison et les fermiers tort. Ce qu'il savait, c'est que le ranch n'avait rien rapporté cette année ni les deux années précédentes et que sa situation financière n'était pas brillante.

5

Les roues de leur chariot s'enfonçaient jusqu'aux essieux dans la boue qui transformait en cloaque l'unique rue de Blue Moon, mais Lillian souriait. Depuis leur arrivée dans le Montana, c'était la première fois qu'il avait vraiment plu.

Comme on ne pouvait pas travailler aux champs, ils avaient décidé d'en profiter pour aller s'approvisionner en ville. Les autres fermiers devaient avoir eu la même idée, car il y avait foule et les visages réjouis montraient que tous réagissaient comme elle. Il pleuvait donc dans ce pays que l'on disait sec!

Et qu'importait que la boue colle à leurs semelles puisque le blé allait pousser et que l'automne verrait leur première récolte!

– Nous allons d'abord remplir notre citerne, déclara Stefan, arrêté devant la forge.

Tous ceux dont le terrain n'avoisinait pas un cours d'eau ou qui n'avaient pas encore creusé de puits, c'est-à-dire la majorité des fermiers, venaient y prendre de l'eau.

D'autres charrettes stationnaient déjà, et Lillian chercha en vain un visage rencontré dans le train parmi les femmes qui attendaient leurs époux; comme Stefan, tous faisaient la queue devant le puits du forgeron.

Six cavaliers arrivèrent alors dans la rue, escortant un boghei où se trouvaient deux dames. Avec un petit frisson de plaisir, elle reconnut l'un des cow-boys, celui qui lui avait parlé le jour de son arrivée. Il lui parut plus grand que dans son souvenir, peut-être parce qu'il était à cheval. Quand son regard passa sur elle, rien ne montra qu'il l'avait vue, et elle eut honte de sa déception. Mais il se retourna soudain et, le cœur battant, elle revit ses traits âpres qui semblaient taillés dans le bronze mais que vint adoucir, comme à leur première rencontre, un gentil sourire, tandis qu'il touchait le bord de son feutre. Elle répondit par un signe de tête et leurs yeux se quittèrent aussitôt.

Elle chercha à repérer son mari parmi les hommes qui attendaient leur tour pour puiser de l'eau et, regardant plus attentivement les cow-boys, elle remarqua les trois C marqués sur la croupe de leurs montures et se demanda ce que cela signifiait.

– Vous avez vu ça? Ils chevauchent à travers la ville comme si tout leur appartenait, grommela un fermier en crachant par terre.

Il semblait savoir de qui il parlait. Lillian se pencha pour lui poser la question.

– Qui était-ce?

– Calder, jeta-t-il haineusement. Le propriétaire du plus grand ranch de la région. Il y a des seigneurs en Amérique comme en Russie.

– Comment les connaissez-vous, Kreuger? demanda un autre fermier au Russe qui venait de parler ainsi.

– Mon terrain jouxte le leur. L'un de leurs hommes est venu me trouver quand j'étais en train de labourer et m'a dit que quelque chose de mauvais pourrait arriver à ma famille. Alors je lui ai répondu que j'avais un fusil et que je m'en servirai, fit l'homme en toisant son auditoire d'un air fanfaron.

Une voix s'éleva parmi les murmures :

– Et alors, que s'est-il passé?

– Il a encore sorti d'autres menaces et il est parti... Il faut qu'on se serre les coudes, nous autres, affirma-t-il à l'adresse des autres hommes. Ces types des ranches s'imaginent que parce qu'ils étaient là les premiers, tout leur appartient. Il faut leur montrer qu'on n'a pas peur d'eux!

Ce genre de propos rappelait de vieux souvenirs à Lillian. Dans leurs quartiers pauvres de New York, les immigrants parlaient ainsi de la nécessité d'être solidaires pour ne pas se laisser plumer, et la misère engendrait la violence. Sur ces terres nouvelles, il devait être possible de repartir dans la vie, grâce à son travail, mais l'horizon n'était pas tout à fait serein.

Arrivés à la gare, Webb et ses compagnons mirent pied à terre. Benteen envoya Curley, l'un de ses cow-boys, s'enquérir de l'heure d'arrivée du train. Puis, jetant un regard glacé à son fils, il lui enjoignit d'aider sa mère et Ruth à descendre de voiture.

Le jeune homme obtempéra, mais, lorsqu'il s'approcha du boghei, l'expression amoureuse de Ruth le gêna; il dut cacher sa réaction :

– Tu as besoin qu'on t'aide à ne pas salir tes jupes avec toute cette boue? demanda-t-il, aimable.

– Oui, je t'en prie, répondit-elle avec un petit sourire plein de réserve.

De ses mains gantées, il enserra sa taille mince et la souleva en l'air pour la poser sur le plancher du quai, puis il se détourna pour aider sa mère à descendre à son tour.

– Je n'ai jamais vu autant de monde en ville, s'écria Lorna en défroissant les plis de sa jupe couleur caramel.

– Ce sont pour la plupart des fermiers. Je pense que c'est la pluie qui les a chassés de leurs champs.

– Le soleil ne va pas tarder à sécher la terre, reprit-elle d'un air soucieux. Demain, c'est un couteau qu'il leur faudra au lieu d'un soc de charrue.

Webb sourit; s'il pleuvait rarement dans le Montana, la boue se solidifiait en séchant jusqu'à devenir dure comme de la pierre.

– Ces pauvres gens me font de la peine, murmura Ruth.

– Ils n'ont pas l'air décidés à se laisser abattre, répliqua Webb, frappé par la fraîcheur laiteuse du teint de la jeune fille, rehaussé par sa robe rose.

Et il revit la peau déjà brunie par le soleil de Lillian, modestement vêtue de guingan. Il venait juste de l'apercevoir dans un groupe de fermiers, attendant auprès du puits. Curieux qu'il ne l'ait reconnue qu'au second coup d'œil, à l'éclat fauve de sa chevelure. A quelque chose d'autre, aussi : cette vitalité qui émanait de tout son être, corps et âme.

– Je crains qu'il faille plus que de la détermination, reprit sa mère qui ajouta, avec un sourire : mais j'aime bien voir tous ces gens en ville, même si un certain M. Calder s'offusque de cette remarque.

Ces paroles, qu'il eût en effet mal acceptées venant de quelqu'un d'autre, ne provoquèrent qu'un indulgent sourire de la part de Benteen. Il leur annonça que le train avait une demi-heure de retard, ajoutant qu'il comportait deux wagons pleins d'immigrants :

– J'espère que ça te fera plaisir, Lorna.

Elle ne répondit pas à la plaisanterie et, s'adressant à Ruth, lui demanda si elle voulait venir attendre avec elle à l'intérieur de la gare ou rester sur le quai avec Webb.

– Je pense... commença celle-ci, hésitant à obtempérer aux manœuvres de Lorna pour favoriser leur tête-à-tête.

– Ruth a besoin de prendre l'air, après tout le temps qu'elle passe enfermée dans son école, déclara Webb, sachant qu'elle préférait toujours le laisser décider à sa place.

Ravie, Lorna prit le bras de son mari, et ils partirent ensemble vers la gare.

– J'espère que les livres de lecture que j'ai commandés pour les enfants sont arrivés, dit Ruth pour rompre le silence.

Webb, les yeux perdus dans la contemplation des volutes de fumée de sa cigarette, songeait que, comme son ami Nate, il ne devait pas être fait pour le mariage. Au ranch, plusieurs garçons de son âge ou même plus jeunes étaient mariés et pères de famille. Pour lui, cela signifierait s'installer définitivement dans la vie, se préparer à succéder à son père. Il s'y refusait, ne sachant pas encore s'il ne partirait pas pour suivre sa propre voie.

– Tu devrais te marier, Ruth, dit-il soudain. Tu apprendrais à lire à tes enfants et non à ceux des autres.

– On croirait entendre ta mère. Sauf qu'elle dit que c'est à ses petits-enfants que je devrais apprendre à lire...

– Ça ne me paraît guère probable, lança-t-il spontanément.

Se rendant compte qu'il venait de révéler ainsi ses sentiments – ou plutôt son manque de sentiment – à l'égard de la jeune fille, il lui demanda si elle était déjà allée au Texas.

– Non, jamais, répondit-elle d'une petite voix, déçue dans l'espoir qu'elle nourrissait depuis si longtemps.

Cet espoir était entretenu par les quelques visites qu'il lui avait rendues et par les baisers, une dizaine peut-être, qu'il lui avait donnés. Chaque année, elle se demandait si ce serait celle du mariage, d'autant plus que Lorna l'avait assurée qu'il ne fréquentait aucune autre jeune fille.

– Moi je n'y suis allé que deux fois. Mes grands-parents sont toujours à Fort Worth. Maman parle tout le temps d'aller les voir, mais...

Il fronça les sourcils et ne termina pas sa phrase.

Un sifflement lointain venait de se faire entendre. Les gens qui attendaient sur le quai commencèrent à s'agiter et trois chariots débouchèrent bruyamment de la rue. Dans le premier, Webb reconnut l'homme en blanc, ce Wessel qui prenait en charge les immigrants en quête de terrains et, près de lui, Doyle Pettit, du ranch « Tee Pee ». Il mettait donc à exécution les projets dont il avait fait part à Webb et Nate lorsqu'ils s'étaient rencontrés au saloon. Les cochers des deux autres chariots, il les reconnaissait aussi : des hommes qui jouaient au ranch « Tee Pee » un rôle aussi important que Barnie Moore et Shorty Niles aux « Trois C ».

– N'est-ce pas Doyle Pettit... et Charlie... et Jingles? demanda Benteen qui venait de s'approcher de son fils au moment où le train entrait en gare.

Les deux premières voitures de passagers déversèrent leur flot d'immigrants, accueillis par Wessel, reconnaissable à son costume, sous le regard dur de Calder, qui serrait les dents.

– Voilà Bull! s'écria Lorna, la première à repérer le vieil homme à encolure de taureau qui s'appuyait lourdement sur sa canne, suivi d'un Noir portant sa sacoche.

– Bienvenue dans la future capitale céréalière du Montana! clamait Wessel, juché sur un tonneau vide. J'espère que vous ne vous attendez pas à trouver ici la sécheresse. On est dans la boue jusqu'aux chevilles!

De légers rires fusèrent parmi les nouveaux arrivants. Seuls les membres du ranch des « Trois C » secouaient la tête d'un air désapprobateur. Bâti comme un lutteur de foire et presque aussi laid, Bull Giles s'avançait en boitant, vêtu d'un costume noir dont la veste ouverte découvrait un gilet de brocart et une épingle de cravate en diamant. Il avait de la classe, malgré sa corpulence. Dès que son regard se posa sur Lorna Calder, une expression d'ineffable douceur transforma ses traits de brute.

– Vous n'avez pas changé, Lorna. Vous êtes même encore plus belle, fit-il en s'inclinant pour baiser galamment le haut de son gant blanc.

– Vous non plus, Bull, vous n'avez pas changé. Toujours aussi flatteur.

– Si votre époux n'était pas là à me surveiller, je vous prouverais la sincérité de mon admiration, répliqua-t-il d'un ton léger que démentait l'intensité de son regard.

Puis il serra la main de Benteen.

– Ils envahissent ce pays comme des sauterelles, observa celui-ci en regardant Wessel. J'espère que vous avez trouvé quelque chose pour y parer.

– La digue est rompue. Il faudrait une intervention divine pour arrêter le flot, maintenant.

Benteen s'y attendait, mais ce verdict l'affecta pourtant. La conversation s'interrompit pendant que Bull payait son porteur et que Calder faisait déposer la sacoche dans le boghei.

– La ville s'est vraiment étendue, remarqua Bull. C'est une scierie, là? demanda-t-il désignant des piles de bois auprès d'un immeuble encore inachevé.

– Oui, c'est l'apport le plus récent. Blue Moon a même une banque. Et des optimistes parlent de la construction d'un grenier à blé.

Bull contempla pensivement la modeste agglomération en bordure de route qui, en quelques mois, avait pris figure de petite ville :

– Les choses changent.

– Le changement n'est pas toujours une bonne chose.

– Vous aurez du mal à en convaincre les commerçants!

– Le problème, c'est que plus les gens gagnent de l'argent, plus ils en veulent, conclut Benteen, qui fit un effort pour chasser ses humeurs noires et invita Bull à venir prendre un verre avec lui pendant que Lorna ferait ses courses.

– Bonne idée. Si mes souvenirs sont exacts, d'ici au ranch, la route est longue et sèche le gosier.

A l'exception de Webb, qui reprit son cheval, ils montèrent tous dans le boghei pour le court trajet qu'ils durent effectuer à travers une incroyable cohue. Nate se trouva à côté d'un des chars à bancs conduit par un cow-boy noir surnommé Jingles, à cause des sonnettes de ses éperons; il fit semblant de ne pas voir les cavaliers des « Trois C ».

– Jingles, que fais-tu dans cette boîte? Un grand cow-boy comme toi devrait être en selle! lui cria Nate.

– Les ranches d'ici congédient leurs cow-boys, ils n'en engagent plus. Je vais enfin être payé pour balader ces pèlerins dans cet océan de prairie, répliqua l'autre d'une voix amère.

– Continue à les y balader, y en aura bientôt plus, de prairie. Et quand y a plus d'herbe, y a plus de bétail.

Webb dépassa à son tour le char à bancs conduit par l'infortuné Jingles et s'abstint de tout commentaire, sachant qu'il y avait du vrai dans ce qu'il disait. Même aux « Trois C », on n'engageait plus d'hommes en extra à certaines époques de l'année.

Comme ils passaient devant la nouvelle banque, Webb remarqua un attelage d'alezans clairs qu'il identifia immédiatement : c'était ceux de la voiture de la jeune Lillian. Mais elle ne s'y trouvait pas, pas plus que parmi les passants qui circulaient sur les planches posées le long de la rue boueuse.

Il soupira et se sentit mal à l'aise, sans trop savoir

pourquoi. Depuis quelque temps, déjà, il éprouvait cette impression bizarre et désagréable dont il ignorait la cause.

6

Webb n'avait bu qu'une gorgée de bière et le reste tiédissait dans sa chope. Bull Giles et son père parlaient politique. Il n'écoutait pas et restait silencieux, alors que les autres cavaliers commentaient bruyamment une partie de billard qui se jouait dans le fond de la salle. Le fils Calder se devait d'être plus réservé.

Soudain, il attira la chope vers lui mais se ravisa et se leva, se détournant du regard inquisiteur de son père :

– Je pense que ma mère et Ruth doivent avoir besoin de moi pour les aider à porter leurs achats.

En vérité, il n'en pouvait plus de rester assis à ne rien faire, alors que tout bouillonnait en lui.

Bull le suivit des yeux :

– Il y a quelque chose qui ne va pas, on dirait! Il a l'air d'un taureau qu'on aiguillonne.

– Il s'est peut-être disputé avec Ruth, répondit Benteen, sans trop y croire.

– Webb est-il fiancé avec elle?

– Il y a des moments où je me demande même s'il lui fait la cour. S'il a vraiment des idées de mariage, il prend son temps en tout cas, soupira Benteen.

La carriole aux alezans clairs était rangée près du boghei, devant l'entrée du grand magasin. Une famille de fermiers avec quatre enfants traversait la rue. Le plus jeune, d'environ quatre ans, se planta devant Webb en relevant la tête pour le regarder droit dans les yeux.

– Où sont les Indiens, maman?

Toute cette foule, car la rue était encore plus encombrée qu'auparavant, semblait n'avoir pour but que ce magasin. Les gens ne venaient que rarement en ville. Parmi ces hommes en sarrau, lui seul portait un stetson et des éperons à ses bottes. Quelques mois plus tôt, c'était encore une ville de cow-boys.

Il eut tôt fait de repérer Franz Kreuger puis, plus loin du côté de la mercerie et des tissus, une chevelure blonde, celle de Ruth, en train de faire son choix avec Lorna. Parmi les femmes vêtues de guingan qui se trouvaient là, il ne vit pas la fille aux cheveux roux.

– J'espère que ton père n'est pas sur le point de partir, lui dit sa mère, Ruth et moi sommes passées à l'église et nous venons juste d'arriver. Nous n'avons pas encore fait nos achats.

– Non, ce n'est pas lui qui m'envoie. J'ai pensé que vous pourriez avoir besoin d'aide pour porter vos paquets.

– Pas encore, mais ne t'éloigne pas. Une femme trouve toujours à employer les bras d'un homme fort, n'est-ce pas, Ruth?

Celle-ci eut un petit rire forcé mais sans regarder Webb. Ollie Ellis, l'air débordé, se précipitait vers eux.

– Je suis désolé de vous avoir fait attendre, madame Calder. Que puis-je vous proposer aujourd'hui?

– J'étais là avant! dit une femme au profil d'oiseau en bousculant Ruth. Elles viennent seulement d'arriver!

– Monsieur Ellis, servez d'abord cette dame. Ruth et moi n'avons pas encore fait notre choix, déclara courtoisement Lorna, indifférente à la grossièreté de celle qui était évidemment dans son bon droit.

– Merci, madame Calder, murmura le marchand, soulagé.

Et Webb, mal à l'aise dans cette cohue étouffante, déclara qu'il les attendrait dehors. Devant le magasin, des groupes de paysans discutaient entre eux et il traversa la rue pour se retrouver, entre le saloon et l'auberge, sur un trottoir moins surpeuplé. Tous ces types devaient être farouchement antialcooliques, car aucun d'eux n'avait même franchi le seuil du bar. Il alluma une cigarette et regarda autour de lui. Des détails nouveaux le frappèrent. Une enseigne, portant en lettres noires LUMBER PETTIT COMPANY, était clouée sur la façade de la scierie-menuiserie, tandis qu'un panonceau, au-dessus de l'agence immobilière, indiquant qu'il s'agissait des W.P. LAND LOCATERS, confirmait que Doyle Pettit était devenu l'associé de Wessel. Le nom de l'ancien ranchero se retrouvait également, en petits caractères, sous le nom du grand magasin, de l'autre côté de la rue, BLUE MOON HARDWARE & SUPPLY STORES.

Il y avait fort à parier que Doyle soit aussi mêlé au projet de grenier à blé. L'ancien éleveur avait astucieusement monté son coup : aider les immigrants à se procurer un terrain, leur fournir les instruments aratoires et les bois de charpente pour leur maison; le moment venu, il leur achèterait probablement leur récolte. Les fermiers ne deviendraient jamais riches, mais lui, du diable s'il ne le devenait pas! Webb n'appréciait guère ce genre de talents pour les affaires.

Un bruit de pas légers lui fit tourner la tête, et il reconnut la jeune fille mince au chapeau de paille. Il s'avança au milieu du trottoir et, en le reconnaissant à son tour, elle sourit spontanément; il en éprouva un petit frisson de plaisir. Elle portait dans ses bras l'un de ces grands cabas tressés par les Indiens des réserves.

– Hello! dit-elle en premier.

– Hello! répondit-il, charmé par la fraîcheur de la voix.

Il remarqua aussi la franchise de son regard, et une aisance qu'il n'avait jamais vue chez les autres jeunes filles. Seules les femmes des saloons n'étaient pas intimidées par les hommes.

– Puis-je vous aider à porter ça? demanda-t-il en désignant le cabas.

– Non, j'y arrive très bien. Ce n'est pas lourd.

– J'insiste, dit-il en saisissant l'objet qu'elle lui abandonna presque à contrecœur. L'avez-vous acheté à la squaw de la gare?

– Oui, dit-elle, fière de son achat. Elle n'avait pas vraiment envie de le vendre, mais j'ai trouvé que ce serait tellement commode pour ranger des choses, et décoratif, aussi!

– J'espère que vous ne l'avez pas payé le prix qu'elle en demandait.

– Non, je sais marchander. J'obtiens toujours de meilleurs prix que Stefan, se récria-t-elle avec un petit éclat de rire discret mais qui exprimait toute sa vitalité.

Webb n'attacha pas d'importance au nom de Stefan; il pensa qu'elle parlait de son frère.

– Notre charrette est devant le magasin, ajouta-t-elle.

– Oui, je l'ai déjà vue, dit-il, avouant implicitement qu'il la guettait. Vous vous êtes donc installés par ici?

– Nous avons un terrain à une quinzaine de miles de la ville, à l'ouest.

– Près de chez Kreuger, donc?

– C'est notre voisin. Mais comment le savez-vous? Il n'y a même pas une semaine qu'il a déposé sa demande. Nous n'avons fait sa connaissance qu'aujourd'hui.

– Juste une supposition, dit Webb en haussant les épaules.

– C'est vrai, j'oubliais, vous travaillez au ranch à côté de la terre de Kreuger!

– Comment savez-vous cela, Lillian?

Le prénom avait jailli involontairement et le regard

qu'elle lui lança lui fit comprendre qu'il y avait quelque chose qui n'allait pas.

Il eut l'impression qu'elle voulait mettre plus de distance entre eux, mais il ne la laissa pas faire. Remarquant les taches de rousseur sur ses pommettes dorées par le soleil, ainsi que les boucles acajou qui couraient dans son cou, il lui dit :

– Il y a quelques années, je suis allé au Texas pour ramener des bœufs, et j'ai vu des fleurs sauvages, orange foncé, avec des taches brunes. Quelqu'un m'a dit qu'on les appelait des lis tigrés. Vous m'y faites penser, Lilli.

Elle resta silencieuse et feignit d'ignorer ces paroles flatteuses, mais il vit avec plaisir qu'elle le regardait à la dérobée.

– Personne ne vous appelle Lilli? demanda-t-il soudain, certain que ce nom convenait plus à sa personnalité que ce conventionnel « Lillian ».

Non, personne ne lui avait jamais donné de diminutif, ni ses parents ni Stefan, et elle aurait bien aimé voir les fleurs en question. En gravissant les marches du trottoir devant le magasin, elle sentit qu'il lui soutenait légèrement le coude de sa main et en éprouva une agréable sensation. Elle tourna la tête vers lui et admira la fermeté de ses traits. Elle sentait vaguement la présence de gens circulant autour, mais sans y attacher d'importance; comme avant, dans la grande ville. Aussi ne fit-elle pas attention aux regards désapprobateurs qu'on lui lançait parce qu'un cowboy l'accompagnait.

– Comment vous appelez-vous?

– Webb, répondit-il seulement.

Ecartant l'idée folle qu'il lui faisait la cour, elle sourit et lui demanda :

– Depuis combien de temps travaillez-vous chez M. Calder?

Le dos tourné au bar et les coudes calés contre le zinc, Nate avait bu sa bière et ne voulait pas en commander une autre; sa soif était apaisée et il commençait à s'ennuyer ferme. Calder et Bull Giles, le grand homme, parlaient toujours, assis au fond de la salle. Webb ne revenait pas.

D'un pas nonchalant, Nate se dirigea vers son patron auquel il demanda en se penchant respectueusement sur ses jambes arquées :

– Où est Webb?

– Au magasin, pour aider Ruth et sa mère à porter leurs paquets.

Nate secoua la tête et toucha le bord de son feutre en guise de salut. Webb ne devait pas s'amuser plus que lui, mais il décida cependant d'aller le rejoindre.

Stefan Reisner laissait filer entre ses doigts une poignée de clous dont il éprouvait la solidité. Il n'en garda qu'un seul.

– Ils sont meilleur marché de l'autre côté de la rue, dit une voix près de lui.

Il reconnut son nouveau voisin, Franz Kreuger.

Arrivé après lui, cet homme à l'œil sombre et mélancolique savait déjà tout sur la ville et ses habitants. Stefan, il est vrai, avait consacré tout son temps à l'aménagement de sa ferme. Mais en réalité, il n'avait jamais pris d'initiative. L'idée de venir en Amérique venait de Reinald, le père de Lillian, pas de lui.

Franz Kreuger, lui, avait une âme de chef et aimait à se mettre en avant. Déjà, il s'était fait remarquer, près du puits, en parlant des menaces proférées par les gens du ranch des « Trois C ».

Il déclara que dans la grande ville, on se procurait des marchandises moins cher et de meilleure qualité qu'à Blue Moon. Stefan le reconnut et s'inquiéta des prix excessivement élevés et du mal qu'il allait avoir à gagner de quoi vivre et payer ses dettes.

– C'est pour construire votre maison que vous achetez des clous?

– Ma maison est terminée, mais il nous faut des meubles. Et quand la terre sera sèche, il faudra finir de creuser le puits.

– Et moi, il faudra que je retourne aux champs avec ma charrue. Mais la pluie n'est pas venue au bon moment pour moi, expliqua Kreuger en faisant la grimace. Je ne peux pas encore semer et j'ai perdu deux jours. C'est mauvais, ça. Il ne me reste plus beaucoup de temps pour planter de quoi faire une récolte à l'automne.

– Tout à l'heure, au puits, vous avez dit qu'il fallait qu'on se tienne les coudes. Mon blé à moi, il pousse. Je vous amènerai ma charrue et mes chevaux quand la terre sera sèche. On fera vos semailles ensemble, s'écria Stefan.

– Et moi, Franz Kreuger, je viendrai ensuite vous aider à creuser votre puits.

Pour une fois, Kreuger souriait. Il tendit le bras pour sceller leur union d'une vigoureuse poignée de main.

Puis ils décidèrent d'aller ensemble acheter les clous à la ferronnerie et se dirigèrent vers la porte. Comme du temps de Reinald, Stefan se retrouvait à la remorque de quelqu'un, et il aimait ça. Arrivé sur le seuil, Franz l'arrêta d'un geste, les sourcils froncés, et se pencha vers lui :

– Ce cow-boy, c'est lui que Calder a envoyé pour menacer ma famille. Vous voyez comme il accoste l'une de nos femmes sans défense! Il faut que quelqu'un fasse quelque chose contre ce tyran!

Franz Kreuger n'avait pas reconnu Lillian, qui était de dos. Mais Stefan, lui, voyant un cow-boy parler à sa femme en la tenant par le coude, se précipita à l'attaque du colosse qui l'importunait.

– Depuis combien de temps travaillez-vous pour M. Calder? lui avait-elle demandé.

Sans sourire ni profiter de l'occasion pour lui dire qu'il était le fils Calder, Webb répondit :

– Depuis toujours, je crois.

– Je... commença-t-elle, mais une voix gutturale et chargée de colère les interrompit :

– Vous allez la laisser tranquille?

Stupéfait par la brutalité de cet ordre, Webb contemplait le grand type maigre et moustachu qui avait empoigné Lillian par le bras et se dressait devant elle.

– Que diable faites-vous là? s'écria-t-il avec fureur.

– N'approchcz pas d'elle!

Confuse et choquée de l'algarade, Lillian tenta de se libérer du bras qui la maintenait fermement :

– Stefan, tu ne comprends pas...

– Retourne à la voiture! Franz, accompagnez-la!

Reconnaissant en Franz le fermier agressif qu'il avait vu dans le champ, Webb ne douta pas de sa responsabilité dans l'affaire.

– Je ne sais pas ce que vous imaginez, mais je portais ce paquet dans votre chariot. Votre fille l'a acheté, et...

– Ce n'est pas ma fille, c'est ma femme!

L'idée que cet homme pût être le mari d'une si jeune femme lui fit l'effet d'une douche froide. C'était contre nature, indécent. Comment avait-elle pu l'épouser? Comment pouvait-elle accepter qu'il la touche de ses vieilles mains calleuses? Cherchant Lillian d'un œil accusateur, Webb tremblait de ne pouvoir écraser ses poings sur ce vieux visage.

– Le cabas de votre femme! fit-il d'une voix sarcastique en lui fourrant le paquet dans les bras.

L'autre hésita à le prendre, le regard haineux. Webb fut tenté par l'idée de se battre, Lillian serait l'enjeu de ce combat; un vrai combat car, bien que maigre, l'homme avait des bras durs comme des sarments.

– Feriez mieux de me laisser passer avant que j'oublie que vous êtes un vieillard, dit-il d'une voix basse et menaçante.

Et sans attendre que l'autre s'écarte, il fit un pas en avant, repoussant l'homme, qui riposta avec force et l'envoya contre le mur. Fou de rage, Webb voulut se précipiter sur lui, les muscles bandés, mais un corps dur comme de l'acier l'immobilisa. Il ne reconnut Nate que lorsque celui-ci le plaqua contre le mur :

– Bon Dieu, t'es pas fou, Webb? C'est un vieux!

– Laisse-moi passer! cria Webb, les poings serrés.

Moins grand et moins lourd, Nate le maintenait pourtant sur place :

– Arrête, Webb! Je n'ai pas peur de la bagarre, mais ce type-là, si tu t'en prends à lui, toute la bande te tombera dessus.

L'avertissement lui parvint, malgré sa colère. Il vit le cercle des paysans se resserrer autour de lui et comprit qu'il suffirait que l'un d'eux attaque pour déclencher une bagarre sauvage. Seul un être privé de raison aurait passé outre, et Webb était doué de raison. Haletant, il relâcha ses muscles et murmura :

– O.K.

Il saisit son feutre, qu'il épousseta à petits coups secs, fixant des yeux le vieux mari de Lillian.

– Nous ne nous laisserons plus bousculer. Et vous laisserez nos femmes tranquilles, ordonna sèchement celui-ci.

– J'ai été mieux élevé que ça, monsieur. Ici, les hommes portent les paquets des dames. Et la prochaine fois que vous bousculerez quelqu'un, vous vous retrouverez le nez dans le ruisseau.

Comme il allait enfoncer ses éperons dans les flancs de son cheval, il aperçut Ruth et sa mère, à l'entrée du magasin, l'air inquiet. Il s'élança hors de la ville; Nate galopait à une longueur derrière lui.

7

Les feux du couchant illuminaient l'horizon à l'ouest et les juments alezanes hâtèrent le pas, sentant l'écurie proche. L'ombre descendait sur les plaines, assombrissant la terre écorchée, là où s'était étendue la prairie. Un petit enclos avec un abri de bois vert tenait lieu d'écurie. La maison elle-même, carrée, d'un peu plus de sept mètres de côté, était également en planches, recouvertes de papier goudronné. Une fenêtre s'ouvrait sur la façade, à côté de la porte, et une cheminée couronnait le toit à peine incliné, sans gouttières ni corniche. Deux câbles partant du sommet du toit étaient ancrés de part et d'autre dans la terre pour que le rude vent du Montana n'abatte pas le frêle édifice.

Mais, pour l'homme et la femme qui s'approchaient en chariot, c'était leur foyer, celui qu'ils avaient construit sur une terre à eux, lorsqu'ils en auraient reçu l'acte de concession en tout cas. Ils ne semblaient guère pressés d'arriver à destination. Le silence, entre eux, était lourd d'une mutuelle désapprobation.

Dès que Stefan tira sur les rênes pour arrêter l'attelage, Lillian sauta à terre et se mit à décharger les paquets. Stefan regardait à la dérobée sa jeune épouse, ainsi qu'il l'avait fait à plusieurs reprises au cours du trajet; il descendit plus lentement. Détournant d'elle ses yeux où se lisaient irritation et anxiété, il se contenta de dire :

– Je m'occupe des chevaux.

– Le repas sera prêt dans dix minutes, fit-elle à son tour.

Puis elle prit les deux paquets les plus légers, abandonnant le gros cabas tressé et les colis plus lourds afin qu'il les apporte après avoir dételé les bêtes.

Elle laissa la porte ouverte. L'atmosphère était étouffante dans la maison restée fermée toute la journée. Le mica, qu'ils comptaient remplacer par une vitre après la moisson, laissait filtrer peu de lumière; elle le retira pour économiser le kérosène de la lampe.

Du papier journal, collé au mur, assurait l'isolation. Des ustensiles de cuisine, la vaisselle et quelques provisions étaient disposés sur deux planches de bois blanc. Le fourneau constituait l'unique source de chaleur et il n'y avait ni table ni chaises. Le lit, fabriqué par Stefan, était l'unique meuble : un matelas bourré d'herbes reposant directement sur des lattes de bois fixées dans un cadre.

Quelques vêtements pendaient dans des housses; des patères destinées aux manteaux et chapeaux étaient fixées au mur. Une cuvette et un broc étaient posés sur une malle. Aucun tapis ne couvrait le plancher mal équarri.

Pour le moment, il fallait faire avec ce qu'on avait et venir à bout du premier hiver. Lilli n'ignorait pas que certains immigrants vivaient dans des huttes, une famille habitait même une grotte creusée dans une falaise; elle s'estimait heureuse d'avoir une petite baraque.

Faute de table et de chaises, ils s'assirent sur le lit, l'assiette sur les genoux, et mangèrent en silence. Stefan estimait qu'aux repas on devait manger et non pas faire la conversation. Avec de tels principes, il avait toujours vidé son plat avant qu'elle en soit à la moitié de sa portion à elle, pourtant moins abondante.

En sortant sa pipe de sa poche, il lui jeta un regard, mais elle mangeait, la tête penchée, alors, bien qu'il ne fût pas nécessaire de l'en informer, puisqu'il le faisait chaque soir, il dit :

– Je vais fumer dehors.

Elle hocha simplement la tête et il mordit durement

le tuyau de sa pipe vide. Puis, d'un pas raide, il alla près du chariot et procéda laborieusement au bourrage de sa pipe, qu'il alluma en prenant bien soin que la fumée n'entre pas dans la maison. Lillian détestait cette odeur, sans en savoir la raison qu'elle avait refoulée hors de sa mémoire. Elle avait sept ans quand un incendie avait ravagé de fond en comble le logis de leurs voisins, faisant plusieurs victimes parmi eux. Et l'atroce odeur de brûlé était longtemps restée dans le minuscule appartement où elle vivait avec ses parents.

Ce soir-là, Stefan ne se réjouit pas comme d'habitude de la vue de ce ciel étoilé qui lui rappelait sa jeunesse en Allemagne. Rares avaient été, jusqu'ici, les différends entre Lillian et lui. Depuis sa naissance à elle, une chaleureuse affection les unissait. Lorsque son ami Reinald avait mis dans ses bras sa petite fille, elle avait refermé sa main autour de son pouce et, par la suite, elle avait successivement incarné pour lui tout ce qu'un être féminin peut représenter de plus cher : une nièce, puis une fille après la mort de ses parents, enfin, lors de l'anniversaire de ses quinze ans, il lui avait proposé le mariage; les commérages suscités par la cohabitation d'un célibataire avec une adolescente avaient contribué à éveiller en lui certains désirs. Ce fut autant pour les satisfaire que pour sauvegarder la réputation de Lillian qu'il l'avait épousée.

Aujourd'hui seulement, un incident était venu altérer l'harmonie de leurs rapports. Lillian, consciente des dangers de la grande ville, semblait avoir ici perdu toute notion de prudence. Elle avait pourtant, elle aussi, entendu Kreuger lui parler des menaces proférées par un émissaire du plus puissant ranchero de la région.

Il fallait qu'il lui dise d'éviter tout contact avec ce cow-boy et de se lier plutôt d'amitié avec la communauté des fermiers nouveaux venus dans le pays. Sa pipe s'était éteinte. Il en vida les cendres et la remit dans sa poche pour rentrer dans la maison.

Ayant lavé et rangé la vaisselle sur le rayonnage, Lillian était en train d'enlever son tablier et lui tournait le dos. Il hésita un instant puis alla s'asseoir sur le lit :

– Viens, *Liebchen*, nous avons à parler, proposa-t-il d'une voix douce.

Les épaules droites comme à son habitude et le menton dressé, Lillian vint s'asseoir sur le lit, un peu de biais pour lui faire face. Ses yeux d'un bleu sombre ne révélaient rien de ses pensées.

– Tu es fâchée contre moi à cause de ce qui s'est passé aujourd'hui. Mais il y a beaucoup de choses que tu ne comprends pas.

– C'est vrai que je suis fâchée, et c'est parce que tu ne veux pas m'écouter. Ce qu'il t'a dit est vrai. Il a poliment insisté pour porter mon cabas jusqu'au chariot. Un geste de courtoisie, c'est tout.

Il l'écouta patiemment prendre la défense de cet homme, malgré la colère qui montait en lui, et se contenta de lui demander :

– Et que sais-tu de ce cow-boy?

– Pas grand-chose. Sinon qu'il m'a traitée avec respect. Il n'a rien fait qui justifie la manière dont tu l'as attaqué. Il ne m'a fait aucune avance inconvenante.

Piqué au vif, Stefan se redressa :

– Je n'ai cherché qu'à te protéger!

– De quoi, grands dieux, avais-tu à me protéger? Tu te souviens quand nous sommes arrivés à la gare? J'ai parlé avec un cow-boy. Eh bien, c'était lui!

– C'est lui aussi qui a proféré des menaces contre Kreuger et sa famille.

– Lui aussi? Tu en es sûr? demanda-t-elle, le visage assombri.

– Franz me l'a dit. Oui, j'en suis sûr. Et c'est aussi le fils de Calder, le propriétaire du ranch.

– Comment le sais-tu? Kreuger te l'a dit?

– Non, c'est le patron du magasin qui me l'a dit. Il était affolé parce que l'incident s'était produit dans sa maison. Je l'ai entendu s'excuser auprès d'une dame qu'il appelait Mme Calder. Il tenait à ce qu'elle sache qu'il n'était pas responsable de ce qui arrivait à son fils.

– Je vois.

La chose semblait indéniable, pourtant, sans savoir pourquoi, elle acceptait mal l'idée qu'il fût le fils de ce puissant personnage.

– Tu comprends maintenant pourquoi je ne veux pas le voir traîner autour de toi.

Stefan était sûr de son bon droit. Mais elle ne répondit pas tout de suite, troublée par des pensées contradictoires. Finalement, elle se décida :

– Je suis sûre que tu juges avoir raison. Mais il n'a rien dit ou fait de répréhensible. Il s'est simplement montré amical et courtois.

– Que t'a-t-il dit? demanda Stefan.

– Rien. Il se souvenait de m'avoir parlé à la gare, et il m'a demandé si nous avions trouvé un terrain dans le voisinage.

– Et tu lui as répondu? demanda-t-il vivement.

– Oui... Il m'a demandé aussi si notre exploitation se trouvait proche de celle de Kreuger...

– Il est évident qu'il cherchait à obtenir des informations, affirma-t-il, assuré maintenant d'avoir bien jugé ce cow-boy : c'était un type dangereux.

Quant à elle, elle n'aimait pas cette idée. Bien que ne l'ayant vu que deux fois, elle éprouvait de la sympathie pour ce cow-boy aux cheveux noirs qui s'appelait Webb. Webb Calder.

– Il est tard. Le soleil est couché. Nous devrions en faire autant.

Poussant un soupir résigné, Lillian alla chercher leurs vêtements de nuit. Des questions auxquelles seul

Webb Calder aurait pu répondre troublaient son esprit.

Quand, après avoir brossé et natté ses cheveux, elle rejoignit Stefan dans leur lit, elle s'efforça de n'y plus penser pour s'attacher aux problèmes essentiels de leur vie :

– Tu finiras de creuser le puits demain?

– Non : demain, j'irai aider Kreuger à labourer son champ afin qu'il puisse semer son blé. Je ne rentrerai qu'en fin de journée.

– Et le puits? Et la table que tu devais faire?

Dans le noir, tournée vers lui, elle essayait de distinguer son profil moustachu.

– Franz m'aidera à creuser le puits. Et je ferai la table et les chaises. Il faut que nous nous aidions les uns les autres. C'est bon d'avoir des voisins.

– Oui. Bonne nuit, Stefan, dit-elle en se retournant de l'autre côté, comme si, inconsciemment, elle pensait à un autre de leurs voisins.

– Bonne nuit, répondit-il d'une voix déjà ensommeillée.

Quant à Lillian, elle eut du mal à trouver le sommeil.

La misérable masure ne déparait pas le paysage ravagé d'où l'herbe avait disparu. Un chariot se trouvait là, mais Webb remarqua que les chevaux n'étaient pas dans l'enclos, pas plus que dans le champ, d'ailleurs, attelés à la charrue. Il crut d'abord la maison déserte mais il distingua, de loin, une silhouette sombre qui se confondait presque avec le fond. Seuls quelques éclats fauves s'allumaient dans sa chevelure quand le soleil la touchait. Il tressaillit d'un léger émoi.

Elle le regarda approcher sans venir à sa rencontre, même quand il descendit de cheval. Son attitude comme son regard disaient la défiance, ce qui l'étonna.

– Pouvez-vous donner de l'eau à mon cheval? fit Webb.
– Il y en a dans le tonneau, répondit-elle avec un geste vers le chariot.
Il acquiesça sèchement de la tête et mit pied à terre. Menant son cheval par la bride, il la regardait du coin de l'œil; il la vit saisir la binette et le surveiller comme si elle craignait qu'il vole quelque chose. Elle ne lui avait pas offert de seau, aussi se servit-il de son feutre pour faire boire son cheval.
Conscient de ce qu'on lui devait des excuses, il lui demanda si elle avait rapporté son cabas sans dommage à la maison.
– Oui.
Elle gardait son air méfiant, comme prête à lui cogner dessus avec sa binette s'il se transformait soudain en un diable, puis, penchant légèrement la tête, elle lui demanda :
– Alors, vous êtes le fils Calder, hein?
– Oui. Et vous, votre nom de famille, je crains de ne pas l'avoir saisi, madame...
Ce disant, il vida son chapeau, et se rapprocha d'elle.
– Reisner, Mme Stefan Reisner, précisa-t-elle d'un ton crâne.
– Où est votre mari?
– Pourquoi voulez-vous le savoir?
– Pour rien... Mais vous ne portez pas d'alliance, constata-t-il.
– Non, je n'en porte pas. Stefan et moi avons décidé d'utiliser notre argent pour venir ici plutôt que pour acheter un bijou.
– Vous saviez que je vous croyais célibataire, murmura-t-il d'une voix irritée. On prévient un homme pour qu'il ne fasse pas l'idiot!
– Nous n'avons pas passé beaucoup de temps ensemble, monsieur Calder, lui fit-elle observer en pâlissant un peu.

– L'autre jour, vous avez consenti à m'appeler Webb. Vous ne vous en souvenez pas? Et vous n'avez pas protesté quand je vous ai appelée Lilli?

– Mais l'autre jour j'ignorais que vous aviez menacé M. Kreuger et sa famille, repartit-elle aussi vivement.

– Je n'ai jamais menacé ce petit fermier agressif répliqua-t-il, furieux. Je lui ai parlé, oui, mais c'est lui qui s'est vanté d'avoir un fusil et d'être capable de s'en servir pour défendre sa famille.

Malgré ses dénégations, elle ne semblait pas convaincue :

– Ce n'est pas ce qu'il a raconté.

– Et vous préférez le croire plutôt que moi! Je me suis contenté de le prévenir : la vie risque d'être dure pour eux, dans ces conditions, dit-il avec un geste en direction de la cabane.

– Ce n'est que jusqu'à l'année prochaine. Ensuite, nous nous construirons une vraie maison, affirma-t-elle en relevant le menton.

– Et je suppose que vous allez aussi creuser un puits.

– Oui. M. Kreuger va venir aider Stefan à finir le travail.

– Les ranches du Montana étaient de grandes surfaces de terrain sec avec le droit à l'eau, expliqua-t-il en s'efforçant de contrôler sa colère. Or, vous n'avez même pas ça. Et vous ne trouverez pas d'eau en creusant, et si vous en trouviez, elle serait tellement saturée d'alcali que vous ne pourriez pas la boire!

– Vous n'en savez rien, protesta-t-elle.

– Je suis né et j'ai été élevé ici. S'il y a quelque chose que je connais, c'est bien cette terre. Je n'essaie d'inciter personne à partir et mon père non plus. Mais vous autres immigrants, vous n'écoutez rien.

– Vous ne voulez pas de nous ici. Vous voulez garder ce pays pour vous tout seuls, dit-elle sans conviction. C'est Kreuger qui l'a dit à Stefan.

– Encore ce Kreuger!
– Tout le monde sait que votre père veut empêcher l'arrivée de nouveaux immigrants.
– Oui, c'est vrai, parce qu'il n'a pas envie de voir ce pays détruit par des gens qui s'imaginent qu'ils pourront y faire pousser du blé.
– Mais le blé pousse ici! Vous venez de traverser un champ de blé, s'exclama-t-elle triomphalement. Votre père se trompe.
Il poussa un soupir; il était difficile de discuter :
– Je ne suis pas venu ici pour débattre de ce genre de choses, Lilli.
– Alors pourquoi? demanda-t-elle en le regardant dans les yeux, comme lors de leurs précédentes rencontres.
Il s'approcha d'elle en serrant les dents; les rênes s'échappèrent de ses mains et tombèrent sur le sol.
– Pourquoi l'avez-vous épousé, Lilli?
– Stefan... est un brave homme... et un bon mari, balbutia-t-elle, effarée par la brutalité de la question. Il est chaleureux et gentil, et...
– Et assez vieux pour être votre père, sinon votre grand-père, acheva-t-il en la prenant par les épaules.
Elle lâcha la binette pour s'éloigner un peu.
– Il est plus âgé que moi.
– Assez pour être votre père, insista-t-il.
– Oui. C'était le meilleur ami de mon père. Ils sont venus ensemble ici. Mes parents sont morts quand j'avais quatorze ans. Sans Stefan, je ne sais pas ce que je serais devenue.
– C'est pour ça que vous l'avez épousé? Parce que vous étiez seule au monde?
Il scrutait désespérément son visage, désespérément désireux de comprendre.
– Parce que j'étais seule au monde. Parce que je l'aimais bien. Parce qu'il était bon pour moi. Parce que je n'avais pas le choix. Que personne d'autre ne s'intéressait à moi.

Elle lui jetait à la figure toutes ces raisons, qui lui avaient toujours paru bonnes.

– Vous n'auriez pas dû vous marier avec lui. Vous auriez pu chercher du travail, s'écria-t-il, resserrant son étreinte.

Dans son désarroi, une seule certitude demeurait en lui : elle n'appartenait pas à l'homme qu'elle avait épousé.

– Quel travail? La seule chose qu'une jeune fille puisse faire, c'est travailler dans une usine. Je ne regrette pas d'avoir épousé Stefan, et même s'il avait eu cent ans de plus, je l'aurais épousé parce que je l'aime! Et je suis fière d'être sa femme!

Devant cette déclaration fracassante, Webb éprouva un sentiment de défaite et il laissa retomber ses mains.

– Je pense qu'il n'y a rien à ajouter, n'est-ce pas?

Il n'obtint pas de réponse, alors il se baissa pour ramasser les rênes et mit le pied à l'étrier. La colère avait fait place à un sentiment de frustration. Il toucha le bord de son chapeau :

– Je vous remercie pour l'eau, madame Reisner, murmura-t-il poliment, puis il éperonna son cheval.

8

Comme il soulevait la lourde selle du dos de sa monture, Nate vit Webb entrer dans l'écurie. Il l'avait toujours considéré comme un solitaire malgré la camaraderie qui avait fini par les lier. A peine s'il l'avait vu, depuis un mois. Nate pensait que son ami n'était plus le même depuis l'incident à cause de la femme d'un fermier.

Ils se saluèrent d'un signe et quand, après avoir rangé sa selle, Nate revint vers son cheval pour le panser, Webb, qui lui tournait le dos, occupé à desserrer une sangle, ne fit rien pour engager la conversation. Mais il passa outre :

– Ces péquenots vont faire une fête du tonnerre en ville pour l'anniversaire du 4 Juillet. Tu as l'intention d'y aller?

Webb sembla un instant ralentir ses mouvements, puis il emporta la selle et le visage qu'il montra à Nate était dépourvu de toute expression.

– Pas question.

– Il y a des chances que tu sois le seul à ne pas y aller! Tous les autres comptent en être, le prévint Nate, sans changer pour autant la détermination de Webb.

– Hé, Webb! le patron fait dire que tu dois aller à la Grande Maison, ce soir, vint lui annoncer le jeune Shorty Niles.

Il fit mine d'avoir entendu sans ajouter le moindre commentaire.

– Ike a fauché une affiche en ville, aujourd'hui. Va y avoir un grand truc après-demain pour la fête de l'Indépendance, annonça Shorty, les yeux brillants d'excitation.

– On me l'a déjà dit, répondit Webb, laconique.

Mais Shorty reprit :

– Va y avoir des courses et un feu d'artifice, et même un bal. La seule bonne chose qu'aient faite ces fermiers, c'est d'avoir amené leurs filles. J'aime pas particulièrement ces péquenots, mais leurs filles, j'ai rien contre. Je m'en vas les faire valser jusqu'à leur faire perdre la tête.

– Faudra que tu fasses la queue pour ça, alors. Parce que je crois que tu n'es pas le seul cow-boy à avoir eu cette idée! lança Nate, épiant Webb du coin de l'œil.

Mais celui-ci continuait à vaquer à ses occupations, sans plus s'intéresser à la conversation que s'ils avaient parlé chinois.

– A plus tard, dit-il enfin en les quittant pour aller se changer.

Depuis quelque temps, il ne réagissait presque plus aux événements. L'ordre de se rendre à ce dîner n'éveillait pas contre son père l'irritation habituelle. L'information relative à la célébration du 4 Juillet à Blue Moon l'avait à peine sorti un instant de son indifférence.

Il pensa que l'invitation au repas du soir signifiait que le séjour de Bull Giles tirait à sa fin et qu'il fallait lui faire ses adieux. A sa connaissance, rien n'était sorti de cette visite.

Lavé, rasé, habillé de frais, Webb se dirigea vers la Grande Maison à deux étages, avec son perron à colonnes, qui dominait du haut de son tertre l'ensemble des bâtiments du ranch, et symbolisait la grandeur associée au nom de Calder.

Un murmure de voix l'accueillit dès l'entrée; il se débarrassa de son feutre et passa les doigts dans sa crinière noire et, dès qu'il franchit la porte, il vit sa mère assise sur le divan de cuir devant l'immense cheminée. Son père débouchait une carafe de whisky et lui demanda gentiment :

– Tu arrives juste à temps pour prendre un verre, Webb. Qu'est-ce qu'on t'offre?

– Du whisky, merci.

Il s'avança dans la pièce, effleurant du regard le bureau massif et, au mur, derrière, la grande carte encadrée, représentant la superficie totale de la vaste exploitation. Il rejoignit sa mère, à qui il demanda avec un petit sourire :

– C'est une nouvelle robe?

– Je m'étonne que tu la remarques. Je te vois si rarement! Maintenant, il faut qu'on envoie une invitation pour que notre fils vienne dîner chez nous?

Un sourire affectueux atténuait cette critique. Il y répondit de façon détournée :

– Ce doit être ta faute : tu m'as laissé trop d'indépendance.

Puis, s'arrêtant sous une magnifique paire de cornes accrochées au-dessus de la cheminée – celles de Capitaine, le fameux taureau qui avait conduit au Montana le premier troupeau des « Trois C », plus une douzaine d'autres migrations au cours des années suivantes –, il songea qu'après les multiples croisements opérés, le ranch ne possédait plus de bêtes de pure race Longhorn. Cependant, il fit observer à son père, qui tendait un verre de porto à Lorna, que quelques jours plus tôt, il avait repéré un taurillon avec une paire de longues cornes.

– De temps en temps, il y a des résurgences ataviques, répondit Benteen qui se servait à boire à son tour.

– Je me demande ce que fait Bull, s'inquiéta Lorna.

– Il ne va pas tarder à arriver. Avec sa mauvaise jambe, il se déplace lentement, la tranquillisa son mari.

– En effet... A propos d'invitation, as-tu demandé à Ruth d'aller avec toi à ces festivités organisées en ville pour le 4 Juillet?

– Non, répondit Webb, les yeux fixés sur son verre.

– Tu comptes y aller? insista Lorna.

– Je n'ai rien décidé encore.

– Elle s'attend à ton invitation.

– Je ne lui ai donné aucune raison pour cela. En fait, je n'ai pas l'intention d'y aller. Il faut qu'il y ait quelqu'un qui reste ici pour veiller à la sécurité de l'exploitation. Les autres ont tellement envie de se rendre en ville à cette occasion que j'estime que je dois me porter volontaire pour rester au ranch.

– Voilà qui me surprend de ta part, remarqua sèchement son père.

– Oubliez le ranch un instant! Je veux savoir ta réponse en ce qui concerne Ruth.

Impatientée, Lorna voulait couper court à toute

conversation sur ce sujet. Webb avait trente ans et cette situation qui ne menait à rien ne pouvait durer plus longtemps. Il fallait qu'il songe au mariage et qu'une décision soit prise quant à ses projets concernant la jeune fille.

– Savoir quoi? demanda-t-il en lançant à sa mère un regard de défi.

– Puisque sa mère est morte, mon devoir est de la remplacer auprès d'elle, déclara-t-elle. (Elle mettait l'accent sur son désir de protéger la fille de sa meilleure amie plutôt que sur l'avenir de son fils.) Cela fait je ne sais combien d'années que tu fréquentes Ruth et je veux savoir simplement ce que cela signifie.

– Je l'aime bien mais elle n'est pas la seule femme que je connaisse, répondit-il, irrité par cet interrogatoire.

– Y a-t-il quelqu'un d'autre?

– Non. Il n'y a aucune femme à qui j'attache une importance particulière.

– Tu n'attaches donc pas une importance particulière à Ruth? insista Lorna, mécontente.

– Non, et d'ailleurs je ne lui ai jamais rien dit qui puisse le lui faire supposer.

– Peut-être n'as-tu rien dit mais, par certains de tes actes, tu as certainement pu le lui faire croire. Quand un homme fréquente une femme pendant longtemps, il est naturel qu'elle s'imagine que leurs relations vont aboutir à quelque chose de plus définitif! Il n'est pas très correct de ta part de la laisser attendre alors qu'elle pourrait rencontrer d'autres hommes.

– Je ne lui ai jamais demandé de ne voir que moi.

– Te serais-tu donc joué d'elle pendant tout ce temps?

– Je connais Ruth depuis toujours. Maintenant que nous sommes devenus adultes devrais-je l'ignorer? Peut-être, en effet, est-ce ce que j'aurais dû faire, puisque maintenant tu m'accuses de m'être joué d'elle et de son affection. J'ai bien dû l'embrasser quelquefois, mais je n'ai jamais été au-delà. Et je ne lui ai jamais fait aucune promesse.

– Tu n'as aucune intention de l'épouser un jour?

– C'est une gentille fille et ce sera une bonne épouse. Mais ce n'est pas avec moi qu'elle se mariera.

Lorna poussa un soupir de regret. Sa tristesse ne venait pas seulement de cet espoir déçu. Elle déplorait surtout de savoir Ruth éperdument et vainement amoureuse de Webb.

– Je souhaite tout autant que ta mère te voir marié et établi dans la vie, déclara alors Benteen. Il est temps que tu cesses d'éviter toute responsabilité et que tu prennes des décisions sur ce que tu comptes faire de ton avenir.

Par une impulsion subite, Webb exprima une pensée qui, depuis quelques semaines, lui trottait vaguement dans la tête :

– Une fois le rabattage terminé, j'irai faire un tour au Texas pour voir comment ça se présente.

– Au Texas? Qu'irais-tu chercher là-bas? Il n'y a rien qui vaille ce que tu as ici, affirma Calder, les sourcils froncés de colère.

– Mettons que je veuille le voir de mes yeux.

– Benteen, intervint Lorna, désireuse de jouer un rôle conciliateur avant qu'une discussion n'explose, ce n'est peut-être pas une si mauvaise idée. Il y a longtemps que je veux aller faire une petite visite à mes parents. Au train où vont les choses, je sais que tu n'as guère le temps de m'y accompagner. Si j'y vais avec Webb, tu n'auras pas à t'en faire pour moi.

Elle savait qu'il ne souhaitait nullement retourner au Texas. Il avait coupé les ponts avec ce pays et acceptait pour lui faire plaisir qu'elle parle de revoir ses parents. D'autre part, c'était le moyen d'obliger Webb à revenir pour l'accompagner.

– On verra, dit Benteen.

Des pas irréguliers s'approchaient, scandés par le bruit d'une canne sur le parquet.

– Qu'est-ce qu'on verra? demanda Bull Giles, arrêté sur le seuil de la pièce.

– Webb s'est mis dans la tête d'aller faire un tour au Texas, cet hiver, grommela Benteen. Comme si on avait de la main-d'œuvre en trop!

Bull jeta un coup d'œil à Webb et s'avança en claudiquant :

– Est-ce que tu aurais l'intention de tenter ta chance dans le pétrole?

– Pourquoi pas? répondit Webb, qui n'y avait jamais songé.

Plus tard, après le dîner, Bull Giles déclina l'invitation de Benteen de passer au fumoir pour prendre un verre de brandy et proposa à Webb de sortir avec lui sur le perron. Celui-ci accepta l'occasion providentielle d'éviter un nouveau sermon de son père. Et Bull fit nettement comprendre à son vieil ami qu'il ne souhaitait pas sa compagnie.

Un vent tiède soufflait et le clair de lune éclairait les nombreux bâtiments du ranch. Giles tira deux cigares et en offrit un à Webb :

– C'est sérieux, cette histoire de Texas?

Webb, occupé à allumer son cigare, releva la tête pour essayer de lire l'expression sur le vieux visage de lutteur de son compagnon.

– Une idée comme ça. Pourquoi? répondit-il, évasif.

– Je me demandais... La première fois que je suis venu ici, il n'y avait qu'une cabane en rondins. Sûr que Benteen a su édifier une entreprise d'envergure.

– Oui. Toutes les terres qu'on voit d'ici s'étendent sous le ciel de Calder.

– C'est un vaste ciel.

– Et un grand morceau de terre.

– Il faut un homme de taille pour diriger tout ça,

mais en fait, je n'ai pas besoin de te le dire, observa nonchalamment Bull en examinant le bout embrasé de son cigare.

– Non, en effet, reconnut Webb.

– Benteen commence à être fatigué. Il faudrait qu'il confie quelques-unes de ses tâches à d'autres. Ça devient trop lourd pour lui.

– Maintenant vous allez me dire que c'est le moment d'assurer la relève?

– Et ça te déplaît? Tu répugnes à l'idée de suivre les traces de ton père?

– Non, ce n'est pas ça. Il a imprimé sa marque ici et je suis fier de lui.

– Mais tu veux imprimer ta propre marque, conclut Bull, dont la perspicacité étonna son jeune interlocuteur. Tu es idiot, Webb Calder.

– Comment? s'écria Webb qui sursauta sous l'insulte.

– Je dis que tu es idiot, répéta calmement Bull. Le jour où ton père partira, tu ne marcheras pas sur ses traces. Tu reprendras les choses là où il les a laissées. Et si tu ne marches pas droit, fermement, tu te casseras la figure.

– Que voulez-vous dire?

– Je veux dire que je t'ai observé. Entre le peu que j'ai vu de toi et les quelques commentaires échappés à ton père, j'ai l'impression que tu fais tout pour te mettre en retrait. Tu cherches à t'aligner sur les autres et à ne pas en faire plus que ton boulot quotidien. Tu essaies de te faire remarquer le moins possible, de passer inaperçu.

– Et alors? demanda Webb sans nier ni confirmer.

– Et alors? Il faudra que tu montres de quoi tu es capable. Un jour ou l'autre, tu posséderas ce ranch. Que tu penses ou non l'avoir mérité, il faudra que tu te battes pour le conserver. Parce qu'il se trouvera toujours quelqu'un pour essayer de te le prendre. Obtenir quelque chose, c'est facile, mais savoir le conserver, c'est là qu'on prend la mesure d'un homme. Tâche de ne pas oublier ça, avec tes idées de Texas!

– J'y penserai, dit Webb, qui fit rouler le cigare entre ses lèvres et apprécia la richesse de sa saveur. C'est un bon cigare.

– Le meilleur.

Là-dessus, Bull s'appuya sur sa canne pour pivoter vers la porte et ajouta :

– J'appellerais ça une nuit mémorable.

– Moi aussi, dit Webb en se dirigeant lentement vers l'escalier, le regard perdu dans le paysage indistinct dans la nuit.

Le 4 juillet, tous les bâtiments des « Trois C » semblaient désertés. Les festivités qui devaient se dérouler en ville avaient attiré tout le monde, à l'exception de Webb, du cuisinier misanthrope, Grizzly Turner, et d'un bouvier du nom de Budd Pappas.

Assez tôt dans l'après-midi, Webb avait accompli toutes les tâches qu'il s'était données à faire; il n'avait jamais aimé traînasser en regardant le temps passer. Après une douzaine de réussites et autant de tasses de café, il se mit à tourner autour du cagibi du cuisinier.

– Pourquoi tu ne vas pas t'amuser ailleurs? grogna Grizzly Turner. Tu m'as l'air aussi excité qu'un taureau pour la monte.

Feignant d'ignorer la remarque, Webb prit sa tasse pour aller la remplir à la cafetière et la trouva quasiment vide.

– Plus de café?

– Non. Pas de chance, hein? Pourquoi tu ne vas pas en ville comme tout le monde au lieu de me casser les pieds?

Webb faillit répliquer mais il se retint et posa sa tasse sur le fourneau. L'énervement qui montait en lui

lui fit regretter de n'être pas parti avec ses camarades.

– Tu as une bonne idée, Grizzly. Je pars. Tu auras tout le ranch pour toi tout seul.

Il saisit son chapeau et l'enfonça sur sa tête.

– Amuse-toi bien, lui cria Grizzly Turner, tandis qu'il se dirigeait à grands pas vers le corral.

9

La ville grouillait de monde, de chevaux et de chariots. Ainsi qu'il s'y attendait, une douzaine de montures portant la marque des « Trois C » étaient attachées devant le saloon et l'auberge. Il mit pied à terre et noua ses rênes au bout du rail.

Riant et parlant fort, deux cow-boys sortirent comme il entrait dans la salle où l'accueillit un véritable tintamarre. Il y avait là des représentants de presque tous les ranches de la région à des lieues à la ronde. Il lui fallut une bonne minute pour localiser la bande des « Trois C » et se frayer un chemin vers elle.

– Webb! s'écria le jeune Shorty Niles en le poussant près du bar avec de grandes claques dans le dos. Je croyais que tu gardais la forteresse!

– J'en ai eu marre et j'ai pensé que je ferais mieux de venir vous sortir du pétrin où vous avez dû vous fourrer.

– Tout s'est très bien passé, hein les gars, on n'a pas eu d'ennuis? demanda Shorty à qui répondit un chœur de bruyantes confirmations. On a juste repéré les filles avec qui on va danser ce soir. Il y en a toute une tapée ici, aujourd'hui.

– A votre place, les enfants, je ne me frotterai pas

trop à ces filles de péquenots, lança une voix lourde de mépris. Vous pourriez bien attraper quelque chose.

Webb reconnut, appuyé au bar, le cow-boy Hobie Evans; il appartenait à un ranch voisin; c'était un type aux joues creuses, apprécié pour ses qualités professionnelles mais de réputation plus que douteuse; il s'y entendait pour causer des ennuis à tout le monde.

Sentant les yeux de tous les hommes des « Trois C » braqués sur lui, Hobie Evans, toujours penché sur son verre, se tourna vers eux. Il avait un œil au beurre noir, dont les contours rosissaient.

– Attraper quoi? insista Shorty. Un coup de poing dans la figure? C'est ce qui t'est arrivé, hein, Hobie?

Autour de lui, les autres ricanaient et Hobie fit mine de prendre la mouche et de s'approcher, mais il se ravisa devant leur nombre.

– Ouais, c'est d'un de ces péquenots que j'ai eu ça. Mais la dernière fois que je l'ai vu, il était par terre et pas en très bon état!

– Qu'est-ce qui s'était passé?

– J'avais enfreint la loi, qu'il disait. Paraît que je ne devais pas cracher dans la rue. Alors je lui ai dit que la loi, c'est nous qui l'avions faite ici, longtemps avant qu'il s'amène; et j'ai craché sur sa chemise en lui demandant si c'était mieux comme ça. Alors il m'a fichu un coup de poing, et j'ai dû me défendre.

Les rires s'élevèrent de nouveau, plus bruyants et témoignant de la sympathie à son égard. Webb eut un sourire en se penchant sur son verre pour aspirer la mousse de la bière.

– C'est notre ville, ici, reprit Hobie, d'une voix qui s'adressait maintenant à toute la salle. Ces gens s'imaginent qu'ils peuvent s'amener ici et nous faire la loi. On était les premiers. S'ils n'aiment pas ça, ils n'ont qu'à s'en aller!

Il y eut un murmure d'approbation et des hochements de tête dans la salle. Les yeux de Hobie brillèrent de satisfaction et il se redressa.

– C'est une plaie, ces gens-là. Voilà ce que c'est! Pire qu'une nuée de sauterelles. Regardez comme ils bouffent la terre; il ne reste même plus un brin d'herbe... Est-ce que quelqu'un a levé une main pour les en empêcher?

Ce genre de discours déplut à Webb qui, sans changer de position ni élever la voix, mais d'un ton ferme qui imposa soudain silence à l'assemblée, déclara :

– Ces gens-là ont autant que vous le droit de demander des concessions au gouvernement.

– J'aurais jamais cru qu'un Calder prendrait leur parti contre ceux de son bord, repartit Hobie. Peut-être que l'exploitation de votre papa se porte toujours bien, mais si vous regardez les autres ranches autour de vous... Ils débauchent tant et plus, et tout ça par la faute de ces fermiers!

– Les ranches souffrent tous de la baisse des cours du bétail, répliqua Webb, faisant face à l'homme. C'est à ça qu'il faut s'en prendre, si quelques cow-boys perdent leur travail.

– Quelques cow-boys, ironisa Hobie, prenant l'assistance à témoin. Combien d'entre vous ont touché leur dernière paie? Levez la main, que je le sache!

Cela commença lentement : un homme leva la main, puis un autre et un autre encore. Webb constata que la moitié des hommes se trouvant dans la salle avaient été mis à pied. Il ne savait pas que la situation était aussi mauvaise.

– On n'a pas tous un papa qu'est le patron. Si le prix du bétail baisse, c'est la faute à qui? Aux fermiers. Celui des céréales est si haut qu'ils préfèrent vendre à toute l'Europe plutôt que de nourrir du bétail. Ils n'achètent plus de bœufs et ils font fortune en nous prenant notre prairie. Et nous, on ne fait rien pour se défendre.

– Il n'y a rien à faire, grommela un cow-boy. Le gouvernement leur donne la terre.

– Il faut la leur reprendre, suggéra Hobie. Personne ici ne s'est soucié des manigances d'une bande de politiciens, à Washington, hein? Bon Dieu, c'est pas une terre à blé, ici. Ils ont passé une loi sans même que quelqu'un vienne voir sur place. Ils ont commis une erreur et nous n'avons qu'à remettre les choses en bon ordre.

– Ce que tu suggères est contre la loi, observa sèchement Nate.

– Quelle loi? La loi de Washington ou la loi de la prairie?

– T'as entendu ça, Hobie? Ils ont engagé un représentant de la loi. Blue Moon va avoir son sheriff, maintenant! cria une voix au fond de la salle.

Webb leva la tête, les traits durcis. Beaucoup, autour de lui, eurent la même réaction, signe que la nouvelle surprenait.

– Tu peux parier que c'est pour protéger ces péquenots qu'on l'a engagé, ce sheriff. Nous, on n'a jamais eu besoin de quelqu'un pour nous protéger; on sait le faire tout seuls, déclara Hobie.

– Et les détectives chargés de traquer les voleurs de bestiaux et les chasseurs de loups! Les éleveurs ont aussi engagé des professionnels pour défendre leurs troupeaux. Vous dites n'importe quoi, répliqua Webb.

– En tout cas, on n'a pas attendu un sheriff pour ça. S'il n'y avait eu que la loi, on nous aurait fauché toutes nos bêtes. Mais faute de loi, on a pris les dispositions qu'il fallait. On n'a jamais eu peur, nous!

– Ce qui me frappe, dit Nate en se roulant laborieusement une cigarette, c'est que notre problème est exactement le même que celui des Indiens. On pourra se battre, on finira quand même par être refoulés. Ils sont plus nombreux que nous, et ils n'arrêtent pas de rappliquer. On se débarrasse d'un et il y en a trois de plus qui arrivent.

La vague d'approbation qu'avait soulevée la remarque de Hobie décrut devant la comparaison réaliste de Nate. Webb trouva même qu'il avait un peu trop mis dans le mille.

Avant que le silence qui suivit ne se fasse trop pesant, Shorty Niles frappa sur l'épaule de Nate, faisant s'éparpiller à terre tout le tabac de la cigarette qu'il s'apprêtait à rouler :

– Comme on dit, Nate, si tu ne peux pas les chasser, va avec eux, et c'est exactement ce que je vais faire : je vais me coller à l'une de leurs sacrées gamines et je m'en vais danser jusqu'à la tombée du jour!

Sa gaieté contagieuse allégea l'atmosphère.

Les conversations reprirent aussitôt et, lorsque Sonny Drake, le patron, apparut avec une bouteille de whisky pour remplir de nouveau les verres, Shorty plaqua plusieurs billets sur le comptoir en s'écriant :

– Danser donne soif. Tu ferais bien de me vendre deux bouteilles à emporter, et toi, bois encore un coup, dit-il à Webb, qui contemplait la mousse au fond de son verre.

Dans le terrain vague, derrière la scierie, avait été aménagée une piste de danse avec des planches clouées ensemble; le plateau d'une charrette décorée de banderoles servait d'estrade à l'orchestre. Une foule compacte commençait à s'assembler dans l'enceinte formée par des chariots et des bogheis. Celui dans lequel Benteen avait laissé Lorna et Ruth était vide quand il s'en approcha; tout en caressant les naseaux d'un cheval, il les chercha des yeux et finit par les retrouver un peu plus loin, en conversation avec la femme de Gil Brickman, propriétaire d'un ranch voisin.

Soudain, un bruit tonitruant fit tressaillir les chevaux. Benteen saisit fermement les rênes près du mors pour les faire tenir tranquilles. Mais ils continuaient à rouler des yeux et à piétiner nerveusement, tandis qu'une curieuse machine passait bruyamment à côté d'eux. Benteen regarda l'automobile d'un air dégoûté et plus encore son conducteur, affublé d'énormes lunettes et d'un long pardessus.

– Tom Pettit sortirait de sa tombe s'il savait à quoi son fils dépense son argent, dit à côté de lui Ed Mace, qu'il n'avait pas entendu arriver dans le fracas.

– C'est vrai, et je ne vois pas ce qu'il peut faire par ici avec cette machine.

– Aller et venir dans la rue, je pense. Il n'y a pas de routes utilisables par ici, pour ces voitures sans chevaux. Et il n'y en aura pas avant une vingtaine ou une trentaine d'années.

– C'est un jouet, conclut Benteen en lâchant les rênes des chevaux maintenant calmés. As-tu entendu dire que le fils Pettit vendait des parcelles de son ranch à des fermiers?

– Je l'ai entendu dire, mais je ne veux pas le croire, répondit Mace avec un éclair de colère dans les yeux. Beaucoup d'autres éleveurs envisagent de le faire pour essayer de tenir le coup jusqu'à ce que le marché se redresse. Le prix fort des terrains qui ne valent rien rend l'opération rudement tentante.

– C'est de l'argent qui tombe du ciel, soupira Benteen.

– Oui, surtout quand les banques prennent du dix pour cent d'intérêts. Tout ça m'a l'air manigancé par une bande d'hommes d'affaires véreux. Tu n'as pas l'impression, parfois, d'être de trop ici, Benteen? Et ils sont toujours plus nombreux à arriver, hein!

– Ce n'est qu'un commencement, j'en ai bien peur, murmura Calder.

– Et encore, tu ne sais pas tout. Ce pays se développe trop vite. Des petites villes poussent un peu partout, au hasard.

– Ils sont pires qu'une nuée de sauterelles.

– Ouais, on devrait les arroser de kérosène et y foutre le feu. Comme pour les sauterelles. Ecoute-les baragouiner, il y en a la moitié qui ne parlent même pas anglais. Et les autres, ils ne valent pas la corde pour les pendre.

Un petit homme trapu, sur la chemise de qui Benteen vit une étoile, se dirigea nonchalamment vers eux; il prenait son temps pour les examiner à loisir.

– Je ne crois pas que nous nous connaissions, dit-il en s'arrêtant devant les deux rancheros. Je m'appelle Potter. La municipalité m'a engagé comme sheriff pour maintenir l'ordre ici.

– Je me doutais que c'était vous, dit Ed Mace, manifestement peu impressionné par l'autorité qu'il représentait. Moi je suis Ed Mace, propriétaire du ranch du « Serpent M », à l'est.

– Benteen Calder, des « Trois C », fit Benteen en tendant aimablement la main à l'homme, qui la serra mollement.

– J'avais l'intention d'aller vous voir tous les deux chez vous, dit placidement le sheriff. J'aimerais que vous parliez à vos gars pour leur demander de se tenir tranquilles. Je sais que c'est pour s'amuser qu'ils viennent en ville. Bien sûr, vous ne pouvez pas l'empêcher, mais je voudrais que vous leur disiez de ne pas embêter les gens respectueux de la loi.

– Ils ne le feront pas si vous veillez à ce que vos gens respectueux de la loi ne les embêtent pas, eux, répliqua Ed Mace.

– Ce Hobie Evans travaille chez vous, n'est-ce pas? demanda le sheriff d'un ton montrant qu'il cherchait moins la réponse qu'une confirmation.

– En effet.

– Enchanté de vous avoir rencontrés, messieurs. C'est un jour de fête. J'espère que vos gars se conduiront bien et ne commettront pas d'écarts. Je n'aimerais pas avoir à arrêter quelqu'un le jour de la fête de l'Indépendance de notre pays.

En prenant congé des deux éleveurs, il esquissa une ébauche de sourire et s'éloigna du même pas nonchalant que lorsqu'il était venu vers eux.

– J'avais entendu dire qu'il était question d'engager un sheriff, mais je ne savais pas que c'était déjà chose faite. Ça doit être tout à fait récent, dit Benteen.

– Le premier de ce mois.

– Y a-t-il déjà eu des incidents?

– Oh! des petites choses sans importance, rien de sérieux! Il n'y a pas un ranch de la région qui n'ait été obligé de mettre à pied quelques cow-boys. La plupart d'entre eux traînent en ville jusqu'à ce qu'ils n'aient plus d'argent. Tu sais comme ils sont, Benteen. Ils s'ennuient quand ils n'ont rien à faire, alors ils cherchent querelle aux fermiers. En fait, c'est pour s'amuser, mais il arrive qu'ils y aillent un peu fort.

Il n'y avait rien d'étonnant à ce que les agriculteurs nouveaux venus soient pris comme boucs émissaires par les cow-boys congédiés. Benteen ne doutait pas que quelques échauffourées en aient déjà résulté.

– Il y a eu aussi des plaintes au sujet du saloon de Sonny et des mauvais sujets qui y traînent leurs guêtres. Tu vas voir que ces culs-terreux moralisateurs ne vont pas tarder à demander sa fermeture. Et quand ces pieuses faces de rats découvriront de quoi il retourne, je ne donne pas cher du commerce de cette pauvre Fannie.

– Oh! on n'a pas fini d'en voir, avec ces gens-là! Et dire que c'est nous qui avons fondé cette ville et qu'ils prétendent déjà nous régenter...

– J'espère que nous ne verrons pas ça, ni toi ni moi, soupira Benteen.

Des musiciens grimpaient sur la plate-forme. Prévoyant que le bal allait commencer, il partit en quête de sa femme.

La piste de danse ne se trouvait guère éloignée du saloon mais un cow-boy ne marche jamais où il peut aller à cheval. Aussi se précipitèrent-ils tous vers leur monture, quelques-uns même prenant la précaution de glisser une bouteille de whisky dans leurs fontes.

Aucun d'eux n'était ivre, mais tous se sentaient d'humeur joyeuse. Droit sur son cheval, au milieu de leur groupe, seul à n'avoir bu qu'une bière, Webb était le plus sobre. En s'approchant de la piste, il aperçut ses parents qui dansaient déjà, ainsi que Ruth, avec le chef d'équipe de chez Brickman.

A part quelques filles d'éleveurs, on ne voyait guère de danseuses possibles de leur côté. En revanche, parmi le groupe des cultivateurs, il y avait autant de femmes que d'hommes.

– Regarde cette gamine aux tresses jaunes! s'exclama le jeune Shorty en lui donnant un coup de coude. Bon Dieu! c'est celle-là qu'il me faut!

Webb regarda et aperçut à côté d'elle Lilli, vêtue d'une robe d'un bleu soutenu qu'il savait assorti à la couleur de ses yeux. Elle se balançait doucement au rythme de la musique.

– Je l'ai repérée le premier. Prends la bleue, à côté, protesta Abe Garvey.

– Elle est mariée, observa Webb d'un ton neutre.

Shorty Niles et Garvey finirent par décider que si la fille aux tresses blondes refusait de danser avec le premier, l'autre tenterait sa chance à son tour. En fait, elle refusa successivement les deux.

– Peut-être qu'elle est mariée aussi, suggéra Webb.

– Penses-tu! Ce grand Suédois à côté d'elle a une tapée de gosses et une femme aussi grande que lui, expliqua Nate. Ils ont déposé une demande de concession sur un terrain au sud-est des « Trois C ». Je les ai déjà vus travailler dans leur champ. La gamine est leur fille.

Quand commença une nouvelle danse, Webb remarqua qu'Abe et Shorty n'étaient pas les seuls à rester sans partenaires. Les cow-boys des autres ranches étaient logés à la même enseigne. Les fermiers ne voulaient pas que leurs innocentes fillettes se laissent approcher par des vauriens.

La piste de danse elle-même semblait séparée en

deux secteurs et Webb sentit que l'électricité qui montait dans l'atmosphère ne provenait pas uniquement de l'humeur joyeuse des cow-boys.

Au début, les cow-boys ne se formalisèrent pas des refus essuyés et, venus pour s'amuser, ils se tournèrent vers les épouses et les filles des éleveurs. Quant à Webb, il s'inclina galamment devant sa mère en se découvrant et la pria de lui accorder la prochaine danse. Elle lui déclara en riant qu'elle la lui réservait précisément et il l'entraîna sur la piste.

– Je croyais que tu ne voulais pas venir, lui dit-elle.

– Grizzly m'a chassé du ranch avec un couteau de cuisine, répondit-il, préférant, par une plaisanterie, esquiver des explications plus approfondies sur les raisons de son revirement.

– Ne vas-tu pas danser avec Ruth?

– Elle ne manque pas de cavaliers.

– En effet, elle n'a pas cessé de danser.

Tout à coup, il aperçut Lilli, de l'autre côté de la piste, enlacée par cet homme voûté et moustachu qui était son mari. Voir son visage souriant levé vers lui lui parut choquant. Lorna le sentit se crisper et ne fut pas totalement convaincue par ses dénégations.

Ce qui contribua encore à l'énervement croissant des jeunes cow-boys, outre le refus systématique des filles d'agriculteurs, ce fut l'intrusion de nouvelles danses que l'orchestre se mit à jouer. Des danses folkloriques étrangères, rapides, inconnues d'eux et qu'ils n'apprécièrent pas.

Au lieu de parler entre eux et à mi-voix, comme ils l'avaient fait au début de la soirée, ils se mirent à interpeller les danseurs et les musiciens, et à exprimer d'une voix forte quelques appréciations désobligeantes sur le manque de grâce des jeunes filles.

Webb sentit que les choses risquaient de mal tourner et qu'il fallait les prendre en main. On verrait bien quelle en serait l'issue. Il appela Shorty et Abe et ils se dirigèrent tous les trois vers Doyle Pettit qui, débarrassé de ses couvre-chef, lunettes et manteau d'automobiliste, était en train de démontrer le fonctionnement mystérieux de son éblouissant véhicule noir à un cercle de curieux.

– Hé! Webb, je ne savais pas que tu étais là! s'écria-t-il en s'avançant, la main tendue. Viens faire un tour, que je te montre comment marche l'invention de Ford. C'est la première qu'on voit ici. Je l'ai...

– Plus tard, coupa Webb en l'empoignant par le bras pour le pousser vers la piste de danse. Ces paysans te considèrent comme leur ami et ils te font confiance. On va y aller tous ensemble, mais c'est à toi de les persuader de nous laisser danser avec leurs femmes.

– Je ne sais pas s'ils m'écouteront, protesta Doyle.

– Tu ferais bien d'y croire et de t'arranger pour leur parler à la manière de Wessel. C'est Kreuger le meneur. Tu n'as pas à perdre ton temps en t'adressant à un autre.

A peine avaient-ils fait quelques pas qu'ils furent interceptés par un homme jeune, à l'allure placide, portant sur sa veste une étoile de sheriff.

– Monsieur Pettit, j'espère que vous n'allez pas faire du grabuge, dit-il calmement.

– J'ai l'intention de m'adresser amicalement à eux; pas plus que vous, sheriff, je ne tiens à provoquer des histoires, répliqua Pettit avec un large sourire.

Le sheriff regarda ses compagnons comme pour s'assurer de leurs intentions. Webb soutint ce coup d'œil inquisiteur :

– C'est pour calmer les esprits que nous allons leur parler. Si ça tourne mal, ce ne sera pas notre faute.

– Au moins vous, on peut dire que vous êtes franc, apprécia l'autre en hochant la tête, satisfait d'avoir fait son devoir.

Ils reprirent leur marche. Webb chercha à localiser Kreuger dans le groupe d'hommes devenu silencieux. Il le reconnut, le menton agressivement pointé, et, à côté de lui, un couple : Lilli Reisner et son mari. Son estomac se noua douloureusement et il comprit qu'il s'était attendu à les trouver ensemble et qu'il l'avait même inconsciemment souhaité.

10

En reconnaissant le jeune Calder, à côté de Doyle dans le petit groupe qui se dirigeait vers eux, Lilli éprouva une sorte d'excitation qui se teinta d'appréhension quand elle vit l'expression mécontente de son mari. Elle se réjouit de ne pas lui avoir fait part de la récente visite de Webb. La fréquentation assidue de Kreuger lui avait fait durcir son attitude à l'égard des éleveurs et elle doutait de l'avoir convaincu que Webb n'avait jamais voulu menacer leur voisin, mais seulement le mettre en garde.

Son cœur battit plus fort quand elle vit Pettit s'arrêter devant Kreuger. Avant que débute le bal, le clan des fermiers avait unanimement décidé de ne pas se mêler à celui des rancheros. Mais l'attitude polie et respectueuse des cow-boys, lorsqu'ils invitèrent les jeunes filles à danser, lui avait fait penser que les paysans avaient eu tort de se méfier des cow-boys. Or, depuis quelques instants, ils s'étaient mis à échanger bruyamment des remarques de plus en plus désobligeantes.

Mais elle mettait évidemment Webb Calder en dehors de l'histoire et, s'il considérait Franz Kreuger sans aménité, celui-ci ne lui en témoignait guère, lui non plus. Elle s'étonna aussi qu'il ne daigne pas lui jeter un regard et en fut froissée. Aussi concentra-t-elle son attention sur Doyle Pettit, qui déployait des trésors d'éloquence à l'intention de Kreuger.

– Après tout, ne sommes-nous pas réunis ici pour

célébrer l'Indépendance de notre pays à tous? En pareille occasion, ne devrions-nous pas laisser de côté nos différends et fraterniser dans l'allégresse? Je me porte personnellement garant de la bonne conduite de tous les membres ici présents de la communauté des éleveurs, et je puis vous assurer que leur conduite saura se passer de reproches. Si certaines dames de chez vous acceptent de danser avec les cow-boys, je vous promets qu'elles seront traitées avec le plus grand respect.

– Et si ce n'est pas le cas? répliqua Kreuger.

– Vous avez ma parole, intervint Webb d'un ton calme. Monsieur Kreuger, la parole d'un Calder compte ici. Si l'un des gars dépassait les limites de la bienséance, il aurait affaire à moi... Nous autorisez-vous à inviter vos dames à danser?

– Je ne suis pas quelqu'un d'important comme vous, monsieur Calder. Je ne suis qu'un petit agriculteur. Je peux vous dire que vous y êtes autorisés, mais cela ne signifie pas que nos femmes accepteront vos invitations.

L'équivoque de la réponse montrait qu'il n'avait pas changé d'attitude. Lilli la trouva aussi grossière qu'injustifiée et il lui suffit de voir Webb serrer les lèvres pour comprendre qu'il était du même avis. Elle s'irrita du manque de courtoisie des siens, d'autant que la démarche de Webb manifestait une certaine bonne volonté.

Impulsivement, elle fit un pas en avant :

– Moi je veux bien danser. Je suis sûre qu'on peut faire confiance à M. Calder.

Webb avait gardé son air froid, mais elle lut dans son regard une expression chaleureuse et approbatrice. Elle sentit sur son épaule la main de son mari, qui la retenait :

– Ne t'en fais pas, Stefan, lui dit-elle en tournant légèrement la tête, mais il ne retira pas sa main.

Partagée entre le désir de ne pas le contrarier et la

certitude qu'elle avait là le meilleur moyen de détendre l'atmosphère, elle attendit, puis regarda de nouveau Webb. Il ôta respectueusement son feutre qu'il retint contre sa poitrine et demanda calmement :

– M'autorisez-vous, monsieur Reisner, à danser avec votre femme?

En remettant ainsi entre les mains de Stefan le choix de la décision, il la déchargeait de la responsabilité que lui avait donnée son geste impulsif. Elle souhaita que son mari se montre aussi élégant. Quand elle le sentit relâcher l'étreinte de ses doigts sur son épaule, fière de lui, elle le remercia d'un sourire, puis elle posa son bras sur celui de Webb et se laissa entraîner vers la piste.

Il arrondit tout naturellement sa main autour de la taille svelte de sa danseuse dont il tenait aussi la main chaude et douce. Légère et gracieuse, elle le suivait aussi aisément que s'ils avaient depuis toujours dansé ensemble. Ses bras et sa gorge bruns luisaient d'un éclat doré et sa chevelure fauve la faisait paraître plus grande. Pendant un instant, Webb eut la sensation d'être entraîné par sa force vitale.

Autour d'eux, d'autres fermiers avaient permis à leurs filles de danser avec des cow-boys; pas tous, mais assez pour manifester le renversement de la tendance. Quant à Webb, il ne pensait plus qu'à la femme qu'il tenait entre ses bras.

– Vous aviez raison, monsieur Calder.

– Raison? Tant mieux, mais en quoi?

– Au sujet du puits. Nous avons trouvé de l'eau mais elle est mauvaise, pleine d'alcali, comme vous l'aviez dit. Nous devrons dépendre d'une citerne pour l'eau.

– Pour une fois, j'aurais préféré avoir tort.

– On se débrouillera, dit-elle avec optimisme, puis elle ajouta en jetant les yeux autour d'elle : Je ne savais pas que les cow-boys aimaient danser.

– Nous ne passons pas tout notre temps à dresser

des chevaux sauvages et à attraper des bœufs au lasso comme vous pourriez le croire d'après les exhibitions de Far West. Nous ne sommes pas des brutes épaisses. La danse est l'un des passe-temps favoris des cow-boys.

– Après leur cheval? demanda-t-elle en souriant.

– Evidemment. Notre gros problème a toujours été le manque de partenaires. Vous voyez qu'on pourrait compter sur les doigts de la main les femmes avec qui danser. C'est pourquoi nos gars se sentaient frustrés en voyant de votre côté toutes ces jeunes filles qui ne dansaient pas. Je m'attendais à voir certains de nos garçons se porter volontaires pour « faire la génisse ».

– Faire la génisse?

Elle fit mine de lui donner un coup de tête de charmante façon.

– Un cow-boy noue son mouchoir sur sa manche pour montrer qu'il veut bien danser en se laissant conduire. C'est dans les cas désespérés! Mais dans les dortoirs, qu'est-ce qu'on ne ferait pas, pour se distraire? Il y en a même qui se mettent un tablier.

– Avez-vous jamais fait la génisse?

– Non. Je ne suis pas fait pour me laisser conduire.

– Je vous crois sans peine.

Quand la danse se termina, Webb la laissa partir à regret et, la regardant dans les yeux, il lui dit :

– Il y a autre chose en quoi je ne me suis pas trompé non plus. Dès que je vous ai aperçue, j'ai pensé que votre robe était de la couleur de vos yeux. Eh bien, c'est vrai.

Ce fut l'intensité de son regard, la lumière qui y brillait qui troublèrent Lilli, plus encore que le compliment.

Elle baissa la tête pour y échapper.

– Merci, dit-elle en retirant sa main de la chaude étreinte qui la retenait pour aller rejoindre son mari.

La ramener auprès de cet homme était pour Webb une épreuve contre laquelle se révoltait tout son désir.

Pour la première fois de sa vie, il répugnait à tenir ses engagements. En arrivant devant Stefan Reisner, il savait que c'était lui qui avait le beau rôle, mais quelle piètre consolation!

– Merci de m'avoir accordé le privilège de danser avec votre femme, dit-il en inclinant la tête, les yeux flamboyants.

Puis il s'éloigna sans oser jeter un dernier regard à Lilli.

De l'autre côté de la piste de danse, Ruth le regardait comme elle n'avait cessé de le faire depuis son arrivée. Elle ne pouvait s'empêcher de chercher à le voir et à voir avec qui il se trouvait. Quant à lui, il n'avait pas fait un pas dans sa direction.

Ses yeux revinrent à Lilli et la jalousie l'étreignit douloureusement. Elle se souvenait de cette jeune femme à la chevelure cuivrée, mariée à un homme âgé avec qui Webb avait failli se battre. Et pourtant, il venait de danser avec elle.

Nate aussi regardait Webb tandis qu'il se dirigeait vers leur groupe et il croyait voir un taureau à la queue tordue. Tout bon cavalier sait qu'en ce cas, il vaut mieux prendre le large. Il se garda donc de lui parler, laissant les autres s'y risquer. De loin, il considéra la fille en bleu, se doutant de ce qui rongeait son ami.

– J'ai cru un moment que tu n'arriverais pas à emporter le morceau! s'exclama Shorty, qui sut s'arrêter à temps. Quant à Nattes Blondes, elle n'a pas voulu danser avec moi, mais je crois que la prochaine fois, j'enverrai son papa au tapis.

– Est-ce qu'il reste du whisky dans la bouteille que tu as mise dans tes fontes?

– Mais oui, bon Dieu! Quelle bonne idée tu as là! Buvons un coup maintenant qu'on a commencé à s'amuser.

Contournant les chariots qui encombraient le pourtour du terre-plein, ils allèrent retrouver leurs chevaux. Un vent chaud charriait des bribes de musique, dans une puissante odeur d'écurie.

– Toi d'abord, dit Shorty en lui tendant la bouteille.

C'était combattre le feu avec le feu : il avala de longues gorgées d'alcool pour calmer la colère qui brûlait en lui.

– Eh bien, mon vieux, j'ai cru que tu allais la descendre en entier! s'exclama Shorty en lui lançant un regard horrifié.

On s'activait autour d'eux; des tintements métalliques et le crissement du cuir indiquaient que des cow-boys se mettaient en selle. Tournant machinalement la tête, Webb reconnut Hobie Evans avec deux cow-boys de « Serpent M » qui détachaient leurs chevaux. Abe Garvey remarqua :

– Il a l'air d'un mauvais perdant, ce Hobie Evans. Je suis sûr qu'il espérait voir ta petite démonstration mal tourner. Il voulait pousser une bande de types à apprendre à ces péquenots à se montrer plus amicaux, et toi, tu lui as coupé l'herbe sous le pied.

– Avec les femmes, il n'a jamais eu de succès. Il a une sale gueule et ce n'est pas étonnant.

– On dirait qu'ils vont chez Sonny, observa Abe, à qui Shorty venait de passer la bouteille.

– En tout cas, il tient l'alcool, dit ce dernier d'un air admiratif. Alors, on retourne là-bas, tenter notre chance auprès de Nattes Blondes et de son papa?

Webb sortit une pièce de sa poche et la lança vers le jeune cow-boy qui l'attrapa adroitement au vol :

– Je t'achète le reste de la bouteille, Shorty.

– Tu ne viens pas avec nous?

– Non, je préfère rester ici à boire, répondit Webb, qui prit la bouteille par le col. Il s'allongea par terre, le dos appuyé contre une roue de chariot.

Shorty et Abe s'écartèrent, mais Nate s'attarda sous prétexte de rouler une cigarette. Devant le manque de réaction de son ami, il partit à son tour après lui avoir dit :

– Tu sais aussi bien que moi qu'au fond de la bouteille on ne trouve qu'une gueule de bois du tonnerre de Dieu.

Hobie Evans chevauchait au milieu, devançant les deux autres d'une foulée ou deux. Ils dépassèrent le saloon et sortirent de la ville en direction de l'ouest.

– Je n'aurais jamais cru que je verrais un Calder faire du plat à cette bande de culs-terreux de péquenots, dit soudain Ace Rafferty.

– Moi, je les aurais jamais laissés construire une bicoque, affirma Hobie, qui ajouta, lançant un regard mauvais à ses camarades, vous êtes déjà allés dans l'une de ces bicoques?

– Non, répondirent-ils ensemble, soudain intéressés.

– Un de ces paysans s'est installé à quelques miles d'ici. Vous voulez voir? demanda Hobie en ricanant.

Et les trois hommes s'élancèrent vers la petite ferme, non loin de là.

– Il se fait tard, Lillian, dit Stefan en la prenant par le bras. Le soleil sera couché d'ici une heure. Il faut partir.

– Si tôt? murmura-t-elle avec un petit sourire de regret.

– Les femmes aiment danser, mais il faut travailler le lendemain... Tu ne m'as pas dit si tu avais pris plaisir à danser avec M. Calder? lui demanda-t-il tandis qu'ils se dirigeaient vers leur chariot.

– Oui, bien sûr, comme de danser la polka avec M. Anderson, répondit-elle (mais l'impression ressentie avait été très différente). Tu m'as fait honneur, Stefan. Tu t'es conduit en gentleman, comme Webb Calder.

Peu convaincu, il n'en releva pas moins la tête.

Lillian ne se sentait pas satisfaite d'avoir ainsi rassuré son mari. Certaines questions la troublaient. Elle voulait croire qu'il ne s'agissait que de la jalousie que peut éprouver un homme mûr à l'égard d'un beau jeune homme comme Webb Calder, endurci depuis son enfance par la vie au grand air de ce rude pays. Elle trouvait naturel de se sentir attirée par un tel homme, mais elle estimait Stefan; et elle doutait qu'il puisse reconnaître l'innocence de l'attrait que le cow-boy exerçait sur elle.

Ils s'arrêtèrent soudain et se retournèrent; quelqu'un les appelait. C'était Franz Kreuger.

– Il doit vouloir te parler, dit Lillian.

Elle sentait confusément que leur voisin ne l'aimait pas beaucoup, et elle poursuivit son chemin. De son côté, elle n'appréciait guère le caractère querelleur et intolérant de ce Kreuger qui détestait, entre autres, tous ceux qui possédaient quelque chose de plus que lui. Son influence sur Stefan n'était pas bonne, elle en était sûre.

Le soleil n'était pas encore couché, il faisait chaud et une légère brise lui apportait des bribes de musique. Elle se mit à chantonner la mélodie sur laquelle elle avait dansé avec Webb Calder et sentit presque la douce pression de ses mains sur ses hanches, tandis qu'il la guidait. Il devait être le célibataire le plus recherché de la région. Or, elle ne l'avait même plus aperçu sur la piste. Comme il avait su gentiment la faire rire en lui parlant des cow-boys qui dansaient entre eux. Elle s'était sentie flattée d'être choisie par lui. Elle avait même été un instant tentée de faire la coquette. Qu'un homme aussi important que le fils Calder lui prête attention, voilà qui était nouveau pour elle, orpheline et mariée de bonne heure.

Quand elle arriva près du chariot, l'une des juments belges, Dolly, émit un petit hennissement interrogatif. Elle l'assura qu'ils allaient bientôt rentrer mais, au lieu de monter s'asseoir dans la voiture, elle resta appuyée contre l'une des ridelles.

– Lilli, s'entendit-elle appeler tout bas.

Elle se retourna, étonnée, et reconnut Webb Calder. Elle en fut secrètement ravie. Grand, brun, élancé, il se détachait sur le fond du paysage où il avait grandi, dans le soleil et le vent qui avaient doré et sculpté ses traits rudes. Un sourire étira ses lèvres, puis il la salua de nouveau et s'avança vers elle, admirant son corps mince et bien fait.

Arrivé devant elle, il s'arrêta et crut voir de la chaleur dans ses yeux bleus. L'alcool qu'il avait absorbé le privait de sa retenue habituelle.

– Vous partez? demanda-t-il, toujours très bas.

– Oui. Stefan s'est attardé pour parler avec un voisin.

Ses paroles réveillèrent une douleur. Ainsi toute cette beauté, cette indépendance d'esprit appartenaient à un autre homme, à ce Stefan Reisner. Il posa ses mains sur les épaules de la jeune femme et voulut l'attirer vers lui. Elle eut le temps de le repousser mais il la pressa contre lui tandis qu'il lui maintenait fermement la nuque pour qu'elle ne puisse esquiver son baiser. Elle sentit à son haleine qu'il était ivre et poussa un petit cri d'animal pris au piège, qu'il étouffa sous la pression de ses lèvres.

Toute son ardeur dévorante s'exprimait dans ce baiser et elle se sentit ravagée par une sensation d'une violence folle, dont l'intensité l'effraya.

– Lilli, tu n'appartiens pas à cet homme, murmura-t-il d'une voix lourde.

– Monsieur Calder, si vous ne me lâchez pas, je vais crier, dit-elle d'une voix posée, espérant qu'il ne sentait pas sa propre agitation.

Elle ne demandait qu'à l'excuser en mettant son comportement sur le compte de la boisson; elle tenait surtout à n'en pas avertir son mari.

La menace ne lui fit pas relâcher son étreinte, mais

il releva la tête pour lire dans ses yeux si sa détermination était sincère. Elle soutint bravement son regard. Alors il secoua la tête pour la prier silencieusement de ne pas crier et effleura doucement les lèvres de la jeune femme du bout de ses doigts.

Puis il s'éloigna en lui jetant un regard blessé qui l'atteignit droit au cœur. Elle n'avait jamais encore éprouvé une telle sensation de frustration et de regret sauvage.

– Hé! on dirait de la fumée! cria une voix d'homme. Là! vers l'ouest!

Webb fut instantanément dégrisé par cet appel. Il connaissait trop bien ces alertes pour ne pas y répondre aussitôt. Le feu! Dans ces vastes plaines, un incendie de prairie provoquait un tel désastre que tous se sentent concernés. La fumée semblait indiquer que l'incendie devait être, pour le moment encore, circonscrit mais, en cette saison où l'herbe était sèche, il pouvait s'étendre en quelques minutes à toute une colline.

Il s'élança vers son cheval. La piste de danse et ses abords s'étaient vidés de tous les cow-boys et rancheros, les fermiers réagirent plus lentement, mais sans s'attarder toutefois, entraînés par la précipitation des gens du pays.

Quand Stefan rejoignit Lilli, il ne perdit pas plus de temps que Webb en explications. Il la fit grimper dans le chariot et saisit les rênes qu'il fit claquer sur la croupe de ses juments. Elle dut s'accrocher des deux mains à son siège pour s'y maintenir.

11

Les sabots des chevaux martelaient le sol tandis que chariots et cavaliers convergeaient vers le lieu du sinistre. Webb y parvint parmi les premiers. Le feu avait dû prendre à la toile goudronnée de la cahute d'un fermier et s'était propagé aux environs et il ne cessait d'agrandir son cercle de destruction.

Dès qu'ils mirent pied à terre, les cow-boys se hâtèrent de détacher leurs tapis de selle pour battre les flammes. Leurs cheveux démontés s'éparpillaient et erraient à leur guise, gênant le passage des arrivants. Une large bande de terre labourée formait un contre-feu susceptible de barrer la route aux flammes sur un des côtés.

– Il n'y a pas d'eau, bon Dieu! s'exclama une voix.

Les tapis que l'on n'avait pas mouillés ne pouvaient que stimuler le feu. Les cow-boys, habitués à combattre les incendies de prairie, s'étaient organisés mais les fermiers, malgré leur désir de se rendre utiles, s'agitaient confusément sans savoir que faire.

– Où sont les pompiers? Pourquoi leur voiture n'arrive-t-elle pas? demanda l'un de ces citadins.

– Si l'un de vous a des tonneaux d'eau dans son chariot qu'il les apporte! cria Webb, un mouchoir noué sur le visage pour se protéger de la fumée. Mouillez vos couvertures et vos vestes, tout ce que vous avez, pour éteindre les flammes! Ecartez-vous les uns des autres, formez la chaîne! Ne vous groupez pas, si le vent tourne, vous serez encerclés par le feu!

Ils obéirent tous, heureux de se sentir pris en main et guidés, mais un homme se précipita vers lui, pâle et tremblant :

– Il faut que vous protégiez mon champ de blé!

– Au diable votre champ! Si on n'arrête pas ce feu, ce sont des centaines d'acres qui vont brûler! Allez là-bas!

Deux chariots, dont les attelages bronchaient et disparaissaient par moments dans les volutes de fumée qui précédaient l'avance de l'incendie, arrivèrent avec des citernes pleines d'eau. Webb enleva le couvercle de l'une d'elles :

– Vous, les femmes, venez mouiller les couvertures pour que les hommes n'aient pas à sortir de la chaîne. Et que celles qui ont des pelles ou des binettes les apportent !

Webb se démenait, prêtant la main partout où le besoin s'en faisait sentir et la sueur qui ruisselait sur son visage avait purgé son sang de l'alcool qu'il avait ingurgité.

Le feu grésillait presque sous les pieds de Benteen et la fumée, emplissant ses poumons, l'immobilisa dans une quinte de toux. Webb le saisit aux épaules et l'entraîna à l'écart, près des chariots où la fumée et les étincelles se faisaient plus rares.

– Ça va ?

Quand son père eut retrouvé ses esprits, il appela la première femme connue de lui qui passait par là :

– Ruth, occupe-toi de lui et fais-le rester ici.

Elle arriva aussitôt avec une louche pleine d'eau que Calder accepta avec gratitude. Des larmes lui montaient aux yeux quand il les tourna vers son fils : la fierté de le voir enfin prendre des responsabilités en était au moins autant cause que la fumée de l'incendie.

– Bon Dieu, je savais bien que tu en étais capable, mon petit, murmura-t-il, si bas que Ruth ne put comprendre ce qu'il disait.

Après avoir bu quelques gorgées d'eau, il se laissa aller, épuisé, contre la charrette, songeant qu'il devait penser à se ménager pour pouvoir se consacrer davantage à Lorna. Elle le méritait bien.

Les flammes semblaient ne plus progresser quand, tout à coup, Webb sentit que quelque chose se gâtait. Le vent changeait de direction et une langue de feu s'incurva soudain à proximité des chariots.

– Le vent tourne! hurla-t-il aux autres, les entraînant vers le nouveau point d'attaque.

En se précipitant pour rejoindre ceux qui s'y trouvaient déjà, il vit soudain Lilli fouettant les flammes avec une ardeur frénétique, mais de trop près pour être efficace et attisant plutôt leur ardeur qu'elle ne l'éteignait. Avant qu'il ait pu l'appeler, l'ourlet de sa robe se mit à fumer et il l'entendit pousser un cri. Il bondit sur elle :

– Jette-toi par terre, Lilli. Roule-toi par terre!

Mais elle n'entendit rien dans sa terreur et se mit à secouer sa jupe en se précipitant vers les chariots.

Il plongea sur elle et ils s'aplatirent sur le sol. Il n'avait jamais éprouvé une telle peur. Il agrippa le tissu humide qu'elle tenait pour l'enrouler autour de ses jambes. Elle luttait pour lui échapper, et il dut l'écraser de tout son poids pour arriver, au bout de plusieurs secondes, à éteindre le feu qui consumait sa jupe. Mais elle se débattait toujours, les yeux fermés et sanglotant hystériquement.

– C'est fini, Lilli, tout est éteint, la rassura-t-il en passant la main sur son visage.

– Je sens toujours la fumée, protesta-t-elle d'une voix tremblante.

– Le feu est éteint. Je te jure que c'est fini, répéta-t-il en se soulevant.

Elle commença à se calmer.

Glissant un bras sous son corps, Webb la souleva. Elle se mit alors à pleurer doucement, la tête pressée contre sa poitrine.

– Courageuse petite folle, murmura-t-il, mi-attendri, mi-furieux de l'avoir vue se mettre en si grand danger.

– Ça va? Que s'est-il passé? demanda Stefan Reisner, agenouillé devant lui, levant un visage anxieux et noirci de suie qui le faisait paraître plus vieux encore.

– Sa jupe a pris feu, mais j'ai pu l'éteindre avant qu'elle ne soit gravement brûlée. Je vais la porter vers les chariots, où les femmes pourront s'occuper d'elle.

– Je vais l'y porter moi-même.

– Je la tiens.

Stefan dut s'incliner. Quant à Lillian, elle ne se souciait pas de savoir qui la portait. Stefan à ses côtés, Webb se dirigea vers le groupe des femmes, dont sa mère, avec quelques autres, se détacha en le voyant arriver. Ruth, elle, ne bougea pas.

– Est-elle blessée? demanda Lorna. Pose-la à l'arrière du chariot.

On abaissa la ridelle du fond pour qu'il puisse déposer son fardeau et il expliqua à sa mère :

– Je crois qu'elle a eu plus de peur que de mal. Sa jupe a pris feu. Elle doit avoir de légères brûlures aux jambes.

– Pauvre petite, elle s'est évanouie, murmura Lorna en soutenant la tête de Lilli. Qu'on m'apporte un linge mouillé. Vous êtes de sa famille? demanda-t-elle à Stefan, qui venait de prendre la place de Webb et posait une main tremblante sur l'épaule de la jeune femme inconsciente.

– C'est ma femme. Ça va s'arranger?

– Bien sûr!

Lorna jeta à son fils un coup d'œil interloqué, comme si elle s'étonnait qu'il l'ait transportée lui-même au lieu de laisser ce soin à son mari.

Sans même voir Ruth, crispant les lèvres, il s'en était retourné vers l'incendie, maintenant presque maîtrisé.

Lilli remua et ouvrit les yeux, mais la panique s'y lisait toujours.

– Le feu..., la fumée, balbutia-t-elle.

– Tout va bien, *Liebchen*, murmura Stefan en lui caressant la main.

– Stefan?

– Je suis là, dit-il, mais il regarda tristement la femme qui pressait sur son front un linge humide, car elle retombait dans l'inconscience. C'est le feu qu'elle craint. Quand elle était petite, il y a eu un incendie à côté de chez elle, et les gens n'ont pas pu se sauver. Elle a été traumatisée.

– Je comprends, murmura Lorna.

Evoquant le regard de son fils lorsqu'il était arrivé, la portant dans ses bras, elle se demanda avec compassion s'il comprendrait la force de ces liens.

Les gens de la prairie savaient qu'un feu apparemment éteint peut couver et renaître subitement; aussi arpentèrent-ils les cendres en quête du moindre rougeoiement. La moitié du champ de blé était intacte.

Quelques fermiers, dont le propriétaire, inspectèrent les moignons noircis qui restaient de la charpente de la cabane. L'homme avait perdu le peu qu'il possédait. Ils n'avaient plus, lui et sa famille, que les vêtements qu'ils portaient, le chariot avec son attelage et la moitié de sa récolte de blé.

– C'est la volonté de Dieu, dit l'un des hommes.

– C'est pas Dieu qui a fait ça. Comment croyez-vous que le feu a pris? Quelqu'un a mis le feu.

– Pourquoi dis-tu ça? demanda Stefan.

– Parce que c'est vrai, affirma Kreuger. Ils brûlent nos maisons, maintenant!

– Crois-tu que les rancheros auraient pu faire cela? Mais ils sont venus! Ils nous ont aidés à éteindre le feu! protesta le propriétaire du champ.

– Pour qu'il ne brûle pas leur terre aussi; ta maison et ton blé seulement, expliqua Kreuger. Ils doivent regretter que ton champ n'ait pas brûlé tout entier.

– Il faut le dire au sheriff, déclara Stefan, et les autres approuvèrent.

– Il faut qu'on aille tous ensemble pour le lui dire, renchérit Kreuger, qui n'avait cependant pas confiance dans le succès d'une telle démarche. Demain, nous viendrons t'aider à reconstruire ta maison.

– Je ne pourrai pas venir, dit Stefan d'un air d'excuse. Il faudra que je m'occupe de ma femme.

– Je regrette qu'elle soit blessée, dit Sokoloff en hochant la tête d'un air compréhensif.

– On a de la chance qu'il n'y en ait pas eu d'autres, observa Kreuger d'un air sinistre.

Le danger écarté, la petite foule se dirigea vers les chariots et les bogheis. Trois fermiers s'étaient proposés pour monter la garde pendant la nuit afin de s'assurer contre une éventuelle reprise de l'incendie. Quelques cow-boys étaient partis rattraper les chevaux. Nate revint avec le hongre noir de Webb et deux autres chevaux de chez eux.

– On n'avait pas encore eu l'occasion de voir les feux d'artifice qu'ils ont en ville, ricana-t-il en tendant les rênes à Webb.

– Je pense qu'on a eu de la distraction pour notre 4 Juillet, répondit-il avec un demi-sourire.

Parmi les ombres indistinctes qui se dirigeaient vers les chariots, il reconnut Stefan portant une forme humaine drapée dans une couverture.

– Une minute, dit-il à Nate, que Shorty et Abe venaient de rejoindre et qui s'apprêtait à partir.

Quand il arriva près de leur chariot, l'homme aux moustaches avait gagné sa place, rênes en main, Lilli blottie contre lui. Elle était consciente, mais les yeux vagues.

– Elle est bien?

– Ça ira. Je m'en occupe, répondit sèchement Stefan.

Webb pinça les lèvres et tourna bride. La vision de la mince silhouette dont la tête reposait sur l'épaule de Stefan le remplit d'amertume.

Plongée dans une sorte d'hébétude, Lilli vit son mari s'approcher d'elle avec un bol de soupe et une cuillère. Elle se redressa pour s'asseoir et au moment où il avançait la cuillère vers sa bouche elle avait repris assez de maîtrise d'elle-même pour protester :

– Je peux manger seule, Stefan.

Mais sa voix restait dolente et sa main sans force, aussi ignora-t-il sa protestation, disant qu'il préférait s'en assurer.

Il n'était pas très bon cuisinier mais, depuis deux jours, il préparait les repas. Bien qu'elle n'eût que de légères brûlures aux jambes, elle languissait au lit, se laissant soigner et dorloter.

– Bien des maris se plaindraient d'être obligés de faire tout à la maison. Toi, tu ne dis rien, se contentait-elle de remarquer d'une voix faible.

– Qu'est-ce que deux jours! Toi, tu fais ça pour moi chaque jour. Maintenant, c'est mon tour... Jusqu'à ce que tu ailles mieux.

Elle se rendit compte qu'il ne lui avait même pas demandé ce qui n'allait pas et s'émerveilla de sa gentillesse.

– C'est le feu, dit-elle, pensant qu'elle lui devait une explication.

– Je sais... Mange.

Elle fronça les sourcils, tout en avalant avec obéissance la cuillerée de soupe qu'il lui avait mise dans la bouche.

– Je ne parle pas seulement de l'incendie de la prairie, mais de l'appartement qui a brûlé à côté de chez nous, quand j'étais petite.

– Il ne faut pas que tu parles de ça, répliqua Stefan.

– Je... je crois qu'il le faut au contraire. L'autre soir, je trempais les couvertures pour les apporter aux hommes. Et, tout à coup, j'ai vu les flammes jaunes bondir et se rapprocher de moi; je ne pouvais plus bouger. Comme si je devais rester là, comme ceux de l'appartement à côté de chez nous. Quand le feu a pris à ma jupe, j'ai senti que je devenais l'une des leurs. Et la fumée, cette odeur de fumée, je la sens toujours...

– C'est fini. Tu es là, chez toi, et il ne t'est rien arrivé, dit Stefan avec autorité.

– Oui, soupira-t-elle avec soulagement. Et je me conduis en véritable idiote. Mais je suis vraiment désolée pour les Sokoloff; ils ont perdu tout ce qu'ils possédaient. C'est terrible!

– Terrible, oui. Et ce qu'il y a de sûr, c'est que quelqu'un a mis le feu délibérément. Nous avons fait part de nos soupçons au sheriff.

– Quelqu'un aurait incendié leur maison exprès? Mais qui cela pourrait-il être?

– Kreuger dit que l'un des rancheros a envoyé ses hommes quand il a constaté que nous étions tous en ville. C'était l'occasion ou jamais.

– Mais pourquoi la maison de Sokoloff? Qu'est-ce qu'il a fait?

– A titre d'avertissement, pour nous tous. C'était la ferme la plus proche de la ville. Ainsi, nous avons tous pu voir ce qui lui arrivait.

– Kreuger a-t-il des soupçons précis?

En prononçant cette phrase, Lilli se rendit compte de l'insidieuse persuasion de cet homme. Comme Stefan, voilà qu'elle aussi ajoutait foi à ses propos.

– Il dit que Calder se sent assez puissant pour faire ça impunément. Son fils est parti après avoir dansé avec toi. Peut-être n'était-il pas le premier. En tout cas, il était l'un des premiers.

Ce disant, Stefan ne quittait pas sa femme des yeux et elle ne fit rien pour éviter son regard. Mieux que quiconque, elle savait où il se trouvait alors, mais elle préféra le garder pour elle.

– Qu'a dit le sheriff?

– Ça s'est passé hors de la ville. Il a dit qu'il n'avait rien à y voir. Il ne peut nous protéger que lorsque nous sommes en ville. Sinon, nous devons nous protéger nous-mêmes, nous et nos biens. La prochaine fois que nous irons à Blue Moon, Franz viendra avec nous et me conseillera pour l'achat d'une arme.

Stefan, le doux et gentil Stefan avec une arme! La chose lui parut si absurde qu'elle en aurait ri si elle ne l'avait pas vu aussi déterminé. Ce qui l'effrayait le plus, c'était la pensée qu'il pourrait s'en servir. Que ne pouvait-elle, comme un cheval, porter des œillères et ne pas voir ce qui se passait autour d'elle?

– Allez, mange encore un peu.

Une nausée monta en elle et, mobilisant toutes ses forces, elle lui prit des mains le bol et la cuillère :

– Stefan, je t'en prie, ne me traite plus en grande malade. Tu as passé trop de temps à t'occuper de moi et tu te seras mis en retard dans ton travail... Je te promets que je mangerai tout, jusqu'à la dernière bouchée.

– Très bien. Je te permets de me renvoyer à mon travail.

Dès qu'il eut quitté l'unique pièce de leur logis, elle reposa le bol sur ses genoux, les yeux fixés sur un rai de lumière dans lequel dansaient de minuscules grains de poussière. Elle n'avait pas dit à Stefan qu'elle était avec Webb Calder au moment où l'incendie avait pris, alors qu'on l'accusait à tort d'en être responsable. Et cela, parce que le baiser qu'il lui avait donné alors avait opéré en elle une incroyable transformation. Quand la terreur s'était emparée d'elle, lorsqu'elle se battait contre les flammes, c'est la voix de Webb, ses bras et la pression de son corps qui l'avaient protégée contre la folie et non pas sa foi en la force d'âme et l'attachement de Stefan. Or, elle s'était engagée à être une bonne épouse et elle devait tenir sa promesse.

– Barnie m'a dit que tu voulais me voir, dit Webb en entrant dans le bureau de son père.

Il enleva son feutre et fourragea dans ses cheveux, puis il tapota légèrement le chapeau sur sa hanche, manifestant ainsi son impatience.

– Oui, je t'ai fait appeler, répondit son père en se renversant lourdement dans son fauteuil, toisant Webb d'un œil calme. J'ai décidé, cet automne, de ne pas faire le rabattage. Je veux que tu me remplaces et que tu supervises pour moi l'opération.

– Barnie est plus qualifié que moi. Pourquoi ne lui demandes-tu pas? Ou encore à Ely?

Un silence tomba entre eux. Benteen eut un éclair de colère dans le regard, mais il se domina.

– Si j'avais voulu Barnie ou Ely, je le leur aurais dit. Mais bon Dieu, je veux que ce soit mon fils qui dirige ce rabattage!

– Est-ce un ordre?

– Non, ce n'est pas un ordre. C'est tout ce que je voulais te dire. Tu peux partir.

Au moment où il allait remettre son chapeau, Webb remarqua que son père pressait sa poitrine d'une main et l'y laissait. Une inquiétude le prit. Il s'arrêta :

– Ça va?

– Oui, ça va, répondit sèchement Benteen, qui tarda néanmoins à retirer sa main. Depuis l'incendie, ma poitrine me joue des tours. Je pense que j'ai dû respirer trop de fumée. Ça me fait mal, de temps en temps, puis la douleur disparaît.

Webb manipulait nerveusement le bord de son feutre. Il aurait voulu lui dire qu'il avait changé d'avis. Son père avait l'air fatigué. Il se sentirait plus tranquille s'il savait que son fils le remplaçait. D'autre part, Webb n'ignorait pas que Barnie et Ely veilleraient à ce qu'il ne fasse pas de bêtises. Cette idée l'irritait.

– On raconte que l'incendie a été provoqué, dit incidemment Benteen.

– Où as-tu entendu ça? demanda Webb, saisi.

– Quelqu'un l'a entendu dire en ville. Et ça ne m'étonnerait pas que ce soit vrai.

– Qu'est-ce qui te fait dire ça?

– Il y a un tas de cow-boys licenciés et beaucoup d'entre eux en veulent aux fermiers, qui ne les aiment pas non plus. C'est le genre de méfait que pourrait commettre un cow-boy qui a bu un coup de trop.

Cette remarque éveilla le souvenir d'un fait qui lui avait paru sans importance jusqu'alors :

– Hobie Evans et deux gars du « Serpent M » ont quitté le bal très tôt. Et on a vu la fumée moins d'une heure après.

– Hobie est un sale type, dit Benteen. Tout homme a son mauvais côté mais, chez lui, il est d'importance. Souviens-toi de ça...

– Pourquoi? demanda Webb.

– Pour qu'un jour ou l'autre il ne t'arrive pas de sous-estimer les dangers de la malveillance, répliqua son père, qui retourna à l'examen d'un dossier ouvert sur son bureau.

Quand il quitta la Grande Maison pour reprendre ses occupations, Webb refoula dans un coin de sa mémoire cette énigmatique mise en garde.

12

Depuis trois semaines, c'était bien la quatrième ou la cinquième fois que Webb arrêtait son cheval à l'ombre d'un jeune cotonnier d'où il avait une bonne vue sur la cabane des Reisner. Deux fois il avait vu Lilli travaillant dans le jardin autour de la maison. Il savait donc qu'elle allait bien, mais il n'était jamais sorti à découvert. Reisner se trouvait dans le voisinage et il ne tenait pas à être vu de lui.

Cette fois, après avoir scruté les champs alentour, il acquit la certitude que Reisner n'était pas là, non plus que le chariot et les chevaux. Mais une fumée sortait de la cheminée, signe qu'il y avait quelqu'un à l'intérieur.

Il descendit la colline et mit son cheval au pas; il nota les changements intervenus depuis sa précédente visite. Des poulets grattaient la poussière sous la mangeoire du corral. Une pompe à main surmontait la citerne et une maigre plate-bande de fleurs entourait la maison. Une bonne odeur de pain en train de cuire indiquait que la maîtresse de maison se trouvait là.

Sans se presser, il mit pied à terre et attacha son cheval. La porte était grande ouverte et il fut trop heureux d'accepter cette tacite invitation. Dès le seuil il aperçut la fine silhouette de Lilli, de dos, debout devant la table, pétrissant énergiquement une boule de pâte, apparemment inconsciente de sa présence. Faute de soleil, aucun éclat fauve n'illuminait sa chevelure, dont quelques mèches échappées du chignon couraient le long de son cou.

– Il y a quelqu'un ici? s'enquit-il d'une voix chaleureuse, s'attendant à la voir tourner la tête, mais elle ne cessa pas son pétrissage.

– Si c'est de l'eau pour votre cheval que vous voulez, la pompe est à votre disposition, s'entendit-il dire, rassuré par l'allusion à sa première visite.

– Je ne suis pas venu pour ça.

– Que voulez-vous donc, monsieur Calder? demanda-t-elle, toujours sans se retourner.

Il s'approcha de la table tout en jetant un regard circulaire sur les murs recouverts de papier journal et les meubles faits par Stefan. Elle ne leva même pas la tête, mais il vit qu'elle avait une trace de farine sur la pommette et tout le devant de son tablier était blanc.

– Pendant quelques semaines nous allons être pris par le rabattage et je voulais m'assurer de votre guérison avant de partir.

– C'est très aimable à vous, monsieur Calder, mais je n'ai eu que de très légères brûlures; elles ont cicatrisé sans laisser de marques.

– Quand j'étais petit, nous vivions dans une cabane en rondins de la même taille que la vôtre. Il me semble que c'est encore hier. Votre maison me la rappelle.

– Stefan sera enchanté d'apprendre que vous avez

trouvé quelque chose d'aimable à dire au sujet de notre maison, observa-t-elle en façonnant sa pâte en forme de miche pour la jeter dans un plat à four.

La référence voulue à son mari lui fit froncer les sourcils. Le visage qu'elle leva finalement vers lui semblait porter un masque. Il ignora sa remarque et dit en souriant :

– J'avais oublié que c'était si dur de faire le pain. Si on me battait ainsi, je serais couvert de bleus.

– Il faut faire sortir l'air, sinon le pain serait plein de trous!

Elle alla ouvrir la porte du four et y glissa son plat, surveillant en même temps la cuisson d'un autre pain.

– Ça sent bon!

Evitant toujours de rencontrer son regard, elle frottait nerveusement ses mains sur son tablier :

– Je ne vous ai pas encore remercié, monsieur Calder, d'avoir éteint le feu avant que je ne sois plus gravement brûlée. Je vous en suis très reconnaissante et je tenais à ce que vous le sachiez.

– Vous n'avez pas à me remercier. J'ai eu seulement la chance de me trouver là, dit-il, se demandant pourquoi elle se montrait si lointaine, contrairement à son habitude.

– C'est très gentil à vous d'être passé prendre de mes nouvelles. Mais, comme vous voyez, je suis occupée et je ne peux vous inviter à rester plus longtemps.

Webb ne voulut pas croire qu'elle souhaitait qu'il parte et s'approcha d'elle, ce qui eut pour effet, sembla-t-il, de provoquer en elle une certaine agitation.

– Vous avez de la farine sur la joue, Lilli, dit-il en faisant le geste de l'essuyer, mais elle le devança vivement.

– J'ai pu vous donner l'impression que vous aviez le droit de vous adresser à moi de façon plutôt familière, monsieur Calder, dit-elle sèchement. Mais, à partir de maintenant, je préférerais que vous m'appeliez Mme Reisner chaque fois que nous aurons l'occasion de nous rencontrer.

– Lilli..., commença-t-il, interloqué.

– Vous saviez que mon mari était absent, n'est-ce pas? lança-t-elle d'un ton accusateur, les yeux flamboyant de colère.

– Je... j'avais vu que le chariot et les chevaux n'étaient pas là, reconnut-il.

– La vérité, c'est que vous êtes venu jusqu'ici parce que vous saviez qu'il n'y était pas. Je suis une femme mariée, monsieur Calder, et je ne reçois pas d'hommes ici quand mon mari est absent. Il est inconvenant de votre part de vous attendre au contraire. Par conséquent, je vous prie de partir immédiatement.

– Pourquoi ne voulez-vous pas que je reste, Lilli? répliqua-t-il, utilisant son prénom de façon provocante. Ma présence vous rappelle-t-elle que votre mari est un vieil homme?

Saisie d'une colère folle, elle leva la main et le gifla à toute volée, sans qu'il essayât de l'éviter, tant il avait conscience de le mériter. Mais, ensuite, il lui saisit le poignet et elle tenta en vain de se dégager. Face à face, ils s'affrontaient et il sentait la rage qui faisait trembler son bras.

– Laissez-moi ou je crie, menaça-t-elle à voix basse.

Il sourit méchamment :

– C'est ce que vous aviez dit au bal, mais vous ne l'avez pas fait.

Il la prit par la taille, décidé à lui prouver qu'il ne se trompait pas en pensant qu'elle le désirait comme il la désirait. Malgré sa résistance désespérée, il la serra contre lui. Le contact de ses seins fermes s'écrasant sur sa poitrine et de ses cuisses contre les siennes lui fit oublier qu'elle portait le nom d'un autre homme. Tout sentiment de culpabilité s'abolit en lui. Il était comme ivre.

Les lèvres de Lilli obstinément fermées à son baiser s'amollirent; son corps lui parut fondre pour se mouler au sien. Et il vit se confirmer sa certitude : elle avait envie de lui.

Les yeux mi-clos il ne fit rien pour l'empêcher de se détacher de lui et il vit dans ses yeux une expression de souffrance qu'elle lui déroba aussitôt en baissant la tête.

– Vous êtes content, monsieur Calder? Ou n'ai-je pas encore été suffisamment humiliée à vos yeux, demanda-t-elle d'une voix amère.

– Lilli..., commença-t-il.

Mais il s'arrêta, trop honteux pour essayer de l'apaiser en se justifiant; il alla vers la porte, suivi de la jeune femme. D'une voix basse, et sans jamais relever les yeux vers lui, elle lui ordonna d'un ton parfaitement neutre :

– Partez maintenant, je vous prie, et ne revenez pas.

Il remonta en selle et s'éloigna sans se retourner, un sixième sens lui disait qu'elle se tenait sur le pas de sa porte. Il allait éperonner son cheval quand il entendit un martèlement de sabots et, soudain sur le qui-vive en reconnaissant Hobie Evans suivi de deux cavaliers du « Serpent M », il posa les mains sur le devant de sa selle, bien décidé à voir de quoi il retournait.

En s'approchant de la cabane, les trois hommes mirent leurs montures au pas et avec un large sourire que démentait son air faux, Hobie Evans l'interpella :

– Je ne m'attendais pas à te trouver ici, Webb. Qu'est-ce qui t'amène si loin des « Trois C »?

– J'allais te poser la même question.

– Ah oui? C'est intéressant, hein, les gars? répliqua Hobie en se retournant vers ses amis.

Puis, feignant de remarquer soudain Lilli debout sur le seuil, il ôta son feutre d'un grand geste pour le maintenir ensuite contre sa poitrine, en signe de politesse ostentatoire :

– Bonjour, madame! Pour sûr que le pain que vous cuisez là sent rudement bon! Votre homme est là? demanda-t-il d'un air de connaître la réponse.

– Non, répondit-elle simplement, après avoir jeté à Webb un coup d'œil inquiet.

Hobie fit avancer son cheval jusqu'à se trouver face à face avec Webb, leurs genoux se touchant presque :

– Qu'est-ce que c'est que cette poussière blanche sur le devant de ta chemise, Webb? Ça ressemble bougrement à de la farine. Je suppose que t'as dû l'aider à faire son pain, hein?

Webb crispa les doigts sur l'arçon de sa selle; il aurait voulu sauter à la gorge de Hobie et pocher ces yeux qui voyaient trop clair.

– Occupe-toi de tes affaires, Hobie, gronda-t-il.

– Tu parles comme si tu te trouvais sur les terres de ton papa, mais tu n'as aucun droit ici.

– J'aimerais tout de même savoir ce que tu viens faire ici.

– Dis donc, Webb, je ne vois pas pourquoi tu t'énerves! s'esclaffa Hobie en écartant son cheval de celui de Calder pour se trouver face à Lillian. On a eu un ennui, la nuit dernière, au ranch du « Serpent M », madame. Quelque chose a peut-être fait peur à nos bêtes, et elles ont démoli une partie de la clôture. Après ça, elles ont disparu dans la nature. Alors nous et d'autres gars du ranch, on est à leur recherche. Si vous voyez par chez vous des bêtes égarées avec la marque du « Serpent M », on vous serait reconnaissants de nous les renvoyer. On n'aimerait pas qu'elles viennent piétiner votre champ de blé!

– Je dirai à mon mari de voir s'il retrouve vos bêtes.

– Ah, vous ferez ça, madame? dit Hobie, toujours souriant, puis s'adressant brusquement à Webb : Salut, Calder!

– J'allais partir, Hobie, je vous accompagne.

Ils se mirent en route, suivant les traces des chariots entre les champs; Webb s'était placé près de Hobie Evans, mais il ne jugea pas utile de lui parler. Il songeait à ce qu'il venait de faire, et il le regrettait.

– Comment se fait-il, Webb, que j'aie l'impression que tu tiens à nous escorter jusqu'à ce qu'on ait quitté cette terre? demanda Hobie en lui lançant, de côté, un regard amusé.

– Je ne vois pas. Peut-être n'as-tu pas la conscience tranquille.

– Il n'y a aucune raison pour ça, répliqua Hobie avec un rire bref.

Au bout d'un instant de silence, au cours duquel on n'entendit que le martèlement des sabots, il ajouta :

– Pour une *squatter*, elle n'est pas laide.

Webb éperonna son cheval, ivre de rage, tandis que l'autre, feignant la surprise, s'arrêtait pile.

– Ça suffit, Hobie!

– Hé, dis donc, Webb! Une jeunesse comme ça, elle doit se sentir un peu seule. Je vois pas de mal à ce que tu viennes la remonter de temps en temps. Je serais bien tenté, moi aussi.

– Je vais te dire ceci, et je te le dis une fois pour toutes, déclara Webb, les dents serrées et les yeux furieux, s'il arrive ici quoi que ce soit, une vache dans ce champ ou un incendie qui s'allume accidentellement... et même si quelqu'un lève la main contre ces gens, ne serait-ce que pour plaisanter, c'est à moi, personnellement, qu'on aura affaire. Me suis-je bien fait comprendre? Est-ce assez clair?

– Comme de l'eau de roche...

Les yeux d'Evans ne riaient plus, ils étaient devenus froids et soucieux.

Lui ayant jeté un regard impressionné, Hobie fit pivoter lentement son cheval pour rejoindre les deux autres cow-boys. Webb, immobile, les regarda s'éloigner, puis il changea lui-même de direction pour rentrer au domaine des « Trois C ».

Après avoir parcouru un mile environ, Hobie Evans mit les chevaux au pas; il voulait parler à ses compagnons.

– Comment Calder a-t-il pu se douter que nous avions mis le feu? demanda anxieusement Ace Rafferty.

– Il ne s'en doute pas, il cherche. Personne ne nous a vus, affirma Hobie.

– On a peut-être trouvé la lanterne cassée?

– Et alors? C'est la lanterne du fermier. Qui peut dire que ce n'est pas pendant l'incendie qu'elle s'est brisée en tombant?

Bob Sheephead, le troisième cavalier, un sang-mêlé, s'approcha de ses compagnons :

– Cette fille, c'est celle qui est mariée avec un vieux type à moustaches? Celui qui traîne toujours avec ce satané Rousky?

– Oui, je crois que c'est avec eux que je l'ai vue, reconnut Hobie négligemment, tous les paysans paraissant à ses yeux également indignes du moindre intérêt.

– Pas étonnant que Calder tourne autour d'elle comme un étalon en chaleur. Je parie qu'elle se sent solitaire. Peut-être bien qu'on pourrait lui faire des petites visites d'amitié, nous aussi.

– T'es fou? s'écria Ace. Il y a des moments où je me demande si tu n'es pas plus qu'à moitié indien. T'as entendu ce que Calder a dit à Hobie?

– J'en tremble encore. Pas toi, Hobie? ricana Bob Sheephead.

– Oui. J'en ai la chair de poule.

– Vous autres, faites ce que vous voulez, déclara Ace. Moi, je n'ai pas l'intention de me frotter à un Calder.

Se soulevant sur ses étriers, Hobie scruta la plaine sur leur gauche :

– Regardez donc là-bas. Ce sont des bêtes de chez

nous. Elles sont en train de brouter bougrement près du champ de blé, dites donc. Pourvu qu'elles y entrent pas!

– Oh oui! Ce serait dommage! approuva Sheephead avec un large sourire. On ferait bien de se dépêcher d'aller les en empêcher.

– Oui, on ferait bien, acquiesça Hobie.

Ils se précipitèrent, en effet, avec une maladresse voulue; ils s'arrangèrent pour faire piétiner tout le champ par les bêtes qui écrasèrent les tiges de blé et vidèrent les épis. Chaque fois qu'une vache semblait vouloir s'écarter du champ, l'un des cavaliers, comme par hasard, l'y ramenait. Les sabots ferrés ravagèrent irrémédiablement la récolte.

Voyant qu'il n'obtenait aucun résultat par ses cris indignés, le malheureux fermier accouru sur les lieux saisit par la bride le pur-sang à longs poils monté par Hobie Evans. Le cheval se cabra, soulevant l'homme et manquant de vider Evans de sa selle.

– Arrêtez! cria le fermier, toujours accroché. Vous saccagez mon blé!

– Lâchez mon cheval, sacré péquenot! hurla Hobie en lui cinglant le visage de son lasso. Vous ne voyez donc pas que nous essayons de les encercler. On a déjà essayé de les écarter de votre champ. Fichez le camp de là, abruti. On sait ce qu'on fait!

Aveuglé par le coup, l'homme fut jeté à terre par le cheval et Hobie ne fit rien pour lui éviter d'être touché par les sabots. Toujours ricanant, il saisit l'une des vaches vagabondes, mais ne l'entraîna hors du champ qu'après l'y avoir fait assez tourner pour achever la dévastation. Ce n'est que lorsque lui et ses deux acolytes eurent épuisé les joies de leur odieuse plaisanterie qu'ils vidèrent les lieux avec chevaux et bestiaux; le pauvre homme, le visage en sang, contempla le spectacle de sa ruine et retourna à sa hutte de terre en titubant.

La nouvelle du désastre se répandit dans la communauté de fermiers. Des voisins vinrent offrir leur aide. Reisner fut l'un des quatre choisis pour aller demander réparation à Ed Mace, propriétaire du ranch du « Serpent M »; Franz Kreuger devait être le porte-parole du groupe.

Le rabattage étant prévu pour le lendemain, presque tous les cow-boys du ranch se trouvaient là, occupés à choisir et à mettre en état les pièces d'équipement nécessaires à l'expédition. Ed Mace lui-même parut sous le porche de sa vaste maison de rondins avant que les membres de la délégation des fermiers ne soient descendus de leur chariot.

Tous les hommes observèrent la rencontre et Bob Sheephead, le métis, alla trouver Evans, qui réparait une sangle usagée. Tortillant entre ses doigts un bout de cuir élimé, il demanda anxieusement :

– Pourquoi crois-tu qu'ils viennent réclamer ici? Tu penses qu'ils viennent se plaindre au sujet de leur blé?

– Je le pense, oui... D'ailleurs on ne va pas tarder à le savoir.

Les quatre fermiers vêtus de leur curieuse blouse de paysan sortaient en effet de la maison, et Evans nota avec satisfaction l'expression méprisante de son patron.

– Ecoutez-moi tous, les gars... Ces messieurs – il marqua ostensiblement la pause avant l'emploi de ce terme poli – sont venus protester auprès de moi au sujet des dégâts qu'auraient commis à leurs récoltes certaines de nos bêtes égarées hors du ranch. Ils prétendent aussi que trois d'entre vous auraient augmenté les ravages en faisant courir exprès les vaches à travers le champ.

Laissant tomber sa lanière, Hobie Evans se leva et, se frayant un chemin parmi les cavaliers, se porta en avant :

– A ce que je comprends, patron, c'est de moi, Ace et le métis qu'il s'agit. On a encerclé quelques bestiaux qui étaient entrés dans un champ de blé.

– C'est lui, confirma le propriétaire du champ en question, portant la main à sa pommette au souvenir du coup reçu.

– Et c'est vous qui êtes arrivé en agitant les bras et en piaillant comme une corneille. Nous, on aurait sorti ces bêtes en un rien de temps s'il s'en était pas mêlé. Vous savez comment sont les vaches; elles deviennent folles quand on leur fait peur et elles s'éparpillent dans toutes les directions.

– Il m'a frappé avec son lasso et aurait laissé son cheval me piétiner, dit le fermier.

– C'est vous qu'avez sauté au col de mon cheval. Si je vous avais pas écarté, il vous aurait réduit en bouillie.

– Il ment, affirma Kreuger en s'avançant. Mais nous ne sommes pas venus ici parce que Otto a été frappé. Nous sommes ici au sujet des déprédations commises par vos bêtes dans ce champ. Et nous voulons que vous remboursiez le blé.

– Il semble que mes bêtes auraient provoqué infiniment moins de dégâts si ce... monsieur n'était pas intervenu, répliqua Mace avec un geste méprisant de la main pour désigner le fermier. Il prétend avoir perdu toute sa récolte. Je suis prêt à payer des dédommagements, mais pas pour tout le champ.

Et il avança un chiffre très inférieur à celui qu'avaient réclamé les délégués.

– Ça ne suffit pas! Ce n'est pas juste! s'écria Kreuger avec colère.

– Voilà ce que j'offre. Si vous n'êtes pas d'accord, présentez l'affaire devant le juge et *attendez* qu'il fixe une date pour le procès... et ensuite, *attendez* le verdict. A vous de choisir : ou vous *attendez* et vous verrez ce qu'en pense le juge, ou vous acceptez ma proposition de règlement, en espèces et tout de suite.

Le fermier lésé, ainsi que les deux autres, s'en remirent au jugement de Kreuger, qui toisa l'adversaire d'un regard froid et inquisiteur :

– Ce juge, vous le connaissez?

– Le juge Paulson? Oh! on a été élevés ensemble! répondit Mace avec un sourire.

Franz Kreuger respira profondément et se tourna vers le fermier :

– Accepte son offre. S'il ne te donne pas cet argent, il l'emploiera pour acheter le juge.

13

Dans le rabattage, le travail du matin consistait à ratisser combes et bosquets pour en débusquer les bêtes. Les cow-boys se portaient jusqu'à l'extrême limite d'un territoire donné pour les rabattre vers le centre sur un espace de plus en plus réduit en vue de la sélection à effectuer l'après-midi avec, éventuellement, le marquage des bêtes échappées à cette opération au printemps.

L'atmosphère était claire et fraîche, un peu piquante même, comme pour annoncer la venue de l'hiver et inviter les hommes à se hâter. Webb poussait devant lui quelques bêtes, pour la plupart des herefords pures et des produits de croisements qu'un manteau de poussière rendait semblables, quand une d'elles décida de faire bande à part, à cinq cents mètres à peine du lieu de rassemblement.

Il voulut s'élancer à sa poursuite mais son bai, fatigué, trébucha dès sa seconde foulée et se mit à boiter de la jambe droite avant. Webb avait failli vider la selle et constata qu'il n'avait aucune chance de couper la route à la dissidente qui, la queue levée, semblait lui faire des signes d'adieu.

Mais un éclair gris attira son attention : un grand cheval gris, lancé ventre à terre, interceptait la course de la vache vers la liberté et son cavalier n'était autre que M. Calder père. Mettant pied à terre, Webb le vit repérer le trajet de l'animal puis lui interdire toute possibilité de fuite et, le réduisant définitivement à l'obéissance, le ramener dans le troupeau. L'opération mettait en évidence l'habileté du cavalier et de sa monture. Quand son père vint vers lui, Webb n'en souffla mot. Un homme fait son travail, c'est bien ou c'est mal, on le remarque, c'est tout.

– Qu'est-ce qu'il a? demanda Benteen à son fils, qui tâtait doucement la jambe de son bai.

– On dirait que c'est un tendon froissé, répondit Webb en se redressant pour caresser l'encolure du cheval que recouvrait déjà le pelage laineux de l'hiver. Il me semble n'avoir jamais vu le troupeau en si bel état! constata le jeune homme, embrassant du regard les bêtes que deux autres cow-boys venaient de réunir au gros du troupeau.

– Mais on n'en tirera que la moitié de leur valeur, répliqua lugubrement son père. J'ai dit à Barnie de ne laisser partir que les vieilles bêtes. Cette année, on a plus de fourrage que d'habitude pour leur faire passer l'hiver. Et peut-être qu'au printemps les prix auront remonté.

– Tôt ou tard, le marché reprendra.

Webb comprenait le parti que prenait son père en conservant tout l'hiver un cheptel aussi important.

– Il ne faut pas compter que ce soit de sitôt. Bull Giles m'écrit que l'année à venir ne s'annonce pas mieux que celle-ci. Il prévoit une petite reprise des prix du bétail au printemps, mais qui ne durera pas.

Webb sentait en son père une autre source d'inquiétude, mais il ne parvenait pas à l'identifier.

– Qu'est-ce que tu en penses, une semaine encore et on en aura fini avec le rabattage? demanda Benteen.

– A un jour près, oui.

Il y avait déjà plus de cinq semaines que ça durait, et les longues heures à la tâche commençaient à peser sur les hommes et sur les chevaux.

– Je vais devoir me séparer d'un certain nombre de mes hommes... pour l'hiver seulement. J'espère pouvoir continuer à assurer la paie de ceux qui sont mariés et pères de famille, mais les autres...

Il secoua tristement la tête. Webb savait la situation difficile, mais il ignorait que le ranch n'était plus en mesure de conserver tout son personnel permanent.

– Et Nate? Et Abe?

– Ils peuvent tous rester au ranch tant qu'ils voudront, coucher dans les dortoirs et manger au réfectoire, mais je ne pourrai pas leur payer de gages.

Sans les nommer expressément, Calder incluait dans le lot les deux camarades de son fils.

– Et il faudra se charger de tous ces bouvillons en plus avec une main-d'œuvre réduite, pendant tout l'hiver? s'étonna Webb, se demandant comment son père comptait tenir ce défi.

– Je n'ai pas le choix, se contenta-t-il de répondre.

Webb demeura sans voix et considéra l'horizon sans limite qui s'étendait devant lui : un paysage rude et sauvage, et qui pouvait encore changer.

– Le moment est peut-être venu d'envisager sous un autre jour les activités du ranch, suggéra Webb à contrecœur.

– Que veux-tu dire? demanda Benteen, plissant des yeux inquisiteurs.

– Je veux dire que l'exploitation repose sur l'élevage de bovins. Peut-être serait-il bon de penser à diversifier nos intérêts.

– Dans quels domaines? Les moutons? Le marché de la laine est aussi bas que celui-ci. Entre l'Australie et l'Europe, il est saturé!

– Je ne pensais pas aux moutons, répliqua Webb, sachant que ce qu'il allait suggérer serait considéré par son père comme blasphématoire. C'est dans les céréales qu'on fait de l'argent maintenant.

Le mot sortit avec une rage contenue :

– Le blé?

– Ils font tous pousser du blé dans le coin. Nous sommes déjà un peu des agriculteurs, avec tout le foin que nous récoltons et engrangeons. Il n'y a aucune raison pour que nous n'étendions pas nos cultures jusqu'au blé. Ce n'est pas le manque de terres qui nous en empêcherait.

Quand Webb leva les yeux vers son père, il lut dans son regard l'amère douleur de la déception :

– Je t'aurais cru doué d'un peu d'intelligence mais je vois que tu es aussi stupide que ces fermiers.

– Tu veux dire ceux qui récoltent du blé? demanda agressivement Webb.

– Tu penses que je joue un jeu dangereux parce que je garde tout mon bétail, hein? Mais ces gens-là, c'est avec la *terre* qu'ils jouent ce jeu. Et qu'arrivera-t-il s'ils perdent?

– Peut-être ne perdront-ils pas?

– Ils vont perdre, c'est sûr, trancha Benteen. Ce pays de plaines a des cycles de pluviosité normale et il est le plus souvent frappé par la sécheresse. Nous avons eu la chance de bénéficier de plusieurs années de pluies. Mais les années sèches vont venir. Il y en a toujours eu et il y en aura toujours.

Webb reçut une douche froide. Il examina attentivement son père, ses paroles naissaient de l'expérience.

Benteen reprit :

– Tu es trop jeune pour te souvenir de ce qu'ont été ces années-là. Tu vois cette herbe? dit-il en montrant l'épais tapis de verdure à leurs pieds. Eh bien, je l'ai vue, au tout début de l'année, complètement roussie, avec des tiges raides accrochées à une terre aussi sèche et dure que du roc. Sans une couverture d'herbe qui maintienne le sol, tout aurait été balayé. C'est pourquoi il est si important de ne pas le dénuder. Or, les fermiers labourent cette herbe. Quand la sécheresse reviendra, et elle reviendra, tout sera un désert. Vois-tu, chaque fois que tu essaies de contrarier la nature, elle se retourne contre toi et te détruit. Si tu oublies ça, cette terre ne sera plus là pour ton fils, si un jour tu en as un!

Ces sombres paroles semblaient encore résonner dans l'air, quand Benteen, dressé de toute sa haute taille sur son grand cheval gris, retourna au petit galop vers le troupeau.

Un mois et demi après le grand rabattage du cheptel, l'équipe des « Trois C », lestée de deux mois de salaire, se dirigeait vers Blue Moon, bien décidée à prendre un peu de bon temps. A l'exception de Webb et de deux ou trois cow-boys, ils venaient de toucher leur dernière paie, mais n'entendaient pas moins la dépenser jusqu'au dernier *cent,* histoire d'avoir des choses à raconter lorsqu'ils se réchaufferaient autour d'un poêle pendant le rude hiver du Montana. Sur la route creusée d'ornières et marquée, au centre, par les empreintes de sabots, ils virent un objet noir qui leur bloquait le chemin.

– On dirait que c'est l'automobile de Doyle Pettit, dit un des cavaliers. Il doit y avoir quelque chose de cassé.

L'occasion s'offrait de se payer la tête de l'ex-ranchero devenu agent d'affaires. Poussant de grandes clameurs, ils piquèrent un galop en direction de la voiture immobilisée.

– Hé, les gars! on dirait qu'elle se déchausse! s'écria Shorty Niles, désignant la roue arrière posée contre le pare-chocs, dont Doyle Pettit avait extrait la chambre à air.

Impassible sous leurs sarcasmes, celui-ci examinait minutieusement la roue, en quête de l'accroc à réparer; il avait répandu autour de lui tous les outils d'une sacoche spéciale.

– Vous pouvez toujours rigoler, les gars, dès que ce sera arrangé et que je pourrai repartir, vous verrez que j'arriverai en ville avant vous.

Ayant localisé le trou, il se mit en devoir de râper le caoutchouc tout autour avec du papier émeri. Penché sur sa selle, Webb l'observait avec curiosité.

– Où allais-tu donc avec cette machine?

– Chez Big Jim Tandy. Il a l'intention de vendre un peu de terrain et j'ai une proposition à lui faire qui va nous rapporter à tous les deux pas mal d'argent. C'est incroyable, les prix qu'atteignent les terrains, Webb! Je te jure que, depuis le printemps, ça a triplé. Harve Wessel en a attrapé la bougeotte et je lui ai racheté ses parts. Il pense qu'il trouvera mieux ailleurs mais à mon avis, pour le moment, c'est ici que ça se passe.

– Qu'est-ce que c'est? demanda Webb en désignant une bouteille que Doyle venait de prendre dans sa boîte à outils.

– De la benzine. Tu nettoies bien tout autour du trou, tu enduis tout ça de colle à caoutchouc et tu appliques une petite rondelle. Je pourrais le faire les yeux fermés. Tu sais, j'ai la pratique car il me faut compter en moyenne trois crevaisons entre le ranch et la ville! conclut-il en riant.

– Je croyais qu'il fallait brûler de la poudre pour colmater.

– Ça, c'est les réparations à chaud et c'est plus compliqué, expliqua Doyle, heureux de montrer sa compétence. J'ai l'intention de passer voir ton père un de ces jours. Y a une fortune à faire, en ce moment, dans les terrains.

– Tu peux toujours lui en parler. Mais je doute qu'il t'écoute. A tout à l'heure, Doyle, et fais attention, sinon cette voiture sans chevaux pourrait bien te flanquer par terre.

– Si on ne te voit pas arriver avant la nuit, on t'enverra quelqu'un avec un cheval, lui lança Shorty tandis qu'ils s'apprêtaient à repartir.

A trois kilomètres de la ville, ils entendirent corner derrière eux et se séparèrent en deux groupes de part et d'autre de la route pour laisser passer le véhicule qui les dépassa dans un grand fracas. Doyle, prenant pour une fois le risque de lâcher le volant, leur fit un ironique signe d'adieu, les laissant dans un nuage de poussière malodorant.

A Blue Moon, charrettes, chariots plats et tombereaux remplis de blé encombraient la rue. Le grenier à grains n'était plus un sujet de conversation : il s'élevait maintenant près de la voie ferrée. On ne voyait partout que des fermiers et leur famille. Obligés d'aller au pas à cause du trafic, les cow-boys, étrangement silencieux, se sentaient incongrus en ce lieu où – peu d'entre eux s'en rendaient compte – ils devenaient anachroniques.

Du haut de son siège récemment surélevé du fait de la transformation de leur chariot, aménagé pour le transport du grain, Lilli vit Stefan sortir des bureaux du grenier à blé. Il avait l'air heureux.

– Cinquante boisseaux à l'acre! s'écria-t-il, fier du succès de sa récolte.

Elle réussit à sourire à son tour, tout en se demandant pourquoi elle ne se sentait pas aussi joyeuse qu'elle aurait dû l'être.

– On raconte en ville qu'il va peut-être éclater une guerre en Europe et que le prix du blé va encore monter, dit-il en s'asseyant sur la banquette à côté d'elle.

– Bonne nouvelle, répondit-elle, bien qu'il lui semblât injuste de profiter du malheur d'autrui.

– Maintenant, on va à la banque.

– Pour rembourser notre emprunt?

– Non, pour en emprunter davantage afin d'acheter encore du terrain tant qu'il ne coûte pas cher. Il nous faut aussi de l'argent pour la semence. Peut-être aussi pour un tracteur. Franz prétend qu'avec un tracteur on peut labourer en un jour ce qui prendrait deux semaines avec une paire de chevaux. On pourra semer beaucoup de blé.

Stefan n'avait parlé de rien de tout cela avec elle, mais il en avait visiblement discuté longuement avec Kreuger. Ils n'étaient décidément plus aussi proches que par le passé, elle venait d'en avoir la preuve et voulut lui rappeler ses anciens projets :

– Je pensais que tu allais utiliser les bénéfices de notre récolte à la construction d'une vraie maison. Auras-tu assez d'argent pour ça aussi?

– La maison peut attendre. L'année prochaine, nous aurons beaucoup plus et nous pourrons construire une maison plus grande.

Ce qu'il ne disait pas, c'est qu'au lieu de se libérer de leur emprunt ils allaient se retrouver plus lourdement endettés qu'auparavant. Il ne resterait rien pour améliorer leur vie l'hiver prochain, peut-être même leur manquerait-il de quoi satisfaire certains besoins.

– Quand on ira au magasin, il faudra faire des provisions. L'hiver ne va pas tarder à arriver et il se peut qu'on ne revienne pas de sitôt en ville, lui conseilla Stefan.

Devant le saloon, elle avait remarqué plusieurs montures de cow-boys et elle se demanda si Webb était là. Avec un vague sentiment de culpabilité, elle lança un regard vers Stefan et le silence, entre eux, ne fut pas rompu. Elle n'aurait su dire si c'était elle ou lui qui avait changé, mais leurs rapports, eux, n'étaient plus les mêmes.

– Qu'est-ce que ça veut dire ça : on ne peut pas demander n'importe quelle boisson? demanda Shorty en fixant d'un air incrédule l'homme en tablier qui se tenait derrière le bar.

– Nous ne servons aucune liqueur avant trois heures de l'après-midi, répéta celui-ci. Mais si vous voulez quelque chose à manger, vous n'avez qu'à vous installer à l'une de ces tables.

– Je ne veux pas manger. Je veux une bière! Où est Sonny?

– Il est à la cuisine, en train de préparer à manger.

– Mais depuis quand c'est devenu un restaurant ici? s'enquit un autre cavalier des « Trois C ».

– Depuis que la municipalité a passé un règlement interdisant la consommation de boissons alcoolisées avant trois heures de l'après-midi, expliqua l'homme, impatienté. Sonny ne voit pas pourquoi la salle resterait vide une grande partie de la journée et il s'est décidé à servir à manger, puisqu'il n'y a pas de restaurant en ville.

Des clients occupaient déjà une demi-douzaine de tables et, depuis leur intrusion dans l'établissement, les cow-boys avaient capté toute leur attention; Webb comprit que ses camarades et lui n'étaient pas les bienvenus.

– Je me fous des règlements de la municipalité. Que les autres mangent, mais moi, donnez-moi à boire, déclara, furieux, un autre cow-boy.

– Notre sheriff ne se moque pas des règlements. Je vous ai dit que nous ne servions pas à boire avant trois heures. Si vous n'aimez pas ça, vous n'avez qu'à aller trouver le sheriff, répliqua l'homme.

– Pourquoi a-t-on fait cette satanée loi? grommela Nate.

– Je suppose qu'on ne veut plus qu'une bande de cow-boys ivres bouscule dans la rue les femmes convenables, déclara agressivement le barman.

– Pourquoi ne nous vendriez-vous pas une bouteille? On s'en irait ailleurs, dit Webb.

– Oui, acquiesça-t-on aussitôt autour de lui. On irait voir Fannie.

– Fannie n'est plus là. Le toubib a repris son bureau là-bas.

– Le toubib? Cette ville a un docteur?

– Un spécialiste du ventre et des os qui s'appelle Bardolph.

– Qu'est-il arrivé à Fannie?

Préférant sans doute sa manière de soigner leurs maux aux éventuels remèdes du médecin, les jeunes gens s'intéressaient soudain à son sort.

– Le sheriff lui a donné un billet de chemin de fer pour quitter la ville.

– J'ai l'impression que ce sheriff n'a pas grand-chose pour me plaire, déclara Shorty.

– Et la bouteille? demanda Abe Garvey, reprenant la question posée par Webb. Est-ce aussi contre la loi de nous la vendre?

– Me souviens pas d'avoir vu quelque chose à ce sujet. Alors, je peux. Mais il ne faut pas la boire ici.

Des mains se levèrent en d'ironiques signes de serment.

– Mettez-en deux, suggéra une voix. Jusqu'à trois heures, ça fait long et on aura soif.

– Où va-t-on aller?

Ils s'entre-regardèrent, essayant de penser à un bon coin pour boire sérieusement et, soudain, l'un d'eux suggéra :

– Allons à la gare!

Les deux bouteilles disparurent dans les poches des cow-boys et ils sortirent tous du saloon transformé en restaurant pour se diriger vers la gare, tout au bout de la rue. Chaque fois qu'ils croisaient une femme, ils portaient deux doigts à leur chapeau et les plus jolies avaient droit à des compliments hyperboliques, qui faisaient rougir les timides et rire les autres. Quant aux mères, elles foudroyaient les cavaliers de leur regard furibond et entraînaient vivement leur virginale progéniture.

A la gare, ils s'affalèrent sur les bancs et les caisses de marchandises. Après des mois de travail solitaire en compagnie des seuls bestiaux et des chevaux, ils éprouvaient le besoin de s'amuser bruyamment. A peine entamaient-ils la seconde bouteille que le sheriff arriva.

– Désolé, les gars, mais c'est interdit de faire du tapage dans les lieux publics, et ici c'est un lieu public. Allez, circulez!

Il y eut des grommellements et quelques jurons *mezza voce,* mais pas de discussion.

– De toute façon, je n'avais plus de tabac, marmonna Nate.

– Oui, allons au magasin. Moi, j'avais justement envie de m'acheter une veste pour l'hiver, déclara Shorty avec entrain.

Ils revinrent sur leurs pas, repassèrent devant le saloon avant de traverser la rue pour faire leurs achats. Un intrépide automobiliste arrivait précisément, au volant d'une de ces bruyantes machines sans chevaux. Un fermier avait toutes les peines du monde à retenir son attelage affolé qui ruait et caracolait, refusant de se ranger au bord de la route pour céder le passage. Distrait par cette agitation, Webb entra en collision avec une femme qui sortait du magasin; elle lâcha ses paquets qui s'éparpillèrent sur le sol et il la retint à temps pour qu'elle ne tombe pas elle-même.

– Excusez-moi, mademoiselle, le...

Il s'arrêta brusquement en rencontrant le regard d'une paire d'yeux bleus qu'il connaissait trop bien. Lilli...

Le nom sortit en un soupir et ses mains sur elle se firent involontairement caressantes. Pendant une seconde, il vit une émotion passer dans ces yeux bleus, mais les paupières s'abaissèrent vite pour la lui cacher.

– C'est ma faute, monsieur Calder, murmura-t-elle avec un léger mouvement d'épaules pour lui faire comprendre qu'il devait retirer ses mains. Je ne regardais pas.

Il la lâcha aussitôt, envahi par une amère sensation

d'impuissance. Il voulut l'aider quand elle se baissa pour ramasser ses paquets.

– J'y arriverai seule.

– Je vous en prie. C'est moi qui vous ai bousculée. Je vous proposerais volontiers de les porter dans votre voiture, mais..., commença-t-il lorsqu'ils se redressèrent tous deux.

Stefan Reisner venait de sortir du magasin, avec un fusil flambant neuf. Son regard s'assombrit quand il vit Webb avec Lilli et il se précipita aux côtés de sa femme :

– Il t'importune, Lillian?

Cette fois, au moins, il prenait la peine de s'enquérir avant d'agir. Elle se hâta de le rassurer :

– Non. J'avais laissé tomber des paquets et M. Calder a eu l'amabilité de les ramasser, expliqua-t-elle en lançant un rapide regard à Webb.

Il sourit intérieurement de son mensonge et se garda de rétablir la vérité. Quelle que pût être la raison de ce mensonge par omission, il valait mieux ne pas le relever. Il remarqua aussi que le canon du fusil se trouvait négligemment pointé dans sa direction.

– Une bien belle arme, monsieur Reisner. Juste ce qu'il vous faudra pour chasser cet hiver, quoique le gibier se fasse rare par ici. Mais les lapins sont encore nombreux. Vous êtes-vous souvent servi d'un fusil, monsieur Reisner?

– Je sais tirer, répondit Stefan en calant une boîte de cartouches sous son bras.

– Là d'où vous venez, je ne sais pas comment ça se passe, mais ici nous ne pointons pas notre arme sur ce que nous n'avons pas l'intention de tirer. C'est très mal vu.

– Je m'en souviendrai.

Ils restaient face à face, Lillian les observait, mal à l'aise. L'atmosphère était lourde de l'antagonisme, volontairement inexprimé, qui les dressait l'un contre l'autre.

– Qu'est-ce qui ne va pas? demanda tout à coup le sheriff.

– Tout va bien, sheriff, dit Webb. J'admirais le fusil tout neuf de M. Reisner et je lui souhaitais bonne chasse. (Il toucha son chapeau à l'adresse de Lillian :) Bonne journée, madame.

En s'éloignant d'eux pour entrer dans le magasin, il entendit derrière lui le claquement de plusieurs paires de bottes portant éperons, qui appartenaient aux cavaliers des « Trois C ». Il se sentit envahi d'une folle énergie, du désir de frapper... n'importe quoi.

Une vive animation régnait dans le magasin où des familles entières de fermiers faisaient leurs achats. Des gamins en knickers munis de quelques *cents* d'argent de poche hésitaient entre les divers bocaux de bonbons, se régalant autant du bonheur de choisir que des sucreries.

Webb se dirigea vers le fond du magasin, loin des vitrines, pour ne pas voir Lilli monter dans le chariot avec son mari. Tous les cow-boys restèrent groupés en une bande bruyante baguenaudant devant les rayons. Seul Nate avait un achat à effectuer, aussi se dirigea-t-il droit vers le comptoir où acheter son tabac. Webb allait et venait nerveusement auprès de lui.

Un nouvel employé s'enquérait des désirs de Nate quand Ollie Ellis, le patron, prit sa place et l'envoya s'occuper d'un autre client :

– Qu'y a-t-il pour votre service?

– Je voudrais du tabac... donnez-moi donc une boîte de Prince Albert, dit Nate, pensant que cela lui ferait tout l'hiver.

– C'est tout?

Quelque chose, dans le ton, semblait indiquer une certaine déception devant la modicité de l'achat. Derrière eux, Shorty essayait un chapeau de femme, au grand amusement de ses camarades. Comme il avait toujours aimé jouer tantôt le clown, tantôt le joli cœur, ses singeries étaient aussi connues que ses déclarations enflammées.

– Oui, c'est tout, dit Nate en mettant la main à sa poche pour payer.

– Alors je vous serais obligé de prendre votre tabac et de sortir du magasin avec vos amis. Vous avez bu et je ne veux pas que vous jetiez le trouble ici, ni que vous bousculiez mes clients.

Ces phrases exprimées en termes polis furent prononcées d'une voix calme mais ferme. Webb n'en croyait pas ses oreilles et il répliqua :

– Les gars sont un peu gais, monsieur Ellis, mais ils ne font rien de mal. Nous avons passé six semaines en selle et nous sommes venus en ville nous détendre. Nous n'avons pas l'intention de faire du grabuge.

– Tout ce que je vous demande, c'est d'aller vous détendre ailleurs, répliqua Ollie qui ajouta, inquiet de voir se durcir l'expression de Webb : j'espère que vous allez partir tranquillement car je n'aimerais pas à devoir demander au sheriff de vous faire quitter les lieux.

– C'est bien, c'est bien, nous partons, dit Webb d'une voix terriblement calme. Mais vous avez la mémoire courte, Ellis. Vous et les autres commerçants de la ville, vous étiez là avant l'arrivée des fermiers. C'est nous, les éleveurs, qui faisions vivre votre commerce.

– Les temps ont changé.

– Mais votre cupidité reste la même. Vous avez senti l'odeur de l'argent dans une autre poche et vous ne pensez plus qu'à ça. Comme le chien qui regarde son reflet dans l'eau et voit un os plus gros que celui qu'il tient, vous allez laisser tomber votre os, Ellis, murmura froidement Webb. Parce que moi, j'ai de la mémoire, je n'oublie pas.

– Mais vous n'avez aucune raison de me parler ainsi, protesta Ellis, d'un air de dignité offensée. Ma requête était parfaitement normale et...

– Allons-nous-en, les gars, dit Webb à ses amis, qui s'étaient déjà détournés du comptoir sans l'écouter.

Réduits au silence par son visage fermé, ils le suivirent et c'est Nate qui se chargea du commentaire :

– J'ai l'impression qu'on n'est bienvenus nulle part dans cette ville.

– Moi, je ne reste pas là où on ne veut pas de moi, ajouta un cow-boy.

Quelques minutes plus tard, tous les cavaliers quittaient la ville au trot. Ils n'avaient pas pris du bon temps et se retrouvaient avec un goût amer dans la bouche.

Cette nuit-là, au lit, Stefan fit des avances à sa femme qui s'abandonna. Quand ce fut fini, elle s'allongea sur le côté, fixant les rais argentés du clair de lune à travers la pièce. L'aspect physique de son union avec Stefan avait peu d'importance pour elle. L'acte sexuel, pure formalité occasionnelle, ne s'accomplissait qu'à l'initiative de celui-ci. Lilli ne le considérait pas comme un désagrément et s'y pliait en bonne épouse. Mais elle n'en tirait pas autant de satisfaction que son mari. En fait, elle pensait que cela n'était pas prévu. Jusqu'au baiser de Webb qui lui avait fait éprouver une curieuse excitation, il ne lui était jamais venu à l'esprit que des rapports physiques avec un homme puissent apporter du plaisir. Les baisers, pour elle, ne signifiaient rien d'autre que de l'affection. Sa mère, qui était morte alors qu'elle n'avait encore que treize ans, ne lui avait jamais dit qu'il pût en être autrement. Et à part ses parents, elle n'avait connu d'autre amour que celui de Stefan. Elle se rendait compte peu à peu qu'il pouvait en exister d'une autre sorte. Et c'est d'un homme qui n'était pas son mari que lui venait cette révélation.

Consciente que son propre besoin d'amour restait inassouvi et profondément réprimé parce qu'il s'adressait à un autre, elle gisait là, dans son lit, sentant son cœur battre et son sang courir dans ses veines, mais un grand vide se creusait en elle. Elle avait beaucoup à donner; tous ses sentiments et ses désirs brûlaient en pure perte, destinés à se flétrir. Elle fut soudain terrifiée à l'idée que tout cela mourrait peut-être sans qu'elle en ait fait don, sans que personne le sache. Le sentiment de sa solitude la submergea.

14

De gros flocons de neige tombaient sans relâche du ciel morne et gris sur le sol d'un blanc immaculé, et l'air glacé mordait ce qui restait exposé du visage de Webb. La longue écharpe qui s'enroulait autour de son cou montait en effet jusqu'à ses yeux.

Inquiet de l'évolution possible du temps, il interrogeait le ciel sombre de décembre. Jusqu'ici, comme paralysé par le froid, le vent ne soufflait pas, mais Webb redoutait la moindre turbulence venant du nord-est, tanière de ce que les Sioux appellent le Loup Blanc, une hurlante tempête arctique aux effets dévastateurs. Dès le matin, il en avait senti la menace.

Il achevait le tour du secteur qu'il contrôlait et il avait ramené tout le bétail rencontré à proximité du camp; on lui apportait du fourrage quand la hauteur de la couche de neige ne lui permettait plus de brouter. Le hongre noir eut un petit hennissement et Webb regarda dans la direction qu'indiquaient ses oreilles dressées.

Une vache trébuchait dans la neige, mais il vit que ce n'était pas le seul obstacle qui la gênait. Elle était visiblement blessée. Le voyant approcher elle tenta en vain de s'enfuir et leva vers lui un regard affolé et douloureux.

Il retint son cheval pour ne pas augmenter sa terreur. A la position de sa patte antérieure gauche, il comprit qu'elle était cassée. C'était une vieille bête qui, de toute façon, devrait être écartée du troupeau dans les deux ans. L'accident devait être récent, sinon les loups l'auraient déjà dévorée.

– Si ce ne sont pas les loups, c'est la tempête qui te tuera; il vaut mieux que j'abrège tes souffrances, ma pauvre vieille.

Soulevant une jambe ankylosée, il mit pied à terre et marcha lourdement sur le sol enneigé. Il eut du mal, avec ses mains gantées, pour ouvrir l'étui de son fusil, mais il finit par saisir la crosse de son arme et la charger.

Debout devant le cheval il fit face à la pauvre bête aux yeux écarquillés, prenant soin de passer les rênes sous son bras pour que le coup de feu ne fasse pas fuir sa monture, sans laquelle, si loin du camp, il se trouverait en fâcheuse posture.

La déflagration assourdissante couvrit le bruit de la chute de la bête. Il éjecta la douille et replaça le fusil dans son étui. Il remontait en selle quand la vision de l'animal mort autour duquel s'élargissait une tache rouge lui fit penser qu'il serait dommage de laisser la carcasse aux loups et aux coyotes qui se la disputeraient. Peut-être un peu dure et filandreuse, c'était toujours de la viande. Au camp il y avait assez de provisions pour rendre inutile d'en emporter un morceau.

Alors... il ne pouvait s'empêcher de penser à Lilli. Le bœuf devait rarement figurer au menu de ces paysans nouveaux venus qui devaient recourir à la chasse pour se procurer de la viande fraîche.

Il regarda vers l'est. Tout le bétail était rassemblé vers le camp; il disposait de tout son temps. Son travail était terminé et la tempête ne s'annonçait pas pour tout de suite. En quelques heures il pourrait apporter cette viande chez les Reisner et peut-être même rentrer avant le mauvais temps.

Sa décision prise, il coupa la veine jugulaire avec son couteau de chasse pour saigner la bête. Ce fut beaucoup plus long de l'attacher avec son lasso sur deux jeunes arbres réunis en une claie. Il ne neigeait plus quand il remonta en selle pour se diriger vers l'est.

Quand elle vivait en ville dans un petit appartement de deux pièces avec trois autres personnes, elle ne s'était jamais sentie aussi claquemurée que dans cette cabane faite d'une unique pièce. Nerveuse et irritable, elle s'insurgeait contre les menues tâches qui font passer le temps. Le monde extérieur, sombre et gris, faisait pression sur la maison et la rendait plus petite encore.

La vaisselle du petit déjeuner lui rappelait ostensiblement sa négligence. Elle eut un regard de dégoût et se remit à feuilleter un vieux catalogue écorné sans le regarder. Elle finit par le jeter sur la table et mit de l'eau à chauffer sur le fourneau.

Des tâches urgentes et variées l'attendaient : raccommoder, faire du pain, confectionner une couverture en patchwork, avec de vieux morceaux de tissus, rapporter du charbon pour le poêle, sans compter cette fameuse vaisselle qui attendait toujours et le déjeuner à préparer. Rien de tout cela ne l'attirait et elle ne comprenait pas comment Stefan pouvait rester sans rien faire en ne manifestant pas le moindre ennui. Elle n'aurait jamais imaginé que son flegme pourrait l'irriter à ce point et elle lui lança un regard furieux.

Il était en train de s'habiller chaudement, superposant les vêtements pour lutter contre le froid du dehors. Elle pensa qu'il allait s'occuper des chevaux et en fut choquée comme d'un abandon. C'était déjà difficile de s'évertuer à entamer et à mener une conversation avec cet homme taciturne, mais n'avoir personne à qui parler était encore pire.

– Où vas-tu? lui demanda-t-elle, prête à retirer la bouilloire du feu pour l'accompagner auprès des chevaux plutôt que de rester seule entre ses quatre murs.

– A la chasse.

Selon lui, un mot devait suffire en guise de réponse puisqu'il détachait son fusil du râtelier près de la porte. C'est vrai, pensa-t-elle, elle aurait dû le deviner; il avait dit, le matin même, en allant abreuver les chevaux, qu'ils avaient besoin de viande fraîche.

– Je viens avec toi.

– Il fait trop froid.

Cette réponse péremptoire et définitive, Lilli la sentait inspirée par l'exemple de Kreuger, qui influençait de plus en plus son mari. Quand il l'embrassa en partant, elle lui tendit froidement sa joue.

– Je serai de retour pour le dîner, ajouta-t-il.

Elle ne lui proposa pas de provisions de route et ne lui souhaita même pas bonne chasse. En entendant retomber le loquet, elle fut soudain frappée de la dureté de sa propre attitude.

Et elle comprit que la raison en était plus profonde que le ressentiment éprouvé à être ainsi abandonnée dans ce lieu confiné. Depuis quelque temps déjà, une sorte de rancœur grandissait en elle, et cela remontait à sa première rencontre avec Webb Calder.

Comme chaque fois qu'elle évoquait ce nom, elle se sentit coupable et courut à la porte. Des tourbillons de neige et un souffle de vent glacial l'accueillirent dès qu'elle l'ouvrit. A quelques mètres de là, le fusil sur l'épaule, Stefan cheminait dans la neige. Frissonnante et remontant les épaules, elle l'appela et, quand il se tourna vers elle, une chaleureuse vague d'amitié et d'affection à son égard remonta de nouveau en elle.

– Ne va pas trop loin, cria-t-elle. La tempête menace!

Il leva la main pour montrer qu'il l'avait entendue et se détourna pour reprendre sa marche, sombre silhouette penchée en avant, dans un monde livide. Elle referma la porte et se précipita vers le poêle pour se réchauffer, regardant autour d'elle. Elle se jura d'accomplir toutes les tâches avant le retour de Stefan et de lui préparer un bon repas chaud. La bouilloire chantait et elle versa l'eau dans la bassine. Elle se souvint de sa mère disant que travailler était toujours le meilleur moyen de se réchauffer.

Le plafond de nuages était si bas sur la couche de neige qui couvrait la terre que la masse grisâtre autour de lui ne faisait plus qu'un. Au fur et à mesure qu'il s'en approchait, la tache noire de la maison grandissait et Webb discerna un filet de fumée se détachant sur le ciel. Il vit aussi le chariot, tout blanc, près des pieux du corral. A l'abri sous leur appentis dont on avait refermé la porte pour les protéger du vent, les deux juments belges essayaicnt d'attraper du bout de leurs lèvres le foin éparpillé par touffes de l'autre côté de la barrière. Une lueur rougeoyait dans la maison.

Le hongre noir s'arrêta de lui-même près de la porte, comme s'il se savait arrivé à destination. Le froid ankylosait ses membres et Webb eut du mal à descendre de cheval puis à se tenir sur ses jambes.

– Il y a quelqu'un? cria-t-il pour s'annoncer.

Malgré l'écharpe de laine, tout son visage était raidi de froid et il articulait avec peine. Il essaya en vain de détacher la carcasse du dos de son cheval et, son appel étant resté sans réponse, il cria de nouveau, mettant ses mains en porte-voix :

– Hé! il n'y a personne?

La porte s'entrebâilla. Bien qu'elle fût presque entièrement enveloppée d'un châle épais, il reconnut Lilli. Il s'immobilisa un instant, respirant fort à cause du froid et de la difficulté même de respirer. Elle ne prononça pas la moindre parole de bienvenue.

– Dites à votre mari de venir m'aider à porter ça.

Il se tourna pour lui désigner la carcasse, mais entendant des pas crisser dans la neige, il regarda et la vit s'approcher.

– Qu'est-ce que c'est? demanda-t-elle d'une voix étouffée par le gros lainage qui couvrait sa bouche.

– Une de nos vaches. Elle s'est cassé une patte et j'ai dû l'abattre. J'ai pensé que vous pourriez avoir l'usage de toute cette viande. J'ai préféré vous l'apporter plutôt que d'y mettre du poison contre les loups... Votre mari ne vient pas? ajouta-t-il en se redressant, avec un regard étonné en direction de la maison.

– Il n'est pas là, répondit-elle après une longue pause.

Ses yeux bleus, seuls traits de son visage que ne cachait pas le châle, semblaient le mettre au défi de dire quelque chose.

– Mais les chevaux sont là. Le chariot aussi. Où est-il?

Il ne voulait pas qu'elle l'accuse de venir parce qu'il savait d'avance que son mari était absent.

– Il est parti à la chasse ce matin; il n'est pas encore rentré.

– Il est parti chasser par ce temps?

– Oui.

La réaction de Webb l'inquiétait.

– Mais avec la tempête qui menace, le gibier s'est mis à l'abri! En venant ici je n'ai pas aperçu le moindre lièvre, dit-il, agacé par l'ignorance de ce paysan improvisé. Où voulez-vous que je mette cette carcasse? Il faut que ce soit en un lieu où les loups ne pourront pas l'atteindre, expliqua-t-il, voyant que Lilli ne devait guère être mieux informée que son mari en ce domaine. Dans l'écurie, par exemple, ça irait?

– Oui. Puis-je vous aider?

– J'en doute. Mais vous pouvez m'ouvrir la porte.

Il préférait lui manifester une certaine rudesse, car cela l'aidait à tenir à distance d'autres sentiments. Il savait que ce ne serait pas chose facile de transporter cette carcasse sans l'aide d'un autre homme; le plus simple serait donc de la découper, mais il faisait diablement froid. Il s'assura de la solidité de l'arrimage et fit avancer son cheval tout près de l'écurie, juste devant la porte, puis il ordonna à Lilli, qui serrait frileusement son châle autour d'elle, de rentrer au chaud. Elle ne fit pas mine de bouger.

– Vous avez besoin d'aide.

– Avez-vous une vague idée de la façon dont on vide, écorche et découpe un animal? Non, c'est ce que je pensais. Rentrez!

– Je peux m'y mettre.

– Comme vous voulez, conclut-il en haussant les épaules.

A l'aide d'une corde ils traînèrent la carcasse dans l'appentis. Quand Webb éventra la vache, Lilli faillit vomir; c'était autre chose que les quelques poulets qu'elle avait préparés. Elle crut qu'elle ne tiendrait pas le coup mais, quand Webb lui demanda d'emporter à l'extérieur le paquet de viscères, elle releva le défi et ravala sa nausée. L'air glacé l'aida à se remettre et, à son retour, il avait presque fini de dépouiller la bête; elle ne regretta pas d'avoir échappé au début de l'opération.

– Ça suffit comme ça pour le moment, dit-il en se redressant. J'espère que vous avez un peu de café. Quand je me serai réchauffé, j'irai à la recherche de votre mari, dit-il en essayant d'assouplir ses doigts.

Il avait ôté ses gants pour le dépeçage et la chaleur du cadavre de la bête les avait empêchés de geler, mais il se reganta pour retourner au froid.

Lilli s'étonna qu'il s'inquiète au sujet de Stefan puisque celui-ci n'avait prévu de rentrer que pour le dîner. Il n'était pas en retard. Ce n'était d'ailleurs pas la première fois depuis l'hiver qu'il allait à la chasse ainsi.

– Tout va bien, concéda Webb en s'effaçant pour la laisser sortir de l'écurie.

Il la suivit dans la neige que faisait tourbillonner un vent capricieux.

Et il ajouta presque en lui-même :

– Il y a une providence pour les innocents et les pèlerins.

Dans la cabane, Webb commença à se dévêtir tandis qu'elle rechargeait le poêle et le fourneau. Il se massa vigoureusement les bras et s'approcha de la source de chaleur. Puis il se réchauffa les mains autour du bol de café que Lilli lui servit, tout en l'examinant attentivement dans le silence tendu qui s'était établi entre eux.

– Vous feriez bien d'enlever ce châle, sinon vous ne vous réchaufferez jamais.

Elle hésitait à se défaire de cette protection. Au-dessous, elle portait un long et épais chandail à col montant.

– Ça aussi!

Elle lui jeta un regard méfiant :

– Je l'ai toujours sur moi dans la maison. Le froid s'insinue à travers les murs, et je...

– Vous le remettrez plus tard mais pour le moment, enlevez-le. Ça vous isole de la chaleur du poêle. Vous vous réchaufferez plus vite sans.

Elle suivit ce judicieux conseil et, une fois le chandail soigneusement plié, elle prit sa tasse de café et le rejoignit près du feu, les joues rougies de froid et ses beaux cheveux roux sombre décoiffés d'aguichante façon. Webb aurait aimé passer la main dans leur masse et en enlever les dernières épingles qui retenaient encore le chignon. Des picotements succédaient, dans ses membres, à l'engourdissement précédent.

– Merci pour la viande, dit-elle alors d'une voix douce et claire, libérée de toute timidité.

Et Webb ferma les yeux, torturé par le désir refréné

de lui dire des choses qu'il n'avait pas le droit d'exprimer. Il prit une profonde inspiration et fut troublé par son odeur, si proche de lui.

– Comme je vous l'ai dit, ou je vous l'apportais ou j'en faisais un appât empoisonné pour les loups. Savez-vous quelle direction a prise votre mari, lorsqu'il est parti?

C'était volontairement, et pour se rappeler son existence, que Webb lui parlait de son mari.

– Il est parti vers l'ouest..., chez Franz Kreuger.

– Je vais remonter à cheval et aller voir si je peux le retrouver avant que la tempête ne se déchaîne, déclara-t-il d'un ton ferme après avoir vidé son bol de café.

– Vous reviendrez?

– Ça dépend. Donnez-moi votre seau à charbon, que je le remplisse avant de partir.

Il enfila sa grosse veste et ne put s'empêcher de penser que, s'il n'était pas venu là, il serait en ce moment confortablement et tranquillement installé avec ses camarades. Au lieu de quoi il allait se lancer dans une tempête glacée. Ce qui l'inquiétait le plus, ce n'était pas les risques qu'il prenait en se jetant dans la tourmente, mais ceux qu'il prendrait plus tard, quand il reviendrait, avec ou sans le mari. Car il reviendrait, il le savait, et il se maudissait de la faiblesse qui l'empêchait de s'éloigner définitivement de cette femme.

Quand il eut remis tout l'attirail destiné à le protéger du froid, Lilli lui tendit le seau à charbon et, sans mot dire, il sortit rapidement en faisant claquer la porte derrière lui.

Il s'arrêta une seconde, saisi par le froid et les rafales de neige. Avec ce ciel lourd et bas, il faisait déjà presque nuit, bien que ce n'en fût pas encore l'heure.

Elle devait l'attendre à la porte puisqu'il l'y trouva dès qu'il revint; il posa le seau et se disposa à repartir aussitôt. Mais il fallait rompre ce silence oppressant; il ne pouvait pas s'en aller sans rien dire. La main sur le loquet, il pencha la tête et lui dit :

– Il fait déjà sombre dehors. Gardez la mèche bien haute pour que la lumière se voie de loin.

Impulsivement, Lilli lui prit le bras pour le retenir encore un instant et, d'une voix anxieuse, elle s'écria :

– Faites attention, Webb.

– Vous vouliez dire monsieur Calder? dit-il amèrement, les traits soudain durcis.

Avant qu'elle ait pu répondre, il était déjà parti.

Le hongre noir résista quand il voulut le faire sortir. Si son cavalier l'ignorait, lui savait que ce temps ne convenait ni à la bête ni à l'homme et, s'il finit par obéir, ce ne fut pas sans résistance.

Quelques minutes après avoir quitté la cour, ils se trouvèrent tous deux plongés dans la grisaille. Transformés en grêlons, les flocons de neige tourbillonnaient autour de Webb comme une mitraille blanche, cinglante et agressive. Soulevant la neige tombée, le vent réduisait considérablement la visibilité. Les traces du passage de Stefan Reisner avaient été effacées et Webb, à tout hasard, effectua une marche en zigzag en direction de la ferme de Kreuger. Il traversait ainsi l'un des endroits où le gibier, traqué par la charrue depuis l'arrivée des nouveaux paysans, cherchait refuge.

S'il ne s'était pas perdu, Reisner devait être sur le chemin du retour, se dit Webb. Avec un peu de chance, il le rencontrerait. Son cheval n'aimait pas les doubles charges, mais il avait pourtant l'intention de la lui imposer.

Le froid abolissait toute perception du temps. Webb avait l'impression de chevaucher depuis un temps infini dans cette géhenne glacée; il ne sentait plus ses jambes, qu'il frappait cependant sans arrêt, et le froid ne l'incommodait plus, ce qu'il interpréta comme un mauvais signe. Si Reisner s'était mis à l'abri, il gèlerait à mort.

Tout à coup, Webb s'aperçut que le vent avait tourné, comme il l'avait craint. Depuis combien de temps ce changement s'était-il produit? Impossible de le savoir. Il s'arrêta pour s'orienter. Il devait être à égale distance de chez Kreuger et de chez Lilli. Il pensa que Stefan était passé chez son ami pour lui emprunter un cheval et retourner plus vite chez lui, où il se trouverait déjà, raison pour laquelle il ne l'avait pas rencontré.

Deux solutions s'offraient à Webb : aller chez Kreuger s'assurer du bien-fondé de ses déductions ou retourner chez Lilli. Mais il lui fallait chercher abri au plus tôt.

Il se décida aussitôt et fit faire volte-face à son cheval, qui accepta allègrement de revenir dans cette écurie qu'il avait quittée avec tant de mauvaise grâce.

Quand Webb revit la pâle lueur jaune clignoter à la fenêtre de la cabane, monture et cavalier étaient déjà entièrement caparaçonnés de neige. Et quand le cheval s'arrêta à la porte de l'écurie, le cavalier faillit tomber tant le froid ankylosait ses muscles. Il dut se retenir à l'encolure du cheval jusqu'à ce que ses jambes soient capables de le soutenir et de remuer.

Dans l'obscurité totale, le doux bruit de mastication des juments le réconforta. Il mobilisa toute son énergie pour retirer son gant avec ses dents et, au bout de quelques minutes, allumer la lanterne. Il vit alors les deux alezanes dans leur stalle rudimentaire et son hongre noir attendant patiemment, couvert d'une croûte givrée. Plus loin, dans l'ombre, la grande carcasse pendait.

Avant de se réchauffer lui-même dans la cabane, il fallait prendre soin du cheval. La selle pesait un poids triple pour ses bras gourds et ses doigts raides défirent péniblement les attaches des harnais. Enfin, il put saisir des poignées de paille et bouchonner, étriller et sécher convenablement le hongre.

Il aurait aimé se laisser tomber dans la paille et s'y

enfoncer, mais en lui, un autre besoin, un autre désir s'imposait plus impérieusement, le forçant à affronter de nouveau la tempête et le froid pour rejoindre la cabane.

Le froid était devenu quasiment polaire et le vent faisait rage. On ne pouvait plus voir la faible lumière de la lampe. Se fixant à son instinct, il fonça dans le noir dans la direction qui lui semblait être la bonne, avec cependant à l'esprit de vagues réminiscences d'histoires d'hommes égarés et retrouvés morts, gelés à quelques mètres de leur porte.

15

Le vent hurlait autour de la cabane et une bise glaciale s'insinuait à travers la moindre fente entre les planches disjointes. Lilli tisonnait la braise dans le poêle pour lui faire donner plus de chaleur et ne cessait d'aller à la fenêtre. Mais on ne voyait rien au-dehors. Stefan et Webb étaient tous deux dans la tempête et elle ne savait pas pour lequel elle se tourmentait le plus.

Elle s'affaira devant le fourneau, remuant la soupe aux haricots agrémentée d'un peu de porc salé, s'assurant que le café restait chaud et, chaque fois qu'une rafale secouait plus brutalement la charpente de la maison, elle jetait autour d'elle des regards d'appréhension, comme si elle craignait de la voir s'effondrer sur elle. Jamais elle n'avait vu pareille tempête. Avec ce fracas, elle ne pourrait pas entendre l'arrivée de quelqu'un.

Lilli sursauta soudain : quelque chose était tombé contre la porte. Avant qu'elle ait pu réagir, le battant s'ouvrait tout grand et un personnage couvert de neige entra et s'appuya contre la porte pour la refermer. Le vent eut le temps de s'engouffrer dans l'unique pièce et l'envahit d'une vague glaciale qui l'immobilisa. Puis elle se précipita vers le bonhomme de neige coiffé d'un feutre de cow-boy blanc de givre.

– Mon Dieu! Vous êtes gelé, Webb, murmura-t-elle en arrachant les blocs de glace incrustés dans son écharpe.

Une couche de neige durcie couvrait cils et sourcils. Même sa peau habituellement bronzée était incolore. La vie ne brillait plus que dans ses noires pupilles. Enlevant à la fois son écharpe et son feutre, elle fit gicler sur elle et sur le plancher des gouttelettes de neige fondue. Elle dut gratter avec l'ongle pour faire sortir les boutons des boutonnières de sa veste, raidies par le gel. La force manquait à l'homme pour enlever ses vêtements sans l'aide de Lilli.

– Approchez-vous du poêle, dit-elle en l'entraînant.

Elle sentit, à travers la double épaisseur de la chemise de laine et du sous-vêtement, que son bras était glacé. Il réussit cependant à hocher la tête et accepta son aide, car il trébuchait sur ses jambes de plomb.

Arrivés près de la source de chaleur, elle lui mit dans la main une tasse de café chaud et alla prendre un balai de paille pour brosser son pantalon, qu'un mélange de neige et de glace empesait.

– Ne bougez pas, dit-elle.

– Votre plancher va être tout mouillé, protesta-t-il d'une voix faible.

– Je préfère voir cette neige sur mon parquet que sur vous, répliqua-t-elle vivement.

Mais une impulsion lui fit relever la tête pour le regarder : ses lèvres n'étaient plus bleuâtres et les coins de sa bouche s'étiraient en un sourire à peine esquissé, qui fit monter en elle une vague de bonheur. Et elle lui retourna son sourire.

– Vous feriez bien d'enlever vos bottes. Vos pieds

doivent être glacés. Vous n'avez pas rencontré Stefan, hein?

– Je pense qu'il est allé chez Kreuger, dit Webb en s'asseyant sur la chaise qu'elle venait de lui approcher. Et il doit y attendre la fin de la tempête.

Elle parut rassurée par ces propos :

– D'habitude, il chasse avec Kreuger. Bien qu'il n'en ait pas parlé, c'est ce qu'il a dû faire aujourd'hui... Donnez-moi votre pied.

La botte était humide et froide et elle dut tirer pour la lui enlever. Elle lui retira aussi ses chaussettes de laine et, constatant que la circulation n'était pas encore revenue dans ses pieds, elle remplit une cuvette d'eau chaude. Il faillit pousser un cri de douleur quand ses pieds y plongèrent.

– Vous devriez enlever aussi ce pantalon mouillé avant de prendre mal, remarqua-t-elle.

Malgré l'inconfort de la situation, Webb pensa qu'elle ne nécessitait pas des mesures aussi extrêmes et il répondit sèchement :

– Si ça ne vous fait rien, je préfère garder mon pantalon.

Le regard courroucé qui accompagna cette phrase la fit rougir, mais elle la releva d'un ton ferme :

– Je suis une femme mariée, monsieur Calder, et j'ai déjà vu un homme en caleçon.

– On est revenu à monsieur Calder, murmura-t-il, irrité qu'elle ait réussi à rompre l'intimité qui s'établissait entre eux.

– J'ai un dîner au chaud. Voulez-vous quelque chose à manger? Ce n'est qu'une soupe de haricots.

– C'est parfait, l'interrompit Webb avant qu'elle ait fini de s'excuser.

– Laissez vos pieds dans l'eau chaude pendant que je prépare tout ça, dit-elle en mettant ses chaussettes à sécher.

S'il n'avait pas éprouvé quelque plaisir à être ainsi servi par une femme qui allait au-devant de tous ses besoins, il n'aurait pas été un homme comme les autres. Avec des gestes calmes et précis elle mit le couvert : des assiettes et un morceau de pain avec un couteau sur une planchette, puis deux bols de soupe; ensuite elle alla chercher quelque chose dans le coffre placé près du lit, au fond de la pièce : une serviette et une paire de chaussettes.

– Mettez celles-là.

Webb les regarda un instant et comprit qu'elles appartenaient à son mari. Puis il les posa sur ses genoux et s'essuya avec la serviette. Quand il approcha sa chaise de la table – il n'y en avait que deux – il mouilla ses chaussettes sèches dans les flaques qui s'étaient formées sur le sol, dégouttant de ses vêtements trempés, mais il n'en avait cure. Il huma avec délice l'odeur de la soupe épaisse et prit la tranche de pain que Lilli lui tendit.

– Ça sent bon... Merci.

Puis, après avoir trempé un peu de pain dans le liquide bouillant :

– Et c'est aussi très bon.

Pour toute réponse, elle lui jeta un regard joyeux puis prit une cuillerée de soupe sur laquelle elle se mit à souffler. Le silence s'éternisait et Webb s'en irrita.

– Vous restez toujours sans rien dire, à table?

– C'est une habitude ici. Stefan pense qu'il ne faut pas parler à table, pendant qu'on mange en tout cas.

– Ah! Eh bien, si ça ne vous ennuie pas, je préfère parler, moi, en mangeant. A moins que vous ne soyez de l'avis de votre mari?

– Non, mais ça a toujours été l'habitude ici, c'est tout.

A ce moment-là une nouvelle rafale de vent enveloppa la maison faisant claquer contre les murs le revêtement de papier goudronné. Lilli se tendit.

– Qu'est-ce qui ne va pas?

– Je ne peux pas m'habituer au vent. Ici, on a l'impression qu'il ne cesse jamais.

– Prenez garde, sinon vous finirez par en tomber malade, lui fit-il observer.
– Mais comment l'empêcher? demanda-t-elle avec un pauvre sourire.
– Pensez à autre chose.
– Facile à dire! Quand ça souffle comme ça, il me semble que je vais étouffer.
– C'est de la claustrophobie, diagnostiqua-t-il.
– Qu'est-ce que c'est?
– Une maladie très courante par ici. Ça vient de ce qu'on reste trop longtemps enfermé entre quatre murs à ressasser des choses. Les symptômes sont la nervosité, l'irritabilité et la mélancolie.
– Je crois que je suis très atteinte, déclara Lilli. Quel est le traitement?
– Je n'en connais pas, répondit-il avec un sourire plein de compassion. Ça finit par s'en aller comme c'est venu. Ma mère disait que ça l'incitait à se trouver de la compagnie.
– Oui, dit-elle pensivement. Ça fait du bien d'avoir quelqu'un à qui parler.
– Autre que votre mari, bien sûr.
Il se mordit la langue d'avoir laissé échapper sa remarque.
– Stefan n'est pas très causant, reconnut-elle avec un haussement d'épaules en se remettant à manger sa soupe.
– J'avais cru le comprendre, fit sèchement Webb.
– C'est un homme simple, tranquille, qui a une grande force d'âme et qui est très bon... Depuis que nous sommes arrivés ici, il a un peu changé, en un sens.
– Ah? Et en quel sens?
Il posa cette question d'une voix unie pour dissimuler la curiosité que cette remarque innocente avait éveillée en lui.
– Avant, il avait horreur de l'idée de devoir de l'argent à quelqu'un. Mais quand nous avons vendu

notre récolte de cette année, il n'a pas remboursé l'avance de la banque. Il a contracté un nouvel emprunt pour acheter davantage de terre... Remarquez, je suis sûre qu'il s'agit d'un bon investissement. Voulez-vous encore un peu de soupe? ajouta-t-elle en voyant qu'il avait presque vidé son bol.

– Non, ça suffit, répondit-il en passant un morceau de pain au fond du bol.

– Je vais vous faire du café, dit-elle en repoussant sa chaise.

Son gros chandail rendait sa silhouette informe mais, à la lumière de la lampe, il vit des reflets roux s'allumer dans sa chevelure. Ce qu'il voyait, sentait et entendait dans cette pièce lui plaisait, l'odeur de la tasse de café que Lilli lui apportait, le doux bruissement de sa jupe et, dans ses yeux, un regard qu'elle ne lui dissimulait plus.

– Je m'habituerais très bien à avoir une femme qui fasse tout pour moi, dit-il en prenant la tasse avec un sourire.

– Comme presque tous les hommes. C'est d'abord leur mère qui s'occupe d'eux, ensuite leur épouse. En général, les hommes n'aiment pas faire les choses eux-mêmes.

Il sentit dans cette observation une critique à l'égard de tous les hommes. Mais, de son côté, il soupçonnait certains hommes de sa connaissance de s'être mariés pour avoir une femme qui s'occupe d'eux et satisfasse leurs besoins. Ce comportement différait totalement de l'attitude de ses parents l'un vis-à-vis de l'autre. Peut-être était-ce pour cette raison qu'il l'avait remarqué et qu'il n'avait pas, jusqu'ici, envisagé de se marier : il enviait son père et ne voulait pas d'une union qui serait de qualité inférieure. A vrai dire, il avait peu songé à tout cela.

Lilli, elle, ne voulait pas trancher; elle semblait hésiter à se ranger à son opinion. Sa façon de se montrer alternativement franche et naturelle ou retranchée dans une réserve hostile l'agaçait.

– Je suppose qu'il y a aussi des femmes qui se marient pour avoir à leur disposition un homme qui prenne soin d'elles et satisfasse tous leurs désirs, dit-il d'un ton accusateur qu'il regretta aussitôt en la voyant pâlir.

– Si un homme et une femme sont contents de ce qu'ils ont, ce qu'en pense un tiers n'a aucune importance, selon moi, répliqua-t-elle.

– Etes-vous satisfaite de ce que vous avez, Lilli? demanda-t-il doucement.

– Cela ne vous regarde pas, monsieur Calder. Pour cette fois, je vous pardonne votre grossièreté, répondit-elle, mais la colère qui flambait dans ses yeux semblait cacher une peine.

Webb serra les lèvres. Comme il n'avait pas l'intention de s'excuser, il se contenta de boire son café et la conversation tomba.

Au-dehors, la tempête faisait rage autour de la cabane, ils restaient dans un îlot de chaleur. Le blizzard les liait l'un à l'autre. Il le savait d'avance quand il était retourné sur ses pas. Il l'avait même espéré. Sans être responsable du déchaînement des éléments, il les avait utilisés, sachant que Lilli ne le laisserait pas repartir dans la tourmente. Il ne se sentait pas fier de lui; il tenait à garder une bonne opinion de lui-même, mais son père l'avait averti, un jour, que tout homme a du bon et du mauvais en lui. Il aurait préféré ne pas s'en donner la preuve. Il avait pourtant toujours su que la cabane ne comportait qu'une seule pièce... et un seul lit. Et qu'il faisait nuit.

Lilli se mit à desservir, et le cliquetis des couverts brisa le silence. Il se leva pour aller voir si ses vêtements posés près du poêle étaient secs.

– Je ferais bien de remettre mes bottes avant qu'elles soient complètement durcies.

Il échangea ses chaussettes contre celles de Stefan et enfonça péniblement ses pieds dans ses bottes. Il entendit Lilli verser de l'eau du seau dans la cuvette pour la vaisselle, et prit sa veste et son chapeau.

– Où allez-vous? lui demanda Lilli.

– Dehors. Je vais prendre quelques seaux de neige afin qu'on ait de l'eau demain matin, dit-il.

Il enroula l'écharpe autour de son cou et enfila ses gants. Lilli retourna à sa vaisselle et vit qu'il prenait les deux seaux vides, allait à la porte et sortait. Pendant un bref instant, le froid s'engouffra dans la pièce avec un rugissement. Puis tout s'apaisa et la maison lui parut étrangement vide.

Quand Stefan se trouvait là, silencieux, elle en arrivait presque à le considérer comme un meuble et oubliait sa présence. Il en allait tout autrement avec Webb dont la puissante vitalité troublait sa quiétude. Cette différence venait plus de sa personnalité que de l'attirance qu'elle éprouvait pour lui. Webb était stimulant, mentalement et physiquement, alors que Stefan l'apaisait. Elle ferma les yeux, émue par la confusion de ses sentiments, mais la porte se rouvrit et il reparut, s'ébrouant comme un chien pour secouer la neige qui recouvrait déjà ses vêtements.

– Ça pince dehors, dit-il en s'approchant du poêle pour se réchauffer.

– Combien de temps pensez-vous que ça va encore durer?

La vaisselle terminée, il ne lui resterait plus de tâches pour occuper son temps à elle.

– Dans une douzaine d'heures, le pire sera passé, après ça il continuera à faire froid et à neiger. Puis-je vous aider? proposa-t-il, les mains tendues au-dessus du poêle.

– Non, c'est terminé, répondit-elle en rangeant la dernière assiette essuyée.

– Je vais rajouter du charbon pour charger le poêle pour la nuit.

En saisissant le seau, il sentit la tension qu'avait créée cette remarque et il vit qu'elle dissimulait mal sa gêne et son inquiétude.

– Si vous pensez que ça va, je pourrais m'allonger là, près du feu.

– Je vais vous donner une couverture, déclara-t-elle.

Elle s'agenouilla devant la malle afin d'en retirer un énorme paquet avec lequel elle se releva. Elle sentait le sang battre dans sa gorge en se dirigeant vers Webb; elle évita de croiser son regard et même de lever les yeux vers ce visage aux traits énergiques. Elle se méfiait des émois qu'elle réprimait et, en même temps, s'étonnait qu'il s'abstienne de toute tentative amoureuse, comme lors de leurs précédentes rencontres. Elle s'en voulait des sentiments contradictoires qui s'affrontaient en elle.

Après lui avoir tendu la couverture, elle était retournée vers le lit, l'écoutant s'approcher du poêle, et elle avait retiré son gros chandail. Etant donné les circonstances, elle avait l'intention de dormir avec sa blouse et sa longue jupe.

Quant à Webb, il étendit la couverture par terre près du poêle et constata qu'elle était assez large pour qu'il puisse se coucher dessus et se couvrir de l'autre moitié. Il remarqua que le cercle de lumière de la lampe éclairait la partie de la chambre où se trouvait Lilli et lui proposa de l'éteindre. Comme elle ne répondait pas, il prit son silence pour un assentiment et, au moment où il allait baisser la mèche, il la vit de dos, les bras levés, en train d'enlever ses épingles à cheveux. La masse d'un roux sombre s'écroula sur ses épaules et il en eut le souffle coupé :

– Votre chevelure est magnifique, s'écria-t-il en s'avançant vers elle, poussé par une impulsion irrésistible.

Arrivé près d'elle, il s'arrêta, scrutant son visage

pour y lire ses pensées, mais elle demeurait indéchiffrable.

– Etes-vous heureuse, Lilli?

Il fallait qu'il sache, et si elle le lui affirmait de façon à le convaincre, il trouverait la volonté de rester à sa place.

– J'étais...

Elle s'arrêta net, horrifiée de s'entendre parler au passé, révélant ainsi quelque chose qu'elle voulait lui cacher. Elle essaya de se détourner mais il la tenait par les épaules pour l'obliger à le regarder en face.

– Vous rend-il heureuse?

Cette fois, il ne demandait pas une réponse, il l'exigeait.

– Je ne sais pas. Je suis si troublée...

Elle commit l'erreur de le regarder : ses cheveux noirs, brillants, épais, aussi sombres que ses yeux brûlants fixés sur elle... ses lèvres.

– Ne me regarde pas comme ça, Lilli, si tu ne veux pas que je t'embrasse, la prévint-il d'une voix rendue méconnaissable par l'émotion.

– Tu ne comprends donc pas? C'est pourtant ça. J'ai envie que tu m'embrasses, avoua-t-elle tout naturellement bien que contre sa volonté.

Webb jugeait perdu depuis longtemps le combat qu'ils avaient tous deux mené jusqu'ici. Il l'étreignit et c'est de cette étreinte que leur long baiser passionné tira sa force. Il l'entourait de ses bras, la serrant contre lui follement tandis que ses doigts caressaient doucement la masse de sa chevelure sur sa nuque.

Il la retenait contre lui étroitement et quand ses lèvres quittèrent enfin celles de Lilli, ce fut pour couvrir ses joues et ses tempes de baisers fous; elle entendit le rythme de sa respiration, aussi haletante que la sienne. Passion et désir étaient choses nouvelles pour elle et elle en éprouvait une sorte de vertige.

– Je savais que ça arriverait, si tu revenais, dit-elle d'une voix émue.

La joue de Webb s'appuyait contre sa bouche et son odeur la troublait.

– N'avais-tu pas compris que je ne pourrais pas éternellement m'empêcher de t'approcher? Dieu sait si j'ai essayé, mais ce n'était pas possible!

Il avait posé son front contre celui de Lilli; leurs bouches se touchaient presque et leurs souffles se mêlaient. Elle ne put résister davantage à la tentation de cette proximité. Lui entourant le cou de ses bras elle lui fit baisser la tête tandis qu'elle se haussait elle-même sur la pointe des pieds. Cette initiative de la part de Lilli l'embrasa et sa bouche s'écrasa sur celle de Lilli qui frissonna de tout son corps.

A partir de là, ce fut l'inévitable; tout était permis. Elle n'avait été créée et mise au monde que pour être embrassée, étreinte et caressée par Webb. Quand elle sentit sa langue explorer le lobe de son oreille et la courbe de son cou, elle frémit, tendue de désir.

Elle arracha elle-même sa blouse mais, telle une seconde peau, la fine barrière d'une chemise s'interposait encore. Il sentit pourtant durcir sous sa main la pointe du sein ferme et rond.

Elle gémit tout bas, éprouvant l'intensité d'un besoin qu'elle n'aurait su exprimer. Toutes ces caresses constituaient pour elle une expérience absolument nouvelle. Jamais elle n'avait senti une telle excitation. Stefan se contentait d'exprimer son désir d'accouplement, qu'il accomplissait après quelques préliminaires, et encore, à peine esquissés. Une douloureuse sensation de manque, de vide répondait à la virilité de Webb.

– Je t'aime. Mon Dieu, comme je t'aime, murmura-t-il en frottant ses lèvres de sa bouche.

Elle n'avait entendu ces paroles que d'un seul homme, et cet homme était son mari, Stefan. La culpabilité s'empara d'elle; elle eut un premier mouvement de résistance. Elle rejeta la tête en arrière et posa ses mains sur les épaules de Webb.

– Ne dis pas cela!

– Je t'aime, répéta-t-il en attirant de nouveau son visage vers lui. Ne pas le dire n'y changerait rien.

Ses sombres yeux qui brillaient d'un feu ardent semblaient vouloir l'absorber, mais en vain, et le désespoir commença à éteindre le feu qui couvait en elle.

Il reprit d'une voix basse et pressante :

– Quand cessera cette tempête, nous partirons ensemble. Nous trouverons un endroit où vivre tous les deux.

– Je ne peux pas. Je suis mariée. Ceci est mon foyer, dit-elle en secouant lentement la tête.

– Quitte-le et pars avec moi, insista-t-il. Tu ne l'aimes pas, pas comme ça.

– Non, pas comme ça, reconnut-elle, se rendant à peine compte qu'elle admettait ainsi qu'elle l'aimait, lui. Mais je suis sa femme.

– Aussi longtemps que tu n'auras pas obtenu le divorce. Alors nous nous marierons et tu deviendras ma femme.

– Divorcer de Stefan? Et pourquoi? Parce qu'il est bon avec moi? Qu'il me protège? Qu'il a confiance en moi? Je ne peux pas le quitter! Je ne peux pas lui faire ça! s'écria-t-elle avec un chagrin et une fureur qui, avec la conscience de sa trahison, l'arrachèrent aux bras de Webb.

– Et moi? Je t'aime! Tu n'as aucune idée de l'enfer que j'endure : la douleur de mon désir pour toi, le malheur d'aimer une femme mariée!

– Tu ne crois pas que je souffre? cria-t-elle, prête à pleurer. J'ai fait une promesse devant Dieu. Au bal, tu as proclamé que ta parole comptait. Moi, ma parole, je l'ai donnée à Stefan, et je la bafoue! Et tu voudrais que je n'y pense pas!

Les traits durcis, il se redressa et s'éloigna d'elle. Lilli le toisait, droite et fière, blessée de son manque de compréhension. Quand il fit volte-face en s'éloignant, quelque chose se brisa en elle. Il lui fallut un instant pour comprendre qu'il se rhabillait pour sortir. Bientôt, il fut sur le seuil.

– Où vas-tu? Tu ne vas pas sortir par cette tempête!

– Je vais dormir avec les chevaux.

– Mais...

Il ne la laissa pas finir et l'interrompit brutalement :

– Ne me demande pas de dormir ici, parce que, en ce cas ce sera dans ce lit, et avec toi! Au risque de te paraître grossier, je te dirai qu'une partie de moi n'a aucune conscience, et moi, il ne m'en reste guère, alors laisse-moi donc agir avec décence!

Il claqua la porte derrière lui. Lilli éprouva soudain un grand froid et se mit à trembler; mais ce froid venait du tréfonds d'elle-même. Le coup de vent glacial, accompagné d'un tourbillon de neige, qui avait eu le temps d'entrer dans la cabane n'y était pour rien.

Le hongre noir tourna la tête et émit un curieux petit hennissement interrogateur quand Webb pénétra dans l'appentis. La lumière de la lanterne, le bruit que faisait son cavalier devaient lui déplaire, car il eut un reniflement de désapprobation tandis que Webb entassait de la paille dans un coin et allait prendre sa selle avec son tapis pour s'en faire un oreiller. Il faisait froid, mais Webb avait déjà dormi dans des endroits plus froids encore. D'ailleurs, cela ne pourrait qu'apaiser le feu dont il brûlait.

Soudain la porte s'ouvrit brusquement et il s'immobilisa dans son élan quand il vit Lilli, le châle glissant de sa tête.

– Qu'est-ce que tu fais là? gronda-t-il, puis sans attendre la réponse : Va-t'en.

– Je t'apporte la couverture. J'ai pensé que tu en aurais besoin, expliqua-t-elle en caressant de la main le gros paquet qu'elle serrait contre elle.

Puis, baissant les yeux, elle alla vers le coin qu'il s'était aménagé et s'agenouilla pour y disposer la couverture. Webb vacilla, comme pris entre deux forces antagonistes, puis il intervint énergiquement :

– Laisse-moi faire!

– C'est presque fini, protesta-t-elle. Je suis désolée, Webb.

– Je crois qu'il y a beaucoup de choses dont nous pouvons nous désoler, tous les deux! répliqua-t-il, furieux.

– Auras-tu assez chaud? se contenta-t-elle de dire.

– Je n'aurai plus jamais assez chaud, Lilli, si ton corps n'est pas auprès du mien!

Elle étouffa un petit cri et voulut se lever, mais il la saisit par le bras et la ramena contre lui :

– Tu te figures que tu souffres! Tu n'as aucune idée de ce que c'est que de désirer quelqu'un au point de ne pas pouvoir regarder une autre femme!

– Je t'en prie, Webb, supplia-t-elle, mais sans essayer de se dégager.

– Tu n'aurais pas dû venir ici, Lilli, gronda-t-il, puis il la serra très fort dans ses bras et la fit basculer dans la paille.

La brutalité de son baiser était le châtiment qu'il lui infligeait pour cette intrusion qui risquait de compromettre son calme un peu retrouvé. Lilli le comprit. Mieux que lui, elle comprenait aussi qu'ils n'étaient responsables ni l'un ni l'autre de la situation dans laquelle ils se trouvaient.

Aussi soudainement, il se détacha d'elle en roulant de côté et s'accroupit. Il jeta son chapeau et fourragea dans ses cheveux en lui ordonnant d'une voix cassée :

– Fiche le camp de là!

Voyant qu'il était sur le point de perdre tout contrôle, Lilli découvrit enfin la raison inconsciente de sa venue en ce lieu : à tort ou à raison, elle voulait, grâce à lui, se sentir vraiment vivante. Plus question de réfléchir ni d'essayer de brimer son désir : il était là, et cela suffisait pour balayer tous les problèmes qui se poseraient par la suite.

Toujours allongée, moitié sur la couverture et moitié sur la litière de paille, elle avança la main vers lui :

– Webb, je ne veux pas partir. Je voulais que ça arrive. La nervosité, mon sentiment de claustration comme tu dis, ce n'était pas ça. Depuis longtemps, je crois n'avoir pensé à rien d'autre qu'à cet instant. Depuis le jour où nous nous sommes rencontrés, à la gare; ton image est restée en moi, de plus en plus, jusqu'à ce que...

Webb sortit lentement de son immobilité. Il se tourna, abaissa la main et plongea son regard dans les yeux de Lilli, cherchant à s'assurer qu'elle se rendait bien compte de ce qu'elle disait. Elle lui ouvrit les bras et il se pencha vers elle pour une étreinte folle. Il la contemplait.

– C'est tout ce que je peux te donner, Webb, dit-elle en passant doucement le bout de ses doigts sur la courbe de sa pommette.

Pendant un certain temps en tout cas, il faudrait bien qu'ils se contentent de cela : elle ne pouvait quitter Stefan.

Alors, avec douceur cette fois, Webb recommença à l'embrasser, soutenant la tête de Lilli pour rendre son baiser plus profond tandis qu'elle-même s'arc-boutait dans la paille qui crissait. Il avait compris qu'elle était ignorante des caresses qui mènent à l'acte d'amour. Malgré la violence du désir qui l'habitait, il lui incombait de se faire son éducateur et il désirait l'être avec toute la douceur possible. Ils avaient tout leur temps.

Autour de leur abri, le blizzard faisait rage en hurlant et un froid glacial s'immisçait par toutes les ouvertures. Leurs deux corps créaient un halo de chaleur autour d'eux, par les mouvements qu'ils faisaient en quête d'une intimité toujours plus grande. Le cheval noir, alerté par le bruit de la paille froissée, renâclait tout bas et les regardait.

Leurs vêtements, qu'ils ne pouvaient enlever à cause du froid, les gênaient et leurs mains quêtaient avidement les voies d'accès vers la peau nue.

Le peu de chair que Webb avait pu atteindre du corps de Lilli brûlait littéralement et elle haletait doucement. Il sentit qu'elle s'étonnait, s'inquiétait presque qu'il ne l'ait pas encore prise. Il donna alors libre cours à l'ardeur qu'il ne pouvait plus contenir.

Il saisit à pleine main la rondeur ferme de ses cuisses et la souleva au-dessus de la litière de paille, puis le plaisir arracha un cri à Lilli.

Il réussit à enflammer tous ses sens et, répondant à toutes ses caresses, Lilli ne fut bientôt que mouvement au-dessous de lui.

Le paroxysme atteint, son visage resplendit d'une joie sereine. Quant à lui, outre la satisfaction d'un besoin purement physique, il éprouvait une émotion qui lui serrait la gorge.

– Je me demandais si ce serait ainsi. Maintenant, je sais, murmura-t-elle, soulevant la tête de son coussin de paille.

– Mais ça ne suffit pas. J'en veux plus, et beaucoup plus même, dit-il tendrement en prenant le petit visage entre ses mains.

– Tu m'as. Je ne peux plus te le reprendre, lui fit-elle observer avec une nuance de tristesse.

– Mais, Lilli, cela ne nous satisfera jamais, voyons. L'intimité que nous brûlons d'avoir ne se suffit pas du contact de la chair. Ce que je désire, c'est manger avec toi, parler avec toi, dormir en te tenant dans mes bras toute la nuit. Je t'aime.

Des larmes brillèrent dans les yeux bleus.

– Webb, c'est tout ce que nous pouvons avoir. Mais au moins, nous l'avons... Je ne peux pas quitter Stefan, dit-elle d'une voix tremblante.

– Tu ferais bien de retourner à la chaleur, fit-il en se levant et attendant qu'elle en fasse autant.

Elle arrangea lentement le châle en capuchon autour de sa tête et le regarda dans les yeux :

– Tu ne viens pas?

– Non. Dans la maison, c'est le lit de Stefan. Le mien est ici, déclara-t-il.

Il avait pris la femme d'un autre mais ne voulait pas dormir dans son lit. Quant à elle, son regard n'exprimait ni regret ni remords. C'était déjà ça.

Quand elle fut partie, il resta longtemps les yeux fixés sur la porte avant d'éteindre la lampe et de se glisser sous la couverture. Il fit son trou dans la paille et posa la tête sur sa selle. Il se sentait abattu. Rien de bon ne pouvait sortir de l'aventure, et Lilli en pâtirait plus que lui.

Il ferma les yeux mais le sommeil se refusait à venir. Il la revoyait venir à lui, souriante.

Il sommeilla par à-coups. Vers trois heures du matin, il fut éveillé par son cheval, qui s'ébrouait nerveusement. Confusément, il sentit que la tempête s'était calmée, puis il entendit le hurlement d'une horde de loups. Ils avaient dû trouver les viscères de la vache et ils s'en repaissaient. Quand ils auraient fini, leur odorat les mènerait jusqu'à l'appentis où pendait la carcasse. L'odeur de l'homme les tiendrait probablement en respect, mais il valait mieux prendre des précautions : Webb sortit le bras de sous la couverture pour prendre son fusil et le dégager de son étui avant de le poser à côté de lui. Le hongre renâcla de nouveau.

– Je les ai entendus, murmura Webb, et le cheval poussa un soupir qui semblait de soulagement.

16

Lilli fut tirée de son sommeil agité par un bruit qu'elle prit d'abord pour une nouvelle manifestation des loups. Mais se rendant compte qu'il s'agissait de tout autre chose, elle s'arracha à son lit et ajusta énergiquement le châle noir autour de ses épaules. Puis elle se frotta les yeux et repoussa en arrière ses cheveux qu'elle n'avait pas pris la peine de natter avant de se coucher. Elle crut entendre un cheval au-dehors.

L'idée que Webb pourrait partir sans lui dire au revoir la fit courir vers la porte qu'elle ouvrit brusquement, mais elle resta figée en voyant Stefan se laisser glisser du dos d'un cheval de trait. Franz Kreuger montait un autre cheval. Elle jeta un regard soucieux vers l'écurie, se demandant si Webb s'y trouvait encore et s'il avait entendu arriver les cavaliers.

– Tu t'es fait du souci pour moi, dit Stefan, se méprenant sur la cause de son expression. Tout va bien. Je suis resté chez Franz et, dès la fin de la tempête, je lui ai dit que je devais retourner vers ma Lillian.

– J'aurais préféré que tu restes ici, dit-elle en reculant dans l'embrasure de la porte pour les laisser entrer.

– Alors, comment ça s'est-il passé? Ça m'ennuyait de te savoir seule... Tu es déjà sortie pour t'occuper des chevaux? demanda-t-il soudain, remarquant des fétus de paille dans ses cheveux.

– Non, je n'y suis pas allée. A vrai dire, je n'ai même pas rechargé le feu ni mis le café à chauffer. Je dormais, c'est le pas de vos chevaux qui m'a réveillée.

Elle avait donc dormi tout habillée! Et la natte

qu'elle faisait tous les soirs? Stefan fronça les sourcils, intrigué. Rien de tout cela n'était normal.

– Oh! tu n'avais pas à t'en faire à l'idée que j'étais seule! dit-elle en s'affairant à faire du café. M. Calder est venu. Il est parti à ta recherche avant le début de la tempête, mais il ne t'a pas trouvé. Et il a même eu du mal à revenir lui-même.

– Calder était là?

Une colère folle, où se mêlaient crainte et jalousie, montait en lui.

– Oui, il a dormi cette nuit dans l'appentis avec les chevaux. Je ne l'ai pas encore vu ce matin; je ne sais pas s'il y est encore ou s'il est déjà reparti.

Pendant qu'elle parlait Stefan pensait aux brins de paille dans ses cheveux. Il s'écria soudain d'un ton accusateur :

– Tu as été dans l'écurie avec lui!

Une expression de surprise vite maîtrisée passa sur le visage de Lilli mais, en dépit de son calme apparent, il la sentit tendue et sa main se serra sur son fusil.

– Je lui ai apporté une couverture, reconnut-elle.

– Regarde ses yeux! Ils sont rouges et gonflés; elle a pleuré, dit Kreuger, qui s'était avancé et se tenait maintenant aux côtés de son ami, un peu penché vers lui comme s'ils partageaient un secret. Qu'est-ce qui a bien pu la faire pleurer?

– S'est-il passé quelque chose? s'écria alors Stefan, que cette question confirmait dans ses plus terribles soupçons.

Il la fixait de ses yeux exorbités et tremblait de colère.

– Non! cria-t-elle, et sa dénégation s'accompagna d'un regard suffoqué qui allait de l'un à l'autre.

– Regarde comme elle a l'air effrayé. Il l'a menacée, elle n'ose pas dire la vérité, affirma Kreuger avec la véhémence de la certitude.

– Ne l'écoute pas, Stefan, protesta Lilli alarmée.

Mais il s'en tenait à la preuve qu'il voyait de ses

propres yeux, corroborant les affirmations de son sage ami. De la part d'un vieil époux, se venger a plus noble allure que se montrer jaloux d'un jeune rival. Laconique comme à son habitude, sans faire part de ses intentions, Stefan se dirigea vers la porte, son fusil à la main.

– Stefan!

Lilli reposa brusquement la cafetière sur le fourneau et se précipita à sa suite, mais il ignora son appel et arma son fusil.

Le hongre noir s'agitait nerveusement et ses oreilles pivotaient en tous sens car son instinct lui disait que l'agitation humaine qui se manifestait à l'extérieur ne signifiait rien de bon. Ses mouvements tirèrent Webb d'un profond sommeil, mais son subconscient saisit aussitôt l'avertissement, et avant même d'être complètement réveillé, il avait déjà saisi son arme, s'attendant à entendre le grondement des loups et le crissement de leurs griffes contre les parois de son abri.

La porte s'ouvrit alors, soudainement et avec violence. D'instinct, il sauta sur ses pieds, le corps penché en avant dans l'attitude du combattant sur la défensive. Reconnaissant le mari de Lilli dans le moustachu qui le chargeait, il faillit relâcher sa garde, mais il vit dans son œil une lueur meurtrière.

L'explosion, les langues de feu sortant du canon du fusil et un cri de femme, tout se télescopa lorsqu'il fut projeté en arrière par l'impact du projectile. Il heurta la carcasse de la vache qui pendait dans un coin et s'y agrippa; son fusil était tombé dans la paille.

Le hennissement des chevaux couvrit presque la seconde détonation et, cette fois, la balle se perdit dans la chair gelée que Webb avait instinctivement utilisée comme bouclier quand il avait entendu le déclic de l'arme qu'on rechargeait. Il se savait touché mais, sous le choc, il n'éprouvait qu'une sensation de brûlure au côté.

Désarmé, Webb devait avant tout sortir du coin où il était acculé. Il entendit Lilli crier à son mari d'arrêter; il la vit lutter contre lui pour lui enlever le fusil et, en un éclair, il pensa qu'il devait conserver cette image dans sa mémoire. Il se lança vers eux au moment où Stefan repoussait Lilli et où le fusil, tiraillé en tous sens, allait de nouveau être braqué contre lui; il atteignit son assaillant et le repoussa contre le mur, s'accrochant à lui pour le désarmer.

Quelque chose alors s'écrasa derrière sa tête et une atroce douleur se répandit dans tout son corps. Un feu d'artifice l'aveugla, puis ce furent les ténèbres.

– Webb! hurla Lilli avec terreur tandis qu'il s'affaissait sur le sol, terrassé par le coup porté par Frank Kreuger.

Elle se précipita vers la forme immobile et s'agenouilla. Le sang qui trempait le côté gauche de sa chemise lui poissa les doigts. Mais elle se rassura en le sentant respirer, malgré son effroyable pâleur.

– Eloigne-toi de lui, ordonna Stefan.

Terrifiée, elle leva les yeux vers son mari :

– Non! dit-elle d'abord d'un air suppliant, puis voyant le fusil pointé sur Webb, elle répéta avec la violence du défi : Non, je ne vous laisserai pas le tuer!

– Allez-vous-en de là, femme. C'est une affaire d'hommes. Les femmes n'ont rien à voir là-dedans, insista Kreuger en la saisissant par les épaules pour l'écarter.

– Non! répéta-t-elle en se débattant sauvagement, terrifiée de ce que cet homme allait pousser Stefan à commettre. Vous n'allez pas le tuer de sang-froid! Au nom du ciel, écoute-moi, Stefan, criait-elle à travers ses larmes, luttant pour s'arracher aux mains de Kreuger.

– Personne ne condamnerait un homme qui défend l'honneur de sa femme, s'écria Stefan.

– Oh! Stefan! sanglota-t-elle. S'il y a une faute, j'en

ai ma part. Il n'a rien fait que je ne veuille qu'il fasse.

Devant l'effet dévastateur de sa confession, elle s'en voulut à mort de la peine qu'elle infligeait à son mari. Anéanti, celui-ci la dévisageait fixement. Comble de honte, l'homme qu'il vénérait le plus au monde était témoin de son humiliation, l'infidélité de sa femme.

– Tu m'as fait ça? murmura-t-il.

– Stefan, laisse-moi t'expliquer... Je ne veux pas te quitter. Je n'aurais pas dû.

– Ainsi, tu me trompes et il faut que je te pardonne? répliqua-t-il d'une voix morne. Rentre à la maison.

Lilli n'essayait plus de se soustraire aux mains de Kreuger. Il la lâcha quand il entendit Stefan lui ordonner de rentrer. Mais elle ne bougea pas.

– Qu'allez-vous faire de lui? demanda-t-elle en désignant la forme immobile. Si on ne s'occupe pas de lui, il va mourir.

– Je ne sais pas, répondit Stefan en haussant impatiemment les épaules. Je vais le ramener à sa famille.

– Mais il y a un médecin en ville, protesta Lilli.

– Je ne tiens pas à ce que toute la ville soit au courant de ce qui s'est passé ici, dit-il avec un sursaut de son ancienne fierté. Rentre à la maison.

Il ne se donna pas la peine d'expliquer que c'était la cause des coups de feu et non pas les coups de feu eux-mêmes dont il ne voulait pas que la nouvelle se répande. Lilli ne pouvait qu'obéir. Sur le seuil de la porte, les yeux baignés de larmes, elle jeta un dernier regard sur le corps prostré dans la paille.

En conduisant leurs chevaux à travers les flocons de neige qui virevoltaient encore, les deux hommes n'échangèrent pas un mot. On entendait seulement les chaînons et les boucles des harnais cliqueter dans l'air froid du matin. Dirigeant son chariot au cœur des bâtiments du ranch des « Trois C », Stefan Reisner ne regarda ni à droite ni à gauche. A l'arrière de la voiture, l'homme inconscient enveloppé dans une couverture n'avait pas émis le moindre son durant tout le trajet.

La cour était déserte. Les rares personnes se trouvant là s'interrompirent dans leur activité pour regarder ce chariot de fermier se diriger tout droit vers la Grande Maison.

Après avoir rangé son chariot au pied de l'escalier, il en descendit sans hâte, et, abaissant la ridelle, il en sortit, aidé de Kreuger, le corps enveloppé de sa couverture qu'il mit sur son épaule comme un sac de grains. Puis il suivit son ami jusqu'au haut de l'escalier et il frappa à la porte de son poing ganté.

De la fenêtre de son bureau, Benteen Calder avait remarqué leur arrivée et il se dirigeait déjà vers la solide porte de bois qu'il atteignit avant qu'elle ne résonne sous les coups énergiques de Stefan. A la vue du visage moustachu du fermier et des bottes dépassant du fardeau qu'il portait, son visage s'assombrit. Sans y être invité, l'homme aux joues rougies par le froid et à l'expression inamicale porta sa charge dans la maison en disant d'une voix sans timbre :

– Voici votre fils. Où faut-il le mettre?

Sans s'occuper de l'autre homme, qui entra aussi, Benteen, horrifié et fixant toujours les bottes, répétait : « Mon fils! » et suivait Stefan qui se dirigeait de lui-même vers le salon. Lorna sortait précisément de la cuisine en s'essuyant les mains à son tablier.

– Qui était...

Elle n'eut pas besoin de terminer sa phrase en voyant l'homme déposer sa charge sur le divan. Un pan de la couverture glissa, dévoilant le visage exsangue de Webb.

Anéanti de chagrin à l'idée qu'il venait de perdre son fils unique, Benteen les avait rejoints. Des années avant, il avait déjà pris des bras de sa femme le corps sans vie de leur cadet. L'homme n'est pas fait pour voir mourir ses enfants. Il entendit le cri étouffé de

Lorna, mais il lui fallait savoir par lui-même. Il avança la main vers le cou de son fils pour y chercher le battement du sang, tout en jetant les yeux sur le corps, mais son regard s'arrêta sur le trou dans le tissu de la veste toute poissée de sang au côté gauche.

– On lui a tiré dessus. Qui a fait ça? dit-il en se tournant rageusement vers l'homme qui venait de l'apporter là.

– Je l'ai surpris avec ma femme et je lui ai tiré dessus, répondit celui-ci sans ciller, le visage impassible.

L'explication suffisait pour ôter à Benteen tout droit à la fureur vengeresse. Ravalant sa rage, il se tourna vers celui qu'avait outragé son fils. C'est alors que Lorna poussa une exclamation de soulagement :

– Benteen, il est vivant!

Il saisit le bras de l'homme et, le fixant droit dans les yeux, lui cria d'une voix rauque :

– Fichez le camp!

– Si votre fils en réchappe, dites-lui que je le tuerai si jamais il s'approche encore de ma femme.

Comme depuis son arrivée, l'homme prononça ces mots d'une voix totalement dépourvue d'émotion, puis il fit volte-face et quitta la pièce, suivi de son compagnon. Au moment où ils franchissaient le seuil de la grande porte, Nate Moore et deux autres cavaliers qui arrivaient tranquillement s'étonnèrent :

– Qu'est-ce qu'ils voulaient, ces deux-là?

Puis, voyant Benteen et Lorna penchés sur le corps de Webb allongé sur le divan, Nate bondit. La chemise trempée de sang s'ouvrait sur la chair déchirée autour du trou de la blessure.

– Webb! on lui a tiré dessus!

– L'hémorragie est arrêtée, mais il a perdu beaucoup de sang, dit Benteen. Va chercher le docteur, et ventre à terre!

– Vous ne voulez pas que je rassemble les gars pour aller corriger les salauds qui ont fait ça?

– Non!

– Vous ne voulez pas non plus que j'appelle le sheriff?

– Non! Bon Dieu! j'ai dit d'aller chercher le docteur, vas-y donc!

La nouvelle atteignit mystérieusement tous les habitants des « Trois C » avec la rapidité de transmission du télégraphe. Des cavaliers partirent dans les abris et campements les plus reculés du ranch pour informer les gens que non seulement l'un des leurs avait été blessé, mais encore qu'il s'agissait du propre fils du patron. Ruth arriva dans la Grande Maison en quelques instants; les autres s'attroupèrent près des dortoirs et de la cuisine, observant d'une part la maison où Webb gisait inconscient, d'autre part l'entrée par où arriverait le médecin.

Comme personne ne connaissait les détails de l'affaire, les spéculations allaient bon train. Tous s'accordaient à penser – et plus encore les anciens qui avaient participé avec Benteen à la fondation de l'empire Calder – que cet acte serait suivi de représailles. On savait que quiconque s'attaquait à un membre de la famille risquait un châtiment terrible. Et on attendait.

Lorsqu'elle entendit le cliquetis des harnais et le souffle des chevaux, Lilli faillit se précipiter vers la porte, mais elle resta assise, les mains croisées sur les genoux. Ses cheveux, bien coiffés et remontés en chignon sur sa tête, étaient débarrassés des maudits brins de paille. Elle était calme et prête à fournir des explications à Stefan mais, en elle-même, angoisse, culpabilité et désir refoulés se livraient bataille. Son anxiété quant au sort de Webb dominait tout le reste.

Elle eut à endurer une attente longue et éprouvante. Il fallait que Stefan dételle les chevaux, qu'il leur enlève leurs harnais pour les ranger, qu'il s'occupe d'eux. Avant qu'elle n'entende son pas derrière la porte, une éternité parut s'écouler. Sans la regarder, il traversa la pièce en commençant à se débarrasser des vêtements qu'il portait dehors.

– Stefan, je suis désolée de ce qui s'est passé, commença-t-elle, ne pouvant plus supporter son silence accusateur.

Il ne jeta qu'une fois sur elle un regard froid, avant d'aller vers le poêle. Elle tremblait de fureur impuissante devant son refus implicite d'écouter la moindre explication. Elle n'en avait que plus envie de lui en donner.

– Il a apporté de la viande. Une vache s'était cassé la patte, il a dû l'abattre. Il nous l'a apportée. Tu as dû voir la carcasse dans l'écurie.

– Je l'ai jetée. Je ne veux rien de lui. Que les loups s'en régalent.

Une bête entière! Lilli préféra ne rien dire du gâchis, consciente de la pitoyable manifestation d'orgueil que représentait cet acte.

– Quand il a su que tu étais parti à la chasse, il m'a dit que la tempête menaçait. Et c'est pour ça qu'il est allé à ta recherche.

– Il espérait que j'étais mort dans la neige! dit-il, lugubre, comme si c'eût été son vœu à lui.

– Stefan! murmura Lilli au comble de la désolation, mais il ne faisait pas mine de l'écouter. Il voulait que je parte avec lui, mais j'ai refusé. Je...

– Assez! tonna-t-il. (Mais il maîtrisa instantanément sa rage et c'est un visage de bois qu'il tourna vers elle en déclarant :) Nous ne parlerons plus de ça!

– Stefan, il faut que tu comprennes...

– Ça suffit! coupa-t-il froidement.

Ses paroles semblaient signifier la fin de quelque chose d'autre, la fin de l'entente qui avait joué un rôle si important jusque-là dans leurs rapports. Pour elle il n'était plus l'ami et le compagnon de toujours mais un étranger qui lui refusait de soigner la blessure qu'elle lui avait infligée elle-même. Elle aurait voulu lui dire qu'il pouvait bannir le sujet de leur conversation mais n'en bannirait jamais le souvenir de leur esprit. C'était sans espoir. Jamais entre eux la différence d'âge n'avait autant pesé.

Benteen fit transporter Webb dans son ancienne chambre. Le médecin y fut conduit dès son arrivée. Encore jeune, sorti depuis un an de l'école de médecine, le Dr Simon Bardolph, légèrement impressionné par les dimensions de la maison, semblait manquer d'assurance, surtout lors de l'examen du patient, surveillé qu'il était lui-même de façon intimidante par Calder en personne. C'était la première fois qu'il se trouvait en présence d'une blessure par balle, une première pour ainsi dire, dans son aventure dans l'Ouest, mais il se garda d'en rien dire.

– La balle a traversé et elle est ressortie, annonça-t-il, un peu désappointé de n'avoir pas à faire ses preuves, ce qui eût été un bien beau souvenir... Aucun organe vital ne semble avoir été endommagé, ce qui est une chance... Mais c'est un miracle qu'il n'ait pas perdu tout son sang. C'est le froid qui a dû l'empêcher... (Il sourit à la jeune femme blonde qui l'aidait à mettre un bandage propre sur la blessure.) Sauf infection, ça devrait se cicatriser très bien. Naturellement, la perte de sang l'a considérablement affaibli.

– Quand reprendra-t-il conscience? demanda soucieusement Calder.

– Il a reçu un sacré coup sur la tête, observa pensivement le Dr Bardolph. Il pourrait reprendre conscience dans quelques minutes ou dans quelques heures, ou peut-être même dans deux jours. (Ou peut-être jamais, aurait-il pu dire, mais il préféra ne pas envisager encore cette éventualité.) C'est tout ce que je peux faire pour lui. Naturellement, je reviendrai demain.

– Merci, docteur. Du café chaud et une tarte aux

pommes maison vous attendent en bas. J'espère que vous en prendrez un peu avant de partir, dit Lorna, qui s'était approchée de lui.

De toutes les personnes présentes, elle devait être la seule à comprendre les limites de ses possibilités d'intervention dans la guérison.

– Tu restes avec Webb, n'est-ce pas, Ruth? demanda-t-elle à la jeune fille blonde.

– Dès qu'il reviendra à lui, je veux en être informé, dit Benteen à Ruth en lui jetant un sombre regard.

L'impatience accentuait la dureté de sa bouche.

– Je vous appellerai, promit-elle en tirant une chaise près du lit pour commencer sa garde.

Or, ce ne fut qu'au milieu de la seconde nuit que Webb se mit à bouger. Ruth venait d'entrer dans la chambre pour que Lorna puisse prendre un peu de repos. Elle fut auprès de lui dès son premier mouvement.

– Il est un peu fiévreux, dit Lorna en tordant un linge qu'elle tendit à Ruth pour lui poser sur le front.

Tandis qu'elle l'appuyait doucement sur ses tempes, elle vit ses lèvres remuer. Elle se pencha vers lui pour le calmer, mais se raidit en l'entendant murmurer quelque chose qui ressemblait à *Lilli.*

– Est-il conscient? demanda anxieusement Lorna.

– Non. C'est-à-dire que... Connaissez-vous quelqu'un qui s'appelle Lilli?

Les traits de Lorna se détendirent.

– Non, je ne connais personne de ce nom, mentit-elle. (Elle eut un regard pensif pour Ruth :) Il vaudrait mieux que tu n'en dises rien à Benteen.

– L'homme qui a amené Webb ici est assez vieux, n'est-ce pas, avec une barbe et des moustaches grises?

– Oui, pourquoi? demanda Lorna en la scrutant.

– Oh! comme ça! murmura Ruth en baissant les yeux.

Quand elle lui avait demandé comment Webb avait été blessé, Lorna avait répondu n'en rien savoir. Ruth avait d'abord cru que c'était vrai, Webb n'ayant pas encore repris connaissance. Mais, si celui qui avait ramené Webb chez ses parents et le mari de la jeune femme avec qui il avait dansé au bal du 4 Juillet ne faisaient qu'un, le coup de feu pouvait fort bien avoir été tiré à cause de cette femme.

A un moment de cette année, sans le savoir, elle avait perdu Webb.

17

– Je t'en prie, Benteen, n'oublie pas qu'il est encore très faible, supplia Lorna avant qu'ils entrent tous deux dans la chambre de Webb.

– Bien sûr, répondit-il, agacé néanmoins par le retard minime provoqué par ce bref avertissement.

Webb ayant enfin repris conscience, il voulait connaître les circonstances exactes de l'incident. Après avoir ressassé pendant deux jours les paroles du vieil homme, il ne pouvait croire qu'elles fussent vraies.

Au moment d'ouvrir la porte, Lorna lui jeta encore un regard implorant pour lui rappeler ses recommandations. Assise sur le lit, une cuillère à la main, Ruth faisait manger de la bouillie à un Webb dont l'extrême pâleur impressionna son père. Ses yeux, ses cheveux et les poils de sa barbe mal rasée n'en paraissaient que plus noirs. Des oreillers savamment disposés le soutenaient dans une position à demi couchée. Benteen éprouva une poussée de colère à l'égard de celui qui avait réduit son vigoureux rejeton à cet état.

– Ruth, veux-tu nous laisser seuls quelques minutes avec Webb? demanda Lorna.

Benteen eut du mal à se maîtriser pour retrouver son

attitude normale et il dut enfouir ses mains dans ses poches pour cacher leur tremblement. Pendant que Ruth rassemblait sur un plateau ce qu'elle allait emporter hors de la chambre, il resta au bord du lit, sans rien dire, cherchant à retrouver dans ces traits blêmes le visage de son fils aîné.

– Comment te sens-tu, mon petit?

– Bien, répondit Webb d'une voix sans force. C'est une chance que j'aie la tête dure, hein?

L'effort de parler provoquait des ondes de choc à travers son crâne douloureux et embrumé.

– Il faut que je sache ce qui s'est passé, Webb, dit Benteen. Je veux savoir exactement ce qu'il y a eu et qui t'a tiré dessus.

– Laisse tomber, répondit Webb en fermant les yeux sous le coup d'une douleur qui n'était plus physique.

– Laisser tomber? s'écria violemment son père.

– Benteen!

Debout à la tête du lit, Lorna, d'une voix calme, le rappelait à l'ordre. Il réussit à baisser le ton.

– Non, non, je ne suis pas d'accord, je n'accepterai pas de laisser tomber. Vas-tu enfin te décider à me dire ce qui s'est passé et pour quelles raisons?

– J'ai dit laisse tomber, répéta Webb, ouvrant les yeux pour mieux défier son père.

Mais Lorna vit qu'ils étaient humides de larmes refoulées et son cœur de mère se serra, maudissant ce stupide code d'honneur selon lequel les hommes sont censés ne pas pleurer.

– Tu es un Calder, ce qui fait que, moi aussi, ça me regarde. Personne ne tire sur mon fils ou sur l'un de mes cavaliers sans que j'aie, moi, à m'enquérir des raisons.

Dressé de toute sa taille au-dessus du lit, il brandissait vers Webb un doigt accusateur.

– Ça n'a rien à voir avec le ranch, déclara Webb en se laissant aller en arrière avec lassitude.

Cette discussion épuisait le peu de forces qui lui étaient revenues.

– Qu'importe que ce soit personnel ou en rapport avec le travail! Le type qui t'a ramené ici a prétendu t'avoir surpris avec sa femme. C'est vrai?

– Oui.

La réponse monosyllabique tomba dans le silence tendu qui avait succédé aux phrases crachées d'une voix haletante par Benteen. Mais sa voix s'éleva de nouveau, plus vibrante encore :

– Bon Dieu, ça ne suffit pas de me dire ça. Comment peux-tu te fourrer dans une affaire avec une femme mariée?

– Je l'aime. Si j'avais pu, je la lui aurais enlevée.

Sa franchise toucha Lorna, mais pas son père, dont il n'avait jamais espéré aucune compréhension.

– Tu n'as pas été élevé à prendre ce qui appartient à un autre.

– Benteen, je pense que tu devrais sortir de la chambre, maintenant. Tu sais ce que tu voulais savoir. Pour le reste, on attendra que Webb ait repris des forces.

– Comment peux-tu prendre sa défense? s'écria-t-il avec indignation.

– Il est mon fils! Pour le moment, il est trop faible pour soulever sa tête, encore moins pour te tenir tête. Je te le répète, Benteen, sors de cette chambre!

– Très bien. J'attendrai qu'il soit debout.

Il pivota sur ses talons et sortit rapidement de la pièce. Lorna attendit que la porte se soit refermée derrière lui pour reporter son attention sur Webb.

Bien qu'il se fût attendu à la fureur de son père, celle-ci n'en ajoutait pas moins à son abattement. Ses souvenirs de la scène baignaient dans une irréalité qui la rendait assez incompréhensible, sans parler du mystère de sa survie. Il supposait que Lilli avait dû empêcher Reisner de le tuer. Lilli... Que lui était-il arrivé, à elle? Il maudissait la blessure qui le privait de sa force.

Devant l'expression triste et anxieuse de sa mère, il poussa un soupir de lassitude, avivant ainsi la douleur toujours latente dans sa poitrine :

– Tu n'as pas besoin de t'excuser, maman, je m'y attendais, tu sais.

D'un geste tendre, elle passa les doigts à travers ses cheveux et effaça les plis de son front.

– C'est la jeune femme qui a été blessée au cours de l'incendie, n'est-ce pas? C'est bien ce que je pensais... On a rapporté ici toutes tes affaires du dortoir. Tu vas rester dans ta vieille chambre où nous pourrons prendre soin de toi. Tu as besoin d'un bon rasage, mais je crois qu'avant tout, il faut que tu te reposes.

– Je suis fatigué, reconnut-il.

Au moment de s'en aller, elle se retourna pour lui dire :

– Webb, je sais que tu dois trouver ton père d'une dureté excessive, mais n'oublie pas... Sa mère s'est enfuie avec un autre homme quand il était petit garçon. J'ai l'impression qu'il a surmonté ça, mais... il sait ce que son père a souffert. Il a du mal à accepter que son propre fils brise un ménage.

Il n'y avait rien à répondre. Après son départ, Webb garda les yeux fixés devant lui, sur la fenêtre, d'où il voyait un large pan de ciel d'un bleu polaire. Ce détail du passé de son père, que Lorna lui avait raconté mais auquel Benteen ne faisait jamais allusion, il l'avait en effet oublié. Le bleu du ciel lui fit bientôt penser à Lilli, avec ses extraordinaires yeux bleus et, avant de sombrer, il murmura :

– Si jamais il porte la main sur toi à cause de moi, Lilli, je jure que je le tuerai.

Ce soir-là, Barnie Moore vint à la Grande Maison, en principe pour rendre compte des méfaits de la tempête, en réalité parce qu'il en avait assez d'attendre en échafaudant des hypothèses. Lui et Benteen Calder se connaissaient depuis l'enfance. Son fils, Nate, était le meilleur ami de Webb. Seul parmi les gens du ranch, Barnie pouvait se permettre d'essayer de faire rompre à ceux de la Grande Maison leur silence obstiné.

Ils prirent place tous deux dans les fauteuils de cuir encadrant l'immense cheminée du salon, Benteen fixant obstinément les flammes qui enlaçaient les énormes bûches.

– Dans l'ensemble, les troupeaux ne s'en tirent pas trop mal. Jusqu'ici, les pertes de l'hiver ne s'élèvent pas à un chiffre excessif.

– Bien, grommela Benteen, l'air absent.

– Et ton gars, comment ça va?

– Il a repris conscience. Tu le sais. Il est aussi faible qu'un enfant. Il va falloir encore un bout de temps pour le remettre sur pied.

– Je m'en doute. (Et, tout en allumant sa cigarette, il ajouta en regardant Benteen du coin de l'œil :) J'espère qu'il a tout de même eu la force de raconter comment on lui a tiré dessus.

– C'est un accident, dit sèchement Benteen en se levant brusquement pour s'approcher de la cheminée.

– Un accident?

– Il nettoyait son fusil et il l'a fait partir accidentellement. Ce sont des choses qui arrivent tous les jours.

– Et le coup à la tête? Je suppose qu'il s'est fait ça en tombant, dit Barnie d'un ton peu convaincu.

– Oui, ça doit être ça, jeta-t-il.

– Alors, comment expliques-tu que ces fermiers l'aient eu entre les mains? demanda tranquillement Barnie.

Benteen fit volte-face et hurla :

– Comment diable veux-tu que je le sache? Peut-être s'est-il réfugié chez eux pour attendre la fin de la tempête. En tout cas, pour toi comme pour les autres, il s'agit d'un accident. C'est tout ce que je peux te dire!

La chose semblait réglée, mais il n'ignorait pas que son explication ne tenait guère. Barnie ne dit mot. Il se leva lentement pour aller jeter dans le feu son allumette éteinte puis il demanda simplement :

– Nate peut-il venir le voir?

– Oui, il peut recevoir des visites.

– Bon, Nate viendra. Je suis content de savoir que Webb va mieux. Tu sais, nous autres, on a tous un peu l'impression de l'avoir élevé.

– Oui.

Benteen se demandait si Webb, justement, n'avait pas eu trop de pères. A moins que ce ne soit le sang de sa propre mère, courant dans les veines de son fils, qui le rendait si léger et dénué de principes. Webb lui ressemblait! Il lui avait fallu du temps, à lui, pour accepter sa mère telle qu'elle était mais, chez son fils, il ne pouvait tolérer ces traits de caractère. Il fallait prendre une décision, aussi dure et cruelle qu'elle puisse être... Il n'entendit pas Barnie quitter la pièce.

Debout, torse nu, devant le miroir encadré de bois, un large bandage encerclant son torse au-dessus du jean, Webb procédait d'une main tremblante au rasage de ses joues barbouillées de savon. Il avait déjà tracé deux sillons dans sa barbe mais, pour le troisième, son bras lui parut de plomb et il maudit sa faiblesse. S'obstinant à poursuivre la tâche, il ne réussit qu'à se couper et répondit avec irritation aux petits coups rapides frappés à la porte.

C'était Ruth qui apportait le plateau du petit déjeuner. Elle le regarda curieusement pendant qu'elle déposait sa charge sur la table de chevet.

– Bonjour... Qu'as-tu l'intention de faire?

– Me raser.

Elle retira la serviette qu'il venait de presser contre

la coupure, puis le poussa doucement vers une chaise :

– J'ai l'impression que tu n'as pas perdu assez de sang et que tu as décidé d'en faire couler encore. Assieds-toi. Je vais finir.

En partie soulagé, Webb se laissa tomber sur la chaise, car ses jambes en coton ne le portaient plus. Il appuya sa tête au dossier, fermant les yeux, tandis que la jeune fille, d'une main ferme et rapide, achevait son ouvrage.

– Tu fais ça rudement bien, constata-t-il en ouvrant soudain les yeux pour la regarder.

– C'est normal, j'ai eu tout le temps de m'exercer. Mais reste tranquille et ne parle pas, sinon je risque de te couper, je ne suis pas encore tellement calée, tu sais!

Quand elle eut terminé, elle lui tendit la serviette pour qu'il essuie les dernières traces de mousse. Il songea à tout ce qu'elle avait effectivement fait pour lui depuis sa blessure. Elle l'avait nourri, lavé, rasé; elle lui avait fait la lecture, et ne lui parlait que lorsqu'il en manifestait le désir, se contentant de vaquer en silence quand il n'était pas d'humeur loquace.

– Viens manger ton petit déjeuner avant qu'il refroidisse.

Tiré de sa rêverie, il fit l'effort de se lever et de retraverser la chambre, ce qui le mit en sueur. Ruth retapait les oreillers et lui posa le plateau sur les genoux.

– Sais-tu, Ruth, que tu es la seule à ne m'avoir jamais questionné sur cette histoire de coup de feu? Tous les autres ont voulu savoir ce qui s'était passé, sauf toi.

– Ton père a dit qu'il s'agissait d'un accident. Je ne tiens pas à savoir comment ni pourquoi c'est arrivé. Je veux seulement que tu guérisses.

– Une femme qui ne pose pas de questions! Tu dois

faire partie d'une race nouvelle, dit-il sèchement. (Il la vit ouvrir la bouche comme si elle allait dire quelque chose, puis, se ravisant, la refermer.) Qu'allais-tu dire?

– Rien. Mange ton petit déjeuner. Je reviendrai prendre le plateau dans un instant.

– Ruth!... Merci de ne pas poser de questions.

Elle eut un pauvre sourire. Elle se demandait, en sortant, s'il ne lui était jamais venu à l'idée qu'elle pourrait ne pas souhaiter connaître la réponse.

Ce n'est que vers la fin de la troisième semaine que Webb s'aventura jusqu'à descendre au rez-de-chaussée. D'abord, ce fut seulement pour les repas puis, peu à peu, il put y rester plus longtemps. Il ne voyait pas beaucoup son père et, en ces occasions, ils ne se parlaient guère. Depuis un certain temps déjà, ils n'étaient plus en très bons termes, mais l'affaire avait rendu leurs rapports encore plus tendus.

Pendant sa longue convalescence, il n'avait cessé de penser à Lilli. Puisque, malgré son acte insensé, elle avait décidé de rester avec son mari, il valait mieux ne plus la revoir. L'idée de devoir la partager avec un autre et de subir toutes les incertitudes d'une liaison lui faisait horreur.

Ils avaient fini de dîner et Webb et ses parents s'attardaient autour du café. De sa place, au bout de la table, Benteen le regarda vider sa tasse jusqu'à la dernière goutte et repousser ensuite la soucoupe, puis il attaqua :

– Alors, Webb, tu es prêt à m'accorder un instant maintenant? J'ai promis à ta mère que j'attendrais que tu aies repris des forces pour revenir à notre *discussion.*

– Benteen.., intervint Lorna.

– Je t'en prie, Lorna. Remettre encore une fois ne changera rien.

– Il a raison, mère, ça ne sert à rien de différer plus

longtemps cette conversation... Nous allons au bureau?

Benteen acquiesça, ils se levèrent ensemble pour s'y diriger.

– Je viens aussi, dit Lorna, repoussant sa chaise à son tour.

– Non, tu ne viens pas, ma chérie. Il y a des moments où il ne s'agit pas d'arranger les choses, mais de parler, et ça peut même être un peu rude. Je ne désire pas que tu sois présente. Webb et moi devons régler les choses une fois pour toutes.

Webb savait parfaitement que cette confrontation l'attendait depuis longtemps, mais il s'y sentait prêt. Lilli était perdue pour lui, peu de choses lui importaient dans la vie à présent, il n'avait rien à perdre.

Il attendit que son père ferme la porte du bureau, puis tisonna le feu. Sa blessure au côté lui faisait encore mal et il était loin d'avoir récupéré toute sa vigueur, mais il se sentait en mesure d'affronter son père.

Benteen Calder regarda son fils et fit entendre un petit rire amer, tandis qu'il passait derrière son bureau en hochant la tête tristement.

– Tu dois te douter que cette histoire avec une femme mariée a été la goutte qui a fait déborder le vase, n'est-ce pas?

– Je n'ai pas choisi de tomber amoureux de la femme d'un autre, rétorqua vivement Webb. Mais je ne m'attends évidemment pas à ce que tu comprennes ça.

– Sais-tu ce que tu es? demanda Benteen, le fixant, la tête un peu penchée. Un cow-boy minable, un bon à rien! Evidemment, tu ne vas pas de ranch en ranch, mais quant au reste, tu ne vaux guère mieux. Comme eux, tu bois, tu te bagarres et tu vas voir les putains. Et tu ne t'es jamais intéressé à quoi que ce soit. Tu cherches toujours la solution de facilité, laissant à d'autres le soin de prendre les responsabilités et de donner des ordres.

– Dois-je croire que c'est ce que tu penses!

Cette impitoyable condamnation le fit frissonner tandis qu'il remettait le pique-feu en place.

– Ce que je pense? Mais tu n'as jamais rien fait qui puisse me donner une autre opinion de toi. Tu vois cette carte sur le mur? J'avais ton âge quand j'ai construit ça, je me suis battu pour l'obtenir et je l'ai possédé.

– J'en ai assez du récit de ce que tu as fait quand tu avais mon âge! cria Webb. Qu'attends-tu de moi? Que je double la superficie, simplement parce que c'est ce que tu as fait?

– Mais non! Voilà des années que j'attends que tu te décides à endosser certaines responsabilités, mais tu refuses même de te charger de diriger un rabattage! Tu n'as jamais rien dit ni fait qui prouve que tu te soucies le moins du monde de ce qui se passe dans ce ranch!

– Allons-nous en revenir à un sermon au sujet du ranch? Parce que si c'est...

– Non. (Benteen s'arrêta, respirant fort, puis il reprit d'une voix devenue d'une froideur glaciale.) Il ne s'agit pas d'un nouveau sermon, parce que je vois trop bien que tu ne changeras pas.

– Je suis heureux de constater que l'idée que je ne veux rien recevoir de toi a fini par parvenir jusqu'à ton esprit borné.

– Oh oui! Je te garantis que tu n'auras rien, car je n'ai pas l'intention de mettre les « Trois C » entre les mains d'un imbécile comme toi, dénué de principes et sans aucun sens des responsabilités! Quand je partirai, tu n'hériteras pas des « Trois C ». Tu ne recevras pas un arpent de cette terre!

Webb fixait son père, abasourdi. Il avait l'impression qu'on venait de lui arracher l'âme. Une sorte de rage montait en lui et son sang battait dans ses veines avec le martèlement d'un troupeau lancé au galop.

– Tu ne peux pas faire ça! dit-il d'une voix étrangement tendue qu'il ne se connaissait pas.

– Du diable si je ne peux pas!

– Va au diable! Cette terre est aussi bien la mienne que la tienne. Je suis né dessus, j'y ai travaillé, je l'ai arpentée à cheval en ses moindres recoins!

– Ah oui?

Dans le regard dur de son père brillait une lueur calculatrice.

– Et tu le sais!

– Tu la veux?

– Oui. Et je ne te laisserai pas m'en priver!

– Eh bien, si tu veux avoir le ranch, il va falloir que tu te battes pour l'obtenir. Il va falloir que tu me montres que tu as hérité du cran de ta mère et de moi, car je n'ai pas l'impression que tu possèdes aujourd'hui les qualités nécessaires pour gérer une pareille exploitation.

– Je suis tout de même un Calder, non? Je suis ton fils!

– Je ne sais pas si tu es un Calder. Mais tu ferais bien de te montrer capable de te battre comme si tu en étais un, parce que c'est à moi que tu as affaire. Tu en as des choses à apprendre, mon petit. Et il faudra bien te tenir, ce sera un combat en règle.

Webb savait que son père parlait d'un combat au figuré mais, dans sa fureur, il aurait aimé pouvoir se défouler par la violence physique. Aussi répondit-il sur le même ton :

– Pourquoi est-ce qu'on ne réglerait pas ça aux poings, tout de suite, hein? Ce serait vite fait, au moins!

Son père parut amusé par la suggestion et l'arrogance du ton :

– Es-tu sûr que tu ne ferais pas mieux d'attendre

que ta plaie soit complètement cicatrisée et que tes forces soient revenues?

– Non, ça nous met à égalité, parce que toi, tu es un vieil homme, plus lent.

– C'est avec la tête qu'il faut vaincre, pas avec les poings! Mon petit, tu parles sans réfléchir et ce n'est pas de cette façon que tu obtiendras le ranch de moi. Pour le moment, tout ce que tu fais me prouve que tu ne le mérites pas. Tu as une grande gueule, mais tu ne m'as rien démontré de convaincant.

– Ne t'en fais pas, ça viendra.

Webb était d'accord : ce n'était pas par des paroles que la chose pouvait se régler. Il tourna le dos à son père et quitta la pièce à grandes enjambées.

Immobile au milieu du bureau, Benteen le regarda s'éloigner. Sur son visage aux traits anguleux, l'expression de colère et de défi se mua en fierté et des larmes lui montèrent aux yeux, voilant leur dur éclat. A peine eut-il entendu un bruit de bottes montant l'escalier que Lorna entrait en trombe dans le bureau.

– Que s'est-il passé?

Elle le scrutait, anxieuse, s'attendant au pire après l'altercation dont elle avait entendu les échos et la précipitation avec laquelle Webb avait quitté son père.

– Webb ne s'en va pas?

– Non, répondit Benteen en l'attirant contre lui. (Il posa le menton sur sa tête puis, les yeux fermés, tremblant de soulagement et de gratitude, il ajouta :) J'ai enfin trouvé mon fils.

– Je ne comprends pas.

– Il va se battre contre moi pour gagner le ranch, dit Benteen en souriant. Je l'avais fait venir ce soir pour lui dire qu'il n'en hériterait pas.

– Benteen! s'écria-t-elle, choquée et furieuse.

– Je n'avais pas le choix, expliqua Benteen. Jusqu'à présent, il faisait tout pour me donner l'impression qu'il n'en avait que faire. Je comptais vaguement qu'il réagirait comme il l'a fait, mais il m'avait si souvent déçu!

– Mais où en est-on maintenant?

– Monte le trouver dans sa chambre, mais ne lui dis pas que c'est moi qui t'envoie. Et dis-lui qu'un ranch de taille, ce n'est pas du dortoir du personnel que ça se dirige. Dis-lui aussi que s'il tient à exercer son autorité, il faut qu'il le montre, et il ne suffit pas de donner des ordres pour ça. Il faut prendre les affaires en charge, les assumer...

18

Une fois calmé, il n'avait pas fallu longtemps à Webb pour comprendre qu'il avait donné à fond dans le jeu de son père, mais avec cette particularité : ils ne jouaient pas ce jeu en adversaires, mais en associés.

Le premier jour du rabattage de printemps, un groupe de jeunes bêtes rameutées beuglaient à quelques dizaines de mètres de la cantine roulante autour de laquelle se pressaient les cow-boys. Webb se tenait à l'écart, sans essayer de se joindre à eux, comme à l'accoutumée.

Les fers à marquer, posés sur les braises rougeoyantes, étaient prêts pour le travail de la journée. Pensivement il tournait son café avec une goutte de marc et avalait ensuite la mixture noire et amère. Et s'éveillait dans sa mémoire le souvenir d'une autre tasse de café bue, celle-là, par une nuit de tempête, et servie par une femme aux cheveux cuivrés. De façon aussi subite qu'imprévisible, ses pensées revenaient vers Lilli et la notion de son impuissance l'abattait. Elle l'avait refusé et le fait qu'elle n'ait pas essayé de prendre contact avec lui, ni même demandé de ses nouvelles, prouvait qu'elle demeurait dans les mêmes dispositions. Elle ne voulait pas quitter son mari. Et cela, il ne pouvait l'oublier, malgré l'acharnement avec lequel il se consacrait au travail du ranch.

Il jeta la dernière goutte de café et retourna vers la cantine, où les cow-boys attendaient ses ordres pour commencer le travail de la journée. En plus des hommes des « Trois C », des bouviers attachés à d'autres ranches se trouvaient là pour ramener chez eux des bêtes égarées.

Nate rejoignit Webb et, après s'être débarrassé de sa tasse et de son assiette, sortit de sa poche blague à tabac et papier à cigarettes.

– Ça fait plaisir de se retrouver sur la feuille de paie après avoir passé tout l'hiver à la portion congrue, dit-il. Alors, patron, tu te sens prêt à imprimer ta marque sur quelques bêtes?

– Presque prêt, répondit Webb, amusé par le terme symbolisant son autorité.

Il devait reconnaître que ça ne lui était pas désagréable. La majorité des cavaliers, et surtout les anciens, avaient silencieusement approuvé sa prise de grade, non sans le surveiller pour voir comment il s'en tirait. Il ne s'en formalisait pas, sentant qu'il gagnait leur respect et qu'ils misaient sur lui. Son ancienne façon de considérer les choses lui semblait stupide à présent.

Il était peut-être enfin devenu adulte. Il lui avait fallu perdre un peu du sang bouillant de la jeunesse et recevoir un coup sur la tête. Les dures leçons ne lui avaient pas été épargnées. Il désirait Lilli et elle le désirait elle aussi, mais tous les obstacles n'avaient pas disparu, loin de là.

Voilà qu'il repensait encore à Lilli au lieu de se concentrer sur son travail! Lorgnant Nate du coin de l'œil, il le regarda rouler avec maladresse la cigarette dont il avait parcimonieusement léché le papier, soucieux de conserver sa salive pour la longue journée d'efforts qui l'attendait. Efforts qui allaient d'ailleurs être exigés de lui six semaines encore, sinon plus, et par tous les temps.

– Pourquoi ne t'épargnes-tu pas tout ce travail en achetant des cigarettes toutes faites, Nate?

– Comme ça je fume moins... et c'est moins cher.

L'argument était décisif. A travers les volutes de fumée, il vit un cow-boy s'avancer vers eux d'une démarche nonchalante, et il se dit qu'Ed Mace aurait pu choisir quelqu'un de mieux pour représenter son ranch.

– Alors, monsieur le Grand Patron! Vous pensez peut-être que vous tiendrez le coup toute la journée? dit-il en se plantant insolemment devant Webb, qui n'eut pas le temps de répondre, devancé par Nate.

– J'ai l'impression, moi, qu'il y a plus de mélange que d'habitude dans ce troupeau. Et la plupart des intrus portent la marque du « Serpent M ». Comment ça se fait, d'après toi?

– On a eu des tas d'ennuis, cette année, avec nos clôtures, s'empressa Hobie, qui avait la réponse facile. Ajoute à ça toute cette neige qui est tombée, qui faisait comme des ponts sur lesquels les vaches n'avaient qu'à passer, en dépit des grillages. Les paysans en ont profité pour faire des histoires au sujet des bêtes qui piétinaient leurs champs. Ils ne se donnaient même pas la peine de les renvoyer d'où elles venaient; ils les fichaient dehors, purement et simplement. Oh! le patron a besoin de poser de nouvelles clôtures, mais comme il est à court d'argent, je me demande ce qu'il fera pour garder ses bêtes chez lui, cette année.

– Ça a vraiment l'air de te tracasser, Hobie! remarqua Nate d'un ton sec.

Webb tira une dernière bouffée de sa cigarette qu'il jeta et écrasa ensuite sous son talon, et il déclara :

– On ferait bien de commencer à marquer ces bêtes et à faire le tri.

Et il donna le signal en se dirigeant vers le grand bai qu'il montait quand il s'agissait de jouer du lasso et de virevolter. Les hommes étaient déjà en selle ou prêts à enfourcher leur monture lorsqu'il piqua la sienne vers le troupeau.

Il était de tradition que le propriétaire du ranch ou son chef d'équipe choisisse le premier veau à marquer. Webb entra dans la foule des bêtes et attrapa sans brutalité le plus proche des veaux qui cabriolait. Il l'entraîna près des feux où chauffaient les fers des différentes marques. Il était facile de choisir, il suffisait de repérer la vache qui roulait des yeux affolés quand le petit avait été pris au lasso, c'était la mère.

Webb n'eut qu'à jeter un regard vers la vache qui beuglait en direction de son rejeton entravé et cria : « Trois C »! Deux des hommes à pied saisirent l'animal, et Old Shorty Niles lui marqua le flanc au fer rouge.

Une douzaine de veaux reçurent ainsi la même marque. Deux autres cavaliers travaillaient au lasso avec Webb. Il prit ensuite un veau, une bête particulièrement vigoureuse, née, semblait-il, à la fin de l'automne. Sa cuisse portait déjà une empreinte indistincte qui ressemblait au « Serpent M », bien que la mère, angoissée, portât celle des « Trois C ». Maintenant le veau à terre, les deux hommes interrogèrent Webb des yeux :

– « Trois C »! ordonna-t-il, faisant oblitérer ainsi l'autre marque. (Puis, avisant Hobie Evans parmi les représentants des ranches groupés auprès des feux, il lui cria :) Evans, tu feras bien de dire à Mace d'apprendre à ses veaux vagabonds qu'ils ne doivent pas téter les vaches des « Trois C »!

Peut-être ce veau avait-il été mal marqué par hasard, mais il se pouvait aussi que ce soit intentionnel. De toute façon, Webb ne pouvait laisser passer l'incident. C'eût été donner le champ libre aux pratiques malhonnêtes. L'homme du « Serpent M » fit une vilaine grimace, mais il ne dit mot quand l'odeur âcre du cuir brûlé monta dans l'air.

Quand Lilli accompagnait Stefan au grand magasin, elle remarquait les coups d'œil furtifs et les chuchotements des femmes des autres fermiers. Elle n'en rendait pas Stefan responsable. Leurs informations venaient sans doute de Franz Kreuger et de son épouse soumise. Lilli se sentait honteuse, comme l'héroïne de *La Lettre écarlate,* le roman de Hawthorne. Elle s'avançait au milieu d'elles, raide et la tête haute. Elle avait pris l'habitude du châtiment par le silence, l'endurant aussi de la part de son mari. Elle avait appris que la confiance était chose fragile. Une fois brisée, il fallait du temps pour réparer, et imparfaitement encore, cette précieuse porcelaine où la fêlure resterait toujours.

Le printemps lui avait apporté un peu de répit en retenant Stefan aux champs de l'aube au crépuscule. Le surplus de terres acheté en automne avait nécessité l'acquisition d'un second attelage et l'aide d'un ouvrier agricole, en la personne du fils cadet d'un de leurs voisins. La prospérité ne suffisait pas à Stefan, qui ne rêvait plus que de fortune. Lilli pensait que cette obsession de l'argent, soudaine chez lui, provenait d'un besoin de prouver qu'il était un homme et de surmonter la sensation d'échec infligée par son infidélité.

Au cours des derniers mois, ses rapports avec Stefan avaient été tels qu'elle s'était demandé s'il n'aurait pas été préférable qu'elle parte avec Webb. Sa solitude lui donnait du temps pour penser à lui. Au cours de leurs repas silencieux, son fantôme hantait la cabane et s'asseyait à leur table. Elle savait qu'il était guéri, pour la bonne raison que personne ne lui avait donné de ses nouvelles. S'il était mort, on se serait chargé de le lui faire savoir d'une façon ou d'une autre.

– Je vais regarder les tissus pour te faire des chemises. Quand nous sommes venus, en avril, M. Ellis m'a dit qu'il en attendait une livraison. Je vais voir si elle est arrivée, dit-elle à Stefan, s'adressant à lui d'un ton ni humble ni soumis.

Cette déclaration faite, elle le quitta sans regarder s'il la suivait ou pas. Chaque fois qu'ils venaient en ville, il ne la quittait pas d'une semelle. Peut-être craignait-il qu'elle puisse s'arranger pour donner rendez-vous à Webb? Elle espérait néanmoins avoir un jour l'occasion de le voir, sans forcément pouvoir lui parler, simplement le voir.

Sur les rayonnages du mur du fond s'entassaient des pièces de tissu, ainsi que des aiguilles, dcs bobines de fil et un assortiment de boutons. Au rayon des nouveautés, Stefan cessa de l'accompagner. Il savait où elle était et pouvait sans peine la surveiller de loin, Lilli le savait.

Plusieurs femmes se pressaient autour des tissus, mais aucune ne fit mine de s'effacer pour laisser Lilli s'approcher. Elle s'efforça d'être patiente et d'attendre son tour, mais cet ostracisme insidieux l'irritait. Elle alla choisir des boutons, trop furieuse pour remarquer les deux femmes qui examinaient des dentelles, tout près d'elle.

– Je crois que je préfère celle-ci, Ruth. Qu'en penses-tu? demanda la femme la plus âgée à la jeune fille.

C'est uniquement la curiosité féminine qui poussa Lilli à les regarder pour voir si elle aurait choisi la même dentelle. Reconnaissant en l'aînée des femmes la mère de Webb, elle en perdit la réponse de la jeune fille. Pas de doute, c'était bien elle. Le cœur battant, Lilli s'approcha de cette dame à la sombre chevelure striée d'argent.

– Excusez-moi, madame Calder, dit-elle d'une petite voix.

L'expression de la femme qui se tourna vers elle se fit aussitôt attentive.

– Comment va votre fils? Est-il guéri? demanda Lilli d'un ton qu'elle réussit à rendre détaché.

– Oui. Il est tout à fait remis de son accident.
Lorna avait légèrement accentué le dernier mot.
– J'en suis heureuse.
Elle ne put empêcher son sourire de s'épanouir. Son soulagement était trop sincère pour pouvoir être contrôlé.
– Etes-vous Lilli ? demanda Lorna avec un accent de certitude qui indiquait qu'elle connaissait la réponse. Webb était la seule personne utilisant ce diminutif.
– Oui, reconnut-elle en se raidissant intérieurement contre la désapprobation à laquelle elle s'attendait. Il vous a évidemment parlé de moi, ajouta-t-elle, très droite et quelque peu sur la défensive.
– Oui, en effet, se contenta de dire Lorna.
Se rendant compte que cette conversation ne lui apportait rien d'autre que l'assurance de sa guérison et qu'elle ne pouvait rien ajouter, Lilli se sentit submergée par le désespoir. Un peu gauchement, elle dit :
– Je pense qu'il vaudrait mieux que vous ne lui disiez pas que je vous ai demandé de ses nouvelles, madame Calder.
– Je comprends.
– Au revoir.
Tandis qu'elle prenait congé, son regard engloba les deux femmes.
Pour Lorna Calder, cette rencontre fortuite apportait une réponse à bien des questions. Fixant d'un air absent la haute silhouette couronnée d'une masse de cheveux cuivrés, elle murmura :
– Comme c'est étrange ! (Puis, s'apercevant qu'elle avait parlé tout haut, elle jugea nécessaire de s'expliquer :) Vois-tu, Ruth, à certains égards elle me rappelle ta mère. Elle a la même force de caractère et le même courage, la même détermination. Je crois que ce sont ces qualités-là, plus encore que sa beauté, qui ont attiré Webb.
Elle jeta les yeux sur Ruth pour voir ce qu'elle en

pensait, mais celle-ci, qui ne savait pas dissimuler, lui révéla par son expression une telle douleur que Lorna se reprocha aussitôt d'avoir si étourdiment énuméré les qualités de la jeune femme.

Au cours des journées caniculaires de l'été, les travaux du ranch accaparèrent de plus en plus l'activité de Webb. Si son père détenait toujours l'autorité suprême, la responsabilité de l'exécution des ordres lui incombait. C'était un travail à plein temps qui lui prenait toutes ses heures de veille; mais il en éprouvait le besoin et appréciait cette occupation qui absorbait toute son énergie.

Un soir d'août, il arriva à la Grande Maison assez tard après l'heure du repas, poussiéreux et fatigué d'une journée entière passée dans l'un des campements. Il ne laissa pas sa mère se déranger pour lui servir quelque chose et alla se préparer lui-même à la cuisine un sandwich de bœuf froid entre deux tranches de pain fait à la maison. Ensuite, il rejoignit son père au bureau. Celui-ci terminait des écritures, et Webb se laissa tomber sur le divan de cuir, les jambes étirées. Tout en mangeant nonchalamment, il observa :

– Le foin est haut dans la partie sud.

– Il serait temps qu'on se mette en branle pour le rabattage d'automne. J'ai là une liste de provisions dont le cuisinier a besoin.

– J'enverrai des gars en ville pour se charger de ça, dit Webb sans se lever pour prendre le papier que son père avait poussé dans sa direction.

– Depuis combien de temps n'as-tu pas été en ville? demanda Benteen, s'adossant à son siège et le scrutant du regard.

– Oh! pas mal de temps, je crois! répondit Webb avec un haussement d'épaules en mordant dans son sandwich.

Il avait, en effet, depuis sa guérison, évité d'aller en

ville et, par conséquent, de risquer de rencontrer Lilli.

– C'est le moment que tu ailles voir toi-même les changements qui s'y sont produits. Occupe-toi de ces provisions.

– Ce n'est pas nécessaire, répliqua Webb, ignorant délibérément le ton de commandement de son père. D'ailleurs, les garçons ont eu un rude été; ils méritent de passer un jour en ville.

– Emmène-les avec toi, reprit Benteen, agacé, en repoussant sa chaise pour contourner le bureau. J'ai mon idée sur les raisons qui te retiennent. Mais je te parie que les culs-terreux ont une façon différente d'expliquer ton absence. Ils pensent que tu as peur. Ils s'imaginent qu'ils ont prise sur toi. Serait-ce le cas?

– Non!

– Dans ce cas, tu ferais bien de le leur montrer. Emmène Ruth avec toi. Elle sera ravie de faire un tour en ville.

– Pourquoi? demanda Webb en fronçant les sourcils.

– Parce que tu n'y vas pas pour chercher la bagarre. Tout le monde le verra, puisque tu seras en compagnie d'une femme. D'ailleurs, tu n'as pas envie de provoquer des histoires, hein?

– Si elles viennent à moi, je ne me déroberai pas.

– Sinon, tu ne serais pas un Calder, conclut son père.

A l'instant même où le boghei avec sa suite de cavaliers sortit des limites du ranch, Webb eut la révélation des transformations intervenues en moins d'un an. A des groupes de fermes s'étaient substitués des enclos où paissait du bétail. Cabanes et baraquements se succédaient de part et d'autre de la route à intervalles réguliers. Des rubans de blé alternaient avec des lopins de terre nue labourée. Le spectacle de cette nudité désolée révélait de façon indécente les entrailles de la terre. Force lui fut de reconnaître que le nombre des nouveaux venus s'était considérablement accru; il avait au moins triplé.

Quant à la grouillante petite ville de Blue Moon, elle donnait la même impression. L'unique rue marchande s'était ramifiée, menaçant de pousser un véritable rejeton hors de sa limite. Plus d'une demi-douzaine d'automobiles disputaient aux chariots chacune des places vacantes devant les boutiques. On faisait la queue pour l'eau.

Lorsqu'ils mirent pied à terre devant la quincaillerie, Webb reconnut Kreuger au milieu d'un groupe d'hommes sur le trottoir. Il n'avait pas vu le chariot des Reisner, mais il ne pouvait se défaire d'une sensation d'attente. Puisque son voisin était là, Stefan, et par conséquent Lilli devaient être en ville eux aussi. Inutile de dire, une fois de plus, que le fait de la revoir ne lui apporterait rien de bon.

Franz Kreuger les avait regardés arriver à cheval et le ressentiment l'avait fait se renfrogner. Il s'adressa à ceux qui l'entouraient :

– Avez-vous remarqué que ces gens des ranches ne viennent jamais seuls en ville? Ils savent que nous sommes plus nombreux qu'eux maintenant. Quand leurs bêtes viennent, dans nos champs, saccager nos récoltes, nous devons exiger davantage de dédommagements. Nous devons nous défendre! Mon voisin Stefan Reisner leur a résisté, lui. Il était dans son droit et ils n'ont rien pu y faire! Nous devons faire comme lui, sinon ils ne cesseront de nous persécuter.

Kreuger ne faisait rien pour assourdir les éclats de sa voix. Aussi Webb en perçut-il des échos en aidant Ruth à descendre du boghei. Il en saisit même suffisamment le sens pour se rendre compte que Kreuger était un vrai fauteur de troubles.

Quand Webb, Ruth à son bras, s'approcha du groupe, il toisa Kreuger et, portant un doigt à son feutre en un salut plein d'insolence, il lança :

– Salut, Kreuger! Messieurs!

C'était peut-être un peu brusque, mais le silence aurait pu leur faire croire qu'il était intimidé. Kreuger ne répondit pas mais Webb n'en attendait rien.

Au magasin, il examinait de nouveaux rouleaux de fil de fer barbelé que le vendeur prétendait être de la meilleure qualité quand il vit passer le chariot des Reisner et en un éclair, il eut la vision de Lilli, assise très droite sur la banquette. Il dut lutter contre l'impulsion de se précipiter au-dehors pour courir vers elle, ne serait-ce que pour la voir de plus près. Mais il était en ville et il devait garder le contrôle sur lui-même.

Ses achats finis, il sortit pour surveiller leur chargement dans le chariot, et il repéra involontairement celui des Reisner arrêté devant la forge. Mais ni Lilli ni son mari ne se trouvaient en vue.

– Il est presque midi. Pourquoi n'irions-nous pas prendre quelque chose au restaurant? lui proposa Ruth.

– Voilà une bonne idée, répondit-il après une hésitation, soucieux de ne pas laisser ses nerfs le dominer. Nate, veux-tu veiller à ce que nos commandes soient chargées? J'emmène Ruth au restaurant.

Ils traversèrent la rue, lui la guidant d'une main la tenant par le coude, à travers le trafic des attelages. Ils évitaient les déjections d'animaux jonchant la chaussée, dans un grand brouhaha de bêtes et de gens.

– Je crois que je préférais la ville quand il n'y avait pas autant de monde, murmura Ruth.

– Il ne te viendrait jamais à l'esprit de parler à quelqu'un que tu ne connais pas, n'est-ce pas? demanda-t-il, relâchant un instant son attention pour l'observer d'un œil critique, car il savait que cela devait être aussi peu naturel à Ruth que cela avait été naturel à Lilli.

– Non, répondit-elle comme s'il s'agissait d'une évidence.

Quand il s'effaça pour laisser entrer Ruth, son regard balaya la rue et il vit, de l'autre côté, les Reisner qui pénétraient dans le magasin. Elle ne l'avait pas vu; il s'attarda un instant avant de suivre Ruth.

Ayant le choix des tables, il en prit une un peu à l'écart et, troublé pendant tout le repas par la pensée de Lilli, il répondit si brièvement aux tentatives de conversation de Ruth qu'elle finit par s'en abstenir.

Il se rendait compte qu'il se leurrait s'il croyait pouvoir se trouver dans la même ville que cette femme sans tenter de la voir et de lui parler. Les deux visions qu'il avait eues d'elle la montraient distante et réservée, ce qui était étranger à sa nature. Peut-être n'était-ce que son imagination... Tout à coup, il posa sa main sur celle de Ruth :

– Ruth, j'ai une faveur à te demander.

L'expression intense des yeux noirs fixés sur les siens, le contact de sa main calleuse la bouleversèrent. Son cœur se mit à battre sur un rythme accéléré. Elle était prête à mourir pour lui.

– Tout ce que tu veux.

– Je voudrais que tu t'arranges pour que je puisse voir seul à seul... une certaine jeune femme.

Les yeux obstinément baissés sur son assiette, elle murmura d'une voix tremblante qui trahissait son chagrin, après le fragile espoir qu'il avait soulevé en elle :

– Lilli.

– Oui. Comment connais-tu son nom? dit Webb d'une voix basse et neutre, en retirant sa main.

– Quand... quand tu étais inconscient, je t'ai entendu le prononcer, répondit-elle doucement, d'une voix hésitante et pleine de détresse.

– Sais-tu qui c'est?

– Oui.

Inutile de fournir plus d'explications; les choses seraient plus faciles; or, Webb se sentait déchiré.

– Tu es la seule à qui je puisse le demander, Ruth.

Il faut que je lui parle. Il faut que je sache comment elle va.

– Je ne vois pas comment faire, dit Ruth, se rebellant intérieurement contre la goujaterie de cette requête.

– Avant que nous n'entrions ici, je l'ai vue pénétrer dans le grand magasin; elle doit y être encore. Ellis ne ferme jamais la porte de derrière. Je peux donc me glisser dans la pièce du fond sans être vu. Tout ce que tu as à faire, c'est de t'arranger pour l'y amener. Tu veux bien?

– Oui.

Ruth découvrait avec amertume qu'elle ne pouvait rien refuser à Webb, même si cela devait lui briser le cœur.

Si elle avait suivi son impulsion, Ruth aurait fait le tour du magasin et en serait ressortie au plus vite. Mais elle s'obligea, serrant nerveusement la poignée de son réticule, à circuler lentement, dévisageant tour à tour tous les clients qui se pressaient et qu'elle ne connaissait pas, pour la plupart.

– Miss Stanton, puis-je faire quelque chose pour vous? demanda le patron en la faisant sursauter.

– Rien... je... je regarde seulement.

– Le tissu que vous avez commandé est arrivé. Je l'ai dans la pièce du fond. Voulez-vous que j'aille vous le chercher?

Pour retrouver Webb dans cette pièce? Certainement pas. Prise de panique, elle s'écria :

– Non, je vous en prie! J'aimerais d'abord faire un tour. J'irai le chercher dans un instant.

– Entendu... Voulez-vous m'excuser? Je dois m'occuper d'autres clients.

Sa respiration reprit un cours plus normal et elle attendit qu'il se soit éloigné pour reprendre sa quête. Elle espérait vaguement que la jeune femme serait déjà partie et que l'épreuve lui serait épargnée. Mais ce ne fut pas le cas, elle dut le constater bientôt.

Réprimant un dernier sursaut de révolte, liée par sa promesse à Webb, elle s'avança vers l'autre et lut dans ses yeux bleu foncé que celle-ci la reconnaissait.

Ruth ignorait tout des subtilités de la diplomatie. Si elle réfléchissait trop à ce qu'elle devait dire, elle finirait par ne rien dire du tout. Elle se jeta à l'eau :

– Voulez-vous venir dans la pièce du fond avec moi? (Et elle ajouta, devant l'air stupéfait de son interlocutrice :) Pour regarder un tissu que j'ai commandé. J'en ai plus qu'il ne m'en faut et j'ai pensé...

– Je ne peux me permettre d'acheter quoi que ce soit, répliqua sa rivale. Je me contentais de regarder, de rêver, vous comprenez.

– Voulez-vous venir dans la pièce du fond? C'est juste derrière le rideau.

Intriguée par l'agitation de la jeune fille blonde, Lilli eut l'intuition qu'elle pourrait avoir quelque chose à lui dire au sujet de Webb.

– Très bien, dit-elle.

Comme le diligent patron du magasin les vit au moment où elles allaient passer dans l'autre pièce et qu'il voulut leur proposer ses services, Ruth s'empressa de l'en dissuader :

– Je veux simplement lui montrer le tissu que j'ai commandé. Il est là-bas, n'est-ce pas?

– Oui, mais je ne demande pas mieux que de vous l'apporter.

– Vous êtes occupé, protesta Ruth. Nous allons juste y jeter un coup d'œil avant d'en terminer avec nos achats.

Comme l'un de ses employés requérait son assistance, Ellis ne s'obstina pas :

– C'est juste à droite en entrant, sur le second rayonnage.

– Merci, dit Lilli en suivant Ruth dans la semi-obscurité de la réserve. Que voulez-vous? lui demanda-t-elle alors, sans plus se soucier du fameux tissu.

Ruth ne répondit pas et se tourna vers le coin où les rayons du soleil filtraient à travers les vitres sales. Quelque chose bougea. Lilli se tendit. Elle avait deviné.

Une lueur éclaira les yeux noirs de Webb, révéla l'angle dur de sa mâchoire et le creux à la base de son cou.

Ils se faisaient face, séparés par les rayons de soleil qui traversaient la pièce. Webb admirait en elle cette fierté et cette force d'âme qui la rendaient si différente de toutes les autres femmes de sa connaissance. Dans ses cheveux rejetés en arrière, la lumière allumait des éclats fauves. Elle portait une simple robe de drap qui laissait deviner son corps droit et gracieux. Il crut qu'elle allait sortir de la pièce.

– Lilli!

Son nom ainsi murmuré la retint, bien qu'il n'y eût aucune intonation pressante dans sa voix basse. Semblant changer d'avis, elle s'avança lentement vers lui. Quand elle s'arrêta, ses lèvres s'écartèrent, mais sans sourire.

– Pourquoi es-tu ici? demanda-t-elle d'une voix assourdie.

– Je devais te voir. Il fallait que je me rende compte par moi-même que tu allais bien, qu'il ne te maltraitait pas après... après, quoi!

En l'écoutant, en devinant ce qu'il cachait, elle subissait son attraction, et ni l'un ni l'autre n'était conscient de l'effacement progressif de Ruth. Sentinelle silencieuse, elle leur tournait le dos et surveillait la porte, tandis que le murmure étouffé de leurs voix la mettait à la torture.

– Stefan ne m'a fait aucun mal... Tu ne devrais pas être là.

– Je suis là. Ce n'est pas la peine de revenir

là-dessus. Et que ce soit bien ou mal, il fallait que je te voie, que je te parle.

Quand elle le regarda et lut le désir dans ses yeux, l'impérieuse folie qui l'avait poussé à manigancer cette rencontre clandestine, la fragile barrière qui le maintenait depuis si longtemps immobile vola en éclats. Il la saisit par les épaules et l'attira contre lui, étouffant son cri par un baiser. Il n'avait pas eu l'intention de se montrer brutal avec elle; il voulait lui montrer par sa douceur que ses sentiments n'avaient pas changé. Mais la douceur de ses lèvres le bouleversait. Et Lilli répondit par un élan aussi violent. Chacun entourant l'autre de ses bras, ils chancelaient, s'accrochaient l'un à l'autre. Finalement, Lilli détourna la tête et s'écarta.

Une tristesse proche du désespoir l'abattit et lui fit serrer les lèvres. La raison même qui l'avait arrachée à ses bras l'y précipita de nouveau, et elle cacha sa tête sur sa poitrine. Webb la gardait contre lui, déchiré par ses terribles sanglots silencieux.

– Lilli, je t'ai déjà demandé de le quitter...

– Je ne le quitterai pas, répéta-t-elle sombrement, faisant appel à toute sa loyauté revenue, de nouveau hors de sa portée.

L'ardeur du désir un instant révélé ne luisait plus dans ses yeux. Webb et elle étaient prisonniers de Stefan, prisonniers du bonheur de Stefan.

– Il faut que je puisse te voir de temps en temps, insista-t-il. Nous pouvons convenir de...

– Non. Je ne te reverrai plus jamais comme ça.

Elle secouait la tête énergiquement. Il n'y avait aucune hésitation en elle. Il s'irrita de sa dureté.

– Je te laisse vivre avec un autre homme. Tout ce que je te demande, c'est de te voir. Tu ne m'aimes pas autant que je t'aime.

– Il n'y a que deux êtres qui comptent dans ma vie, rétorqua-t-elle calmement : toi et Stefan. La dernière fois que vous vous êtes trouvés ensemble, tu as failli être tué et Stefan en est resté brisé. Tu es jeune, Webb, reprit-elle avec une tristesse résignée, tu peux m'oublier et trouver une autre femme à aimer. Stefan, lui, est un vieil homme.

– Tu as fini par l'admettre, murmura-t-il, attaquant sur l'unique point qu'elle lui concédait.

– Au revoir.

Elle partait déjà et, avant qu'il ait pu l'arrêter elle était de l'autre côté du rideau. Les épaules basses, Webb se retourna et jeta un regard morne à Ruth. Elle tendit une main vers lui mais, sans y prêter attention, il sortit par la porte du fond.

19

La locomotive arrêtée en gare de Blue Moon poussait des halètements réguliers pendant que l'on procédait au remplissage de son réservoir et au déchargement des marchandises destinées à la ville. Un froid mordant soufflait du nord à travers les vastes plaines, porteur d'une poussière de neige. L'hiver marquait d'un ton glacial le grand ciel bleu du Montana. Webb se tenait sur le quai avec ses parents, le col relevé et le feutre bien enfoncé pour lutter contre le vent.

– Mère, je n'ai pas encore compris comment tu as réussi à lui faire accepter ce voyage, dit-il les yeux pétillants.

Il sourit à la mince silhouette chaudement emmitouflée dans ses fourrures, un petit chapeau posé sur ses cheveux argentés.

– Chut, Webb. Ne lui fais pas changer d'avis! Je ne crois pas que ce soit à cause de la lettre de ma mère qui me parle de la mauvaise santé de papa. Il doit y avoir une histoire de taureau là-dessous. Toujours le bétail!

– Je ne peux pas imaginer d'autre raison d'aller au Texas! s'exclama Benteen avec un rire de gorge, en entourant de son bras les épaules de sa femme. (Puis s'adressant à son fils :) Tu auras un avant-goût de ce qu'est la responsabilité totale du ranch, en mon absence.

– Pour un mois, je pense que j'arriverai à m'en tirer, répliqua sèchement Webb.

– La caisse de cadeaux a-t-elle été chargée avec nos bagages? s'enquit anxieusement Lorna. J'ai dit à mère que j'apportais de quoi célébrer un second Noël ensemble.

– Le porteur l'a mise dans le train, assura Webb.

– En voiture!

– C'est pour nous! déclara Benteen. Tout est à toi, mon fils. Prends-en soin.

– Ne t'en fais pas.

Une solide poigne serra sa main puis la lâcha. Il se pencha sur sa mère pour l'embrasser.

– Occupe-toi de toi-même, lui recommanda-t-elle avec des larmes dans ses yeux noirs, en effleurant sa joue de ses doigts gantés.

– Les femmes! murmura Benteen. Voilà une éternité qu'elle ne parle que de ce voyage au Texas, et au moment du départ, elle se met à pleurer!

– En voiture tout le monde! répéta le chef de gare.

Webb les accompagna jusqu'au wagon et leur souhaita bon voyage. Il leur recommanda de ne pas s'en faire pour lui ni pour le ranch.

Quand le train s'ébranla, il resta sur le quai les mains enfoncées dans ses poches. Quand ils eurent disparu, il se détourna, rejoignit le boghei et lança au trot son attelage de bais.

La Grande Maison lui parut anormalement calme ce soir-là. Il lui semblait qu'elle aussi l'observait pour voir comment il s'en tirerait. Il se posta devant le bureau face à la carte encadrée. Il éprouva le poids des responsabilités qu'impliquaient non seulement la taille du ranch mais le bien-être de tous ceux qui y vivaient : les cow-boys, avec ou sans famille, et les bêtes. Il haussa les épaules comme pour tester leur capacité. La tâche serait supportable mais la solitude serait pesante. Comme il aurait aimé que Lilli fût présente!

Lorna laissa tomber son ouvrage sur ses genoux pour regarder sa mère qui, la bouche entrouverte, dormait dans son fauteuil à bascule. Le visage ridé, le corps tassé et les cheveux blancs clairsemés ne correspondaient pas avec l'image de son souvenir. Elle savait que ses parents vieillissaient, mais sans que sa vision d'eux s'en modifiât.

Aurait-elle pu imaginer que sa mère ronflait en dormant? Pourtant, c'était le cas. Souriant légèrement, elle reprit son ouvrage et se remit aux petits points dans la quiétude du salon, interrompue, assez fréquemment d'ailleurs, par le vacarme infernal des « bruyants engins », ainsi que les qualifiait sa mère. Celle-ci s'éveilla brusquement à un bruit plus proche que les autres.

– On n'est plus en sécurité dans les rues, déclara-t-elle. Mais cette chose vient de s'arrêter devant la maison! Probablement cassée... Va donc voir ça, Lorna.

Reposant son ouvrage, Lorna alla à la fenêtre et ses yeux s'écarquillèrent de stupéfaction quand elle reconnut Benteen sortant d'une voiture. Elle se précipita à la porte :

– Que fais-tu dans cette machine?

– Comment la trouves-tu? demanda-t-il avec un grand sourire.

– Tu ne vas pas me dire que tu l'as achetée?

– Si. J'ai pris des dispositions pour qu'on me l'expédie dans le Nord avec le taureau que je viens d'acquérir. C'est une Ford, modèle T, expliqua-t-il en essuyant la poussière d'un pare-chocs étincelant. Le siège est en cuir véritable. Allez, monte là-dedans et je t'emmène faire un tour.

– Es-tu sûr que tu sais la manœuvrer? demanda Lorna, un rien sceptique.

– La première chose que j'ai apprise, c'est que « Hop là! » et « Ho! » ne marchent pas avec elle. Allez, monte, et je la mets en marche.

Il l'installa sur le siège du passager, puis contourna la voiture et se mit à tourner la manivelle, ce qui produisit un bruit grinçant accompagné de hoquets.

– Es-tu sûr de savoir la mettre en marche? répéta Lorna quand il s'arrêta pour reprendre son souffle.

– Oh! il faut tourner pas mal! assura-t-il en se remettant à manœuvrer énergiquement la manivelle.

Soudain il s'arrêta, se pencha pour s'appuyer sur le capot de la voiture. Elle crut un instant à un jeu de sa part, puis elle le vit tomber à genoux et porter la main à sa poitrine.

– Qu'y a-t-il, Benteen?

Elle sauta de la voiture et se précipita vers lui. Il respirait avec peine, le visage livide et crispé par la douleur. Elle essaya de le soulever pour le remettre debout.

– La poitrine... une pression...

Il ne put en dire plus. Il pesait de plus en plus lourd contre elle. Elle n'arrivait plus à le soutenir.

– Benteen, oh! mon Dieu!

Serrant dans ses mains celles de Benteen, Lorna percevait son pouls qui, quoique faible, la rassurait. Mais, après avoir replié son stéthoscope, le médecin l'invita du regard à le suivre pour lui parler en tête-à-tête. A contrecœur, elle lâcha les mains de son mari.

– Comment est-il? Ça va s'arranger? demanda-t-elle

à voix basse. Depuis l'attaque brutale, il ne reprenait conscience que par à-coups.

– Je ne voudrais pas vous leurrer, madame Calder. Son état est extrêmement grave. C'est même un miracle qu'il soit encore en vie.

Lorna aspira un grand coup et retint sa respiration. Elle tremblait de tout son corps mais s'obligea à réprimer ce tremblement. Elle ne pouvait rien articuler. Benteen remua et, de ses yeux pleins de larmes, elle vit au mouvement de ses doigts qu'il l'appelait auprès de lui.

– Je suis là, mon chéri.

– Ramène-moi à la maison, Lorna, dit-il d'une voix sans force. Pour l'amour de Dieu, ne me laisse pas mourir au Texas.

– Tais-toi, mon chéri, tu ne vas pas mourir, répondit-elle tandis que ses larmes roulaient le long de ses joues jusqu'à son menton frémissant.

Elle vit qu'il avait de nouveau perdu conscience et se tourna vers le médecin :

– Docteur, pourra-t-il supporter le voyage en train jusqu'au Montana?

– Dans son état, c'est peu probable.

– Survivra-t-il s'il reste ici?

– Je l'ignore, dit-il en hochant tristement la tête. Comme je vous l'ai dit, je suis étonné qu'il soit encore en vie.

Elle pressa la main contre son front pour réfléchir. C'était simple. Benteen venait de lui indiquer la voie à suivre, mais le docteur ne comprendrait pas. Quand, des années auparavant, ils avaient traversé la Rivière Rouge, la boue du Texas avait été lavée de ses bottes. Ce qu'il désirait alors plus que tout, c'était la terre du Montana, et maintenant encore, c'était cette terre qu'il voulait.

Cette fois-ci, comme la première fois, sans connaître la fin de l'aventure, elle partirait avec lui. Essuyant les larmes de son visage, elle reprit tout son calme :

– Je voudrais qu'une infirmière fasse le voyage avec nous. Pouvez-vous m'en recommander une, docteur?

– Etes-vous consciente des risques que vous prenez, madame?

– Oui, docteur. Je veux ramener mon mari à la maison.

Grâce à leurs relations, elle obtint un wagon spécial pour leur retour dans le Nord. Elle engagea une infirmière expérimentée et envoya un télégramme à Webb. Malgré les protestations de ses parents et du médecin, elle quitta le Texas avec Benteen pour la seconde fois.

Un choc brutal à un tournant de la voie ferrée réveilla Lorna. Honteuse de s'être laissée aller au sommeil, elle jeta les yeux sur Benteen qui paraissait dormir. Soulagée, elle tenta de détendre un peu ses muscles courbaturés, fatiguée par les longues heures de veille de ce voyage sans fin. Leur lieu de destination devait être proche maintenant. Elle voulut regarder par la fenêtre, mais les dessins du givre empêchaient de voir.

– Nous sommes chez nous, Lorna?

Sa voix sonnait remarquablement claire.

– Nous en sommes tout près, chéri.

L'infirmière qui prenait un peu de repos dans le compartiment voisin arriva, alertée par le bruit des voix :

– Madame Calder, il y a un instant, un employé est venu et il m'a priée de vous dire que nous avions traversé la Yellowstone.

– Tu as entendu, Benteen?

Lorna se tourna presque joyeusement vers lui : une expression de satisfaction avait effacé de son visage la crispation de la douleur. Elle eut un frisson de terreur. Benteen! Elle tendit les mains vers lui tandis que l'infirmière s'approchait du lit.

– Non!

Son cri de rage se mua en un gémissement de désespoir.

Le vent glacé faisait danser autour de la gare la fine poussière de givre qui recouvrait tout. Solennel et silencieux, un groupe de cow-boys attendait sur le quai le train qui arrivait en haletant dans un nuage de fumée. Grelottant, le médecin se tenait au milieu des hommes transis qui serraient leurs manteaux autour d'eux.

Le wagon spécial se distinguait des autres au premier coup d'œil. Webb y monta dès que la locomotive toucha le butoir. Il s'y engouffra sans se donner la peine de frapper. Une femme en blanc en train de mettre une longue cape de laine sursauta puis lui indiqua du regard une porte ouverte.

Il fit un pas et s'arrêta aussitôt. Assise toute droite sur une chaise, les mains croisées sur ses genoux, sa mère leva vers lui un visage sans larmes. Ses yeux se tournèrent alors vers le lit et la forme enveloppée d'un drap blanc. Il vacilla sous le choc.

Une draperie noire entourait la porte d'entrée de la Grande Maison. Webb monta l'escalier et s'arrêta, le considérant sans arriver à croire ce qui était arrivé. Se détournant, il embrassa des yeux tous les autres bâtiments du ranch et l'horizon lointain, enfin la haute voûte du ciel. Le froid gelait les larmes au bord de ses yeux.

« Tout est à toi, mon fils, prends-en soin », telles avaient été les dernières paroles que son père lui avait dites.

Il avait fallu des piolets, ce matin-là, non des pelles, pour enterrer Chase Benteen Calder. Et on l'avait enterré dans une terre qui était celle des Calder.

20

Sa mère avait dû insister, l'assurant qu'elle préférait le voir en face d'elle au lieu de la place vide, pour que Webb acceptât d'occuper la chaise de son père au bout de la table.

Ce soir-là, un bras passé derrière son dossier, il écoutait les propos animés qu'échangeaient Lorna et Bull Giles, devant leurs tasses vides depuis longtemps. Peu après avoir été informé de la mort de son vieil ami, Bull était venu et s'était installé, devenant presque un hôte permanent de la maison. Webb appréciait sa présence. Trop souvent occupé à l'extérieur de la maison, il était heureux de cette compagnie pour sa mère.

– Webb, dimanche tu prendras une leçon de conduite avec Bull. Il m'a emmenée faire un tour aujourd'hui. Nous allions si vite que j'en avais presque le souffle coupé, déclara Lorna, les yeux brillant d'excitation.

Quand la voiture était arrivée, Webb pensait que sa mère lui demanderait de s'en défaire; c'était ce qui avait provoqué la mort de Benteen. Mais elle n'en fit rien. Elle ne la tenait pas pour responsable de l'attaque qui avait terrassé son mari. Au contraire, elle y voyait surtout le dernier achat qu'il avait souhaité faire.

– Tu l'as déjà conduite? demanda-t-il.

– J'ai essayé, répondit-elle en riant. Elle m'a secouée encore plus qu'un cheval sauvage. Je n'ai jamais su me débrouiller avec ces pédales, sur le plancher... L'embrayage..., c'est comme ça que vous l'appelez, n'est-ce pas? Et il faut tenir le volant à deux mains! J'avais tellement de peine à le maintenir en roulant sur un terrain inégal que je vais avoir mal aux bras pendant une semaine. Mais je me suis bien amusée.

– Je vois, lui dit Webb en souriant. C'est bon de t'entendre rire!

– Je crois que Bull a toujours su distraire les femmes, ne serait-ce qu'un moment, observa Lorna en lissant de la main sa robe noire.

– J'essaie, Lorna, j'essaie. Y a-t-il encore un peu de café? J'en reprendrai volontiers une tasse.

– Voilà, s'empressa Lorna, qui en proposa également à son fils.

La porte d'entrée s'ouvrit soudain. Il entendit un bruit de bottes à éperons. Ike Willis et Nate Moore entrèrent, enlevant leur chapeau dès qu'ils virent qu'une dame se trouvait là. Le visage d'Ike était aussi poussiéreux que ses vêtements. Les deux hommes semblaient graves et soucieux.

– Qu'y a-t-il?

Les yeux de Webb allaient de l'un à l'autre, attendant que l'un d'eux prenne la parole.

– Nous avons trouvé une famille de squatters installée à l'extrémité est de la propriété, dit Ike.

– A l'est? Sur le ranch?

– Oui. Ils ont cisaillé la clôture et fait entrer leur chariot dans la propriété. Ils sont six, un homme, sa femme, les deux fils aînés et deux enfants plus jeunes. Je les ai trouvés campant à plus d'un kilomètre du grand creux. Ils ont débité quelques cotonniers qui poussaient le long d'un cours d'eau asséché et ils étaient en train de monter une tente. Je suis allé leur dire qu'ils se trouvaient sur une propriété privée et qu'ils devaient ficher le camp. Mais l'homme m'a répondu que vous n'aviez aucun droit sur cette terre et ses deux fils ont sorti leurs armes. J'ai préféré me défiler et venir vous trouver en vitesse.

– Prends quatre hommes et fais seller les chevaux. Nous irons dès l'aube, ordonna Webb.

– Que comptes-tu faire? s'enquit Nate avec intérêt.

– Je parlerai avec les gens de cette famille, je leur

expliquerai quelques petites choses. Et puis nous les escorterons jusqu'à l'extérieur de cette brèche dans la clôture. Cet homme a sa famille avec lui, il y a donc peu de risques qu'il veuille faire des histoires.

– Je le pense aussi. On se retrouve demain matin.

Quand les jeunes gens furent partis, Giles écrasa son cigare dans le cendrier et jeta un regard en coin à Webb :

– Je t'avais dit qu'il se trouvait toujours quelqu'un pour essayer de te prendre ton bien, que ce soit une grosse ou une petite part!

– C'est vrai, reconnut Webb, se souvenant de leur conversation deux ans plus tôt. Et maintenant, nous avons des squatters!

– Ça ne m'étonne pas, veux-tu que je te dise! Des concessions ont été demandées pour tous les terrains disponibles qui en valaient la peine. Les derniers arrivés, les pauvres qui n'ont pas de fonds, tous ceux-là ne peuvent rien acheter. Comme ils n'ont peut-être même pas les moyens de retourner d'où ils viennent, ils se laissent tomber sur un lopin de terre et ils essaient de faire reconnaître leurs droits de squatters. Dans le passé, ça a marché.

– Ici, ça ne marchera pas, déclara Webb.

– Ne les sous-estime pas. Ce sont des gens désespérés. D'ailleurs, pour la plupart, ces nouveaux paysans le sont aussi. Je ne te parle pas des fermiers venant de l'Iowa, du Minnesota ou du Kansas, mais des autres. La majorité d'entre eux sont des immigrants.

Quand Bull cessa de parler, Webb resta silencieux. Il n'avait pu s'empêcher de penser à Lilli.

– Ils sont avides de terre au point de prendre n'importe quoi, que la terre soit bonne ou mauvaise, disponible ou pas. Pas plus tard que l'autre jour, j'ai entendu dire qu'ils demandaient des concessions de terrains dans des endroits impossibles, sur les plateaux du Missouri, par exemple, à une altitude où le blé ne peut même pas venir à maturité.

– Mais ceux qui sont arrivés ici les premiers ont assez bien réussi, observa Webb, qui pensait toujours à Lilli, à son mari et aux moissons qu'ils avaient déjà faites.

– Oh! oui, ils font pousser du blé, et pas mal, même! Mais à ce que je sais, ça leur suffit à peine pour aller d'une année à l'autre. Chaque année, il leur faut emprunter pour acheter la semence. Quand ils ont vendu leur récolte, ils remboursent la banque, avec les intérêts, et il leur reste tout juste de quoi passer l'hiver. Ils espèrent toujours que l'année suivante sera meilleure.

– J'ai entendu dire que certains avaient doublé leur surface afin de planter et de récolter davantage.

Il pensait toujours au mari de Lilli.

– Ce que certains ne comprennent pas, et d'autres préfèrent ne pas en tenir compte, c'est que trente acres, en Illinois ou en Iowa, correspondent à trois cent vingt acres dans le Montana. Double ça et tu as soixante acres : on ne vit pas sur soixante acres.

– Vous voulez dire que leur situation ne s'améliorera jamais? demanda Lorna en fronçant les sourcils.

– Quelques-uns y arriveront, mais la majorité échouera. N'oubliez pas que le cours du blé n'a jamais été aussi élevé. Tant que la situation sera troublée en Europe, avec la France et l'Angleterre en guerre contre l'Allemagne, ça tiendra probablement. Mais vous avez vu qu'au cours des années le marché du bétail subit des fluctuations. Celui du grain ne restera pas toujours au niveau actuel. Personne ne peut prévoir combien de temps ça durera. Même pas les banques. Cette nouvelle banque de Blue Moon, celle dans laquelle Doyle Pettit, le fils du vieux Tom, est associé pour moitié, a consenti des prêts pour des sommes considérables, le double de ce qu'elle a en dépôt. Un de ces quatre matins, tout va s'effondrer... Je fais attention à mes placements!

Tant que Bull séjourna avec eux, Webb put profiter de ses bons conseils. Par la pratique, il était lui-même parfaitement informé de tout ce qui concernait l'élevage des bêtes, le maniement des hommes, le marché mais, de Bull Giles, il apprit les finesses de la politique et des influences économiques. Le ranch des « Trois C » couvrait une superficie presque aussi grande que celle de certains Etats de l'Est, mais ce qui se passait à l'extérieur de ses limites avait des répercussions sur sa bonne marche.

– A propos, c'est officiel : Bulfert se présente aux élections sénatoriales. Tu devrais songer à apporter une contribution sérieuse à sa campagne électorale, suggéra Bull.

– Vous me le conseillez? demanda Webb en souriant.

Avec un sourire en retour, mais quelque peu ambigu, Bull précisa :

– Dans la mesure où tu ne mises pas tout sur lui.

Vers le milieu de la matinée, la petite troupe de cavaliers approcha de la vaste combe qui se creusait dans la plaine, à l'est du ranch. On ne voyait pas encore le campement des squatters mais Webb remarqua, devant eux, un nuage de poussière que Nate observa aussi et lui signala :

– On dirait que quelqu'un nous guette.

Quand ils arrivèrent au bord de la dépression, ils virent la tente d'un gris sale à côté d'un chariot. Des volutes de fumée s'élevaient d'un feu maigre, devant la tente où une femme fit entrer deux enfants. Un garçon dégingandé d'une quinzaine d'années faisait trotter deux chevaux vers un petit échafaudage de branches de cotonnier derrière la tente. Un autre garçon, environ du même âge, se tenait près du chariot avec un homme qui était visiblement son père.

Une poignée de boue s'écrasa devant le cheval de Webb, et, aussitôt après, un coup de fusil claqua.

Rejetant la tête en arrière, le cheval fit un écart brusque. Webb le fit alors pirouetter et rejoignit les autres cavaliers.

– Ce fou vient de tirer sur nous! s'exclama Ike.

– Nous sommes hors de portée, observa Webb, dont l'œil averti avait évalué la distance avec précision.

Mais une nouvelle motte de terre tomba à quelques mètres d'eux, tandis qu'un coup de feu claquait encore. Cette fois, il vit la fumée sortant du canon du fusil et comprit que l'homme s'abritait derrière le chariot. Le cheval de Webb roulait des yeux affolés.

– Crois-tu qu'il sache que nous sommes hors de portée ou veut-il nous avertir de nous tenir à distance? demanda Nate.

– Il doit avoir compris qu'il ne peut nous atteindre, dit Webb tout en sortant son propre fusil de son étui.

– Hé, s'il ne peut pas nous atteindre, nous non plus! s'exclama Nate.

– Merci du renseignement!

Webb esquissa un sourire en détachant de son cou le foulard qu'il noua au bout de son arme.

– Restez là, les gars. Je vais aller voir s'il y a moyen de parler à ce type avant qu'il y ait du grabuge.

– Moi, je crois que ça ne donnera rien de parler à ce type. En tout cas, on te couvrira, dit Nate en saisissant son arme à son tour.

Faisant volte-face, Webb partit vers les squatters, serrant contre sa hanche la culasse du fusil pointé vers le ciel, tandis qu'au bout du canon flottait son foulard qui, pour n'être pas blanc, n'en portait pas moins un message de trêve. Inquiet, le cheval avançait avec circonspection. Webb ne quittait pas des yeux l'homme et l'aîné des garçons, bientôt rejoints par le plus jeune, également armé. Comme il se rapprochait, il les vit épauler.

– Ne faites pas les idiots, gronda-t-il entre ses dents

et il serra les genoux pour pousser sa monture réticente.

Peut-être n'était-ce de leur part qu'une mesure de précaution ?

Au même instant, il vit un éclair jaillir de l'arme de l'homme et, d'un coup d'éperon, il fit bondir à droite son cheval mais sa croupe fut cependant éraflée par la balle. Effectuant au galop un rapide demi-cercle, il se retrouva bientôt hors d'atteinte, tandis qu'une fusillade nourrie s'échangeait de part et d'autre dans une âcre odeur de poudre.

Le tir de barrage des camarades de Webb avait obligé le squatter et ses fils à se rabattre derrière le chariot, ne blessant aucun d'eux, mais les rasant d'assez près pour les effrayer.

– Je me doutais qu'il n'y aurait rien à faire avec eux, lui dit Nate quand il les rejoignit.

– Que fait-on maintenant? demanda Ike. On ne peut tout de même pas faire une charge de cavalerie! Ils ont leur chariot pour se mettre à l'abri.

– Tu veux que je les tourne par là? proposa un nouveau, du nom de Virg Haskell, désignant la bordure nord du ravin. De là, leur camp serait à ma portée. Je commencerais par leur envoyer quelques décharges pour les immobiliser pendant que vous vous lanceriez contre eux.

– Non. On risque de blesser la femme et les deux enfants sous la tente. J'ai une meilleure idée, dit Webb en se tournant vers Ike. Toi, Slim, Virgil et Hank, rassemblez un petit troupeau de bœufs et faites-les foncer sur le camp en les talonnant. Nous resterons ici pour voir le résultat.

Les cow-boys ainsi désignés se mirent à la recherche des bêtes pâturant dans les parages. Webb mit pied à terre et Nate roula une cigarette.

– Le squatter va croire que tu fais chercher des renforts, observa celui-ci. Il s'énerve sur la mission de nos gars.

– Il ne se doute pas que nos renforts vont arriver à quatre pattes, répliqua sèchement Webb en examinant l'éraflure sur la croupe de son bai. Tu n'en mourras pas, mon vieux, murmura-t-il en lui caressant l'encolure.

Le soleil touchait au zénith quand il entendit le martèlement des sabots : une cinquantaine de bêtes étaient lancées sur le ravin. Remontant en selle, Webb se joignit au troupeau.

– Le squatter va se demander ce qui lui arrive, pouffa Nate en amenant sa monture contre celle de Webb.

– Il ne se le demandera pas longtemps!

Slim Trumbo et Ike Willis chevauchaient de part et d'autre de la tête du troupeau. Webb et les autres cavaliers se postèrent sur les flancs et à l'arrière. Quand les bêtes arrivèrent au sommet de la crête, les hommes tirèrent en l'air pour leur faire prendre le galop, encadrées par Slim et Ike qui guidèrent les chefs de file vers le chariot, avant de se rabattre vers leurs compagnons qui suivaient sous la protection du troupeau.

Les bœufs évitèrent dans leur course les toiles battantes de la tente ainsi que le chariot qu'ils contournèrent, obligeant le père et ses fils aînés à se jeter entre ses roues pour ne pas être piétinés. Avant que la horde soit passée, les cavaliers avaient sauté à terre pour désarmer les trois paysans après une brève lutte.

– Va voir dans la tente si tout va bien, cria Webb à Slim Trumbo avant de s'adresser à l'intrus et à ses deux rouquins de fils.

Ils faisaient peine à voir, avec leurs loques sur leurs corps mal nourris. L'homme l'affronta. Un voile de larmes embuait son regard brûlant d'orgueil.

– Je ne sais qui vous êtes, monsieur, ni ce que vous pensiez faire, mais vous auriez pu provoquer un drame, lui dit Webb, qui faiblit à la vue de la femme maigre et des deux enfants aux yeux trop grands qui sortaient de la tente, suivis de Slim. Vous auriez pu penser à eux!

– Je ne pense qu'à ça, à leur trouver quelque chose à se mettre sous la dent!

– Cette clôture que vous avez coupée, à un kilomètre d'ici, délimite le ranch des « Trois C ».Vous êtes sur une propriété privée! Aussi, je vous prie de tout ranger dans votre chariot et de repartir par où vous êtes venus.

– Nos chevaux, papa? dit l'un des garçons.

– Ils ont filé avec le troupeau, expliqua Nate.

– Virg, attrape leur attelage et ramène-le, ordonna Webb.

– C'est un tout petit bout de terrain. Avec tout ce qu'il possède comme terres, votre patron, ça ne va pas lui manquer, ce petit lopin. Pourquoi n'allez-vous pas lui dire que vous nous avez chassés? Il ne viendra jamais voir ici si on y est!

– Vous vous trompez. Je suis Webb Calder. Et si je vous permettais de rester, j'ouvrirais la porte à une invasion; tous vos pareils rappliqueraient et je n'ai pas l'intention de m'exposer à ça. Prenez vos cliques et vos claques et filez.

– Mais nous n'avons pas d'endroit où aller, protesta l'aîné des garçons.

– Ce n'est pas mon affaire. Vous n'aviez qu'à y penser avant de venir ici, répliqua fermement Webb. Si vous ne vous mettez pas à démonter votre tente, mes hommes s'en chargeront.

L'homme fit signe à ses fils d'obtempérer et ils se dirigèrent à contrecœur vers la tente pour retirer les pieux.

– Et nos fusils?

– Je les remettrai au sheriff de Blue Moon. Et la prochaine fois, ajouta Webb en prenant ses rênes des mains de Nate, tâchez de planter votre tente sur un terrain qui n'appartient à personne.

– Dites-moi où j'en trouverai un et j'irai. Le type

des chemins de fer m'avait dit que c'était le cas ici, mais je n'ai rien vu de tel dans la région, répliqua l'homme avec amertume tout en chargeant le peu qu'il possédait dans le chariot.

– On peut dire qu'il est malin, d'avoir amené sa famille ici, grommela Nate. J'ai horreur de voir des gosses malheureux. Les seules traces de nourriture qu'Ike ait vues dans la tente, c'est quelques pommes de terre et des os de lapin.

– Va prendre un bœuf et attache-le derrière leur chariot. Ils auront au moins quelque chose à manger jusqu'à ce qu'ils trouvent un coin où s'installer.

Tout était prêt pour le départ quand Virg Haskell revint avec l'attelage récupéré et des larmes montèrent aux yeux de la femme à la vue du bœuf que Nate y joignit; mais l'homme ne remercia pas.

Après qu'ils eurent escorté le chariot jusqu'à l'extérieur des limites du ranch, Webb envoya Ike rapporter l'incident au sheriff, en lui remettant les fusils. Puis, ayant réparé la clôture, ils retournèrent chez eux.

Un vent chaud faisait claquer la lessive pendue aux câbles qui empêchaient la cabane d'être emportée par la bourrasque. Lilli retirait les vêtements qui avaient bouilli dans la grande cuve. Helga Kreuger redressait péniblement son dos fatigué après avoir savonné les chemises de son mari. Profitant de la pause, elle passa la main sur son ventre proéminent qui accusait une grossesse avancée.

– Je vais vous aider pour votre lessive, madame Kreuger.

– Les hommes ne vont pas tarder à rentrer des champs. On finira ça plus tard, répondit sa compagne, qui se tourna vers sa petite fille : Anna, va mettre le couvert.

Avec un bâton, Lilli retirait une à une les pièces de linge encore brûlant pour les déposer dans une grande cuvette. Elle ruisselait de sueur et de vapeur et elle s'essuya le visage avec un pan de son tablier pour accueillir les arrivants.

– Entrez dans la maison, le dîner vous attend, s'empressa aimablement Helga.

Stefan Reisner, qui honora à peine sa femme d'un regard, s'extasia sur le ragoût :

– Vous l'avez fait aujourd'hui? Il faudra donner la recette à Lillian, dit-il.

Celle-ci commençait à se résigner devant l'attitude de son mari, mais elle releva la tête avec défi quand elle vit Kreuger, les sourcils froncés, fixant quelque chose derrière elle. Or, elle vit à son tour ce qu'il voyait en se retournant : un chariot montait la côte vers la maison.

Oubliant le repas, ils aperçurent deux grands garçons aux cheveux roux marchant près de la voiture conduite par un homme; une femme tenait un enfant sur ses genoux, un autre, plus grand, était assis à ses côtés. Les yeux fous, un bœuf tirait sur la corde qui l'entraînait à la suite de ce bruyant attelage.

Le conducteur arrêta sa voiture lorsque la triste caravane arriva à leur hauteur et, l'air triste et las, saluant de la tête Stefan et Franz, il demanda un peu d'eau pour ses chevaux.

– Gustave, va chercher un seau d'eau à la citerne, ordonna Kreuger à son fils.

– Merci à vous, monsieur. Connaîtriez-vous un endroit où une famille pourrait camper pour la nuit?

Lilli vit Kreuger se raidir, cachant à peine le mépris que lui inspiraient les gamins sales et dépenaillés et l'aspect pauvre du chariot et de son attelage. Mal vêtu également, le père n'était pas rasé. Haïssant ceux qui le regardaient de haut, elle se doutait qu'il ne devait pas se privait d'être arrogant à l'égard de plus pauvre que lui.

Il répondit en effet :

– Vous pourrez demander au bas de la côte. Il y aura quelqu'un qui saura vous indiquer un endroit.

– Pourquoi ne camperaient-ils pas sur le terrain qui longe les cotonniers, au coin de chez nous, Stefan? intervint Lilli, se souciant peu de l'opinion de Kreuger, qui devait trouver inconvenant qu'une femme prenne sur elle une telle décision.

– Ça me paraît bien, madame, dit l'homme en soulevant son chapeau, ignorant le regard que Stefan lançait à sa femme. On vient de nous faire déguerpir de là où nous étions.

– Et où étiez-vous? demanda froidement Franz.

– On avait trouvé un bon coin au nord-ouest d'ici. Du bon terrain. Ma femme aurait eu de quoi y faire un potager et le blé vous aurait poussé jusqu'à la taille... Le problème c'est que ça appartenait à un dénommé Calder, ajouta-t-il avec une moue amère.

– Calder? s'exclama Franz Kreuger en changeant soudain d'expression.

– Ouais. Lui et ses hommes nous ont fait partir. On a bien essayé de se battre, mais il y avait ma femme et les petits! Je ne pouvais rien faire... Un seul homme ne devrait pas avoir le droit de posséder tant de terres. Je lui ai dit que je ne voulais qu'un petit lopin pour y faire pousser de quoi nourrir ma famille, mais il m'a regardé avec ses yeux noirs comme ceux du diable et m'a dit de fiche le camp.

– Stefan, tu ne m'avais pas dit que tu aurais besoin d'un bon travailleur dur à l'ouvrage pour t'aider dans ta ferme? s'écria Kreuger.

– Oui, acquiesça Reisner, toujours ouvert aux suggestions de son ami. Je ne peux pas payer un gros salaire, mais vous auriez un endroit pour rester et votre femme pourrait planter son petit jardin.

– Peut-être que mes fils pourraient travailler aussi?

– On connaît beaucoup de monde. On parlerait de vos fils. Il y a toujours quelqu'un qui a besoin de main-d'œuvre par-ci, par-là, et s'ils travaillent bien, on les engagera.

– Oh! pour sûr, qu'ils travaillent bien! affirma le père en saisissant le seau d'eau qu'il porta à ses chevaux. Je comptais sur eux pour m'aider quand on aurait un coin à nous, mais je ne pense pas que ce soit demain la veille!

– Stefan et moi, l'année prochaine, on vous trouvera un bon petit terrain, promit Franz. Il faut qu'on se serre les coudes, nous autres. On n'en sera que plus forts.

Ses chevaux désaltérés, l'homme se tourna vers Stefan :

– Où est l'endroit dont a parlé votre fille?

Lilli frémit, sachant combien son mari était devenu susceptible sur leur différence d'âge. Quant à lui, se redressant de toute sa hauteur, il répondit d'une voix sèche et froide :

– C'est ma femme!

L'homme se troubla, jeta sur Lilli un œil stupéfait et bredouilla de vagues excuses. Puis, sur les indications de Stefan, le chariot s'ébranla avec toute la famille.

Fascinée par la marque des « Trois C » sur le flanc du bœuf, Lilli ne pouvait détacher son attention de ces gens qui venaient de voir Webb Calder. Une folle envie de le retrouver tordit son cœur.

– Allons, mangeons avant que le dîner refroidisse, dit enfin Helga Kreuger.

Ne laissant rien paraître de ses sentiments, Lilli suivait le mouvement. Cette attitude, si contraire à sa nature réelle, lui faisait craindre d'être devenue semblable à son mari. Depuis longtemps, ni l'un ni l'autre n'avait souri. Le repas terminé, ils retournèrent chez eux. Elle fixait l'horizon tandis qu'il surveillait le trot de ses chevaux.

– Le bébé de Mme Kreuger naîtra aux moissons, n'est-ce pas? dit Stefan.

– Oui.

Lilli ne put s'empêcher de songer que les paysans apprécieraient peu de voir les premières douleurs se manifester lors de l'arrivée de la batteuse.

– C'est leur second enfant depuis leur installation, reprit-il.

– Oui, répondit-elle simplement, quoique étonnée de son insistance.

Au bout de quelques minutes de silence, Stefan reprit :

– La prochaine fois que tu iras en ville, va donc voir le docteur pour savoir pourquoi tu n'as pas encore eu d'enfant.

– Oh! Stefan! s'exclama-t-elle, irritée. Est-il nécessaire que tu deviennes père pour prouver au monde – ou tout au moins à Franz Kreuger – que tu es un homme?

Elle qui, une heure plus tôt, s'enorgueillissait de son impassibilité, voilà qu'elle laissait ouvertement éclater ses sentiments et le mettait en colère. Elle savait qu'il était particulièrement susceptible sur le chapitre de sa virilité, comme tous les hommes. Stefan n'avait jamais été pour elle qu'un ami, un oncle, un père, jamais un amant, comme Webb.

– Un homme n'a-t-il pas le droit de désirer avoir un enfant? demanda-t-il d'un ton dur.

– Si. Mais ce n'est pas le moment. C'est à peine si nous avons de quoi nous nourrir, nous deux!

Elle venait de le blesser. Mais c'était la vérité : ils étaient de plus en plus endettés par leurs derniers achats de terres et d'équipements. En outre, elle n'éprouvait nulle envie d'avoir un enfant de Stefan. Elle tenta d'arranger les choses, reconnaissant qu'il se donnait du mal mais que le sort ne lui avait pas été favorable. Il insista :

– Cette année, nous aurons une meilleure moisson.

– Sûrement, concéda-t-elle pour la forme, car elle n'ignorait pas que les pluies étaient venues trop tard

à l'intérieur du ranch, car Ellis avait augmenté ses prix bien au-dessus de ce que justifiait l'enchérissement général, conséquence de la guerre en Europe. Il achetait directement aux fabricants et producteurs et fournissait à ses hommes et à leur famille, moyennant un très faible bénéfice, tout ce dont ils avaient besoin.

Cette hausse des prix constituait le seul inconvénient résultant de la guerre en cette région où le nom des batailles n'était connu qu'après de longs délais et n'évoquait rien pour ses habitants, à l'exception des nouveaux immigrants. Seuls les fils de certains d'entre eux s'étaient engagés, désireux de manifester leur loyauté à l'égard de leur nouvelle patrie.

Comme il sortait de chez lui pour se rendre au dépôt à la fin de la journée, Webb remarqua Ruth sur le seuil de l'école. Virg Haskell l'attendait pour prendre les livres et les papiers qu'elle avait dans les bras et lui emboîter le pas, comme un écolier raccompagnant une camarade de classe. Ce n'était pas la première fois que Webb le voyait tourner autour de Ruth et il en éprouvait un vague sentiment de dégoût. Il n'avait rien à lui reprocher dans son travail, mais il sentait en lui une certaine faiblesse de caractère et il estimait qu'une femme comme Ruth méritait mieux.

Débouchant en cet instant sur le vaste terre-plein, Nate, aussi harassé que sa monture par la canicule de cette fin d'août, aperçut Webb et se dirigea vers lui.

Si son dos fatigué se courbait, ses yeux vifs n'avaient pas manqué de saisir l'expression de son patron et ami à la vue du couple qui sortait de l'école. S'il ne la désirait pas, il lui déplaisait cependant qu'un autre obtienne ses faveurs!

De son côté, Webb reconnut le cavalier et le cheval qui, tête basse tous deux, s'avançaient à sa rencontre.

– Il va falloir que tu fasses partir les bêtes vers le nord plus tôt que prévu, tu sais. A force de marcher pour trouver de quoi brouter, elles perdent du poids, déclara-t-il sans préambule.

Presque machinalement, Webb considéra à ses pieds le sol craquelé. Il comptait tirer du secteur nord, mieux irrigué que le reste de ses terres, le fourrage de l'hiver.

– C'est donc si mauvais là-bas? demanda-t-il contre toute évidence.

– Et comment! En général, on a de la pluie en juin, mais c'est à peine si on a eu deux centimètres cette année. Et depuis, pas une goutte. Tu n'as qu'à voir les champs de ces nouveaux fermiers. En fait de blé, ils n'ont que des chardons!

Webb ne manifesta aucune réaction mais une inquiétude s'insinua en lui. Au cours des années précédentes, les nouveaux venus avaient péniblement vécu d'une année sur l'autre. Beaucoup d'entre eux avaient abandonné la lutte et vendu leur concession à ceux qui se présentaient pour tenter la chance à leur tour, et il s'en trouvait toujours. Jusqu'ici et quoique ne réussissant pas mieux que les autres, les Reisner n'étaient pas partis.

A plusieurs signes précurseurs on pouvait malheureusement prévoir un cycle de sécheresse. Webb leva les yeux vers le ciel dont une brume de chaleur ternissait l'azur. La chaleur était si sèche que la transpiration s'évaporait aussitôt, quand elle ne formait pas avec la poussière une croûte qui bouchait les pores de la peau.

– On va commencer le rabattage plus tôt cette année, et on se débarrassera de tous les bœufs bons pour la vente. Je ne veux pas m'encombrer de trop de bêtes pour l'hiver; elles me mangeraient tout le fourrage, déclara Webb.

La guerre en Europe avait fait monter les prix et il entendait les vendre au plus haut quand leur poids serait à son maximum.

La grande jument se laissait docilement faire et baissa la tête quand Lilli lui ôta son licou, frottant le museau contre elle pour faire glisser la bride. Lilli faillit perdre l'équilibre et tituba, exténuée, tandis que, libérée de ses harnais, la bête se dirigeait vers l'abreuvoir. Quand elle sortit de l'appentis servant d'écurie, Lilli retrouva la suffocante chaleur qui collait à son corps moulu de fatigue les quelques vêtements qu'elle supportait encore. Depuis le départ de la famille de squatters qu'ils avaient secourus, ils n'avaient trouvé personne pour les aider aux travaux des champs sans autre rémunération que le vivre et le couvert.

Lilli était au bord de l'épuisement. Il lui semblait que toutes les parties de son corps lui faisaient mal. Pour que les mauvaises herbes n'absorbent pas le peu d'humidité que conservait encore la terre, malgré l'extrême sécheresse qui sévissait depuis plusieurs semaines, elle les avait soigneusement arrachées de leurs maigres champs de blé. Sous le soleil ardent, ses bras, son visage et son cou avaient pris une teinte d'un brun foncé où l'on ne distinguait plus ses taches de rousseur.

Le dur martèlement des sabots d'un cheval sur le sol et le cliquetis des pièces métalliques du harnais lui annoncèrent l'arrivée de Stefan. Elle se redressa et baissa sur ses genoux la jupe qu'elle avait relevée pour avoir moins chaud.

– Le dîner est prêt?

Une onde de colère l'embrasa. S'imaginait-il qu'elle puisse à la fois travailler aux champs et tenir prêt son dîner pour son retour?

– Non. Je viens juste de dételer la jument.

– Ah? elle est donc dételée, maintenant, reprit-il, hargneux.

A quoi bon lui parler de sa fatigue? Il fallait mettre le couvert et c'était à elle de le faire. D'une démarche raide, elle entra dans la cabane et fit valser bruyamment les ustensiles; l'inutilité de tant d'efforts la remplissait d'amertume, car c'est à peine s'ils pouvaient espérer récolter le tiers de la moisson habituelle.

Ayant mis à réchauffer la soupe de pommes de terre, elle trempa dans la cuvette un morceau de tissu qu'elle pressa sur sa peau brûlante pour essayer de se rafraîchir. Son reflet dans le petit miroir lui montra ses cheveux ternes et les cernes creusés sous ses yeux dans son visage. On lui donnait plus de vingt-cinq ans!

– Il n'y a pas de raison qu'il pense encore à moi, murmura-t-elle. Et d'ailleurs, maintenant, il ne voudrait plus de moi.

Elle se détourna de cette image pénible et s'approcha de la porte pour rappeler à Stefan d'arroser le jardin où, malgré la sécheresse, quelques légumes pourraient peut-être encore être sauvés.

Penché sur le seau qu'il venait de remplir à la citerne, il s'humectait le visage. Malgré l'obstination qu'il tirait de sa peur de l'échec, il semblait au bout de son rouleau et avait beaucoup vieilli. Bien qu'il n'en ait rien dit, elle sentait qu'il voyait en ce long été torride un châtiment de Dieu, contre lui, allemand, à cause de la guerre qui sévissait au loin. Quand elle le vit prendre de l'eau dans le creux de sa main pour boire, elle voulut l'en empêcher :

– Elle a mauvais goût, Stefan. J'en ai fait bouillir pour la boisson.

Mais il passa outre à son avertissement et avala plusieurs gorgées avant de porter le seau au potager. Selon lui, elle n'était que chaude. Chaude, oui, comme tout le reste, comme la cabane étouffante. Aussi avait-elle mis la table et les chaises dans le jardin. Un vent chaud valait mieux que pas d'air du tout et si du sable se mêlait à la nourriture, cela importait peu puisque de toute façon ses dents crissaient toute la journée sur des grains de sable.

Impatienté par la paperasserie qui venait sans fin s'accumuler sur son bureau, Webb laissa tomber son crayon et, repoussant le grand fauteuil de cuir, alla se servir un whisky, dont il avala aussitôt une brûlante gorgée.

Un bruit de pas légers lui fit lever la tête et il vit Ruth sur le seuil de la porte; il esquissa un sourire :

– Je ne t'avais pas entendue entrer.

– Je ne voulais pas te déranger si tu travaillais. As-tu fini?

– Presque, répondit-il en revenant à son verre pour boire une seconde gorgée.

– Je suis venue t'inviter à venir dîner avec papa et moi.

Il hésita et secoua la tête :

– Vaut mieux pas. Je serais capable de passer la soirée à bavarder au lieu d'en finir avec ces papiers.

– Il faut tout de même que tu manges, insista-t-elle. Je te promets de te chasser dès qu'on aura fini le repas.

– A moins que tu ne surveilles mon travail, une règle à la main.

– Si tu étais venu me voir dans ma classe, tu saurais que je ne donne jamais de coups de règle à mes élèves. Avant, tu me rendais visite de temps en temps, mais il y a longtemps que tu n'es pas venu.

– J'ai eu trop à faire. Ça m'étonne que tu t'en sois aperçue, d'ailleurs. J'ai l'impression que Virg Haskell, lui, vient souvent te voir.

– Ça t'ennuie? demanda-t-elle avec espoir, serais-tu jaloux?

– Pourquoi cela m'ennuierait-il? C'est toi qu'il vient voir... Au fait, t'importune-t-il? Je peux lui dire de te laisser tranquille, si tu veux.

– Ce n'est pas la peine, répondit-elle en baissant la tête, déçue une fois de plus. Tu viens dîner?

Il la regarda comme s'il la comparait à une autre :
– Non, merci.
– Tu ne l'as pas oubliée, n'est-ce pas?
C'était sorti malgré elle mais elle ne le regretta pas.
– Non, je ne l'ai pas oubliée, admit-il d'une voix à peine audible, sans juger utile de prononcer le nom de Lilli, puisqu'il s'imposait.
– Elle est mariée, Webb, eut le courage de dire Ruth.
– Je le sais, répliqua-t-il en lui lançant un regard chargé de colère.
L'atmosphère devenue soudain intolérablement tendue, elle se précipita vers lui et posa la main sur son bras pour qu'il l'écoute :
– Je suis désolée, Webb, je n'avais pas le droit de te dire ça, dit-elle d'une voix implorante.
Avant de relever les yeux vers elle, il considéra fixement cette petite main, puis il vit ces yeux et cette chevelure pâles, ces traits trop doux, mais qui éveillaient pourtant en lui un certain émoi. Il la prit dans ses bras mais ce ne fut pas pour satisfaire ses instincts de mâle. D'autres femmes gagnaient leur vie en pourvoyant à ses besoins.
Ce qu'il trouvait en elle, c'était une tendresse qui apaiserait provisoirement le sentiment de solitude qui le rongeait. Elle fondait entre ses bras, appuyant tout son corps contre le sien, lui offrant ses lèvres dociles. Tout ce qu'un homme pouvait souhaiter, mais qui ne lui suffisait pas.
Le déchirement qu'il éprouvait s'augmentait d'amertume et de dégoût de lui-même. Il s'en voulait d'user d'elle sans égards pour l'attachement profond qu'elle lui portait. Il la prit par les épaules et la força à se détacher de lui. Son expression de fillette punie acheva de le détourner d'elle et il reprit son verre.

– Je n'aurais pas dû faire cela, Ruth. Excuse-moi, je t'en prie, je t'assure que cela ne se reproduira pas.

– Non, Webb...

– Demande à Virg Haskell de venir dîner. Il appréciera plus que moi ton invitation.

Le silence qui suivit avait quelque chose de définitif. Puis il l'entendit quitter lentement la pièce et il vida son verre d'un seul trait, ce qui ne lui apporta aucun réconfort.

Tout en lui bassinant doucement le visage, Lilli observait avec inquiétude les traits rouges et gonflés de l'homme qui, dans son délire, n'utilisait plus que l'allemand, sa langue maternelle.

La veille, il s'était réveillé avec des maux de tête et d'estomac, une diarrhée et, malgré le refus de sa femme, s'était obstiné à aller travailler aux champs. Le soir, il avait fallu qu'elle l'aide à se mettre au lit tant il était faible et, au cours de la nuit, la fièvre avait monté.

Il lui sembla entendre un bruit lointain. Elle s'adressa à la femme blonde qui s'affairait près du fourneau pour préparer à Stefan une soupe légère pour le soutenir, et lui demanda d'aller voir si ce n'était pas enfin le médecin qui arrivait.

– Bien sûr, dit Helga Kreuger, se hâtant vers la porte malgré son gros ventre.

Effrayée par la rapide aggravation de l'état de son mari, Lilli s'était précipitée chez ses voisins; elle n'osait le laisser seul, et il fallait prévenir le médecin. Kreuger partit aussitôt pour la ville et, confiant sa maison à sa fille aînée, Helga était venue aider Lilli de son mieux.

– C'est Franz. Le médecin l'accompagne.

– Merci, mon Dieu, murmura Lilli.

Des larmes montèrent à ses yeux. La fièvre semblait littéralement détruire son mari, creusant son visage et décharnant encore plus son corps maigre.

Dès son arrivée, le jeune médecin ne perdit pas de temps en préliminaires et se dirigea droit au lit. En même temps qu'il ouvrait sa sacoche noire, ses yeux examinaient le malade. Il ne parut pas surpris de ce qu'il voyait.

Helga dut tirer Lilli pour l'écarter du chevet de son mari et l'entraîner à l'autre bout de la pièce pour lui mettre de force un bol de bouillie dans les mains en l'obligeant à manger.

Elle s'approcha de la fenêtre, maintenant munie de vraies vitres, seule amélioration apportée au logis. Mais la poussière sableuse envoyéee par le vent sec et chaud brouillait la vue du paysage désolé.

Les Kreuger s'entretenaient à voix basse et elle ne pouvait saisir leurs paroles. Elle se souvint de sa mère lors de sa dernière maladie : les symptômes différaient, mais il y avait la même odeur de mort. Tant qu'elle avait pris soin de Stefan, elle avait été trop occupée pour songer qu'il pouvait être en train de mourir. Maintenant, elle songeait à ce qui se passerait s'il ne se remettait pas.

Des souvenirs remontaient dans sa mémoire : l'angoisse, le chagrin, les innombrables formalités à accomplir. Si Stefan mourait, elle aurait tout à faire seule : trouver l'argent pour payer le cercueil, organiser les funérailles, trier ses affaires... S'il mourait, elle serait libre et... Webb...

A peine née, cette idée lui fit horreur; elle se méprisa et, pour s'en punir, évoqua l'image de son visage dans le miroir. Depuis des années, Webb n'avait pas tenté de la revoir. Il l'avait oubliée.

Levant les yeux vers le ciel voilé, elle murmura tout bas : Pardonne-moi, Stefan, et se tourna vers le fond de la pièce où gisait son mari, le médecin penché sur lui. Elle s'approcha, cherchant à lire quelque chose sur le visage sans expression du praticien :

– Qu'est-ce que c'est, docteur? demanda-t-elle, espérant une réponse qui dissiperait ses craintes.

– D'où vient votre eau potable, madame Reisner? dit-il, en évitant son regard inquisiteur. Vous êtes sa femme?

Malgré sa peau brûlée par le soleil, les signes de la jeunesse demeuraient en elle et le malade paraissait beaucoup plus vieux. Il ne s'en étonnait pas, de telles disparités d'âge entre les époux étaient fréquentes chez les nouveaux immigrants.

Lilli hocha la tête affirmativement et répondit à la première question :

– Nous avons une citerne dehors.

– Votre mari a la fièvre typhoïde. Votre eau a été contaminée. Avec la sécheresse de cette année, la situation risque encore de s'aggraver, je le crains. Il n'est pas le premier cas que je rencontre.

La typhoïde, le mot était tombé, lourd de menaces. Elle entendit confusément Franz Kreuger demander au médecin de donner à Stefan quelque chose qui le guérisse; quant à la réponse, elle ne put la saisir en entier, trop sous le choc de la nouvelle.

– ... continuer à l'humecter avec un linge humide et frais pour faire tomber la fièvre et veiller à ce qu'il boive beaucoup. J'ai d'autres visites à faire, mais je repasserai dans la soirée pour le voir.

Lilli raccompagna le médecin jusqu'à la porte et le remercia d'être venu, mais elle agissait en automate, privée de tout sentiment ou sensation. Elle ne voyait même pas Kreuger.

Comme toujours enclin à de cruelles plaisanteries, le climat du Montana joua encore à ses habitants un tour à sa façon. De gros nuages s'amoncelèrent et une odeur de pluie se répandit à travers le pays. Mais, si cette pluie tomba à verse pendant plus de quarante minutes, ce fut sur un territoire très localisé, centré sur le terre-plein où s'élevaient les bâtiments des « Trois C ». Le sol craquelé se transforma en un marécage et Webb ne put utiliser la voiture pour aller en ville.

Il sella un de ces bais clairs et tachetés à bouche rose que l'on appelle Allaloosa pour couvrir le trajet jusqu'à Blue Moon et, à cinq kilomètres à peine de la Grande Maison, il retrouvait une route sèche et dure à travers une prairie couleur de paille, sous un ciel que le vent chaud avait lavé de tout nuage.

En ville, tout était recouvert d'une fine couche de poussière de sable. Peu de gens circulaient dans les rues, clignant des yeux et détournant la tête pour n'être pas aveuglés par le sable. Il remarqua une lente procession suivant un convoi vers le nouveau cimetière.

Altéré par sa longue course, il attacha son cheval devant chez Sonny et trouva la salle de restaurant qui se transformait la nuit en cabaret aussi déserte que les rues. Il reconnut cependant Hobie Evans, affalé au bar, et s'assit à une table après avoir commandé un café. La serveuse lui parut être la fille d'un de ces nouveaux fermiers dont les revenus restaient si maigres que les aînés de leurs enfants devaient chercher du travail en ville. Il en avait vu pas mal venir au ranch proposer leurs services, prêts à tout pour gagner quelques sous.

Sans attendre d'y être invité, Evans eut tôt fait de le rejoindre et de s'installer à califourchon sur une chaise qu'il retourna en un tournemain. Il sirotait son café en considérant Webb avec attention :

– Un été long et sec qu'on a là!

Webb acquiesça tandis que la jeune fille posait son café devant lui et, le visage inexpressif, lui demandait :

– Vous voulez autre chose?

Hobie se pencha pour murmurer :

– Elle veut dire que pour le prix d'un verre et quelques *cents* de plus, elle rendrait ton café plus fort.

Quelle hypocrisie! pensa Webb. Les nouveaux venus avaient exigé avec une vertueuse indignation que les boissons alcooliques soient prohibées à certaines heures, mais leur propre fille ne demandait pas mieux que de violer le règlement pour vingt-cinq *cents*!

– Je le bois tel quel, dit-il, et elle haussa les épaules avec indifférence avant de retourner derrière le comptoir.

– Je crois même que pour pas cher, on pourrait obtenir d'elle plus qu'un verre. Si on n'a pas peur de se faire mal avec ses côtes saillantes. Bien sûr, cette engeance de péquenots, c'est pas mon genre, mais on ne sait jamais.

Mieux valait ignorer les remarques vulgaires et grossières d'un homme tel que Hobie Evans, qu'un rien risquait d'encourager. Webb vida sa tasse de liquide noir et brûlant.

– J'ai remarqué en arrivant des chariots en direction du cimetière. Qui enterre-t-on?

– Un péquenot. Ils sont attaqués par un microbe, une fièvre. Moi, je me dis, vas-y, ma vieille. On finira peut-être par être débarrassés de quelques-uns de ces abrutis. Dommage que ça n'ait pas commencé plus tôt.

– Une fièvre?

L'air interrogatif, Webb attendait des précisions.

– Oui. Le médecin était là un peu plus tôt pour manger, quand un de ces miteux est venu le chercher, expliqua Hobie avec un mauvais sourire. Il avait l'air crevé, le docteur; il a parlé de l'eau contaminée. Il perd son temps avec ces types-là. S'il en mourait une centaine de plus, je trouverais que c'est justice.

Le café, comme la compagnie, ne plaisait décidément plus à Webb. Repoussant sa chaise, il se dressa et jeta une pièce sur la table.

– Quand tu mourras, Hobie, tu seras tout seul. Ce qui me chagrine, c'est que tu ne le sauras pas.

Il allait sauter en selle après avoir détaché les rênes

de son cheval quand il entendit un chant lointain apporté par le vent. S'arrêtant pour écouter, il saisit assez de bribes pour reconnaître un hymne funèbre.

Il pensa au puits de Reisner et se demanda si leur eau était contaminée; de toute façon, il ne pourrait rien y faire. Il n'en avait pas le droit. Il mit le pied à l'étrier et fit pivoter son cheval en direction du dépôt.

Le vent chargé de sable faisait voler le voile noir qui couvrait la tête de Lilli, mais elle n'inclina pas le front quand les pelletées de terre se mirent à tomber sur le cercueil de Stefan. Les gens défilaient devant elle : amis et voisins qui lui témoignaient leur sympathie. Ils semblaient s'attendre à son silence et à sa morne expression.

Personne ne lui demanda ce qu'elle comptait faire, mais elle avait déjà pris sa décision. Elle mettrait la ferme en vente. Franz Kreuger ferait la moisson de ses champs et ils s'en partageraient le bénéfice. Ensuite, elle s'en irait. Sans Stefan, elle n'avait plus aucune raison de rester là. Elle se refusait à penser à Webb Calder, c'était une vieille histoire. Comme Stefan, il était mort pour elle.

22

Quand le docteur descendit de son boghei, Webb constata que le jeune homme plein d'allant qui exerçait pour la première fois s'était transformé en un médecin surmené qui n'avait plus le temps de manger ni même de dormir à sa suffisance. Seul de sa profession sur des centaines de kilomètres à la ronde, on ne cessait de faire appel à lui. Ses cheveux prématurément blanchis et ses yeux rougis montraient son manque de sommeil.

– Je suis désolé, Simon, d'avoir dû vous faire venir. J'espère que vous n'êtes pas aussi fatigué que vous le paraissez, lui dit Webb en l'emmenant vers le dortoir des cow-boys.

– Je suis au-delà de la fatigue, que diable! s'écria le Dr Bardolph, que le nom des Calder n'intimidait plus. Qu'est-il arrivé?

– Abe Garvey a été secoué par un étalon qu'il tenait au lasso. On l'a ramené ici et on a commencé à le soigner, mais ensuite on vous a fait chercher. J'ai l'impression qu'il a perdu beaucoup de sang, expliqua Webb en ouvrant la porte.

– Je vais l'examiner, dit le médecin en songeant déjà aux diverses éventualités : un sourire las détendit son visage quand il reconnut la jeune femme blonde auprès du blessé. Oh! mon infirmière préférée! Comment allez-vous, Ruth?

– Très bien, répondit-elle en jetant un coup d'œil rapide sur Webb, qui le suivait.

– Vous devriez abandonner vos élèves pour venir travailler avec moi. Dieu sait si j'ai besoin d'aide, poursuivit Bardolph en auscultant son patient.

Il la sentit se raidir et perçut la tension qui couvait sous son apparente sérénité. Il en diagnostiqua sans peine la cause : Webb Calder. Il avait bien vu, quand elle l'avait soigné après le coup de feu qu'il avait reçu, qu'elle était éperdument amoureuse de lui. Elle devait en être toujours au même point. Or, au premier regard sur le cow-boy blessé, il avait compris que l'aide de Ruth lui serait nécessaire, sans que rien ne vienne troubler son attention.

– Webb, pourquoi ne nous laissez-vous pas entre professionnels pour nous occuper de lui? suggéra-t-il brutalement. Et arrangez-vous pour nous faire préparer une bonne quantité de café bien chaud. Il m'en faudra beaucoup quand j'aurai fini.

– Je vais aller voir à la cuisine.

Mais Webb accepta à contrecœur qu'on l'écarte du blessé.

Plus de deux heures passèrent avant que Simon Bardolph ne le rejoigne dans la cuisine. Webb lui versa une tasse de café et le fit asseoir à la longue table avec lui. Le docteur se frottait le visage comme pour en faire disparaître la fatigue.

– Il a une chance de s'en tirer. Celui qui a réduit la fracture de sa jambe a réussi du beau travail.

– Slim et Nate ont fait ça avant de le charger dans la charrette pour le ramener au ranch... Grizzly a fait griller un steak pour vous.

– Je ne me souviens pas du jour où j'en ai mangé un pour la dernière fois, dit le docteur avec un petit rire las après avoir réfléchi un instant.

– C'est bien ce que je pensais, dit Webb en faisant signe à l'irascible cuisinier d'apporter l'assiette. J'ai entendu dire qu'une fièvre frappait les nouveaux fermiers, poursuivit-il, consciemment ou non en quête d'informations sur Lilli.

– La typhoïde.

Tout en découpant sa viande avec une précision de chirurgien, Bardolph expliqua que l'épidémie lui faisait parcourir le pays dans tous les sens et qu'il s'efforçait de convaincre les gens de faire bouillir leur eau avant de la consommer. Il était découragé.

– Ce sont les enfants et les vieux que je perds... J'avais oublié que la nourriture peut avoir si bon goût, dit-il la bouche pleine.

– Ne vous gênez pas si vous en voulez encore, il y a tout ce qu'il faut, proposa Webb.

– Je n'ai pas le temps. Un accouchement m'attend.

– Ah?

– La femme de votre voisin, Franz Kreuger. Le travail a commencé. Si ce bébé ressemble à ses aînés, j'arriverai juste à temps pour le présenter en ce monde.

A dire vrai, je suis même surpris que Kreuger ait fait appel à moi.

– Pourquoi cela?

– Il pense que j'aurais dû faire plus pour sauver son voisin. Les gens ne sont pas raisonnables.

– Son voisin?

– Un vieux type... Schnitzler... Richter... quelque chose comme ça.

– Reisner, Stefan Reisner, suggéra Webb, étonné de s'entendre parler d'une voix neutre.

– C'est ça, reconnut le médecin en enfournant une nouvelle bouchée de viande, mangeant avec une hâte qu'il aurait sévèrement critiquée chez ses clients.

– Et sa femme? demanda Webb, en attente mais toujours calme.

– Sa femme? Pour autant que je sache, elle va bien, si c'est ce que vous voulez savoir. Mais elle est jeune et en bonne santé, elle.

– Quand cela s'est-il passé?

Récemment, pensait Webb; sinon, il en aurait entendu parler.

– Voyons... Il a dû mourir il y a deux... non, trois semaines. Pourquoi? demanda-t-il en observant curieusement son interlocuteur.

Trois semaines! Webb était effondré, furieux et déçu. Lilli n'avait rien fait pour l'informer. Sans se rendre compte qu'il n'avait pas répondu à la question, il repoussa le banc. Le médecin faillit basculer.

– Webb! s'écria le médecin en se redressant, stupéfait de ce comportement.

– Je vous verrai plus tard, Simon, lança Webb qui quittait déjà la pièce à grands pas et manquait renverser Ruth qui entrait.

– Que se passe-t-il? demanda-t-elle à Bardolph, qui fixait la porte, médusé.

Il la regarda, l'air inexpressif, et secoua la tête avant de se remettre à manger :

– Je suppose qu'il vient de se rappeler qu'il devait se rendre d'urgence je ne sais où.

– Pourquoi?

– Nous parlions. Il m'a posé des questions au sujet de la mort de Reisner...

– Reisner? Lilli Reisner? s'écria-t-elle.

– Non. C'est le nom de sa femme. C'est le vieux qui est mort. Pourriez-vous m'expliquer ce qui se passe ici? demanda-t-il, mis en éveil par l'éclat subit du regard de Ruth.

Elle refusa de répondre. Ce n'était pas à elle de le lui dire. D'ailleurs, il ne tarderait pas à tout comprendre par lui-même.

Elle avait attendu si patiemment, se raccrochant au moindre espoir, et maintenant tout s'écroulait. Ses yeux s'emplirent de larmes. Elle s'excusa en hâte et s'esquiva avant qu'il puisse voir qu'elle pleurait.

Les deux premières semaines après la mort de Stefan, les occupations et les décisions à prendre accaparèrent Lilli qui n'eut guère le temps de souffler. Mais quand tout fut réglé, elle sombra dans un sommeil qui dura presque un tour d'horloge. Elle en sortit l'esprit et le corps libérés de toute fatigue et de toute incertitude et considéra calmement la réalité.

Le châle posé sur ses épaules était le seul vêtement noir qu'elle possédât. Elle voulait respecter la mémoire de Stefan mais ne pouvait se permettre l'achat de tissu pour se confectionner une robe de deuil. Et c'est une jupe brune que le vent faisait furieusement danser autour de ses jambes; le même vent faillit aussi arracher de ses mains l'effet bancaire que Doyle Pettit venait de lui remettre.

– Désolé de n'avoir pu mieux faire, madame Reisner, s'excusa-t-il, tenant respectueusement son chapeau à la main. Mais, avec la sécheresse de cette année, la valeur de la terre a baissé. J'aurais voulu vendre votre ferme à meilleur prix, croyez-le.

Ce qu'il se gardait bien de lui dire, c'est qu'il l'avait achetée pour son propre compte, espérant la revendre, le printemps suivant, au double de sa mise. Il jugeait ne pas l'avoir volée, mais s'être contenté de profiter de la situation, puisqu'elle tenait à faire vite.

– Je comprends, et je vous remercie d'avoir fait tout ce chemin pour venir me porter ce règlement, dit-elle en pliant soigneusement le papier qu'elle glissa dans sa poche.

Elle avait espéré en tirer davantage; il ne lui resterait pas grand-chose après le remboursement des emprunts.

– Ce n'était rien pour moi, je vous assure. (Il avait un charmant sourire et l'air de compassion qui s'imposait :) Qu'allez-vous faire maintenant, madame Reisner? Ce n'est pas une grosse somme, mais vous désirez peut-être l'investir à bon escient. Je serais très heureux de vous conseiller.

– J'ai mes projets. Cela me suffira pour acheter un petit restaurant, à Butte peut-être.

Elle avait toujours su faire la cuisine, seule compétence susceptible de lui fournir un gagne-pain. Et Butte, dans le Montana, avec toutes les mines de cuivre des environs, lui semblait un lieu idéal. De plus, elle jugeait nécessaire d'allonger les distances entre elle et Webb Calder pour éviter toute possibilité de rencontre.

– Vous mettre vous-même dans les affaires, madame Reisner, quelle entreprise! s'exclama-t-il.

Pour lui comme pour les autres, les femmes ne pouvaient être que des institutrices ou des infirmières.

– J'ai su tenir mon ménage pendant pas mal d'années, monsieur Pettit. Je suppose que j'en sais assez pour acheter des provisions et payer des factures, répliqua-t-elle d'un ton vif. Mais je vous remercie de votre intérêt.

Rien, dans ses paroles ni dans son attitude, ne

l'encourageait à s'attarder pour bavarder; elle ne l'invita même pas à entrer dans la maison qui n'était plus la sienne. Une jeune veuve comme elle aurait pu se sentir flattée de l'attention qu'il lui portait. Mais il était trop doucereux, trop bien habillé, sa voiture était trop étincelante pour ne pas dénoter de la vanité, de l'égoïsme et un manque de sincérité certain.

Elargissant son sourire, Doyle tentait de masquer sa déception devant un accueil aussi froid. Elle semblait pressée de le voir partir maintenant qu'il lui avait remis le chèque. Il n'aurait pas mieux demandé que de la consoler, elle était plus séduisante que le jour où, à la banque, elle était venue le prier de vendre sa ferme.

– Si je puis faire quoi que ce soit pour vous, madame Reisner, ne manquez pas de me le faire savoir, dit-il, se résignant à prendre congé.

– Merci, répondit-elle brièvement en inclinant la tête, et un rayon de soleil alluma des reflets cuivrés dans ses cheveux.

Il ne se pressait pas, ajustant son col, enfilant ses gants, faisant une remarque sur l'approche de l'hiver, qu'il prévoyait froid. Un martèlement de sabots encore lointain lui fit tourner la tête, mais il ne put identifier le cavalier :

– On dirait que quelqu'un arrive par ici, fit-il observer.

S'écartant de l'abri de l'appentis, elle serra le châle contre sa poitrine. Ce cavalier lui rappelait quelqu'un qui avait le don de lui faire battre le cœur, alors que tout était déjà réglé. Avant qu'il soit assez près pour qu'elle ait la certitude qu'il s'agissait de Webb, son imagination battait déjà la campagne.

S'arrêtant près de l'automobile, le cheval dressa des oreilles inquiètes en émettant quelques reniflements. Immobile sur sa selle, d'un œil inexpressif, Webb regarda alternativement Lilli et Doyle Pettit.

– Webb Calder! s'écria ce dernier. Si je m'attendais à te rencontrer ici.

Sautant à terre, Webb secoua la main que l'autre lui tendait. Quant à Lilli, elle apprécia la présence d'un tiers qui lui permettait de reprendre ses esprits.

– Je m'arrêtais en passant pour présenter mes respects à... Mme Reisner. Je ne m'attendais pas à te trouver là, moi non plus.

– Je me suis occupé de la vente de la ferme pour Mme Reisner. La transaction est faite, aussi lui ai-je apporté le montant du règlement.

Apprenant qu'elle avait vendu son bien à un moment qu'il ne jugea pas opportun, Webb fut surpris. Mais il comprenait qu'elle n'ait pas eu les moyens d'engager un homme pour effectuer des travaux au-dessus de ses forces. Seule, elle n'aurait pu en venir à bout.

– On peut dire que tu te conduis en bon voisin, observa Doyle. Tu viens et...

Webb ne pouvait détacher ses yeux de Lilli, dont l'attitude odieusement sereine le déroutait. L'air détendu, elle plantait droit dans ses yeux son regard bleu sombre, comme si elle attendait qu'il dise ou fasse quelque chose.

Il se découvrit, intimidé et furieux de l'être, et se rabattit sur des phrases banales :

– Je passais, et j'ai pensé que je pourrais peut-être vous être utile, hasarda-t-il. (Mais ce n'était ni ce qu'il voulait dire ni ce qu'elle voulait entendre de lui. La présence de Doyle l'obligeait à s'en tenir à ces propos conventionnels; aussi voulut-il s'en débarrasser :) Si tu étais sur le point de partir, mon vieux, je ne te retiens pas.

La jeune veuve préférait peut-être qu'il reste? se demandait Doyle, qui sentait comme une tension dans l'air. Or, elle demeurait impassible et il décida de les laisser. Elle le remercia encore de s'être dérangé pour elle.

Lilli profita de ce que son attention se détournait d'elle pour examiner plus attentivement Webb; il retenait son cheval pendant que Doyle remettait sa voiture en marche. Les années passées ne l'avaient pas changé, à part quelques fines rides de plus au coin des yeux et à la commissure des lèvres. Son long corps aux muscles forts était viril et le vent ébouriffait ses cheveux drus et noirs.

En femme amoureuse, elle nota de plus subtiles modifications dans sa manière de se comporter : il n'était plus le rude cow-boy qu'elle avait connu. La puissance et l'autorité ajoutaient leur poids à la force de sa carrure. Lilli sentit que bien des choses, en lui, étaient trop longtemps restées réprimées. Il venait la voir, mais pourquoi? Et d'ailleurs, le savait-il lui-même? Drapée dans son orgueil, elle voulait lui cacher que sa vue soudaine la bouleversait.

La poussière soulevée par la voiture l'obligea à remonter un pan de son châle pour s'en protéger la bouche et le nez. Le vent la faisait tourbillonner et le cheval, déjà énervé par le bruit du moteur, se cabra.

Webb essaya de le calmer, et guetta, sur le visage de Lilli, la réaction, le signe, ce mystérieux appel inexprimé que les êtres qui s'aiment comprennent toujours. Droite, debout devant la porte, elle le considérait sans hostilité mais sans rien de chaleureux non plus. Il s'attendait à ce qu'elle lui propose d'entrer dans la maison, à l'abri du vent et de la poussière, mais elle restait silencieuse. Sans comprendre ce qui s'interposait entre eux, il ne savait comment y ouvrir une brèche.

– L'un de mes hommes a été blessé pendant le rabattage. Simon... le Dr Bardolph est venu le soigner. C'est par lui que je viens d'apprendre, au sujet de Stefan. Je suis désolé de cette nouvelle... J'aurais préféré la savoir par vous. Les choses n'ont pas dû être faciles pour vous.

– Je m'en suis tirée, dit-elle, sur la défensive.

Il ne se découragea pas :

– Vous avez vendu la ferme.

– Oui. J'ai tout vendu... les chevaux, les machines, dit-elle, parcourant du regard les petits bâtiments que fouettait le vent sec. Si Stefan vivait encore, avec la sécheresse qu'on a eue, je ne pense pas que nous aurions pu tenir le coup jusqu'à l'année prochaine.

– Quels étaient vos projets? demanda-t-il, usant inconsciemment du passé, mais désireux de savoir si, dans ses projets, il figurait d'une façon ou d'une autre.

Elle cilla sous son regard insistant, mais l'affronta :

– Toutes les dettes payées, il me restera de quoi acheter un petit restaurant quelque part. Le temps passe. Les gens changent... Après si longtemps, ce serait de la folie de s'attendre à ce que les gens conservent les mêmes sentiments.

Cette réponse le stupéfia et le blessa d'autant plus qu'il crut comprendre qu'elle avait changé. Elle pivota d'un mouvement lent et gracieux et fit quelques pas vers la porte.

Là elle s'arrêta, tourna simplement la tête pour le regarder en disant :

– C'est gentil d'être venu.

Puis la vilaine porte de bois grinça dans ses gonds et il sentit une vieille blessure se réveiller en lui. Elle le congédiait sans le moindre doute... et avec quelle aisance. Quand elle se retourna pour fermer la porte, il en barrait le seuil, la main fermement posée sur le battant.

– C'est tout ce que vous trouvez à dire : c'est gentil d'être venu? Pourquoi pensez-vous que je me trouve ici?

– Comment le saurais-je?

Elle avait peur de se tromper. Tant de raisons pouvaient l'avoir amené là!

– Alors expliquez-moi ce que signifie « le temps passe et les gens changent ». Dites-moi si vous ne voulez plus de moi!

Un éclair fugitif dans les yeux de Lilli dissipa ses doutes. Elle attendait qu'il lui donne les raisons de sa venue, lui déclare ses intentions. Il referma la porte et la saisit aux épaules.

– Je vous jure, Lilli, que votre orgueil refroidirait n'importe quel homme, murmura-t-il en s'emparant de sa bouche d'un baiser rapide et vorace qui ne laissait plus de doutes sur ce qu'il désirait.

Le contact de ses lèvres l'émouvait plus que celui d'aucune autre femme. Ses mains, posées contre sa poitrine, ne le repoussaient pas plus qu'elles ne l'invitaient à une étreinte plus étroite. Il s'étonna de la manière dont elle l'embrassait tout en le maintenant à distance, pour ne pas se laisser entraîner par la force de sa passion.

– Qu'y a-t-il, Lilli? demanda-t-il en la forçant à relever la tête et en suivant du pouce le pourtour de ses lèvres tièdes.

Elle garda les paupières baissées.

– Je n'étais pas sûre de ce qui t'amenait ici, répondit-elle.

Or, au son de sa voix, il comprit qu'elle ne le savait pas encore avec certitude. Il promena sa main tout le long de son dos :

– Je suis ici parce que je t'aime toujours. Si mes sentiments ont changé, c'est qu'ils sont devenus plus forts... Quant aux tiens, j'en arrive à me demander s'ils sont les mêmes.

– Oui, déclara-t-elle sans hésitation, la tête rejetée en arrière pour l'observer avec l'air d'attendre, calmement, qu'il dise autre chose.

Mais, déçue dans son attente, elle laissa retomber ses bras et se détourna.

Webb comprit alors qu'elle craignait d'avoir baissé dans son estime en s'abandonnant à lui alors qu'elle était encore la femme d'un autre.

Il se rapprocha d'elle et, sous la caressante pression de ses mains sur ses épaules, il sentit une onde de désir la parcourir. Reconquise, elle se retourna vers lui.

– Je voudrais t'emporter tout de suite dans mon lit. Mais je crois que nous devons d'abord passer par certaines formalités.

Son bonheur éclatait sur son visage et le baiser avide qu'elle lui donna réveilla en lui sa passion. Elle avait tout pouvoir sur lui. Rien n'avait changé entre eux.

Les baisers ne leur suffisaient plus, ni à l'un ni à l'autre. Les lèvres et les joues embrasées par la violence de leurs effusions, elle le regardait de ses yeux bleus.

– Tu es en nage, murmura-t-elle, lui prenant la main pour la poser sur son sein. Tu sens mon cœur, comme il bat?

– Oui.

Le sien aussi battait la chamade, et il haletait. Il prit le sein ferme et plein dans la paume de sa main et chuchota son nom, évocateur de centaines de nuits de désir inassouvi.

Elle se blottit contre lui, heureuse, réconciliée avec lui et avec elle-même.

– Pourquoi n'es-tu pas venu me voir pendant tout ce temps?

– Mais tu m'as assez fait comprendre que tu étais mariée et que tu ne voulais plus me voir, répliqua-t-il, étonné.

– Je sais, murmura-t-elle.

– Etais-je supposé passer outre? demanda-t-il, furieux.

– Il m'est arrivé de l'espérer, même si j'étais soulagée que tu n'en fasses rien.

– Est-ce un exemple de la logique féminine? Tu m'ordonnes de ne pas venir et tu aurais voulu que je vienne! Tu me dis de t'oublier et tu aurais voulu de tout ton cœur que je n'en fasse rien!

– Oui, c'est précisément ce que j'attendais, dit-elle en riant franchement.

– Ce n'est pas très facile de suivre ce genre de

directives, observa-t-il en posant un baiser léger sur ses lèvres.

– Je ne suis veuve que depuis trois semaines. Les gens vont jaser si je me remarie aussi vite, dit-elle en effleurant du bout des doigts le ferme dessin de sa bouche.

Il sursauta et répliqua avec énergie.

– Je ne me soucie pas des convenances qui exigent une année de deuil. Tu as rempli toutes tes obligations à l'égard de Stefan. Tu seras ma femme, Mme Webb Calder, et personne n'osera dire quoi que ce soit sur ton compte. Laisse-les parler. Rien de ce qu'ils diront ou feront ne nous atteindra.

Elle l'écoutait et ne pouvait s'empêcher de songer qu'elle aurait préféré ne pas recourir si vite à la solution légale, rester pendant quelque temps dans cette situation d'amants avant d'entrer dans la routine de la vie conjugale.

A la voir hésiter, Webb comprit qu'elle désirait obtenir autre chose de lui. Ce n'était pas difficile à deviner, étant donné la médiocrité de son existence passée et le manque d'agrément de sa vie avec Stefan.

– Tu aimerais que je te fasse la cour, n'est-ce pas, que je me conforme à toutes sortes de formalités courtoises? Tu voudrais, en somme, que je refasse ta conquête?

– Serait-ce si mal? demanda-t-elle, mi-sérieuse, mi-amusée, étonnée de sa perspicacité.

– Non, ce ne serait pas mal, mais c'est impossible. Une semaine, c'est tout ce que je t'accorde avant le mariage. Et dès aujourd'hui, je t'emmène chez moi. Je ne veux pas prendre le risque de te laisser changer d'idée.

– Tu aimes prendre l'initiative? dit-elle en faisant semblant de se rebeller. Tu es content à l'idée de me dire ce que je dois faire. Eh bien, cher monsieur Webb Calder, il se trouve que, moi aussi, je suis ravie.

Il n'y avait rien à ajouter. Leur long baiser scellait leur accord. Le corps puissant de Webb bouleversait sa chair et éveillait en elle un désir qui attendait depuis longtemps de s'épanouir librement. Elle frémit sous les baisers subtils de son amant.

Dans un effort de volonté, il releva la tête et, passant ses doigts dans la chevelure cuivrée, il déclara :

– Je veux que tu prennes tes affaires. N'emporte que tes vêtements et les quelques objets personnels auxquels tu tiens. Tu n'auras qu'à vendre ou donner le reste. Je reviens te chercher un peu plus tard.

Il eût été plus facile pour lui de poursuivre cette étreinte jusqu'à sa conclusion, puisqu'il la tenait enfin, consentante, entre ses bras. Mais il désirait que l'union à laquelle il aspirait se fasse sous son propre toit et non là où elle avait vécu avec Stefan.

De ses bras noués autour de son cou, elle le força à baisser la tête pour un dernier baiser :

– Je t'attendrai.

23

Lilli n'avait jamais vu de maison aux dimensions aussi imposantes : deux étages sur une éminence, dominant des bâtiments plus simples et plus petits, avec un large portique le long de la façade. La lumière orangée du soleil couchant colorait les vitres d'une accueillante et chaude lueur. Des volutes de fumée montaient de deux des cheminées sur la pente du toit.

Debout près de la porte de la voiture, Webb attendait, patient, prêt à lui offrir son bras quand elle sortirait de sa contemplation. Elle s'en arracha enfin et lui dit, comme si elle n'arrivait pas à y croire :

– C'est ta maison?

– Non, c'est *notre* maison. On l'appelle la Grande Maison.

La Grande Maison! Elle eut un rire gai : ce nom lui paraissait à peine approprié à une demeure aussi grandiose.

Webb s'arrêta pour lui laisser admirer, en se retournant, l'étendue du territoire du ranch Calder.

– C'est sur ce terrain que mon père a obtenu la première concession qui est à l'origine de tout. Les acquisitions ultérieures sont venues peu à peu.

Plutôt que de regarder au loin, c'est Webb que Lilli observait : la fierté qui se lisait dans ses yeux et résonnait dans sa voix avec une pointe d'humilité. Ce qu'elle voyait lui donnait la mesure de sa puissance et de sa fortune.

– Entrons, que je te montre ton nouveau foyer.

Et Lilli fit avec ravissement le tour complet des pièces du rez-de-chaussée, du living-room à la bibliothèque-bureau.

– Tous ces livres sont à toi? s'exclama-t-elle, s'approchant des rayonnages pour caresser du doigt les dos des volumes qui représentaient pour elle un luxe incroyable. Je les lirai tous, déclara-t-elle, enthousiaste comme une enfant.

Webb constata que si elle s'émerveillait de ce qu'elle voyait, elle n'était pas intimidée.

Une fois accoutumée aux vastes proportions de la maison, elle saurait en faire pour eux le foyer plein de gaieté et de chaleur qu'il avait été du vivant de ses parents.

– Et ça, qu'est-ce que c'est? dit-elle en désignant la carte, derrière le bureau.

– Le ranch.

Il contourna le meuble pour lui désigner le lieu où ils se trouvaient et sa position par rapport aux endroits qu'elle connaissait. Il en avait terminé avec ses explications qu'elle continuait encore à fixer d'un air rêveur le papier jauni.

– A quoi penses-tu? demanda-t-il, intrigué par son expression.

– Six cent quarante acres n'y occuperaient pas trois centimètres, murmura-t-elle.

C'était la superficie du terrain qu'elle et Stefan avaient exploité.

– Notre ranch est grand, reconnut-il.

– C'est indécent, s'exclama-t-elle avec un rire qui enlevait à sa remarque tout caractère offensant. Et ton père a acquis tout cela. Dommage que je ne l'aie pas connu.

– C'était un homme remarquable. Il m'a fallu du temps pour me rendre compte qu'il n'existait au monde qu'un seul Benteen Calder. Ma voie différait de celle de mon père et j'ai pris sa suite, mais sur d'autres bases.

– On n'apprécie ses parents souvent que lorsqu'il est trop tard. J'étais comme ça, dit-elle, avec ses yeux bleus qui paraissaient tout comprendre.

Quand il se pencha vers elle, elle lui tendit sa bouche et l'enlaça pour se rapprocher de lui. Webb l'embrassa avec une violence qui exprimait un besoin qui n'était pas seulement physique. Moulant son corps souple à la virile charpente de Webb, elle fit courir ses doigts le long de son dos. Elle emplissait ses narines de l'odeur chaude et musquée qui, elle le savait, serait celle de leurs nuits à venir. La lente caresse de ses mains l'excitait et l'embrasait. Elle se noyait dans leur étreinte qui promettait la plus grande joie.

Voyant la voiture de Webb rangée devant la maison, Ruth était entrée. L'eau froide dont elle avait baigné ses yeux en avait fait disparaître la rougeur mais son visage révélait son chagrin. Elle savait qu'il était parti voir Lilli, et elle tenait à connaître le résultat de sa visite. L'attente dans l'ignorance lui était intolérable.

Elle se dirigea directement vers le bureau, seule pièce où il se tenait à présent. Son manteau était ouvert, mais elle avait enfoncé les mains dans ses poches où elle les tenait serrées nerveusement. La première chose qu'elle remarqua en pénétrant dans le bureau fut le feu qui crépitait dans la cheminée. Ce n'est qu'après qu'elle vit le couple enlacé dans une attitude sans équivoque. En anéantissant tous ses espoirs, le choc la rendit livide. Dans sa hâte de s'enfuir sans se faire remarquer, elle heurta maladroitement l'un des battants de la porte qui vint frapper le mur avec bruit.

– Ruth! s'écria Webb.

Elle leur tournait le dos et préféra rester ainsi. Elle éprouvait une peine si vive que les larmes n'auraient pu l'apaiser. Ses yeux restaient secs.

– Je suis désolée. Je ne voulais pas me montrer indiscrète, dit-elle très vite pour s'excuser avant de disparaître.

– Reste, Ruth! Je veux que tu sois la première à apprendre que Lilli et moi allons nous marier.

Sa voix était redevenue normale. Elle s'arrêta à contrecœur, les entendit contourner le bureau et se retourna lentement, droite et rigide. L'expression de fierté, l'amour et la gentillesse de Webb achevèrent de l'anéantir. Elle aurait voulu lui crier qu'elle ne tenait nullement à cet honneur, mais elle ne pouvait lui en vouloir.

– Félicitations, se força-t-elle à dire. Je sais que tu désirais cela depuis longtemps.

– Tu te souviens de Ruth Stanton, n'est-ce pas, Lilli? dit-il, son bras passé autour de la taille de la jeune femme, la pressant légèrement contre lui, comme pour maintenir le contact entre leurs deux corps.

– Oui, acquiesça Lilli avec un sourire chaleureux. J'espère que notre mauvaise conduite ne vous a pas choquée.

– Non, j'aurais dû frapper, murmura Ruth, désarçonnée par son aisance.

– Mais non, personne ne frappe, s'écria Webb, se penchant tendrement vers Lilli. Nous apprendrons à nous montrer plus prudents.

– J'aimerais que nous soyons amies. Puis-je vous appeler Ruth? proposa Lilli avec une cordialité contre laquelle Ruth ne pouvait pas lutter.

Mais il lui fallait du temps pour s'habituer.

– Tu venais pour me dire quelque chose? demanda Webb.

– Je voulais te donner des nouvelles d'Abe : il va beaucoup mieux.

– J'en suis ravi. J'irai le voir tout à l'heure.

– Excusez-moi, mais je suis sûre que vous préférez que je vous laisse, murmura Ruth d'une voix à peine audible.

Un bref silence suivit son départ. Webb semblait perdu dans ses pensées et Lilli, intriguée, lui demanda ce qui n'allait pas.

– Rien. Je pense que tout serait mieux si tu étais déjà mon épouse. Je vais t'apporter tes affaires et te montrer ta chambre.

La chambre à coucher des maîtres de maison était plus grande que toute la cabane des Reisner. Un édredon recouvrait le large lit à la tête sculptée. En plus d'une commode-toilette et d'un chiffonnier, deux chaises et un petit divan de velours rose composaient un boudoir devant la cheminée. Dans ce décor, son bagage usagé, que Webb posa par terre, lui rappela brusquement sa pauvreté.

– Je vais voir Abe Garvey pendant que tu t'installes, déclara Webb. Cette porte donne sur la salle de bains. J'ai rempli la chaudière, tu as de l'eau chaude si tu veux te refaire une beauté avant le dîner... Ça te plaît? lui demanda-t-il en la voyant regarder autour d'elle avec attention.

– A qui cela ne plairait-il pas? répliqua-t-elle avec un sourire radieux.

Ce sourire le fit hésiter mais il se retint de l'embrasser de nouveau et s'esquiva en hâte.

Restée seule, Lilli crut un instant qu'elle rêvait. Le bruit des pas descendant l'escalier la rassura. Elle reprit son exploration, ouvrant les tiroirs où disparaîtrait sa maigre garde-robe, éprouvant la souplesse du matelas et s'asseyant sur tous les sièges. De la fenêtre ouverte au sud comme la porte d'entrée, elle vit Webb se diriger vers l'un des petits bâtiments.

Ouvrant la porte de la salle de bains, elle fut émerveillée par le lavabo aux robinets de cuivre pour l'eau courante, chaude et froide, l'étincelante cuvette des toilettes avec son réservoir à eau. Elle les fit fonctionner, joyeuse de ce déploiement de luxe après ces années de misère où elle avait porté l'eau pour la faire chauffer sur le fourneau et vidé les vases de nuit.

Caressant le bord de la vaste baignoire montée sur des pieds en forme de pattes de lion, elle évoqua le tub où elle se baignait quand elle avait de l'eau en suffisance, assise à l'étroit et les genoux remontés contre la poitrine. Cette fois, elle allait pouvoir se coucher de tout son long.

Sur une tablette de marbre, près du lavabo, des flacons attirèrent son attention. Elle trempa un doigt dans la pâte crémeuse que contenait l'un d'eux et s'en frotta le creux de la main, heureuse de sentir ensuite la douceur de sa peau. Puis ce furent des sels de bain parfumés qu'elle respira avec délice et, quand elle se tourna vers la baignoire, ses yeux brillaient comme ceux d'une femme heureuse.

Quand elle quitta ses vêtements pour se plonger pour la première fois de sa vie dans l'eau chaude et odorante, elle comprit ce qu'était le luxe. D'un anneau de cuivre fixé au mur pendait un somptueux peignoir de bain en tissu éponge qui avait dû appartenir à la mère de Webb. Pourquoi résister à la tentation de s'en servir, puisqu'il était destiné à la personne qui occuperait la chambre voisine?

Le plaisir qu'elle éprouva lorsqu'elle se sentit enveloppée de cette apaisante chaleur, embaumée par les délicates senteurs exhalées par les bulles qui éclataient contre sa peau, lui parut être le comble de la félicité. Après s'être laissée aller à sa joie enfantine, elle se savonna tout en fredonnant et elle n'entendit pas Webb tourner en silence la poignée de la porte.

En s'ouvrant plus largement, le battant de la porte dénonça sa présence. D'abord inquiète de l'intrusion, elle se rassura en le reconnaissant; mais une sorte de gêne remplaça bientôt sa première alarme : jusqu'ici elle n'avait fait sa toilette que dans la plus stricte solitude.

– Entres-tu toujours ainsi quand une dame prend son bain ?

– Je ne t'ai pas trouvée en bas, alors je suis monté te chercher.

– Tu m'as trouvée, alors va-t'en, lui ordonna-t-elle.

Mais il garda les yeux fixés sur elle et fit un pas en avant; elle s'immobilisa instinctivement et se contenta de lui répéter de sortir. Puis elle lui jeta au visage l'éponge mouillée et éclata de rire en le voyant l'esquiver adroitement.

– Alors, tu sors de ton bain?

Elle l'éclaboussa en riant mais, quand il saisit ses poignets mouillés, ils redevinrent subitement sérieux et leurs yeux se rencontrèrent. Puis, lentement, il l'obligea à se lever et elle se laissa faire, étrangement confuse dans sa nudité.

Il voyait ce qu'aucun homme n'avait contemplé avant lui, même pas Stefan, car ils se déshabillaient toujours dans l'obscurité, en se tournant le dos. Pour accomplir son devoir conjugal, elle n'enlevait pas sa chemise, qu'elle remontait seulement, comme lui. Et elle ne s'était jamais demandé si les autres agissaient de même.

Quand Webb lâcha ses poignets pour l'enlacer elle se suspendit à son cou pendant qu'il la sortait du bain. Puis elle plaqua son corps ruisselant contre lui lorsque ses pieds touchèrent le sol à quelques centimètres des bottes de Webb. Elle tremblait tandis qu'il la détaillait en silence.

Il saisit l'épais tissu éponge et fit méthodiquement disparaître les gouttes d'eau et la mousse sur sa peau. Après le cou et les épaules, il essuya ses seins et son ventre, puis il s'accroupit pour lui sécher les cuisses et les jambes avant d'en arriver aux pieds. Quand il se redressa, une curieuse langueur amollissait ses membres et il l'enroula dans son peignoir, haletante.

Sans le moindre effort, il la souleva et elle mit ses bras autour de son cou, bien placée pour examiner de tout près le visage énergique et bronzé, d'une austère beauté. Elle trouva tout naturel qu'il l'emportât dans la chambre.

Au milieu de la pièce, il s'arrêta et la reposa à terre, toujours enlacée; le peignoir glissa. Elle le retint instinctivement, mais non pas par pudeur. Elle vit qu'il était trempé.

– Tes vêtements sont tout mouillés.

Il défit sa chemise et la jeta sur le parquet. La vue des muscles sous la toison brune de son torse la troubla. Il se débarrassa de son pantalon et resta en caleçon. Il eut tôt fait, ensuite, de quitter bottes et chaussettes.

– Tu n'as plus besoin de ça, dit-il en lançant le peignoir sur le tas de ses propres vêtements.

Il murmura sourdement son nom et la souleva pour presser sa bouche sur ses seins. Puis, sans détacher ses lèvres, il la fit redescendre lentement le long de son corps et elle brûlait de désir quand il la posa enfin sur le lit où il s'abattit sur elle en l'embrassant. Elle ne s'étonna pas de sentir sa virilité, mais plutôt de constater qu'il n'exigeait pas aussitôt sa satisfaction.

Ses lèvres caressaient les siennes, sa langue taquinait la sienne et elle répondait à ses invites. Il passait ses mains sur sa chair nue et, partout où elles se posaient, elles y éveillaient une brûlante ardeur.

Il entreprit une exploration plus intime. Ses lèvres parcouraient son visage, ses cheveux, son cou, descendaient entre ses seins. Elle se mordit les lèvres quand ce fut d'un mamelon durci et tendu qu'il s'empara, lui arrachant un gémissement de plaisir.

Puis il roula sur le dos, l'entraînant à demi sur lui. Les yeux mi-clos, elle se jeta avidement sur sa bouche et, vaguement consciente des mouvements qu'il faisait pour se défaire de son caleçon, elle pensa que ça allait venir, mais cela ne vint pas.

Il leur fit de nouveau changer de position et ils se retrouvèrent tous deux allongés sur le flanc, se faisant face, leurs corps se touchant, sans que rien s'interposât entre eux. Elle écrasait ses seins contre le torse dur de Webb tandis que ses mains, courant sur son dos musclé, le pressaient plus étroitement contre elle.

Le désir de Lilli lui devenait presque intolérable et il dut le sentir, car il la fit glisser sous lui et ouvrit ses jambes entre les siennes, calmant enfin son attente éperdue, comblant sa chair palpitante et offerte. Alors, elle ne fut plus que mouvement, chacun donnant et recevant, chacun émerveillé de la passion sauvage de leur étreinte, et de la fusion de leurs âmes autant que de leurs corps.

– Es-tu aussi heureux que je le suis? trouva-t-elle la force de murmurer, épuisée par l'exquise jouissance qu'elle éprouvait, étonnée de la découverte qu'elle venait de faire.

– Oui, se contenta-t-il de répondre, incapable de trouver mieux pour décrire la joie qui l'habitait.

La semaine pendant laquelle il s'était engagé à lui faire la cour prenait décidément un tour plus intime que prévu. Webb se demanda s'il aurait pu s'abstenir... mais, puisqu'il avait devancé les formalités légales, il se devait de lui proposer d'avancer la date du mariage, si elle le désirait.

– Je te préviens, ajouta-t-il, je ne compte pas quitter cette chambre ce soir.

– Même pour manger? lui demanda-t-elle en se soulevant sur un coude, une lueur taquine dans le regard.

– Cette nuit, il me suffirait de me régaler de toi.

– C'est vrai?

Et, glissant hors de ses bras, elle sauta du lit et s'approcha de la psyché où elle venait de saisir son reflet. Elle s'y mira, examinant son corps nu d'un œil neuf et critique. Grande et mince, elle se vit bien faite, les seins ronds et fermes, la taille souple et les hanches épanouies, de longues jambes effilées.

Du lit, Webb appréciait cette vision détaillée qu'elle lui offrait d'elle-même et lui demanda avec curiosité ce qu'elle regardait.

– Une femme, déclara-t-elle en se tournant vers lui.

Son expression lui coupa le souffle et fit remonter en lui un désir qu'il croyait calmé. Il lut de la provocation dans son impudeur, mais elle se montrait pourtant seulement naturelle.

– Viens ici, lui ordonna-t-il.

Elle s'approcha du lit et, comme elle lui laissait prendre sa main, il l'attira à côté de lui où elle se hâta de se blottir dans ses bras.

– Crois-tu que nous puissions jamais avoir assez l'un de l'autre? murmura-t-elle.

– Il y faudra une vie entière, et encore...

– Nous aurions déjà pu partager tant de choses, dit-elle avec regret.

– Ne regarde pas en arrière. Oublions le passé et ne songeons qu'à l'avenir, dit-il en se renversant sur elle.

– Oui.

Elle passa doucement la main sur ses hanches, effleurant la cicatrice creusée par l'impact de la balle. Elle voulait croire que c'était possible.

Ayant enlevé le couvert du dîner, Ruth remit la toile cirée en place et essuya les miettes du repas. On frappa à la porte de la maison qu'elle partageait avec son père. Dieu sait si, ce soir-là, elle ne souhaitait pas recevoir une visite.

– Papa, il y a quelqu'un à la porte. Veux-tu aller voir? cria-t-elle à son père, dans la pièce de devant, en se déplaçant avec bruit dans la cuisine pour faire croire qu'elle était occupée.

Comme on frappait une nouvelle fois en vain, elle sortit de la pièce et constata que son père s'était endormi dans son fauteuil. Il n'entendait plus très bien. Impatientée, elle vint lui secouer l'épaule pour le réveiller.

– Il y a quelqu'un à la porte, papa.

– Qui? Oh! tu ferais mieux d'aller voir toi-même! Ruth.

Mécontente, elle fit un effort pour redonner à ses traits crispés une sérénité apparente et ouvrit la porte. Virg Haskell se tenait sur le seuil, faisant tourner son chapeau dans ses mains. Effondrée, elle qui avait espéré qu'il s'agissait d'un ami de son père, venu pour une partie d'échecs, avec qui, en tout cas, elle n'aurait pas à bavarder, elle ne put lui refuser d'entrer. Avec un grand sourire, habitué à être bien reçu, il se présentait à sa porte et sans enthousiasme, elle l'introduisit auprès de son père, qui se souleva péniblement pour accueillir celui qu'il considérait comme le soupirant de sa fille.

– Ne vous dérangez pas, monsieur Stanton, s'écria le cow-boy en se précipitant pour serrer la main du vieil homme.

– Pas besoin de vous demander quel bon vent vous

amène, dit Stanton en clignant de l'œil à l'attention de Ruth, sa mauvaise vue l'empêchant de remarquer le visage fermé de celle-ci.

– Il fait bon dehors, c'est la pleine lune cette nuit. Je pensais que Ruth pourrait venir faire un tour, dit-il en tournant vers la jeune fille le regard candide de ses yeux brillants dans son visage mat.

– Je ne peux pas, ce soir. J'ai... j'ai des convocations à préparer pour demain...

– Tu feras ça en deux temps trois mouvements, rétorqua son père. Tu n'auras qu'à t'y mettre en rentrant, va faire une petite promenade avec ce jeune homme.

Faute de prétexte et ne pouvant dire qu'elle n'avait pas envie de sortir avec Virg, Ruth se trouva obligée d'accepter. Elle gagna du temps en déclarant qu'elle avait besoin d'un châle.

Il lui fallut très longtemps pour passer un vêtement, mais Virg l'attendait toujours sur le pas de la porte quand elle se présenta enfin. Ils s'éloignèrent sur une stupide boutade du père leur souhaitant une bonne promenade.

Le seul avantage de la situation était que Virg parlait beaucoup, surtout de lui, et qu'elle n'avait guère de rôle à jouer dans la conversation. Tandis qu'ils se promenaient au clair de lune, elle laissait couler le flot de paroles qu'elle ne prenait même pas la peine d'écouter, et elle regardait la façade de la Grande Maison. Une seule fenêtre y était éclairée au premier étage. Frappée au cœur, elle ralentit le pas et s'arrêta.

Soudain, le visage de Virg s'interposa entre elle et cette vision et ses lèvres, sur les siennes, imprimèrent un baiser violent. Elle y répondit, se donnant un instant l'illusion qu'il s'agissait d'un autre mais, comme il se faisait trop insistant, elle le repoussa.

– Ruth, murmura-t-il d'une voix rauque, en essayant de la ramener à lui. Je ne peux plus tenir. Je t'ai si souvent demandé de m'épouser! Que faut-il que je fasse pour que tu acceptes?

Elle le regarda, soudain frappée par l'immense vide de l'existence qui s'offrait à elle. Une femme célibataire, ça ne compte pas, à quoi bon vivre alors? La pensée de n'être désirée de personne lui fut soudain insupportable. Plutôt épouser un homme que l'on n'aime pas, c'était une question de vie ou de mort.

– Redemande-le-moi, Virg. Maintenant, je peux te répondre.

24

Lilli agitait la main pour faire miroiter au soleil son anneau d'or et admirer les jeux de lumière sur ce précieux symbole de son mariage. Elle se demanda si toutes les jeunes épousées subissaient la même fascination. Malgré la fraîcheur de ce jour de novembre, elle s'était refusée à recourir à la chaude protection des gants, qui auraient caché le joyau qu'elle portait avec tant de fierté.

Un sourire intérieur étirait ses lèvres, tandis qu'elle supervisait le chargement de ses achats dans le boghei. Son manteau au col montant, coupé dans un épais lainage vert, mettait en valeur le bleu profond de ses yeux et les reflets cuivrés de sa chevelure.

– Désirez-vous encore quelque chose, madame Calder?

– Ce sera tout, je vous remercie, monsieur Ellis, répondit-elle, heureuse de s'entendre appeler par son nouveau nom, et son sourire s'agrandit.

Elle remarqua qu'il la regardait, l'air de s'interroger sur les raisons de la secrète satisfaction qu'exprimait son visage. D'après Webb, les hommes se posent souvent ce genre de questions.

– Revenez nous voir, nous sommes à votre disposition, dit-il en retournant dans son magasin.

Lilli aspira longuement l'air froid et revigorant. Dans l'état d'esprit où elle se trouvait, la poussière même n'aurait su ternir l'éclat du monde autour d'elle. Webb devait la rejoindre au restaurant dans une vingtaine de minutes. Elle était en avance, mais elle s'y dirigea en espérant que Webb aimerait les tissus qu'elle avait choisis.

– Je n'aurais pas cru que vous auriez le front de vous montrer dans cette ville!

La voix froide et méprisante la cingla au visage. Elle faillit trébucher et s'arrêta pour affronter Franz Kreuger qui s'avançait vers elle.

– Bonjour, monsieur Kreuger, dit-elle, la tête droite. J'ai appris que vous aviez un nouveau fils. Félicitations. J'espère qu'Helga se porte bien.

C'était le Dr Simon Bardolph, venu s'assurer du rétablissement d'Abe Garvey, qui lui avait appris la nouvelle.

– Une garce effrontée comme vous n'a pas le droit de prononcer son nom. Stefan était à peine enterré que vous vous fourriez déjà dans le lit d'un autre homme. Vous ne respectez pas les morts!

N'ayant aucune raison de tolérer ces scandaleux propos, Lilli voulut poursuivre son chemin, mais il lui barra la route. Raidie par la fureur, elle ne voulait pas lui donner la satisfaction de s'imaginer que ce qu'il disait avait la moindre prise sur elle.

– Stefan était un homme bon et loyal. Il méritait mieux qu'une traînée adultère telle que vous. C'est vous qui l'avez tué!

– On vous a mal informé, monsieur Kreuger, répliqua-t-elle froidement. C'est la typhoïde.

– A cause de vous, reprit-il en lui lançant un regard de dégoût, il n'osait plus lever la tête en compagnie de ses amis. Et maintenant, vous vous promenez dans la ville avec vos beaux habits et vos airs de grande dame, mais aucune honnête femme ne voudra vous adresser la parole.

Comme il parlait de plus en plus fort pour attirer l'attention des passants et l'humilier publiquement, Lilli voulut mettre fin à cette rencontre :

– Votre opinion m'a beaucoup intéressée, monsieur Kreuger, mais je vous prie de m'excuser, mon mari m'attend.

Il resta en travers de sa route :

– Vous vous figurez être devenue quelqu'un d'important sous prétexte que vous avez épousé un Calder! lança-t-il.

– Je ne pense rien de tel! s'écria-t-elle d'une voix vibrante de colère. Veuillez me laisser passer.

– Allez retrouver votre mari, poursuivit-il en prenant une hideuse expression de haine. Les trottoirs sont pour les gens décents et respectueux de la parole de Dieu. Marchez sur la chaussée, dans le ruisseau d'où sortent les femmes comme vous!

Sa voix claironnante portait loin dans l'air calme. Secouée d'une rage froide qui la faisait trembler, elle eut envie de le frapper, de lui faire rentrer dans la gorge ces ignobles paroles, mais elle se rendait compte que c'était précisément ce qu'il attendait.

– Peut-être y rencontrerai-je moins de braillards stupides que sur le trottoir! s'écria-t-elle, aveuglée par la colère.

Elle eut la surprise de voir soudain une grande main s'abattre sur l'épaule de Kreuger et le faire tournoyer. Webb, le visage tordu par la rage, lança son poing à toute volée dans le visage de son adversaire qui s'écroula à ses pieds. Il saisit ensuite Lilli par le bras et l'entraîna avec lui.

Mais Webb n'avait pas fait deux pas qu'il se sentit saisi par-derrière. La force de l'élan projeta les deux hommes sur la terre durcie. Noués l'un à l'autre dans une furieuse mêlée, chacun d'eux pesait tour à tour de tout son poids et de toutes ses forces sur son adversaire, essayant de prendre l'avantage. Usant d'une féroce technique, Kreuger faisait jouer épaules et genoux, encouragé par les assistants, tous de son parti, qui s'étaient attroupés pour assister au combat. Ils entouraient Lilli qui ne vit que des visages hostiles. Désavantagé par la taille, Kreuger égalait Webb par la promptitude et la force.

Echappant à son étreinte, il se releva et se retrouva sur pied alors que Webb était encore à genoux. Il vit la botte arriver sur lui assez tôt pour pouvoir la bloquer de son bras et faire porter le choc sur son épaule. Il se lança alors en avant, sachant qu'il ne devait pas sous-estimer l'ennemi. Son poing s'écrasa avec force sur la tempe de Kreuger, encore penché sur lui.

L'ardeur de la lutte, le rythme accéléré de son sang dans ses veines, la satisfaction de voir ses coups porter au but, tout lui procurait une sensation de bien-être physique, une sorte d'exaltation. Il frappait Kreuger à la poitrine et à l'abdomen, dans un effort qui le rendait haletant. Réussissant à écarter un bras pour opérer une ouverture, Kreuger lui assena une dégelée de coups sur le visage. Sa lèvre éclatée laissa gicler le sang qui lui emplit la bouche. Un punch rapide agrandit la blessure, Webb vacilla en arrière et se heurta la tête.

Il attendit la nouvelle attaque. Kreuger bondit pour le coup de grâce mais Webb s'était penché de côté, un genou levé visant le bas-ventre. Profitant de ce que son adversaire laissait tomber les bras, il lui envoya son poing dans le nez : les os craquèrent. Un autre swing lui ouvrit le front, frappant plus bas, Webb atteignit les côtes.

Kreuger était capable de lui piétiner le visage et de lui arracher les yeux, aussi se montra-t-il sans pitié. Lui voyant la langue pendante et les yeux vitreux, il l'empoigna par le col de sa veste pour le maintenir debout, car ses jambes ne le soutenaient plus.

– Arrête, Webb! Arrête! Laisse-le!

La voix de Lilli, dont les mains s'accrochaient à lui

pour lui faire lâcher prise, lui parvint et s'imposa à lui malgré la rage qui l'habitait. Ses doigts desserrèrent leur étreinte et il recula en chancelant tandis que l'autre s'écroulait à terre, inconscient. Tous les muscles de son corps se mirent à trembler, tandis que la douleur commençait à irradier de ses blessures. Il porta la main à sa bouche et se rendit compte qu'elle était rouge de sang. Il respirait lourdement et avec peine.

Deux hommes en blouse de paysan se penchèrent sur Kreuger pour le relever. Quand Webb les vit, il parcourut des yeux le cercle des assistants et ne lut qu'hostilité et rancune sur leurs visages. Il sentit Lilli lui serrer le bras, affrontant les mêmes regards avec défi.

– Quelqu'un ferait bien d'aller chercher un médecin pour lui, dit-il d'une voix cassée, en désignant Kreuger. Laissez passer ma femme, ordonna-t-il ensuite aux hommes qui bloquaient l'accès au restaurant.

Personne ne bougea. Il y eut des murmures et, enfin, ils s'effacèrent devant elle. Il entoura de son bras la taille de Lilli et il la suivit. Elle marchait les épaules droites et la tête haute. La fatigue gagnait Webb mais il avançait entre deux rangs d'hommes au regard mauvais, impassible.

Arrivé en haut des marches, il sentit l'atmosphère se détendre. Lilli ouvrit la porte et entra après lui avoir lancé un œil où brillait un éclair de colère dont il s'étonna.

– Assieds-toi, lui ordonna-t-elle.

Avant qu'il ait eu le temps d'obéir, elle donnait déjà, d'une voix brève, des instructions à la serveuse. Il s'amusa de la façon dont elle faisait marcher tout le monde, impressionnant les gens par son comportement déterminé. Mais le sourire qu'il ébaucha rouvrit la coupure de sa lèvre inférieure, qui se remit à saigner.

Quand la cuvette d'eau chaude et le linge qu'elle

avait demandés furent apportés sur la table, elle se mit en devoir de nettoyer les écorchures; son toucher était léger mais dans ses yeux étincelait une colère réprimée. Il l'observa de tout près quand elle s'occupa de sa lèvre fendue, se concentrant sur sa tâche. Puisqu'elle avait arrêté le combat, il supposa qu'elle était furieuse qu'il ait eu lieu et tenta de lui en expliquer la nécessité.

– Si je l'avais laissé te traiter ainsi, Lilli, on n'aurait jamais pu l'arrêter. C'est lui qui m'a forcé à me battre. Il fallait mettre fin à...

– Je sais, l'interrompit-elle.

– Je te croyais furieuse parce que je m'étais battu contre lui, dit-il, décontenancé.

– Je le suis, répondit-elle en essorant le linge d'un geste brusque. J'aurais aimé le frapper moi-même, expliqua-t-elle rageusement. C'est la première fois de ma vie que je regrette de n'être pas un homme.

– Je suis content que tu ne le sois pas, plaisanta-t-il, le regard rêveur.

Soucieuse, elle laissa son geste en suspens et dit :

– Je n'aurais pas dû t'empêcher d'aller jusqu'au bout, Webb. Tu ne connais pas Franz Kreuger aussi bien que moi. C'est à cause de lui que Stefan a tiré sur toi. Je suis sûre que, s'il n'avait pas été là, Stefan aurait réagi tout autrement.

– C'est du passé. N'oublie pas qu'il ne faut pas revenir sur le passé.

– Je ne l'oublie pas, dit-elle mais, en son for intérieur, elle savait que ce n'était pas possible.

– As-tu terminé tous tes achats? demanda-t-il pour changer de sujet.

– Oui. J'ai acheté un tissu bleu pour me faire une robe pour le mariage de Ruth. J'espère qu'il te plaira, répondit-elle avec un entrain forcé.

Une éternité semblait s'être écoulée depuis le moment où elle avait fait déposer ses achats dans le boghei.

Il pressa un doigt sur sa lèvre pour voir si elle lui faisait encore mal, mais le pli qui se creusait sur son front avait une autre cause.

– J'espère que Ruth sait ce qu'elle fait.

– On dirait que tu n'approuves pas son mariage avec Virg Haskell, dit-elle vivement.

– Tu connais un homme qui est d'accord sur l'homme que sa sœur choisit pour époux? rétorqua-t-il en pinçant les lèvres sans trop de dommage pour sa blessure.

La porte du restaurant s'ouvrit et le sheriff Potter fit son entrée. Il repéra Webb d'un coup d'œil et se dirigea vers sa table. Prenant tout son temps, il enleva son chapeau et enregistra rapidement les dégâts visibles sur le visage meurtri et contusionné.

– J'ai été appelé chez le docteur, dit-il. Kreuger a le nez écrabouillé et quelques côtes cassées. Il n'est pas beau à voir, mais ça s'arrangera.

Webb accueillit l'information sans commentaire. Le sheriff lui dirait de lui-même ce qu'il avait à dire et Webb, quant à lui, n'avait pas l'intention de se justifier d'avoir engagé ni gagné la bagarre.

– J'ai été appelé ici pour assurer le maintien de la paix, déclara Potter. Je ne veux pas de bagarres.

– Nous sommes du même avis. Mais Kreuger semble avoir du goût pour ça. Ce n'est donc pas à moi qu'il faut le dire.

Potter l'écoutait; les mots lui importaient peu, il s'attachait plutôt à l'assurance, à la fermeté du ton. La bataille entre les deux hommes ne l'intéressait pas. Le docteur en remettait un en état, l'autre était soigné par son épouse d'un mois. Mais l'insigne qu'il portait l'obligeait à faire acte de présence au nom de l'ordre et de la loi. Il avait son idée sur les responsabilités, mais il estimait qu'il avait tout à gagner en laissant les hommes régler eux-mêmes leurs différends. Tant qu'il ne s'agissait pas de vol et que ni femmes ni enfants n'étaient blessés, ce n'était pas son affaire.

– Je lui parlerai, se contenta-t-il de dire, sous-entendant qu'il pensait à Kreuger.

Sachant que la femme de Calder avait été mariée au meilleur ami de celui-ci, il avait son idée de la cause de la bagarre. Il salua Lilli poliment et, sans hâte, il remit son chapeau et se dirigea lentement vers la porte.

Le mariage de Ruth eut lieu peu après le nouvel an. La simple cérémonie se déroula dans la Grande Maison, en présence des familles de tous les employés du ranch. Blanche et tremblante, elle prononça les paroles sacramentelles. Elle avait les yeux secs, toutes ses larmes avaient été versées dans les mois précédents. Elle réussit même à sourire quand Webb la félicita.

Un mariage en hiver offre aux cow-boys un bon prétexte à se déchaîner et ils se chargèrent de donner de l'animation à la réunion tout au long de la journée et de la soirée. Malgré le froid et la neige, ils vinrent tirer les jeunes mariés de la maison qu'ils devaient partager avec le père de Ruth, les entraînant à grand bruit dans une folle sarabande au cœur de la nuit glaciale. Lilli et plusieurs des autres épouses vivant au ranch avaient préparé des rafraîchissements, et la fête se termina longtemps après minuit.

Pour Ruth, ce fut certainement le plus long jour de sa vie. L'anneau d'or à son doigt lui semblait toujours froid et étranger à elle. Quand Virg ferma la porte sur le dernier de ses amis, elle le regarda, consciente de son mensonge. Elle baissa les yeux quand il la regarda à son tour et se mit à s'affairer dans la pièce pour y mettre de l'ordre.

– Quel fouillis, ici! murmura-t-elle quand il vint prendre ses mains pour l'empêcher de continuer.

– Demain, tu auras tout le temps, insista-t-il. Je crois que nous devrions suivre l'exemple de ton père, qui considère, lui, que c'est la nuit.

Son père s'était retiré dans sa chambre depuis déjà

plus de vingt minutes. Virg la conduisit à la porte de l'autre chambre, la leur, et elle ne résista pas. C'était une petite pièce, à peine suffisante pour contenir le grand lit recouvert d'une couette et la commode à toilette.

Quand il lâcha sa main, elle s'approcha du miroir pour défaire son chignon et tresser sa natte, comme tous les autres soirs de sa vie. Mais, cette fois, elle ne se coucherait pas seule avec ses rêves de Webb. Elle partagerait le lit de son mari. Dans le miroir, elle le vit desserrer le nœud de sa cravate. Il n'était plus question de regrets, plus jamais.

En brossant machinalement ses cheveux d'or pâle, elle suivait avec attention les mouvements du long jeune homme musclé qui enlevait sa jaquette, levait le menton pour détacher le col empesé de sa chemise blanche. Ce faisant, leurs regards se rencontrèrent, et il la fixa intensément avec une expression possessive.

– Quelle impression extraordinaire! Je te regarde et je sais que tu es Mme Virgil Haskell, dit-il en souriant. Me voilà maintenant un homme marié, avec une femme sur qui veiller... et plus tard, une famille. On voit les choses différemment à partir de ce moment-là.

– Que veux-tu dire?

Elle lui répondait, puisqu'il semblait attendre d'elle une réponse, mais elle répondait par une question. C'était plus facile et cela l'incitait à continuer à parler sans qu'elle ait à participer à la conversation.

– Ton père m'a dit qu'il avait quelques économies pour toi. On pourrait peut-être s'en servir pour s'acheter une petite maison à nous. Avec le salaire d'un cow-boy, ça ne me sera pas facile de t'entretenir convenablement.

Ruth n'avait jamais envisagé de quitter le ranch. Et elle n'y songeait pas. C'était son foyer; tous ses amis s'y trouvaient... Webb aussi.

– La santé de mon père n'est pas très bonne,

murmura-t-elle. Il faut que je reste ici pour veiller sur lui. Avec ce que je gagne comme institutrice...

– Mais je ne veux plus que tu fasses l'école. Tu es ma femme. Ta place est à la maison, pour t'en occuper et élever notre famille. Quel homme serais-je si je n'étais pas capable de subvenir aux besoins de ma femme? Je n'ai aucune chance d'arriver à être autre chose qu'un cow-boy, dans ce ranch. Les gars venus du dehors, Calder n'en fait jamais des chefs d'équipe. Les seuls qui s'élèvent à de tels postes sont ceux dont les pères ont travaillé avec le sien.

– Je te trouve injuste à l'égard de Webb, ne put-elle s'empêcher de dire. Si tu disais que tu aimerais devenir chef d'équipe, je suis sûre qu'il prendrait la chose en considération.

Virg se leva et s'approcha du miroir, en chaussettes, pour poser ses mains sur les épaules de Ruth.

– Peut-être que si toi, tu lui parlais, il t'écouterait. Mais il n'a pas une très haute idée de moi.

– Ce n'est pas vrai, s'écria-t-elle en se retournant vers lui, prenant comme toujours la défense de Webb. Je l'ai entendu dire aux autres que tu travaillais dur et qu'on pouvait compter sur toi!

– La semaine prochaine, par exemple, pourquoi ne lui dirais-tu pas un mot pour lui suggérer de me nommer chef d'équipe? Essaie de tâter le terrain... Au besoin, je lui parlerai moi-même, si l'occasion se présente. Il n'y aurait plus de raison de partir d'ici, si j'avais un salaire convenable.

– Oui..., je lui parlerai, convint-elle.

Elle était surtout désireuse de ne pas quitter le ranch.

– Voilà qui est parler en bonne épouse, dit-il en souriant et, après avoir posé sur ses lèvres un baiser, il se mit à déboutonner sa chemise.

Mais elle savait qu'elle n'était pas sa bonne épouse et, décidée à faire comme si elle l'aimait ainsi qu'il l'entendait, elle lui promit de l'être.

– Commence donc alors à dégrafer ta robe, lui dit-il en s'arrêtant au milieu de son propre déshabillage. A partir de cette nuit, tu m'appartiens, et à personne d'autre!

Même pas à Webb Calder. Virg avait toujours su de quoi il retournait à son sujet. Ruth ne devenait son épouse que par défaut, mais il avait la certitude d'avoir gagné la partie. Elle était à lui, et c'est ce qu'il avait toujours désiré, elle portait son nom et porterait ses enfants. Et elle finirait par l'aimer.

Quand, ayant fait glisser sa robe à ses pieds, elle se dressa devant lui seulement vêtue de son jupon de dentelle, Virg Haskell tendit les bras pour s'emparer de ce qui lui appartenait légalement. Cette nuit, le corps de Ruth connaîtrait le sien, et il en serait ainsi toutes les nuits à venir.

L'hiver se révéla l'un des plus cruels qu'on ait vus depuis une trentaine d'années. Il causa des ravages à la prairie. Le *chinook,* ce vent sec et chaud qui souffle des Rocheuses, se manifesta en retard, quand il daigna se manifester. Ce n'est qu'en mars que le froid cessa de sévir et, au ranch des « Trois C », on profita de l'adoucissement de la température pour inventorier les pertes et prendre la mesure des dégâts, probablement importants.

Quittant le groupe de cavaliers dont les montures avaient encore leur épais pelage d'hiver, Webb se dirigea vers la maison des Stanton et frappa à la porte. Invité à entrer, il fut accueilli par Ruth, troublée par sa visite inattendue et qui l'invita à s'asseoir, lui proposant une tasse de café qu'il refusa. Il n'était là que pour quelques instants et ne prit même pas le temps d'ôter son feutre.

– Nous allons inspecter les troupeaux. Je suis venu te demander de vouloir veiller sur Lilli en mon absence. Elle ne se sent pas très bien cette semaine.

– Ah oui! s'exclama Ruth.

Elle posa la main sur son ventre de femme enceinte : des malaises matinaux la laissaient faible et tremblante pour le reste de la journée.

Webb secoua la tête :

– Quand elle se lève, le matin, elle est bien, mais l'après-midi, elle ne peut plus rien avaler. J'ai envoyé des gars en ville pour tâcher d'intercepter Simon quand il fait ses visites. Elle prétend que tout va bien, mais... je rentrerai tard ce soir et je me sentirais plus tranquille si je savais que tu vas passer la voir.

– Bien sûr que j'irai, assura Ruth, qui se demandait pourquoi il ne disait rien de l'augmentation prochaine de sa famille.

Virg devait l'en avoir informé. Il en était assez fier, plus heureux même que lorsque Webb l'avait nommé chef d'équipe.

– Merci, Ruth.

Un sourire de soulagement éclaira un instant son visage puis, la main sur la poignée de la porte, il se retourna :

– J'ai appris la nouvelle. Félicitations. Tu feras une bonne mère.

Mais pas pour ton enfant, songea-t-elle, chassant vivement cette pensée. Heureuse pourtant d'avoir enfin un être sur qui reporter tout l'amour qu'elle tenait en réserve, elle reconnut que c'était en effet une grande joie pour eux.

– J'en suis sûr, dit-il en la regardant avec attention.

Il n'aurait su dire avec précision ce qu'il n'aimait pas chez Virg Haskell. C'est uniquement pour faire plaisir à Ruth qu'il avait pour une fois fait preuve de favoritisme à son profit. Il n'avait jamais rien trouvé à redire à son travail, mais il ne l'estimait pas digne de Ruth.

Portant un doigt à son chapeau, il quitta la maison, sa maison à elle, pour lui elle ne serait jamais celle d'Haskell. C'était elle qui, comme lui, était enracinée en ce pays.

Lilli ne pouvait se souvenir de s'être sentie aussi mal de toute sa vie. Elle attendait anxieusement le verdict du docteur en train de l'examiner. Mais son visage ne trahissait rien d'autre que l'attention.

– Je ne comprends pas, docteur...

– Simon, la corrigea-t-il avec un petit sourire.

– Le matin, je me sens bien et puis, juste après le déjeuner, je commence à avoir mal au cœur, j'ai le vertige et je suis si faible que je ne peux pas me tenir debout. Pouvez-vous me donner quelque chose, un médicament contre ça? Je crois que Webb commence à en avoir assez de faire lui-même son dîner chaque soir.

– J'ai l'impression qu'il ferait bien de s'y habituer, dit Bardolph en se relevant, une lueur amusée dans les yeux.

– Que voulez-vous dire? demanda-t-elle, inquiète et n'osant trop remuer la tête pour ne pas voir de nouveau tout tourner autour d'elle.

– Je vous soupçonne d'être enceinte, lui annonça-t-il avec un sourire qui s'épanouit lentement sur son visage.

– Mais...

Elle n'osait y croire. Après toutes ces années de stérilité avec Stefan, elle s'était demandé si elle serait capable un jour de porter un enfant.

– C'est encore très tôt pour l'affirmer, mais j'en suis à peu près certain. Tout semble l'indiquer. Les malaises de la grossesse ne se manifestent pas toujours dans la matinée. Certaines femmes n'en ont pas.

Lilli se mordit les lèvres, essayant de contenir l'excès de joie qui l'inondait. Et elle étreignit la main du médecin, incapable d'exprimer son émotion par des paroles.

– Webb est-il rentré? J'ai tant envie de le lui dire!

– Je vais voir ça avec Ruth. Je pense qu'elle est toujours en bas, dit-il, souriant et un peu soulagé de sa fatigue. Si vous pouviez, toutes les deux, avoir pitié d'un pauvre médecin surmené, vous tâcheriez de vous arranger pour avoir votre bébé le même jour, comme ça je n'aurais pas à faire deux fois le voyage jusqu'ici pour l'accouchement.

– Nous verrons ce que nous pouvons faire à ce sujet, promit-elle en riant.

Dès qu'il fut sur le palier, il vit Ruth monter l'escalier et la mit en garde contre sa hâte. Elle s'arrêta brusquement :

– On a besoin de vous, Simon, tout de suite, murmura-t-elle, anxieuse. Shorty s'est bagarré en ville, il est en mauvais état. Slim l'a ramené.

A ses débuts dans ce pays perdu, il se précipitait quand on l'appelait ainsi auprès d'un patient, mais il avait appris à ménager ses forces. Il s'agissait rarement d'une question de vie ou de mort.

Le cow-boy qui le réclamait présentait un bel assortiment de coups et blessures, dont une épaule démise, des côtes fêlées, des doigts cassés et une profonde coupure nécessitant quelques points de suture, plus de nombreux hématomes qui se résorberaient d'eux-mêmes. On ne l'avait pas ménagé, mais il semblait plus atteint qu'il ne l'était en réalité. Simon examinait ses côtes et son épaule quand Webb arriva.

A première vue, il ne reconnut pas Shorty Niles, défiguré par ses yeux au beurre noir à demi fermés et des ecchymoses sur tout le visage. Un bandage entourait son torse, un autre, d'où suintait le sang, couvrait son avant-bras. Ses lèvres tuméfiées saignaient en plusieurs endroits et il lui manquait deux dents sur le devant. Seule sa petite taille permettait de l'identifier.

– Que s'est-il passé? demanda Webb au médecin,

puis à Slim Trumbo qui, visiblement, avait participé à la bataille.

– Il est moins mal qu'il y paraît, dit Bardolph en tendant sa chemise à Shorty après avoir assujetti un dernier pansement. Mais je te prie de croire qu'il doit souffrir!

– Comment est-ce arrivé? insista Webb.

Il ne s'adressait qu'à ses deux hommes qui, Slim aidant Shorty à se rhabiller, évitèrent tous deux son regard.

– Ils se sont bagarrés en ville, dit Simon en refermant sa trousse.

– Avec qui?

Le médecin haussa les épaules d'un air d'ignorance. Slim, gêné, regardait son camarade.

– Dis donc, Shorty, ils t'ont mis la figure en bouillie! s'exclama Webb, tandis que celui-ci bafouillait quelque chose où surnageait le mot de « personnel », mais ses dents ébréchées et ses lèvres contusionnées rendaient ses propos inintelligibles.

– Tu étais avec lui, Slim. Alors, dis-moi ce qui s'est passé.

– Tu sais comment est Shorty. On lui dit un mot qui ne lui plaît pas, et il fonce. Avant que j'aie compris ce qui se passait, ils lui tombaient tous dessus.

– Qui?

– Ben quoi, des péquenots, répondit Slim, sans donner de noms.

– Kreuger et ses amis?

Slim baissa les yeux sur ses bottes et lança un coup d'œil à Shorty, qui secoua négativement la tête pour l'inciter au silence.

– On n'a pas saisi leurs noms. Ils ne se sont pas donné la peine de se présenter.

– Cessez de mentir, dit sévèrement Webb, qui commençait à avoir une idée sur l'origine de l'incident. Vous feriez bien de reconnaître qu'il s'agissait de Kreuger et de me répéter ce qu'il a dit.

– Il a dit quelque chose que Shorty n'a pas apprécié, c'est tout. Je crois qu'il faut emmener Shorty au dortoir.

– Qu'a dit Kreuger? répéta Webb. Est-ce que ça concernait ma femme?

Slim passa sa langue sur ses lèvres mais ne dit mot; Shorty se décida à parler, articulant du mieux qu'il put :

– Ce salaud racontait des mensonges.

– Slim! Qu'a dit Kreuger?

– Des foutaises! Que tu fricotais avec elle quand elle était encore avec son mari et qu'il t'a tiré dessus. Shorty a voulu lui faire fermer sa gueule, et... Personne n'écoute ce que dit ce Kreuger. Il parle pour ne rien dire.

– Oui, conclut sèchement Webb.

Ses soupçons se trouvaient confirmés et la colère montait en lui.

Simon salua de la tête les deux cow-boys qui s'en allaient, l'un soutenant l'autre. Webb n'essaya pas de les retenir. Il en savait assez pour reconstituer toute l'affaire.

– Dis donc, Webb, tu n'aurais pas un peu de bon whisky à la maison? s'enquit le médecin. J'en prendrais bien un verre, à titre purement médical, bien sûr.

– Il y en a dans le bureau, répondit machinalement Webb, dont la pensée se concentrait sur Franz Kreuger.

Ce type ne voulait pas entendre raison. De toute évidence, la volée qu'il avait reçue l'automne dernier n'avait rien changé à ses dispositions. Inutile d'essayer de le faire taire. Il continuerait à répandre ses calomnies. Il n'y avait rien d'autre à faire que tenir Lilli à l'écart de tout ça.

– Et comment va Lilli? demanda-t-il tout à coup.

– Ça va s'arranger.

– Et qu'est-ce qui ne va pas?

– Je lui laisse le soin de te le dire. Je vais me verser un peu de ton whisky pendant que tu montes la voir. Elle t'attend avec impatience.

Simon Bardolph s'attarda dans le living-room pour écouter les pas de Webb gravissant l'escalier. Une lueur d'envie passa dans ses yeux quand il se tourna pour entrer dans le bureau.

25

Le soleil se levait, répandant son glorieux éclat orangé sur une prairie aux couleurs ternes, car l'épaisse couche d'herbe séchée par la longue canicule de l'été précédent étouffait encore les jeunes pousses. Le calendrier indiquait pourtant que le printemps était déjà passé, cédant la place à l'été.

Sa tasse à la main, debout à la fenêtre de la salle à manger, Webb contemplait le triste paysage où la poussière donnait à l'ensemble une teinte uniforme. L'atmosphère même en était assombrie. Une fine couche grisâtre recouvrait tout, à l'extérieur comme dans les maisons, où elle retombait sur les meubles aussitôt qu'ils avaient été essuyés.

A plusieurs reprises, de sombres nuages avaient obscurci le ciel et une relative humidité avait atténué la sécheresse de l'atmosphère. Des coups de tonnerre, quelques éclairs, et le vent avaient eu tôt fait de redonner au ciel sa cruelle pureté. Les petits cours d'eau étaient à sec et le niveau des fleuves baissait de façon alarmante.

Pendant tout le printemps et une partie de l'été, on n'avait cessé de déplacer le bétail. Webb ne pouvait courir le risque de laisser, en quelque secteur que ce soit, paître les bêtes jusqu'à dénuder complètement la terre. Quand ils ne rabattaient pas des troupeaux d'un point à un autre du ranch, les hommes inspectaient l'état de la prairie et les possibilités d'irrigation.

Sur la totalité de sa surface, le ranch aurait pu s'enflammer comme de l'amadou. Il aurait suffi d'une étincelle, aussi était-il interdit de fumer et d'allumer des feux de camp. Des patrouilles de surveillance circulaient régulièrement à travers les « Trois C » et là où n'existait pas de pare-feu naturel, on en créait un.

Des bourrasques se déchaînaient souvent, cachant le soleil sous un voile poudreux comme si le crépuscule tombait au milieu du jour, et tout ce qui n'était pas solidement attaché s'envolait.

Webb vida sa tasse et se souvint du soir lointain où Bull Giles l'avait prévenu qu'il aurait à se battre pour conserver son ranch. Il ne s'était jamais attendu à devoir combattre la nature.

Entendant claquer sur le sol durci les sabots des chevaux qui s'approchaient de la maison, il alla poser sa tasse sur la table, s'apprêtant au travail quotidien. L'arrivée de sa femme, sortant visiblement du sommeil, l'arrêta dans son élan.

Ses beaux cheveux roux retombant en désordre sur ses épaules, il émanait d'elle une douceur de madone qui le toucha au plus profond de lui-même. La grossesse la rendait encore plus désirable et accentuait sa beauté. Elle nouait la ceinture de sa robe de chambre au-dessus de son gros ventre, et elle lui parut si émouvante qu'il se précipita au-devant d'elle pour l'enlacer et embrasser ses lèvres tendres, retrouvant sous ses doigts la minceur de son dos et de ses épaules.

– Les garçons sont là, dit-elle, mais il m'a semblé que j'avais le temps de prendre avec toi ma tasse de café.

– Tu ne rends pas facile le départ au travail, dit-il, luttant contre le désir qui montait en lui. Prends soin de toi!

– Oui, répondit-elle, se moquant du souci qu'il se faisait pour elle. Ruth vient cet après-midi et nous pourrons terminer la layette de nos bébés.

Du fait des longues absences de Webb au cours de ces saisons difficiles, une véritable amitié s'était nouée entre les deux jeunes femmes, toutes deux enceintes de leur premier enfant et toutes deux esseulées.

– Je n'aime pas te laisser si longtemps seule, dit-il, songeant qu'elle approchait de son terme.

– Tu as assez de choses en tête. Ne t'en fais pas pour moi ni pour le petit Chase Benteen Calder, dit-elle en caressant son ventre, lui rappelant la promesse qu'elle lui avait faite de donner à leur enfant le nom de son père.

– Ce sera un drôle de nom pour une petite fille, plaisanta-t-il en lui passant un index sur le bout du nez.

Elle rit, et son sourire s'attarda sur son visage après qu'il eut refermé la porte.

Un mouchoir protégeait son nez et sa bouche contre la poussière soulevée par les bêtes en marche et, à travers ce nuage nauséabond, il clignait des yeux pour distinguer les croupes rougeâtres des herefords. Il rejoignit ses compagnons, faisant craquer sous les sabots de son cheval l'herbe jaune et cassante comme de la paille.

Tirant sur les rênes, il arrêta sa monture, qui secoua la tête en renâclant bruyamment pour dégager ses naseaux de la poussière collante. Un vent sec soufflait à travers les touffes d'herbe morte qui retenaient le sol. Webb fit glisser le mouchoir autour de son cou. Il se tenait sur un monticule d'où il surplombait les alentours. A l'est serpentait la barrière qui marquait la limite du ranch. Si chez lui la prairie était en mauvais état, les champs de blé des fermiers offraient un spectacle encore plus lamentable.

Faute d'irrigation, il y poussait plus de chardons que

d'épis. Mais le plus désolant pour Webb, c'était encore les champs en jachère dont la terre nue et labourée s'éparpillait au gré du vent, élevant çà et là des dunes brunâtres qui se défaisaient pour se reconstituer ailleurs. Tout le long de la clôture, des plaques de terre s'accrochaient comme une neige brune; par endroits elles s'amoncelaient jusqu'au fil de fer barbelé. Cela pouvait faire présager le pire. Des pluies torrentielles survenant maintenant emporteraient toute la terre arable et, dans cette région, la couche n'était guère profonde.

– Je suis heureux que mon père ne soit pas vivant pour voir ça, s'écria-t-il d'une voix en colère.

Un autre cheval heurta le sien de la croupe, le faisant piétiner nerveusement. Nate abaissa son mouchoir pour lui demander ce qu'il avait dit mais Webb se contenta de secouer négativement la tête. Il regarda les autres cavaliers : tous, comme lui, avaient le visage strié de traînées noires partout où leur mouchoir ne les avait pas protégés. Virg Haskell avait enlevé son feutre pour s'éponger le front et il désigna le ciel :

– On dirait qu'il y a un nuage de pluie qui vient vers nous... Il est bizarre, hein?

Il changea en effet de couleur; de gris sombre, il prit une répugnante teinte verdâtre. La terreur s'empara de Webb, qui le fixa intensément, et lorsque la lumière du soleil le toucha sous un certain angle, il n'eut plus aucun doute :

– C'est un nuage de sauterelles!

Il exprimait tout haut ce que les hommes les plus expérimentés avaient déjà deviné.

Quand la nappe vivante des insectes passa au-dessus d'eux, leur vrombissement se fit plus intense et les chevaux manifestèrent des signes de nervosité, surtout lorsque les petites bêtes volantes se mirent à tomber sur eux en pluie. Elles s'abattirent sur le sol et dévorèrent voracement tout ce qui restait de la précieuse herbe, dont elles ne laissèrent pas un brin.

Les clôtures ne résistèrent pas à la ruée des troupeaux qui firent sauter les pieux et rompirent les grillages dans leur fuite éperdue. Les cavaliers durent lutter longtemps avant de retrouver la maîtrise de leurs chevaux. Le sol autour d'eux était couvert de sauterelles sur près de dix centimètres d'épaisseur. Ils se jetèrent à la poursuite du troupeau, mais leurs montures rechignaient à enfoncer leurs sabots dans cette masse grouillante sur laquelle ils glissaient.

Personne ne disait mot. Les cavaliers devaient constamment arracher de leurs vêtements les sauterelles qui s'y accrochaient; elles couvraient la terre et faisaient ployer sous leur poids les arbustes qui se dressaient çà et là. Rien ne subsistait après leur passage. Elles rongeaient et dévoraient tout dans un bruit de mastication et le bourdonnement métallique de leurs ailes.

La dévastation était totale. Il fallut une semaine pour rassembler le bétail dispersé et Webb constata alors toute l'étendue du désastre. Du fait de sa vaste superficie, le ranch ne souffrit que relativement peu de dommages, limités à la partie est du domaine. Mais, pour les fermiers, déjà durement éprouvés par la sécheresse, la situation tournait littéralement à la catastrophe.

Il ne restait pas un épi de blé. Les arbres ne portaient plus une feuille ni un bourgeon. Les branches jonchaient le sol, cassées par le poids des assaillantes. Détruits aussi les potagers amoureusement cultivés par les femmes qui avaient économisé l'eau pour les arroser. Et, une fois qu'elles en eurent terminé avec la végétation, les sauterelles s'attaquèrent aux bardeaux des toits, au cuir des harnais, aux vêtements, aux barrières, faisant tout disparaître pour satisfaire leur appétit féroce.

Leur multitude se répandit partout : elles envahirent les cabanes, mangeant la nourriture dans les plats, les rideaux aux fenêtres, grouillant sur le dos des animaux affolés et incapables de s'en débarrasser, tandis que les enfants hurlaient de terreur à l'idée qu'ils risquaient d'être dévorés, eux aussi. Certains fermiers, plus combatifs, essayaient de les écraser pour sauver le peu qui restait. Ils serraient le bas de leur pantalon avec des ficelles pour empêcher les insectes de monter le long de leurs jambes. Armés de pelles, ils en firent des tas sur lesquels ils versèrent du pétrole pour les faire brûler. Ils coupèrent en morceaux des citrons qu'ils répandirent par terre, saupoudrés d'arsenic, mais les sauterelles mangèrent aussi cette mixture empoisonnée sans disparaître pour autant.

Quand, avec les autres cow-boys, Webb ramena le troupeau reconstitué à travers les lieux de leurs exploits, il constata que les résultats du passage de la horde étaient aussi épouvantables que leur premier assaut. L'air empestait de leur odeur. L'eau qui coulait encore dans quelques rivières avait pris une teinte brunâtre et, charriant leurs déjections, n'était plus potable. Les puits qui n'étaient pas encore à sec ne contenaient plus qu'une eau inutilisable.

Ce soir-là, Webb se savonna de la tête aux pieds pour se débarrasser de la puanteur et faire disparaître la sensation du contact répugnant des insectes. A peine s'il put parler à Lilli. Ce n'est que lorsqu'il se retrouva au lit, lumière éteinte et l'entourant de ses bras, qu'il se décida à lui décrire ce qu'il avait vu.

Sa voix ne trahissait aucune émotion, mais une larme roula le long de sa joue. S'il détestait les fermiers pour le mal qu'ils avaient fait au pays, il avait pitié d'eux à cause des dégâts qu'ils venaient de souffrir. A ces sentiments antagonistes s'ajoutait son soulagement d'avoir été en grande partie épargné par le fléau et que Lilli fût avec lui, à l'abri de l'horreur qu'elle aurait connue si elle avait encore été avec son premier mari.

– Dieu merci, le pire est passé, murmura-t-elle quand il eut fini.

– Je n'en suis pas sûr. Ce que la sécheresse n'a pas détruit a été la proie des sauterelles. Il ne reste rien pour retenir la terre arable. Des milliers d'acres vont être balayés par le vent. Mais il y a plus. Ces insectes ont pondu des œufs. Ils écloront au printemps prochain et il faudra recommencer à les combattre. La sécheresse, la pestilence, quand cela finira-t-il? murmura-t-il, pensif.

Elle se blottit plus près de lui, soucieuse, car elle l'avait senti profondément troublé dès qu'elle l'avait vu arriver à la maison. Elle attendait qu'il se décide à parler.

– Simon nous a fait parvenir un message cet après-midi, dit-elle. Le puits de la ville a été contaminé. Il demande si nous avons de quoi envoyer un peu d'eau.

– Je ferai remplir tous les tonneaux dont nous disposons et les garçons les chargeront sur des chariots pour les apporter là-bas demain matin.

L'impression qu'il éprouva en cet instant devant le visage qui se détachait vaguement dans la pénombre, avec ses grands yeux dont il connaissait si bien le bleu profond, était d'une telle intensité qu'il aurait voulu s'enfouir en elle, jouir lui aussi de la douce chaleur et de la protection qui entouraient l'enfant qu'elle portait.

Elle posa la main sur sa joue creusée et sentit la trace de la larme. Alors, soulevée par un élan d'amour, elle l'embrassa avec violence. La force et la vulnérabilité de son mari l'émouvaient.

L'eau clapotait dans les tonneaux tandis que les chariots s'approchaient de la ville. La dure lumière du soleil au zénith révélait cruellement le délabrement des grands immeubles hâtivement et mal construits pour faire face au brusque accroissement de la population, bientôt suivi d'une récession. Des boutiques et des bureaux étaient fermés, et la poussière s'accumulait sur les vitres.

Peu de monde circulait dans les rues et leur regard vide et triste disait qu'ils vivaient un cauchemar dont nul ne voyait la fin. Une demi-douzaine de chariots stationnaient auprès du puits où les fermiers s'approvisionnaient en général.

Et ces hommes déguenillés et recrus de fatigue regardaient d'un œil morne s'approcher les chariots des « Trois C » et leur escorte de cavaliers. Après les coups successifs portés par la sécheresse puis par l'invasion de sauterelles, il ne leur restait plus d'espoir et seul l'instinct de conservation les avait fait venir là.

Des gens sortirent des magasins, attirés comme par magie par l'événement inattendu. Au moment où Webb amenait son hongre noir à un pilier, il vit le sheriff et le Dr Bardolph se frayer un chemin vers lui à travers la foule qui grossissait.

– Tu as reçu mon message, soupira le médecin avec un sourire de soulagement qui éclairait son visage exténué.

– C'est tout ce que j'ai pu apporter cette fois, dit Webb en jetant les yeux sur le groupe de paysans privés d'eau. Je suis content que tu sois là. Mes gars vont décharger les voitures, mais c'est toi et le sheriff qui organiserez la distribution au mieux des besoins de chacun.

– Le sheriff s'en occupera. Et les dégâts, chez toi?

– Pour ce qui est des sauterelles, on a échappé au pire, mais la sécheresse continue à tout griller. Le niveau des rivières a tellement baissé que tu n'as qu'à te pencher pour ramasser les truites à la main.

– Et combien de temps cela va-t-il encore durer? soupira Bardolph.

Webb fit signe à ses hommes de commencer à décharger les tonneaux. S'avançant vers les fermiers, le sheriff leva une main lasse pour attirer leur attention :

– Il y en aura pour tout le monde, mais je demande de la discipline. Faites la queue...

– D'où vient cette eau? cria une voix à l'arrière du groupe d'hommes.

– Mettez-vous là, reprit le sheriff après un temps d'arrêt.

– Comment savoir si elle est bonne, cette eau? clama de nouveau la voix insistante, que Webb reconnut avant que Kreuger se soit frayé un chemin au premier rang des fermiers.

– M. Calder l'a apportée de chez lui, répondit le sheriff, impatienté.

Kreuger cracha par terre avec dégoût en s'écriant à l'adresse de ses compagnons :

– N'en prenez pas! Elle est empoisonnée!

Exaspéré et écœuré, Webb secoua la tête. Derrière lui, Bardolph murmura quelque chose et s'avança auprès du sheriff.

– Kreuger, il n'y a rien de mauvais dans cette eau!

– C'est peut-être vous qui lui avez donné le poison à mettre dedans? s'écria l'autre avec insolence.

Webb vit qu'il tenait un fusil.

– Ne soyez pas ridicule! commença Bardolph, en colère.

– Je ne veux rien de ce qui vient de Calder ni de sa putain ni du médecin qui les soigne! hurla le forcené s'adressant à ses compagnons. Depuis que nous sommes arrivés ici, Calder a tout fait pour se débarrasser de nous. Il a tout essayé : brûler nos maisons, faire piétiner nos récoltes par ses bêtes. Les sauterelles ne seraient jamais venues sur nos terres si ses hommes n'y avaient pas poussé ses bêtes. Les sauterelles les ont suivies, jetées sur leur dos pour être emportées dans nos champs. Il ne voulait pas qu'elles détruisent tout sur ses terres, il les a chassées vers les nôtres!

– Mensonge! s'exclama Simon.

Kreuger jouait sur l'ignorance et la superstition des paysans. Ils avaient besoin d'un bouc émissaire. Kreuger le leur fournissait.

– Ah oui? C'est peut-être faux, que partout où sont allées ses bêtes il y a eu des sauterelles? (Il y eut des hochements de tête et même les plus sceptiques échangèrent des regards.) Les insectes ont dévoré nos récoltes et notre nourriture, gâché l'eau de nos puits. Maintenant, M. Calder nous apporte de l'eau... de l'eau qui nous rendra malades. Il pense donc qu'on a si soif, qu'on est tellement désespérés qu'on acceptera même l'eau d'un homme qui a toujours été notre ennemi.

Bardolph se pencha en avant, levant les mains dans un geste horrifié et murmura à Webb :

– Cet homme est fou! On ne peut pas discuter avec lui.

En quittant la banque pour aller déjeuner, Doyle Pettit vit l'attroupement et les chariots autour du puits communal. Il s'approcha pour comprendre la raison de l'agitation et saisit la fin des propos hurlés par Kreuger, assez en tout cas pour faire le rapprochement avec la présence des hommes et des chariots des « Trois C ».

Un sourire étira ses lèvres et ses yeux se mirent à briller quand il se rendit compte qu'il pourrait tirer parti de la situation. Sans attirer l'attention sur lui, il contourna la foule et s'approcha de Webb, prenant soin de se dissimuler derrière le cheval de celui-ci.

– Webb! appela-t-il à voix basse. Même si certains d'eux en veulent, Kreuger ne les laissera pas prendre ton eau. Quand il s'agit de toi, ce type perd la tête. Toi et tes gars, vous n'avez qu'à reprendre vos chariots et vos tonneaux et retourner au ranch.

– Mais que vont-ils faire sans eau?

– J'ai dit que tu retournes au ranch, mais pas forcément avec l'eau. A plus de cinq kilomètres de la ville, il y a un ravin. Attends-moi là. Il me faut à peu près deux heures pour me procurer des chariots et des conducteurs. On transférera tes barils sur mes chariots et je les rapporterai ici. Ces gens-là me considèrent comme un des leurs, aussi ne me demanderont-ils pas d'où vient cette eau. D'accord?

La solution était simple et on ne peut plus facile à mettre à exécution. Webb accepta.

– On se retrouve dans deux heures au ravin de Simmon.

– Je reste d'abord ici pour bavarder, Kreuger ne doit pas remarquer que je te parle, il prétendrait que tu m'as contaminé moi aussi.

Doyle s'éclipsa aussi discrètement qu'il était venu, très content de lui. Son habileté à sentir le vent et à tirer parti des circonstances devait lui assurer un jour la possession de la moitié de l'Etat.

Potter, lui, essayait toujours de convaincre les fermiers de la pureté de l'eau quand Webb sauta en selle et vint vers lui :

– Ça ne fait rien, Potter. S'ils ne veulent pas de notre eau, on s'en servira nous-mêmes.

Le sheriff n'eut pas le temps d'exprimer sa surprise. Webb donnait déjà l'ordre à ses hommes de s'en retourner. N'étant pas informés de l'échange conclu avec Doyle, ils parurent eux aussi étonnés de cette volte-face, mais il leur expliqua le fin mot de l'histoire dès qu'ils furent sortis de la ville.

Ce n'est que près de deux heures après que Doyle les rejoignit, ayant pris le temps de se changer : une tenue campagnarde remplaçait le complet et la cravate du citadin. L'une de ses astuces consistait, en effet, à se transformer, tel un caméléon, selon les interlocuteurs auxquels il s'adressait. En ville, il était l'homme d'affaires. Pour aller voir les fermiers, il enlevait sa veste, desserrait sa cravate et remontait ses manches. Quand il devait rencontrer des rancheros tels que

Webb, il ressortait de vieux jeans, un stetson taché de sueur et un blouson doublé de mouton pour leur rappeler qu'il était l'un d'eux : le fils de Tom Pettit.

Personne ne devinait, sous son aspect bon enfant, l'astuce qu'il mettait au service d'une ambition dévorante. On le savait propriétaire de la banque, de la scierie, du grenier à blé et de deux ou trois autres affaires en ville, plus son cabinet d'avocat. En fait, il possédait déjà la moitié de la ville! Il se plaisait à croire que peu de gens savaient que ces biens prenaient de telles proportions qu'ils égalaient ceux de Webb, et il estimait que le temps de le leur apprendre n'était pas encore venu, mais cette idée l'amusait beaucoup, surtout lorsqu'il se retrouvait, comme c'était précisément le cas, en compagnie de Webb.

– C'est gentil de ta part de donner de l'eau à ces fermiers. J'ai dit à mes gars d'aller en tirer au « Tee Pee », mais tout est à sec là-bas.

En fait, il mentait, mais il ne voyait pas de raison de donner l'eau qui se trouvait dans le ranch qu'il avait hérité de son père. Le moment viendrait où les fermiers seraient prêts à payer pour en avoir et alors seulement il sortirait ses réserves. En attendant, il allait profiter de la générosité de Webb et en tirerait tout le bénéfice moral auprès des paysans qui le prendraient pour leur sauveur.

– J'ai deux cours d'eau qui coulent encore, expliqua Webb (inutilement d'ailleurs, car Doyle le savait). Tant que ça durera, j'aurai toujours de quoi en donner.

– A voir la façon dont Kreuger a monté ces gens contre toi, je pense qu'il vaut mieux que j'envoie mes chariots la prendre chez toi pour leur faire croire que ça vient de moi.

– Bonne idée.

– Alors, demain j'en ferai prendre aux « Trois C », parce que, avec ça, ils n'iront pas loin... Mon bon souvenir à ta femme. Tu t'es arrangé pour ne jamais me laisser tenter ma chance auprès d'elle, hein!

En réalité, Doyle ne s'était jamais intéressé à la veuve que Webb avait épousée, mais ça l'amusait d'avoir dit ça à Calder. Le mariage, pour lui, s'annonçait facile. Il comptait choisir avec soin; peut-être une riche héritière de la côte Est. Ce qu'il voulait, c'était une alliance qui le fasse monter dans l'échelle sociale.

Il prit la précaution de contourner la ville pour y pénétrer par une autre entrée et donner le change à Kreuger et ses amis. Ils étaient encore tous auprès du puits communal pollué et se mirent aussitôt à faire la queue pour recevoir leur part. Doyle répondit par un sourire aux remerciements qui montaient vers lui, disant modestement qu'il n'était que trop content de rendre service.

– Il faut qu'on se serre les coudes, ajouta-t-il, répétant à dessein l'un des slogans chers à Kreuger, qu'il vit approuver de la tête. Et si vous avez besoin de quoi que ce soit, vous me trouverez toujours à la banque.

Dans le groupe, il en tenait déjà quatre à sa merci, leur terrain déjà hypothéqué. Ils viendraient lui demander un prêt et, cette fois, c'est leurs animaux et leur équipement qu'il prendrait en gage. Au printemps prochain, pour le dixième de sa valeur il entrerait en possession de l'ensemble, et tous se mettraient à genoux pour le remercier. Ils s'imaginaient qu'il leur prêtait de l'argent pour les aider, qu'il leur achetait ensuite tout leur bien par bonté d'âme en leur donnant à peine de quoi quitter l'Etat. Il faillit se mettre à rire quand, en passant parmi eux, il vit leur visage rayonnant de gratitude.

Mais quelle fierté de voir son nom sur tant de boutiques ou d'entreprises! Ses opérations lui avaient déjà rapporté beaucoup d'argent, les marchandises ayant été vendues deux ou trois fois plus cher que leur prix d'achat. La sécheresse l'avait fait travailler à perte, mais Doyle savait qu'il s'y retrouverait. Ses concurrents, les reins moins solides que lui, fermaient leur porte. Il n'allait pas tarder à voir toute la ville tomber dans son escarcelle.

Son attention se porta sur trois cavaliers qui attachaient leurs chevaux au pieu, d'autant plus qu'il reconnut le vieux Ed Mace parmi eux, et que celui-ci s'avançait vers sa banque. Il marchait pesamment, en homme triste et las; il n'avait pourtant que soixante-six ans à peine, se dit Doyle, le soupçonnant surtout d'avoir besoin d'argent. Voilà qui pouvait lui laisser espérer de mettre la main sur le ranch du « Serpent M » sous peu.

Il le héla avant qu'il n'ait atteint la porte de la banque, bavarda avec lui quelques instants, sur le trottoir, puis l'invita à entrer comme si Mace ne venait pas précisément dans ce but. Evitant de parler prêt et opérations bancaires, Doyle poursuivit la conversation sur la situation de l'élevage, la sécheresse et ses effets désastreux.

– Il n'y en a pas un, par ici, qui n'ait souffert de cette sécheresse... même des hommes tels que vous. Ça fait longtemps que je vous admire, monsieur Mace, tenez, depuis mon premier rabattage avec papa. Des gens comme vous, c'est solide, votre parole vaut de l'or. Si vous avez besoin d'un petit prêt pour vous dépanner, Ed, vous n'avez qu'à me le dire.

– Eh bien... l'année a été plutôt dure, reconnut Mace, gêné d'avouer la raison de sa venue. J'avais pensé, justement, que je pourrais peut-être vous demander quelque chose.

– Combien? Je vous signe un effet sur-le-champ!

Doyle se pencha sur son bureau pour prendre un formulaire, qu'il se mit aussitôt à remplir. Soudain, il s'arrêta, fixant son interlocuteur d'un air songeur, comme si une idée surgissait soudain dans sa tête :

– Je n'aime pas renoncer à une affaire mais il me semble que vous pourriez obtenir une rentrée d'argent d'une autre façon.

– Et laquelle?

Mace paraissait sceptique. S'il s'était résigné à venir à la banque en quémandeur, c'était précisément parce qu'il ne voyait pas d'autre moyen de s'en sortir. Il fallait reconnaître, d'ailleurs, que Doyle lui avait facilité les choses.

– Vous avez du bétail, et le prix de vente des bestiaux n'a jamais été aussi élevé qu'actuellement. Pourquoi ne vendriez-vous pas vos reproducteurs? L'année prochaine, vous pourriez reconstituer votre cheptel pour la moitié du prix auquel vous avez vendu vos vaches cette année.

Doyle se gardait de dire que, dans un an, Ed Mace ne disposerait plus des éléments nécessaires à la monte et qu'il serait obligé d'hypothéquer son ranch. Il ne lui resterait plus, à lui, Doyle Pettit, qu'à l'acheter au plus bas. Cela réduirait son fonds de roulement mais, pour s'emparer du « Serpent M », le risque valait d'être couru.

26

Les cotonniers et les saules pleureurs qui longeaient la rivière avaient perdu leurs feuilles. Le squelette de leurs troncs et de leurs branches se profilait sur un sombre ciel d'octobre. Les mains profondément enfoncées dans les poches de sa veste, Webb contemplait le lit boueux du cours d'eau. Derrière lui, la Grande Maison s'élevait toujours sur son éminence, dominant les bâtiments du ranch, mais il ne s'intéressait à rien d'autre qu'à ces petites mares qui, çà et là, remplaçaient ce qui aurait dû être un flot continu.

– C'est la première fois que je vois cette rivière à sec, dit-il à Nate. Et c'est comme ça tout le long?

– Pire, grommela celui-ci. Ici, on a quelques flaques

mais, presque partout ailleurs, le fond n'est même pas boueux. Dans la rivière qui coule au nord, il reste un filet d'eau. Que comptes-tu faire? J'ai entendu dire qu'Ed Mace vendait tous ses reproducteurs pour que sa prairie ne soit pas rasée jusqu'au sol cet hiver.

Webb secoua la tête : il se refusait à cette solution.

– Ça prendrait trop de temps pour reconstituer un troupeau en obtenant la qualité de celui que nous avons là. Je ne vends pas. On les concentrera tous au nord de la propriété et on fera des vœux pour que ça s'arrange... Envoie un message à Doyle et dis-lui qu'on n'a plus assez d'eau pour en envoyer aux fermiers. Ce matin, il n'y avait plus rien dans le puits, près des granges.

Nate ne répondit pas, soucieux lui aussi de cette sécheresse qui s'éternisait, qui les privait même de cigarettes, par peur des incendies, avec toutes ces feuilles et cette herbe mortes. Ils remontèrent la pente de la berge, se dirigeant vers les maisons, et virent Abe Garvey boitillant à leur rencontre aussi vite qu'il le pouvait. Il s'arrêta et leur fit signe de se hâter.

– Hé, Webb, on m'a envoyé te chercher! C'est ta dame, elle va accoucher! cria-t-il.

A la fois anxieux et fou de joie, Webb se mit à courir :

– Faites chercher le médecin!

– Pas la peine! Il était là pour voir Ruth et son bébé! répondit Abe en riant : Bardolph était déjà venu au ranch pour la naissance du fils de Ruth.

Quand Webb fit irruption dans la chambre, Lilli, une fois apaisée la douleur des dernières contractions, respirait profondément, la sueur perlant à son front et autour de sa bouche. Devant le regard angoissé de son mari, elle sourit, oublieuse de la situation difficile où elle se trouvait.

– Tu aurais dû réfléchir avant de t'engager dans les

soucis de la paternité. Maintenant, c'est trop tard, dit-elle en prenant sa main.

– Non, c'est très bien, répondit-il, rasséréné. Ça va?

Elle hocha la tête en signe d'assentiment et il se pencha pour l'embrasser.

– Non, pas de ça, intervint Bardolph en venant interrompre leurs effusions. Si tu n'as pas l'intention d'opérer toi-même la délivrance de ce bébé, je te conseille de descendre te verser un verre.

– Tout à l'heure, protesta Webb qui ne pouvait détacher les yeux de Lilli, dont la sombre chevelure à reflets roux s'étalait sur l'oreiller.

– Tout de suite, insista le médecin en désignant la porte. File. Ça va encore durer un certain temps, alors va arpenter le plancher ailleurs. Je ne veux pas que tu troubles notre petite maman.

Se rendant à regret à cet argument, Webb embrassa de nouveau sa femme avant d'aller se réfugier dans son bureau. Il s'efforçait au calme mais ne cessait de guetter les légers bruits qu'il entendait au-dessus de sa tête : allées et venues dans la pièce, gémissements étouffés. Ses nerfs étaient à vif. Le soleil s'enfonçait à l'horizon dans un embrasement doré quand il entendit enfin le vagissement du nouveau-né. Montant deux marches à la fois, il bondit au premier et frappa à la porte. Simon lui ouvrit, un petit paquet gigotant dans les bras.

– Chase Calder, voici ton papa, dit-il en le déposant au creux du bras de Webb.

– Et Lilli?

– Elle va très bien.

Webb regarda pour la première fois son fils, tout rouge et ridé, la tête couverte d'une masse de cheveux noirs tout mouillés et un petit poing parfaitement bien formé battant l'air auprès de sa bouche. Dans une sorte de vertige, Webb s'approcha du lit, le visage ruisselant de larmes, et contempla Lilli, exténuée mais heureuse, son fin visage blanc entre les mèches de cheveux en désordre.

– Ce pauvre petit est aussi laid que moi, dit-il en souriant.

– Il sera aussi beau que toi, murmura-t-elle faiblement.

Simon les rejoignit, les enveloppant tous les trois d'un regard heureux.

– Je crois que ton fils voudrait bien se nourrir, ensuite ils auront tous les deux besoin de repos.

Webb reposa alors l'enfant dans les bras de sa mère et pour la seconde fois, à contrecœur, il quitta la pièce.

Ayant noué sous son menton les rubans de sa capote, Lilli leva les yeux vers son mari qui la couvait d'un regard anxieux. Elle se sentait faible et endolorie, mais certainement pas aussi impotente qu'il le croyait.

– Je suis prête. On y va?

– Je crois que tu ferais mieux de rester ici, répéta-t-il pour la dixième fois. C'est trop tôt pour que tu sortes, tu devrais être au lit. La naissance du petit ne date que de deux jours!

– A t'entendre, Webb, on dirait que je me lance dans un périlleux voyage, riposta-t-elle, amusée. Je ne vais que chez Ruth. Je t'assure que je suis assez forte pour marcher jusque-là.

– Mais ce n'est pas nécessaire, puisque j'y vais, moi!

A son air déterminé, il comprit qu'elle n'avait nullement l'intention de le laisser y aller seul et, poussant un soupir résigné, il lui entoura la taille de son bras, la soutenant presque jusqu'à la porte de la maison. Dehors, il s'arrangea pour faire écran entre le vent froid qui soufflait du nord et elle portant leur enfant. Des nuages de poussière soulevés en tourbillons du sol craquelé leur piquaient les yeux et la gorge, rendant la respiration pénible.

Virg Haskell leur ouvrit la porte dès qu'ils arrivèrent sur le seuil et Webb fit asseoir Lilli sur le premier siège venu, lui laissant à peine le temps de repousser son capuchon. Le jeune Chase, bien enveloppé dans une couverture ouatée, se mit à pousser de petits cris. Webb lui remit sa sucette dans la bouche pour le calmer.

– C'est un beau petit garçon que vous avez là, dit Haskell, qui s'interrogeait sur la raison de leur venue.

– Comment va Ruth? demanda Lilli.

– Très bien, et le petit gars aussi, répondit-il avec un sourire de fierté.

Ruth parut alors sur le seuil de sa chambre. Elle s'était visiblement hâtée de se faire une beauté. Un ruban retenait ses cheveux blonds en une queue de cheval et elle portait une robe de chambre très ample. Encore un peu chancelante, elle se tint au chambranle avant de s'avancer dans la pièce.

– Mais, Lilli, tu ne devrais pas être debout, voyons. Il faut que tu te reposes pour reprendre des forces, murmura-t-elle avec une expression soucieuse.

– C'est ce que je m'efforce de lui faire comprendre! renchérit Webb. Mais elle a insisté pour venir.

– J'ai entendu dire que les Indiennes retournent au travail aussitôt après la naissance de leurs bébés, répliqua Lilli. Je me sens très bien! Je t'en prie, assieds-toi, Ruth. Nous sommes venus te voir, Webb et moi, parce que nous avons quelque chose à te demander.

Ecartant la couverture, Ruth contempla avec ravissement le nourrisson :

– Qu'il est beau! murmura-t-elle avec une pointe d'envie.

– C'est un bébé qui a faim, observa Lilli, avec une expression où le regret et même un peu de honte se mêlaient à l'amour. Je n'ai pas assez de lait pour lui. Simon m'a indiqué un lait spécial, mais il ne convient pas à l'enfant. Alors il a dit que la meilleure solution serait de trouver une femme qui accepte de le nourrir au sein. Webb et moi... on a pensé à s'adresser à toi.

– Bien sûr que je veux le nourrir! s'écria spontanément Ruth.

– Merci, murmura Lilli en baissant la tête pour cacher le tremblement de son menton et les larmes qui montaient à ses yeux. (Chase se remit à glapir et elle l'embrassa tendrement sur le front avant de le tendre à Ruth.) Le mieux serait probablement qu'il passe toutes ses nuits ici, articula-t-elle péniblement. Webb apportera son berceau... et toutes ses petites affaires...

Sa voix se brisa alors. Elle ne put poursuivre.

– Ne t'en fais pas, Lilli, dit Ruth, serrant le fils de Webb entre ses bras et posant une main apaisante sur le bras de son amie. Je prendrai soin de lui, exactement comme s'il était mon enfant.

Jamais elle n'avait fait une promesse d'aussi grand cœur.

La pendule réveilla Ruth au milieu de la nuit, pour la tétée de deux heures. Elle saisit son glapissant et impatient petit garçon et s'installa avec lui dans le rocking-chair de la salle à manger. Ses doux cheveux blonds bouclaient et ses yeux bleus semblaient devoir garder cette couleur toute sa vie. On l'avait prénommé Timothy Ely, mais, comme son père ne le désignait jamais autrement que « mon Bucko », mon gaillard, ce qui lui allait fort bien, Ruth lui donnait en elle-même le surnom de Buck. Elle l'adorait de tout son amour maternel et souriait de le voir téter énergiquement en écrasant son sein de ses petits poings.

Mais quand, plus tard, elle allaita Chase Benteen Calder, des larmes emplissaient ses yeux. C'était le fils de Webb, différent de son propre fils, tant par la taille que le teint et le tempérament. Dieu sait si elle avait rêvé du jour où elle presserait contre son cœur l'enfant de cet homme. Ce jour était arrivé, pas exactement comme elle l'avait souhaité, mais elle nourrissait tout de même le fils de Webb.

Une menotte saisit le stéthoscope pour le porter immédiatement à sa bouche. Amusé, Simon Bardolph desserra doucement les doigts du jeune Calder, dont les innocents yeux bruns le considéraient avec une certaine hardiesse.

– A te voir, Chase, on a l'impression que tu as été bien nourri, déclara le docteur.

– Il a bien profité, n'est-ce pas? dit fièrement Lilli en contemplant son fils qui, à moins de cinq mois, se tenait assis, bien droit, potelé sans être gros, et gazouillait déjà comme s'il voulait se faire comprendre. Et il essaie aussi d'aller à quatre pattes, mais il fait marche arrière.

– Oh! il ne va pas tarder à savoir s'y prendre, et c'est vous qui le regretterez, murmura Bardolph en bouclant sa sacoche. Il y a longtemps que je n'ai pas vu des bébés aussi robustes que celui-ci et le petit Buck.

– Vous allez prendre un peu de café et du gâteau? proposa Lilli en saisissant son rejeton pour le balancer sur sa hanche. Webb ne va pas tarder à rentrer. Il est allé à la gare chercher le sénateur et je sais qu'il désire vous voir.

– Je ne peux pas. Il faut que je passe chez les Kreuger. Trois des gosses sont malades. Pneumonie, je pense.

Il enfila son manteau en hochant la tête, comparant involontairement cette heureuse maisonnée au pitoyable foyer de ces fermiers.

– Je suis désolée de ces nouvelles, dit Lilli qui, bien que détestant Franz Kreuger, éprouvait toujours beaucoup de sympathie à l'égard de sa femme. Et Helga... comment va-t-elle?

Il la regarda comme pour s'assurer qu'elle tenait vraiment à s'informer et se décida, avec un soupir :

– Oh! vous ne la reconnaîtriez pas! Je crois qu'elle ne mange pas. Ça ne m'étonnerait pas qu'elle donne tout à son mari et à ses enfants et qu'elle ne mange que les restes.

Lilli éprouva un sentiment de culpabilité à l'idée qu'elle possédait tant et qu'elle n'avait pas eu une pensée pour ces familles parmi lesquelles elle avait vécu du temps de Stefan. Elle se doutait que la sécheresse et les sauterelles avaient dû les toucher durement, mais elle ne s'était pas attardée à cette pensée. Les propos du docteur lui rappelèrent certains hivers où elle avait souffert de la faim.

– Simon, avant de partir d'ici, passez, je vous prie, au dépôt pour vous faire donner des provisions. Et si Kreuger vous demande d'où ça vient, dites-lui que c'est l'église qui a fait une distribution de vivres. Prenez-en aussi pour d'autres familles de la région qui sont dans le besoin.

Il acquiesça brièvement avec un sourire compréhensif. Elle connaissait la plupart de ces gens et se sentait solidaire. Comme elle s'était remise à jouer avec son enfant, il ne voulut pas aller plus loin sur ce sujet.

Le sénateur Bulfert ne devait séjourner au ranch que le temps d'un week-end, juste un arrêt avant de se rendre à Helena. Sans la compagnie de ses assistants, sa visite se situait sur un tout autre plan que les précédentes. Si loquace d'habitude et très politicien par son style, il semblait, cette fois, préoccupé et taciturne.

Quand, à la fin du dîner, Webb le vit porter la main à la poche de sa veste gonflée de cigares, il lui proposa d'aller prendre le café dans son bureau, car il savait que Lilli détestait l'odeur de la fumée. Elle s'excusa de leur fausser compagnie; elle devait s'occuper de son bébé.

Webb servit deux whiskies et en tendit un à l'homme au visage jovial assis en face de lui. Avec le large sourire dont il savait être prodigue en temps de campagne électorale, celui-ci le leva en un toast silencieux.

– Profitons-en pendant qu'on le peut encore, soupira-t-il. Ces dames des ligues de tempérance vont finir par arriver à leurs fins. Tous ces saloons que Carry Nation a saccagés! On a cru que le mouvement prohibitionniste s'éteindrait avec sa mort. Fichtre non! Elles en ont fait une martyre!

Le sénateur émit un grognement réprobateur et contempla le liquide ambré qu'il faisait tourner dans son verre.

– Le Congrès ne va tout de même pas interdire les boissons alcoolisées! s'exclama Webb.

– Ça fait partie du mouvement moralisateur qui balaie le pays à cause de la guerre, marmonna Bulfert avec un clin d'œil. J'espère que tu as des amis au Canada pour t'approvisionner.

– Je connais deux ou trois personnes. On ne leur vend plus autant de bestiaux qu'avant, mais on est toujours en rapport.

– Bon. Giles est mort, dit-il sans préambule.

– Bull! Quand? s'écria Webb, s'arrêtant dans son geste au moment où il allait allumer un cigare.

– Il y a trois mois. Avant Noël. Je viens seulement de l'apprendre. Depuis son retour, il n'était plus le même. Il s'était mis à boire, il ne voyait plus ses vieux amis. C'était un bon politicien, tenace, obstiné, l'esprit vif.

Pensif, Bulfert but une gorgée de whisky et Webb en fit autant, les yeux fixés sur les flammes qui crépitaient. Depuis la mort de sa mère, Bull ne lui avait plus donné signe de vie.

– Que penses-tu de cet attorney : Doyle Pettit? demanda soudain Bulfert, scrutant Webb à travers la fumée de son cigare.

Celui-ci releva la tête, averti par son instinct que le sénateur lui dévoilait là le but de sa visite.

– Je connais Doyle Pettit depuis toujours. Quand son père est mort, il y a dix ans, il a pris la direction du ranch « Tee Pee » et il possède aussi plusieurs affaires en ville... Pourquoi?

– J'ai jeté un coup d'œil, il y a environ une quinzaine de jours, sur les registres de propriété foncière. Il est propriétaire, ou en passe de le devenir, de plus de la moitié d'un million d'acres de terres.

Surpris de l'énormité des possessions de Pettit, Webb n'en laissa rien paraître et continua placidement à allumer son cigare, jetant soigneusement l'allumette éteinte dans le feu. De toute évidence, c'était grâce à sa banque que Doyle avait dû se constituer en douce ce patrimoine, au détriment des fermiers, ses clients.

Fixant la carte sur le mur, il évoquait le petit garçon pétulant et joyeux, qui se battait rarement autrefois. Toujours un peu m'as-tu-vu et désireux d'attirer l'attention, il avait été l'un des premiers dans la région à acheter une automobile; il portait des vêtements excentriques et payait facilement à boire à ses amis. Et il était maintenant à la tête d'un territoire presque aussi grand que les « Trois C »!

Conciliateur par nature, il ne prenait jamais parti et si les rancheros considéraient le fils de Tom Pettit comme l'un des leurs, les fermiers voyaient en lui un allié. Bien qu'il ne se fût jamais montré plus agressif à son égard qu'il ne l'était avec quiconque, Webb fut choqué par la découverte de l'accroissement de sa fortune en un laps de temps aussi court. Il confia cependant au sénateur qu'il savait que, dès le commencement de la hausse sur les terrains, il s'était mis à spéculer.

– Si la sécheresse continue, remarqua ironiquement Bulfert, il se découvrira possesseur de terres réparties dans des dizaines d'autres Etats. Le vent aura emporté la couche superficielle de tout ce qu'il a ici.

Webb acquiesça silencieusement, bénissant le ciel que l'herbe qui couvrait son domaine à lui, en retenant le sol, lui épargnât cette sombre éventualité.

Enveloppé jusqu'au menton dans la lourde peau de buffle qui le protégeait du froid, sa sacoche noire à ses pieds, Simon Bardolph conduisait son boghei malgré la fatigue qui le faisait dodeliner de la tête. Il préférait à l'automobile ce mode de transport moins rapide mais plus sûr, car tous les terrains lui convenaient et il ne risquait pas non plus de quitter la route lorsqu'il s'endormait, ce qui lui arrivait parfois. Le cheval savait en effet maintenir la voiture dans la bonne voie.

Le hongre s'arrêta devant la cabane faiblement éclairée et hennit doucement d'abord, puis plus fort, pour réveiller son conducteur. Enfin tiré de son sommeil, Bardolph reconnut la maison de Kreuger et, avant d'aller frapper à la porte, il lui jeta une couverture sur le dos et suspendit un sac d'avoine à son harnais, après lui avoir enlevé son mors.

Franz Kreuger ouvrit aussitôt et la fétide odeur de maladie qui stagnait dans la petite pièce misérable l'assaillit. Le rideau qui isolait généralement les lits avait été tiré pour que la chaleur du fourneau parvienne jusqu'aux enfants. Ils gisaient, les deux aînés sur la couche plus large de leurs parents et le cadet sur un divan bas. Assise auprès de ce dernier, Helga, décharnée et hagarde, essayait de lui faire avaler une cuillerée de bouillie.

Une quinte de toux, qui rendait le son caractéristique de la consomption, la secoua au moment où il s'approchait. Son regard s'attarda sur elle, scrutateur. Sa maigreur, les cernes noirs sous ses yeux et les fatigues de sa pénible existence la vieillissaient au point qu'elle semblait être la grand-mère de ses enfants. Simon se promit de l'ausculter après s'être occupé d'eux.

– Comment va Gustave? lui demanda-t-il après un bref sourire, conscient de la présence toute proche de Kreuger. (Mais il entendit presque tout de suite le râle qui s'exhalait des poumons du garçon et lui, si étranger à toute violence, il se tourna brusquement vers le père :) Mais, bon Dieu! Kreuger, je vous avais pourtant dit de me prévenir si leur état empirait!

– Ils vont pas plus mal que la dernière fois que vous les avez vus! rétorqua vivement Kreuger, une lueur méfiante et mauvaise dans ses petits yeux sombres.

Quant à Helga, bondissant sur ses pieds, elle l'implora, encore plus pâle qu'avant :

– Gustave n'est pas plus malade?

– Il n'est pas en bon état, grommela-t-il, se rendant compte qu'elle se refusait à l'évidence.

– Mais ça va s'arranger? murmura-t-elle, couvant son fils d'un regard anxieux.

– Je ferai ce que je pourrai...

Bardolph n'osait promettre davantage. Guérir des enfants en bon état général eût été difficile, mais les petits Kreuger, faibles et sous-alimentés comme ils l'étaient... Il aurait fallu un miracle.

Il en avait déjà vu, pendant l'épidémie de typhoïde, par exemple. Un ou deux membres d'une famille arrivaient à survivre, on ne savait comment. Quand les victimes étaient des enfants, il acceptait mal de les voir mourir. Il se demandait toujours s'il avait fait tout ce qu'il devait faire.

C'est précisément ce que se demanda Kreuger lorsque, en l'espace d'une semaine, il enterra tous ses enfants sauf un. Il était persuadé que Bardolph n'avait pas tout fait pour les sauver parce qu'il était trop pauvre pour payer ses services. Il croyait fermement que le résultat eût été différent s'il s'était appelé Calder au lieu de Kreuger.

Las et malheureux, écrasé par le sentiment de culpabilité qui le hantait chaque fois qu'il perdait un patient, Bardolph s'affala sur la table de sa petite cuisine. Une vaisselle de deux semaines, date du dernier repas qu'il avait pris chez lui, encombrait l'évier. Il contempla le désordre.

– J'avais une jeune fille pour faire le ménage ici, mais sa famille a pris ses cliques et ses claques l'automne dernier. Je n'ai même pas eu le temps de chercher quelqu'un d'autre, s'excusa-t-il auprès de Doyle.

– Si vous voulez, je peux vous dénicher ça, proposa aimablement Doyle en buvant à petits coups l'amer café noir versé par Simon. Vous devriez prendre une semaine de repos. Vous avez mauvaise mine.

– Vous jouez au docteur? répliqua-t-il avec un pauvre sourire.

– Qu'avez-vous derrière la tête? demanda l'autre en se renversant en arrière, l'air détendu. Je sais que vous ne m'avez pas fait venir pour passer le temps. Il doit y avoir quelque chose qui vous embête, quoi?

– C'est Kreuger, ou plus exactement sa femme. Elle est atteinte de tuberculose. Ce climat, avec le froid et la poussière, ne peut qu'aggraver son état. S'il ne veut pas avoir à l'enterrer aussi à son tour, il faut qu'il la fasse partir d'ici. J'ai tenté de le lui expliquer, mais il s'imagine que je suis de connivence avec Calder pour le chasser du pays. Il ne veut pas en démordre. Il ne m'écoute pas. Mais vous, il serait plus enclin à vous croire si ça venait de vous.

Doyle fit la grimace, chose assez inhabituelle, et contempla le reste de café qu'il faisait tournoyer dans sa tasse :

– Je me demande si on pourrait arracher cet homme à son lopin de terre. C'est une obsession chez lui! De tous ceux qui sont arrivés ici la première année, il est un des rares qui soient restés. Je ne vois pas ce qui l'empêche de partir.

– La haine. Une haine qui s'attache autant à la personne de Webb Calder qu'à ce qu'il représente, un grand propriétaire terrien. Je me suis même parfois demandé s'il n'avait pas choisi ce terrain parce qu'il jouxtait celui de Calder.

– Possible... Je vais lui parler au sujet de sa femme, mais je doute d'avoir plus de succès que vous.

Bardolph, lui, l'espérait ardemment, car une intuition lui disait que Kreuger était au bord de la crise. Il ne possédait pour tout bien que cette misérable ferme que le vent disloquait de plus en plus. Comme tous les autres, il subissait la sécheresse et ce vent chargé de sable qui portait sur les nerfs de tout le monde, à quoi s'ajoutait le chagrin de ses deuils successifs. La haine furieuse qu'il vouait à Calder, en plus de tous ses malheurs, pouvait le pousser à des actes imprévisibles.

– Y a-t-il longtemps que vous avez vu Webb? Comment va le bébé? demanda Doyle pour changer de sujet.

– Je suis allé à la Grande Maison il y a environ trois semaines, avant que tout ça ne commence. Ils allaient tous bien, y compris le jeune Chase.

– Voulez-vous que je vous dise, docteur? Vous et moi, nous devrions faire un petit voyage dans l'Est et trouver une épouse. Quand je pense à Webb, ça me rend jaloux, déclara Doyle, d'un ton léger. Je devrais lui parler au sujet des mesures à prendre pour assurer l'avenir de son fils. Voilà quelque chose que mon père n'a jamais songé à faire pour moi. Il m'a laissé un ranch avec un tas de dettes, un point c'est tout.

– Je crois qu'aucun de nous ne pense à sa mort prochaine, dit Bardolph avec un rire sans gaieté, en portant sa tasse à ses lèvres.

27

Le printemps arriva, atténuant la froidure de l'hiver sans mettre fin à la sécheresse. On disait que cela risquait de durer encore tout l'été. Les banques accordaient des prêts aux fermiers pour acheter de la semence pour leurs semailles. En principe, juin apportait des pluies. On attendait, scrutant le ciel en retenant son souffle.

Des nuages passèrent, rendant l'atmosphère agréable, puis le sol durci trembla sous les coups de tonnerre. Enfin ils crevèrent, libérant des pluies torrentielles. D'abord radieux, Kreuger, trempé jusqu'aux os en quelques minutes, s'assombrit quand il vit les trombes d'eau balayer la couche supérieure de la terre, entraînant les jeunes pousses avec elle.

Le déluge ne dura guère plus d'une demi-heure, mais le terrain devenu quasi imperméable ne pouvait absorber toute cette eau en si peu de temps. La pluie éroda le peu qu'avait laissé le vent, décapant la pente des collines et ravinant la surface des champs, ruinant une nouvelle fois tout espoir de récolte. Et, à la fin de la journée, quelques flaques attestaient seulement que la pluie était enfin tombée.

Des chariots où s'entassaient les maigres biens des fermiers dégoûtés par ce dernier coup du sort encombraient la route menant à Blue Moon. Des poulets piaillaient dans des cages d'osier et des chiens aux côtes saillantes trottinaient à côté des lents véhicules. Quelques vaches laitières suivaient, attachées par leur longe à l'arrière des voitures, destinées à être vendues pour procurer à leurs propriétaires de quoi tenter un nouveau départ, loin du Montana et de la malchance qu'ils y avaient connue.

Au fur et à mesure qu'ils approchaient de la ville, doublant cette lugubre procession, Lilli devenait de plus en plus silencieuse. Chaque fois que Webb approchait d'un nouveau chariot qui s'écartait pour lui livrer passage, elle se demandait qui elle allait reconnaître. Elle soupirait de soulagement quand le bref coup d'œil qu'elle lançait de côté ne lui révélait que des visages inconnus.

Webb lui-même était sombre, mais pas exactement pour les mêmes raisons. La pluie tombée trois jours plus tôt n'avait rien arrangé à l'état du sol, resté aussi sec et friable. Au contraire, des ravines creusaient maintenant en tous sens les champs auparavant si soigneusement labourés, donnant au paysage un aspect apocalyptique. S'il plaignait le malheur de ces gens, il leur en voulait pour le mal qu'ils avaient fait au pays et à la terre.

Chase, impatienté par une trop longue immobilité, se mit à s'agiter sur les genoux de Lilli, tendant son petit corps pour se mettre debout et regarder le monde autour de lui. Elle dut resserrer son étreinte pour le faire tenir tranquille.

Blue Moon présentait un spectacle guère plus réjouissant. La plupart des boutiques étaient fermées. Mais les rues grouillaient de monde : des paysans obstinés et décidés à s'accrocher, et ceux qui participaient à l'exode. Certains faisaient la queue devant la banque, espérant obtenir un nouveau prêt pour racheter des graines ou désireux de vendre à n'importe quel prix leur demande de concession. D'autres, afin de parer au plus pressé, tentaient de se défaire de leurs meubles et de leurs bêtes; la plupart essayaient de faire du troc pour avoir de quoi manger ou suppliaient les rares commerçants encore ouverts de leur faire crédit.

Peu de gens avaient encore de quoi se payer le voyage en train; c'était aux abords de la gare que l'on pouvait trouver où garer sa voiture. Webb aida sa femme à en descendre avec le bébé. Elle le fit lentement; elle regrettait de lui avoir demandé de l'emmener. N'étant pas retournée en ville depuis la naissance de Chase, elle s'en était réjouie à l'avance, mais ce qu'elle voyait la déprimait.

La solidarité à l'égard des immigrants que révélait cette réaction agaça Webb.

– Ce sont des choses qui arrivent. Tu ne peux rien y faire, et moi non plus, dit-il. Où Mme Calder veut-elle aller en premier?

– A la maison.

Elle ne mentait pas, mais elle préféra ne pas trop montrer une compassion forcément étrangère à son mari qui, lui, n'avait jamais partagé les espoirs de ces gens. Elle se reprit et déclara qu'elle devait aller chez Ellis pour acheter de quoi faire des vêtements pour Chase qui grandissait trop vite. Elle n'avait même pas de vieilles chemises de Webb.

Ils rencontrèrent Ed Mace devant le restaurant de Sonny Drake. Son haleine empestait le whisky, il avait pris de l'estomac et son regard était vitreux.

– Entre, Webb, je te paie un verre, dit-il en saisissant le bras de Calder d'une main molle, sans paraître remarquer la présence de Lilli et de son enfant.

– Une autre fois, Ed.

– Il y aura pas d'autre fois, j'ai tout vendu, répliqua l'homme en reniflant bruyamment.

– Qu'est-ce que tu racontes? s'écria Webb, se demandant s'il était ivre et s'il savait ce qu'il disait.

– J'ai vendu le « Serpent M ». Cette pluie qu'on a eue... eh bien, je venais juste d'acheter quelques vaches pour reconstituer mon troupeau. Chez moi, ça a fait une inondation. Plus de la moitié de ces vaches ont été emportées et noyées. Ça m'a achevé, veux-tu que je te dise. Je suis foutu, fini. Tout est perdu; j'ai travaillé toute ma vie, et cette pluie a anéanti le fruit de tous mes efforts.

– Tu as vendu le ranch? répéta Webb, incrédule.

– Oui. Doyle Pettit m'en a débarrassé. J'ai dit du

mal de lui, mais je crois que Tom Pettit pourrait être fier de la manière dont son fils aide ses amis.

Son attention soudain attirée par le bébé qui s'agitait dans les bras de Lilli, Mace s'approcha de sa démarche légèrement titubante et lui tendit sa grosse patte déformée par les durs travaux :

– Tu as un beau petit garçon, Webb, dit-il de sa voix pâteuse. Moi, je n'en ai jamais eu et je crois que ça vaut mieux. Qu'est-ce que je lui aurais laissé? J'ai perdu le ranch et tout le reste. J'ai à peine de quoi aller au Mexique. Peut-être que je trouverai là-bas un petit coin pour élever quelques vaches et avoir une de leurs señoritas aux yeux noirs pour me faire la cuisine.

– Tu pars pour le Mexique?

Webb n'arrivait pas à croiser son regard. Ed lui inspirait de la pitié mais il n'aurait pas aimé qu'on le lui témoigne.

– J'ai pris mon billet, dit Ed, dont le bébé serrait toujours le gros doigt calleux. Eh oui, je n'ai jamais aimé la tequila mais au moins, c'est légal là-bas. Je vais aller reprendre encore un spécial de Sonny... Prends soin de ton garçon, Webb.

Il ne réitéra pas son invitation avant d'entrer dans le bar. La Prohibition, à Blue Moon, n'avait réussi qu'à augmenter le prix des boissons alcoolisées. Le sheriff Potter préférait ignorer le contenu des tasses qu'on servait à certains clients. Et dans ce pays sec, les liqueurs coulaient plus abondamment que l'eau.

En fait, pensa Webb sans en faire part à Lilli, ce n'était pas seulement les nouveaux venus dans la région qui vendaient leurs terres pour sauver le peu qui leur restait. Certains rancheros en faisaient autant, mais moins nombreux bien sûr. A se demander combien de propriétés finiraient par tomber entre les mains de Doyle Pettit...

Une certaine agitation se manifestait dans la rue encombrée de chariots et Webb en repéra vite la cause : Hobie Evans et ses deux acolytes s'amusaient à harceler de leurs sarcasmes les fermiers qui quittaient le pays.

– Ah, vous avez cru que vous pourriez venir ici prendre ce qui ne vous appartenait pas? Vous vous imaginiez que c'était la Terre promise et vous vous êtes aperçus que c'était l'enfer? Vos récoltes ont grillé sur pied, vos puits se sont taris et votre terre a été balayée. Eh oui, c'était la Terre promise, parce que moi, dès que je vous ai vus arriver, je vous ai promis que j'en ferai un enfer pour vous! Vous ne le saviez peut-être pas? Je suis le fils du diable!

Les éclats de son rire grinçant couvraient le roulement des chariots et le claquement des sabots des chevaux sur la chaussée. Les enfants de la famille de fermiers qu'il avait prise pour cible hurlaient de terreur devant son visage grimaçant.

Il n'en riait que plus fort et il frappa du plat de la main la croupe de leur pauvre rosse boiteuse qui, effrayée, fit un écart; le fermier dut tenir les rênes pour empêcher son attelage de bousculer des passants qui traversaient la rue.

– Hé, Hobie! Viens voir ici! cria le cow-boy métis qui venait de trouver de nouvelles victimes.

De l'abattant arrière de sa voiture, un autre fermier s'employait à trouver un client pour une pendule, son bien le plus précieux, héritage familial qu'il avait emporté de l'autre côté de l'Océan et qui finirait là, dans une rue poussiéreuse, vendue pour lui procurer de quoi manger le lendemain.

– Qu'est-ce que vous avez là, monsieur? s'exclama Hobie se précipitant vers le chariot.

L'homme saisit la pendule dans ses bras pour la protéger des trois hommes qui s'avançaient vers lui, tandis que sa femme, anxieuse, le tirait par la manche pour le faire remonter dans la voiture.

– Alors, reprit-il, on ne veut pas me laisser voir? Si quelqu'un désire acheter quelque chose, il a le droit de regarder, non?

– Je la vends pour dix dollars : elle vaut dix fois plus, dit le pauvre homme, montrant l'objet à contrecœur.

– Bon Dieu! Cette vieille chose! Vous voyez comme elle est vieille? dit Hobie en la montrant à ses amis. Je parie qu'elle ne donne même pas l'heure.

Quand il la secoua, la main de Lilli se crispa sur le bras de son mari. Sans la regarder, il se dégagea et se dirigea vers le chariot :

– Tu restes ici, toi, ne t'en mêle pas.

– Moi, je trouve que ça ne vaut pas dix dollars, déclarait Hobie en faisant semblant de rendre l'objet au fermier qui tendait déjà les mains.

Mais il lâcha la pendule qui tomba en faisant résonner son carillon, tandis que la gaine de bois se cassait en deux. La femme poussa un cri et Hobie éclata de rire en s'écriant :

– Pour sûr, maintenant, que ça ne vaut plus dix dollars! Ça ne vaut rien, monsieur. Exactement comme vous : vous ne valez rien. Et on ne veut pas de gens comme vous ici! On n'en a jamais voulu, de vous, et ce pays sera maudit jusqu'à ce que vous soyez tous partis. Fichez le camp!

Une bouteille fut jetée contre le chariot et Lilli l'entendit s'y écraser; des éclats de verre vinrent frapper les chevaux. L'un d'eux rua et Webb réussit à le calmer en le saisissant près du mors. Personne ne fit attention à lui, à l'exception des deux petites filles juchées sur la banquette. Tout le monde regardait, à l'arrière, le fermier qui ramassait sa pendule en essayant de rajuster les morceaux de la gaine.

– Vous m'entendez? insista Hobie. Personne n'en veut de votre camelote! Grimpez donc dans votre chariot et fichez le camp! Et emportez vos saletés avec vous!

C'en était trop. L'unique objet susceptible d'être vendu venait d'être brisé. Tremblant, au bord des larmes, l'homme se tourna vers Evans et se jeta sur lui.

Celui-ci esquiva sans peine cet assaut désespéré et, serrant ses deux mains en une seule masse, il en assena un coup violent sur le dos de l'homme qu'il étendit par terre.

– Cet imbécile s'attaque à moi! s'esclaffa-t-il.

Au moment où, ayant apaisé les chevaux, Webb allait vers l'arrière du chariot, une détonation éclata, réduisant tout le monde au silence. Se dressant sur la pointe des pieds, bouche béante, Hobie, comme suffoqué d'étonnement, crispa les doigts. Mais ses jambes le soutenaient à peine; il ne put que se tourner à demi pour essayer de voir l'inconnu qui avait tiré sur lui. Lilli porta la main à sa bouche en voyant le petit trou rouge au milieu de son dos.

A une vingtaine de mètres de là, Franz Kreuger se tenait immobile, son fusil calé sur l'épaule, un filet de fumée sortant du canon. Tandis que Hobie rampait dans la poussière, ses deux camarades reculaient vivement pour se mettre hors de portée de l'arme braquée dans leur direction. Mais c'était sur le mort que Kreuger la pointait toujours.

Poussé à bout par des ennemis qu'il n'avait pu combattre, la sécheresse qui l'avait ruiné, la maladie qui avait tué ses enfants et fait de sa femme une incurable, il avait enfin trouvé en Hobie Evans une cible qu'il pouvait détruire...

Son regard de dément terrorisait la foule, personne ne fit un pas, ni vers le cadavre ni vers lui. Comment savoir s'il n'allait pas se remettre à tirer au hasard? Webb pensa qu'il fallait faire quelque chose, mais à peine avait-il bougé qu'une main pesant sur son épaule l'arrêta : il vit Doyle qui, sans bruit, venait de le rejoindre.

– Ne t'occupe pas de ça, Webb, murmura-t-il, il suffira qu'il te voie pour tirer.

Venant de l'autre côté de la rue, le sheriff, tenant un fusil à deux coups, se frayait un chemin à travers les gens attroupés; quittant Webb, Doyle Pettit le rejoignit.

Avec une aisance qu'il ne put qu'admirer, Webb le vit s'avancer vers Kreuger, son beau visage éclairé par le regard charmant de ses yeux clairs. Il tenait les mains enfoncées dans ses poches, ouvrant ostensiblement sa veste pour montrer qu'il n'était pas armé. Or, Evans ne l'était pas non plus. Kreuger le regarda d'un air méfiant, mais Doyle s'immobilisa devant le cadavre étendu dans la poussière :

– C'était un sale type, n'est-ce pas? dit-il calmement.

– Il méritait la mort, déclara Kreuger. Personne ne doit se réjouir du malheur des autres. Il y a longtemps qu'on aurait dû le tuer. J'ai assez répété qu'il fallait qu'on se serre les coudes et qu'on s'entraide. Mais on a laissé des gens tels que lui nous chasser de nos terres. Il fallait y mettre bon ordre.

Doyle parut impressionné par ces propos amers et il hocha la tête :

– Savez-vous, Kreuger, eh bien, je crois que vous avez raison. Dans cette affaire, il faut qu'on s'aide. Vous, moi et le sheriff, on va s'asseoir quelque part et réfléchir à ce qu'il faut faire. Ce Hobie Evans, le sheriff n'a jamais eu que des ennuis avec lui. N'est-ce pas, sheriff?

Potter en profita pour s'avancer à son tour, son arme pointée vers le sol et se gardant de tout geste menaçant à l'égard de Kreuger. Et Doyle expliqua la présence de ce fusil par le fait que le sheriff avait entendu la détonation, sans savoir de quoi il s'agissait. A eux deux, ils eurent tôt fait d'emmener Kreuger vers le bureau du sheriff. Pettit lui parlait et écoutait attentivement ses réponses.

Le corps d'Evans fut emporté par deux cow-boys chez le maréchal-ferrant, qui fabriquait aussi les cercueils. Quant à Lilli, lorsque Webb la rejoignit, il la trouva pâle et tremblante; il l'emmena hors de la foule et la fit asseoir dans un coin calme de la salle de l'auberge, mais il fallut attendre plusieurs minutes avant de réussir à se faire servir du café.

Son fils sur les genoux, dont elle devait maintenir les petits bras tendus vers la tasse, pour éviter qu'il ne répande le liquide brûlant, elle commença à boire et sa nervosité s'apaisa.

– J'ai toujours pensé que Kreuger était capable de tuer quelqu'un de sang-froid, murmura-t-elle. Mais le voir...

– C'est fini maintenant, dit Webb en enfermant ses deux mains dans l'une des siennes.

– Vraiment? objecta-t-elle, levant vers lui le regard dubitatif de ses grands yeux bleus. A moins que ce ne soit qu'un commencement? J'en ai entendu des histoires de gens qui devinrent fous en période de sécheresse qui s'éternise! Kreuger a toujours prêché la violence. Et il l'a montré. Qu'est-ce qui pourra l'empêcher de continuer maintenant?

– Le sheriff l'a arrêté, Lilli. Tu n'as plus à t'en faire, voyons.

– J'aimerais le croire, soupira-t-elle, toujours sceptique.

C'est alors que Simon Bardolph fit son entrée et, apercevant Webb et Lilli dans leur coin, vint les rejoindre.

– Vous avez vu? se contenta-t-il de dire. Je viens d'examiner le corps pour dresser le certificat de décès. J'étais sûr que Kreuger finirait par faire un coup pareil. Le sort s'est acharné contre lui.

– Il a vendu? Il s'en va? demanda Webb.

– Il ne quittera sa ferme que les pieds devant, soupira le médecin en secouant la tête d'un air las.

– Et Helga? demanda soudain Lilli. Etait-elle venue en ville avec lui?

– Je ne pense pas. Elle ne peut rien faire sans se mettre à tousser. Je suis sûr qu'elle est restée à la maison avec sa fille, répondit Bardolph en faisant signe à la serveuse de lui apporter un café.

– Il faut que quelqu'un la prévienne, reprit Lilli, prise de compassion pour cette pauvre femme et inquiète de ce qui l'attendait.

Bardolph poussa un profond soupir :

– Je vais y aller. Elle aura besoin de moi.

Des voix s'élevèrent dans la rue, on distinguait vaguement des acclamations et, lorsque la porte s'ouvrit, plusieurs personnes se précipitèrent dans la salle, se disputant l'honneur de serrer la main de Doyle Pettit, en le félicitant d'avoir si bien su s'y prendre avec Kreuger. Il promena son regard autour de lui et, se dégageant rapidement du groupe qui l'entourait, il s'approcha de la table de Webb.

– Je suis content de vous trouver là, Simon, dit-il en s'asseyant à côté de lui. Je vous cherchais. On m'a dit que vous étiez ici.

– Qu'y a-t-il? Avez-vous des ennuis avec Kreuger? demanda le médecin en se redressant.

– Pas exactement. Pour le moment, il est enfermé dans mon bureau. On l'a emmené là plutôt que chez le sheriff pour ne pas l'alarmer. J'ai fermé la banque pour la journée afin qu'on puisse voir ce qu'on va faire de lui.

– Il est à la banque? s'exclama Simon, les sourcils froncés.

– Il ne faut pas s'en faire à son sujet, dit Pettit d'un ton rassurant. J'ai mis du laudanum dans son café. Pour le moment, il dort sur mon divan. Il en a pour deux heures au bas mot.

– Qu'y a-t-il?

– Kreuger a subi pas mal de tensions ces derniers temps et aujourd'hui, il a craqué. Je pense que nous pouvons nous réjouir que ce soit Evans et personne d'autre qui ait écopé. Je ne peux pas dire que je lui en veuille d'avoir tué Hobie; il m'est souvent arrivé d'avoir envie de l'étrangler de mes propres mains.

Mais si on enferme Kreuger jusqu'au procès, à mon avis, il deviendra fou. Je voudrais que vous m'aidiez à persuader le sheriff de le relâcher et de me le confier, sous ma responsabilité. Je peux très bien le tenir. Je le ferai venir, avec sa famille, dans mon ranch, où ils auront tout ce qu'il faut pour manger et se reposer.

– Vous ne voulez tout de même pas dire qu'il a eu raison de tuer un homme désarmé sous prétexte qu'il s'agissait de Hobie Evans? s'indigna le médecin.

– Ce n'est pas à moi d'en décider. C'est l'affaire du jury. Je ne prétends pas qu'il doive être acquitté. Mais en raison de son état, je trouve qu'on ne devrait pas le garder en prison jusqu'au procès... Voudriez-vous en parler au sheriff pour moi?

– Vous sentez-vous prêt à endosser cette responsabilité?

– Je sais le prendre. En plus, j'ai des hommes qui le surveilleront. Ce n'est pas seulement pour Kreuger que je me fais du souci, mais pour sa femme, insista Doyle.

– J'espère que vous ne faites pas une erreur, soupira Bardolph.

– Le sheriff est dans mon bureau, il garde un œil sur Kreuger pour le cas où il se réveillerait. Allons-y et vous lui parlerez.

– Laissez-moi passer d'abord chez moi pour rédiger le certificat de décès. (Il poussa vers Doyle le café que la serveuse lui apportait.) Buvez-le, je reviens dans quelques minutes.

Il partit et Lilli souhaita en elle-même qu'il ne réussisse pas à faire adopter au sheriff la proposition de Doyle. Sans comprendre la raison de son inquiétude, un tel arrangement lui déplaisait.

Potter céda sans difficulté devant les affirmations de deux des membres les plus respectables de la communauté. Kreuger était encore inconscient quand on le mit dans le boghei du médecin pour aller chercher sa femme et sa fille à la ferme.

Doyle scrutait le ciel, voilé par la poussière soulevée par le vent, mais sans un nuage. En ce qui le concernait, le coup de feu de ce matin avait été un coup de chance. Kreuger lui avait sauvé la mise, sans le savoir. La ruée à la banque des jours précédents avait presque tari ses liquidités. Et il avait profité du drame, dans la rue, pour fermer ses guichets avant que les fonds ne viennent à lui manquer et que la panique ne s'empare des clients. Son attitude à l'égard de Kreuger le faisait maintenant considérer comme une sorte de héros. S'il n'ouvrait pas la banque, demain, les gens accepteraient n'importe quel prétexte. Après, c'était le week-end. Il avait jusqu'au lundi pour se procurer des fonds.

L'achat du ranch d'Ed Mace le mettait dans une position difficile, mais le jeu en valait la chandelle. S'il avait pu le prévoir, il aurait préparé des disponibilités sans avoir à piocher dans les caisses de la banque. Mais tout allait s'arranger.

– Vous ressemblez à un chat devant un bol de lait, observa Bardolph, surprenant un sourire sur le visage de son compagnon.

– Je suppose que c'est parce que ça me fait plaisir de rendre service à autrui.

Une trompe d'auto, derrière eux, incita Simon à tirer sur les rênes pour mettre le boghei sur le bas-côté. Webb, qui était au volant, leur fit en passant un signe de main.

Les Calder n'avaient pas fait d'achats en ville, ainsi que Lilli en avait eu d'abord l'intention. En reconnaissant la voiture du docteur, elle comprit qu'il se rendait chez Kreuger et tous ses espoirs s'évanouirent.

– J'aurais préféré le savoir en prison, dit-elle en forçant sa voix pour se faire entendre.

– Mais il va être jugé, voyons! Tu peux être tranquille.

Or, Lilli n'était pas tranquille...

28

Des éclairs illuminaient le ciel à l'horizon, mais Lilli ne se faisait pas d'illusions : les éclairs de chaleur n'annonçaient pas la pluie. Le vent nocturne qui soulevait les rideaux était sec et chaud, mais il rendait moins étouffante l'atmosphère des chambres du haut, et tant pis si le lendemain matin les meubles étaient couverts de poussière.

Elle souleva la masse de ses cheveux qui pesait sur son cou et jeta les yeux sur le berceau où, indifférent à la chaleur qui collait sur sa peau moite la petite chemise de nuit, Chase dormait d'un profond sommeil.

Lilli mettait sur le compte de cette touffeur la nervosité qui la faisait sortir du lit, mais les pensées qui ne cessaient de tourner dans sa tête en étaient aussi responsables.

Le procès de Kreuger devait s'ouvrir le lendemain. Trois semaines s'étaient écoulées depuis le drame, mais son inquiétude demeurait. Personne ne pleurait la mort de Hobie Evans; elle-même ne l'avait jamais aimé, mais Kreuger l'avait tué en tirant sur lui par-derrière. S'il s'en sortait avec ça, rien ne l'arrêterait. Il se considérerait comme au-dessus des lois, en droit de se venger de n'importe quel tort, réel ou imaginaire. Tôt ou tard, il prendrait Webb pour cible. Il le haïssait depuis toujours, d'une haine enracinée au tréfonds de son être.

Elle avait tenté de lui faire part de ses craintes, mais il n'y croyait pas. Selon lui, Kreuger serait jugé et châtié pour son crime. Comme elle ne partageait pas sa certitude, elle le lui dit. Une querelle s'était élevée entre eux, typique de leur différence de point de vue, et cela aussi la troublait.

Submergée par une vague de passion, elle regarda vers le lit où les éclairs révélaient par instants dans une lumière crue les traits énergiques de Webb, ses lèvres fermement jointes, même dans le sommeil. Couvertures et draps repoussés loin de lui, elle put examiner à loisir son corps viril, détendu dans le repos.

Elle fit glisser silencieusement sa chemise de fil et remonta dans le lit. A son contact, Webb l'attira machinalement dans le creux de son bras, mais elle se pencha sur lui, balayant sa joue de ses cheveux. Quand elle passa ses lèvres sur sa bouche, il s'étira et s'éveilla lentement. A l'avidité qu'il sentait dans son baiser il répondit en enfonçant les doigts dans sa chevelure pour presser son visage contre le sien.

Quand il la fit rouler sur le dos, leurs bouches se quittèrent assez pour qu'elle murmure :

– Fais-moi l'amour, Webb.

Lentement et passionnément, ils firent durer leur étreinte, n'arrivant jamais à satisfaire la soif que chacun d'eux avait de l'autre.

Et même quand ce fut fini et qu'ils s'endormirent dans les bras l'un de l'autre, leurs corps et leurs âmes restaient insatisfaits.

L'aube se leva dans une gloire incandescente, annonçant un soleil éclatant. Webb arrêta la voiture devant la maison des Stanton sans couper les gaz. Se tournant vers sa femme et son fils assis derrière lui, il fourragea dans la crinière brune de l'enfant, sans quitter Lilli des yeux :

– Tu tiens vraiment à aller au procès?

– Oui, répondit-elle fermement.

Chase dans les bras, elle gravit les marches du perron et Ruth qui les avait entendus avait ouvert la porte avant qu'elle ne frappe. Dès qu'il la vit, Chase, tout excité, lui tendit les bras. Elle était pour lui une seconde mère, aussi ne faisait-il aucune difficulté quand Lilli le lui confiait.

– Il a déjà pris son petit déjeuner. Je ne sais pas quand nous rentrerons. Cela dépendra de la longueur du procès.

– Ne t'en fais pas pour Chase. Je prendrai soin de lui, dit Ruth en posant l'enfant par terre.

Le petit Buck était déjà arrivé à quatre pattes. Regardant son fils qui jouait avec son camarade, aussi à l'aise que s'il se trouvait chez lui, Lilli se sentit rassurée, mais non sans un léger serrement de cœur.

– Je ne me fais aucun souci quand il est avec toi, Ruth. Je sais que tu l'aimes autant que moi, dit-elle.

Et d'un geste impulsif, elle prit la main de la jeune femme et la serra. Puis elle se détourna vivement et remonta dans la voiture. Ils avaient un long trajet à parcourir pour arriver au palais de justice.

Avant d'entrer dans la salle du tribunal, Doyle Pettit tira Kreuger à l'écart, de façon que Potter puisse les voir mais non les entendre. Son client, menottes aux mains, l'air méfiant et buté, lui paraissait devoir être chapitré :

– Vous devez faire exactement ce que je vous dis et tout en dépend. Il va falloir que vous plaidiez coupable en vous en remettant à l'indulgence de la cour.

– Je ne veux pas aller en prison, affirma Kreuger d'un ton menaçant.

– Si vous faites ce que je vous dis, vous n'irez pas. Est-ce que je vous ai jamais mal conseillé en quoi que ce soit? J'essaie de vous aider, Kreuger! Les douze hommes qui composent le jury sont tous des fermiers comme vous, ils savent tout ce que vous avez enduré. Ils sont bien disposés à votre égard. Quant au juge, ne vous en faites pas. Calder n'a aucune prise sur lui, c'est moi qui le tiens. (Doyle n'alla pas jusqu'à mentionner l'emprunt depuis longtemps venu à échéance contracté par le juge dans sa banque.) Il ne nous reste plus que quelques minutes. Voulez-vous que nous récapitulions?

– Je ne suis pas un ignorant, protesta Kreuger, qui trouvait la question insultante. Vous m'avez déjà répété plusieurs fois tout ce que je dois faire!

– Très bien, fit Doyle, pas rassuré.

Son client était si imprévisible! Et lui, il jouait le tout pour le tout. En cas de succès, tous ses problèmes seraient résolus. En attendant, les gens commençaient à s'étonner de ce que la banque ne soit pas rouverte tous les jours; en cas d'échec, et s'il se trouvait à court d'excuses, tout s'effondrerait.

Dans une salle surpeuplée, Lilli et Webb arrivèrent à se caser au second rang, derrière la table du procureur. Voyant Bardolph en quête d'une place, Webb se leva pour lui faire signe de les rejoindre et Lilli se serra contre son mari pour le laisser s'asseoir.

– Je ne savais pas que vous viendriez, observa-t-il.

– Lilli a insisté, se contenta de dire Webb avec une nuance de réprobation dans la voix.

– On m'a convoqué pour témoigner de la cause de la mort. Ma réponse se résume en cinq mots : une balle dans le dos.

Un murmure courut dans les bancs à l'entrée du ministère public et de l'avocat de la défense avec l'inculpé. Seuls ces deux derniers, Pettit et Kreuger, restèrent debout près de leur chaise, suscitant des chuchotements étonnés de la part du public.

– Grand Dieu! qu'est-ce qu'elle fait ici? grommela Bardolph.

Lilli vit la malheureuse Helga, au dernier degré de la maladie, s'avancer jusqu'à une place vide derrière la table de la défense, soutenue de chaque côté et presque portée par deux hommes.

– Doyle fait tout pour jouer sur la compassion du jury, souffla Webb, irrité et mis en éveil.

L'arrivée des membres de ce jury lui confirma la

justesse du calcul : c'étaient tous des petits producteurs de blé. Pour la seconde fois, il se sentit en défaut : il avait sous-estimé Doyle. Néanmoins, il ne voyait pas l'avantage qu'il tirerait en faisant acquitter Kreuger; il pourrait plus facilement s'emparer de sa terre s'il était condamné.

Une fois Helga Kreuger assise, Pettit en fit autant et invita son client à prendre place à côté de lui. Le regard de celui-ci se chargea de haine lorsqu'il s'avisa de la présence de Webb au second rang.

– Calder est là, dit-il à Pettit.

– Ne pensez pas à lui pour l'instant. Et ne prenez pas cet air. Si le jury vous voit ainsi, vous finirez la corde au cou, lui ordonna-t-il tout bas, presque sans remuer les lèvres.

– C'est bien ce qu'il espère!

– Alors il faut le décevoir!

Toute la salle se leva quand le juge fit son entrée. Il frappa le bureau d'un coup de son marteau et ordonna le silence. Le procès commença.

Plaidant coupable, Pettit invoqua la pression des circonstances à la suite desquelles l'acte avait été commis. Au bout de quelques minutes, Webb se rendit compte que l'on était en train de faire le procès de Hobie Evans et non celui de Kreuger.

Plus de dix témoins vinrent affirmer avoir souffert des brutalités et des sarcasmes infligés par la victime. Et tandis qu'on dépeignait Evans comme un être diabolique, Pettit s'étendit avec éloquence sur les malheurs et les déboires subis par Kreuger. Après avoir accepté en silence tous les maux que la sécheresse, les sauterelles, la maladie ou la mort des siens lui avaient successivement infligés, il n'avait pu supporter le spectacle de son voisin tourmenté par cet infâme individu. A la fin de sa plaidoirie, Pettit implorait la miséricorde du jury pour son malheureux client et la pauvre malade qui avait tant besoin de lui.

Webb écoutait intensément. A côté de lui, blême, Lilli lui transmettait sa nervosité par son contact. Quand les jurés se retirèrent pour se concerter, il lui prit la main et leurs doigts entrecroisés se serrèrent, mais elle demeurait tendue. Personne ne bougea dans la salle, on attendait le verdict, sachant qu'il ne se ferait pas long. Moins de vingt minutes après, en effet, les jurés reprenaient leur place.

Quand le juge lut la sentence accordant à Kreuger des circonstances atténuantes, Lilli se leva d'un bond, les poings serrés, protestant contre la décision qui libérait Kreuger :

– Non! Vous ne pouvez pas faire ça!

Webb se leva à son tour, s'efforçant de la faire taire et de l'entraîner vers la sortie. Elle se laissa faire sans résistance. Les gens s'attroupaient, certains s'attardant pour assister à la scène touchante qu'offrait Kreuger, débarrassé de ses menottes et s'approchant de sa femme. Simon, soucieux des conséquences de cette dernière épreuve sur son état de santé, se sépara des Calder pour se frayer un chemin jusqu'à elle. Des larmes coulaient sur son maigre visage, tandis que son mari l'entourait de ses bras. Furieux, il s'en prit à Doyle Pettit, lui ordonnant de la faire sortir :

– Elle doit observer le repos le plus complet, sans quitter son lit!

– J'ai une chambre pour elle dans la pension de famille, au bout de la rue, se contenta-t-il de répondre en faisant signe aux deux hommes qui l'avaient amenée de la raccompagner.

– Je veux l'emmener à la maison, protesta Kreuger.

– Elle n'est pas en état de se déplacer. Vous ne voyez pas qu'elle est malade? Il lui faut du repos et je ne parle pas d'une ou deux heures, mais de jours et de semaines.

A défaut des avertissements du médecin, le son horrible de sa toux convainquit Kreuger; il l'aida à se lever et à traverser la foule qui commençait à s'éclaircir.

– Comment avez-vous pu lui faire subir une pareille épreuve? reprocha Simon à celui qu'il avait pris pour un être compatissant.

– Je n'avais pas le choix.

– En effet, vous l'avez utilisée pour obtenir la liberté de Kreuger! Et vous avez gagné. J'espère que vous vous rendez compte de ce que vous avez fait en libérant un tel homme.

– Ce n'est pas moi qui l'ai libéré, c'est le juge, le reprit doucement Pettit. En tant que médecin, vous avez le devoir de tout faire pour sauver votre patient. C'est également le mien de tout faire pour défendre mon client. Au juge et au jury, ensuite, de décider du bien ou du mal fondé de mes arguments. Pas plus que vous, je ne joue le rôle de Dieu.

Malgré la justesse de la comparaison, Bardolph ne fut pas convaincu et son expression durcie, quand il tourna le dos à Pettit, montrait à quel point il le tenait maintenant en piètre estime.

Ainsi, Lilli avait eu raison dans ses craintes. Celui qui, devant une foule de témoins, avait tué Evans en lui tirant dans le dos, sortait, libre, du tribunal.

– Je veux rentrer à la maison, Webb. Tout de suite, dit-elle, prise du désir urgent, impératif, de se retrouver au ranch le plus vite possible.

– Il est trop tard, répondit Webb après avoir consulté sa montre. Nous ne serons pas rentrés avant la nuit et je n'aime pas rouler sur ces routes dans l'obscurité.

– Je t'en prie. Je sens qu'il faut qu'on rentre, et je veux voir Chase, m'assurer qu'il va bien, implora-t-elle.

Il hésita et elle crut avoir gagné, mais il secoua la tête :

– Non, nous allons passer la nuit ici, comme prévu, et nous partirons tôt demain matin. Ruth prend soin de notre fils, tu le sais.

– Oui, reconnut-elle, sans que sa nervosité en soit apaisée.

– Cette histoire de Kreuger t'a rappelé de mauvais souvenirs, dit-il en passant un bras autour de sa taille, avec un chaud sourire, fier de la belle femme mince et courageuse qui portait son nom. Penses-tu que je puisse obtenir d'une certaine dame, mariée, qu'elle accepte de dîner avec moi ce soir? murmura-t-il d'une voix pressante.

– Tu peux essayer!

Franz Kreuger tira le store pour que les rayons du soleil couchant ne gênent pas sa femme qui, les yeux fermés, venait de sombrer enfin dans un sommeil fragile.

– Comment est-elle? demanda Pettit qu'il rejoignit au petit salon du rez-de-chaussée.

– Enfin endormie. Ça lui fera du bien, répondit brièvement Kreuger, l'air dur et agité, en s'approchant de la fenêtre. Il faut qu'on aille à la maison. Il y a trop longtemps que je me suis absenté. Le travail m'attend là-bas.

– J'ai l'impression que votre femme ne sera pas en mesure de se déplacer avant pas mal de temps, observa Pettit en buvant du whisky de contrebande.

– Je la laisserai ici jusqu'à ce qu'elle aille mieux, déclara-t-il en décidant pour elle, comme il l'avait toujours fait. Je veux y aller dès ce soir.

– Calder ne partira pas avant demain matin, vous avez raison de vous rendre là-bas tout de suite. Je dirai à Mme Rogers de s'occuper de votre femme.

Kreuger se planta devant lui, une lueur de méfiance dans ses yeux plissés :

– Vous avez fait beaucoup pour moi, et je ne peux pas vous payer.

– Mais vous me paierez, affirma Pettit avec un sourire. Je me suis toujours targué de savoir juger les gens, Kreuger. Vous êtes de ceux qui paient leurs dettes. La sécheresse ne durera pas toujours. Avec votre terre, vous finirez par récolter du blé. Ça fera travailler mon silo, ma banque, mon magasin de matériel agricole. En vous aidant, je travaille aussi pour moi.

Et plus encore que Kreuger ne pouvait le supposer; assuré du bon déroulement de ses projets, Pettit leva son verre à leur réussite.

Puisqu'il ne s'agissait pas de charité, chose pour lui inacceptable, Kreuger, libre de toute gratitude, n'avait rien à objecter à l'aide que lui accordait Pettit.

– Alors je m'en vais. Dites-lui que je viendrai la chercher dans trois semaines.

– D'accord, opina Doyle, dont le visage ne s'épanouit que lorsque l'autre eut franchi le seuil. (Alors, avec un ricanement étouffé, il murmura :) Cours-y vite, Kreuger, cours chez toi !

Webb et Lilli se mirent en route tôt le lendemain matin, dépassant sur la route des familles entières de fermiers, les uns à pied, mais la plupart en chariot. Çà et là, des incendies avaient noirci jusqu'à la terre, ailleurs, quelques chardons poussaient encore sur les dunes de boue séchée, maigre pâture pour les vaches laitières. Dans les cours des fermes, des poulets maigres grattaient inutilement le sol et des cochons squelettiques se vautraient dans la poussière.

Ce fut un soulagement pour eux de franchir la barrière qui marquait de façon anonyme l'entrée du ranch. Bien que roussie et craquante, la prairie maintenait le sol dans ce paysage aux molles ondulations.

– On est presque arrivés, dit Webb avec un rapide coup d'œil vers sa femme.

– J'aimerais qu'on y soit encore plus vite, remarqua-t-elle en souriant, le visage balayé par des mèches de cheveux que le vent avait défaites de son chignon.

Comme la route s'étendait, droite devant lui, Webb appuya sur l'accélérateur mais, à peine avaient-ils parcouru la moitié de cette ligne droite qu'une détonation claqua en même temps que le volant échappait à son contrôle. Il y eut un bruit d'éclatement. Malgré les efforts de Webb, la voiture, violemment déportée vers la droite, rebondit brutalement du bas-côté pour s'immobiliser soudain en heurtant le talus. Il ne comprit pas tout de suite qu'ils ne bougeaient plus. Il se tourna vers Lilli et la vit qui gisait contre la portière.

Saisi d'une terreur folle, il tendit les bras vers elle en l'appelant. Son corps était inerte. Une vilaine ecchymose colorait sa tempe droite. Il chercha son pouls, qui lui parut très faible. Son propre cœur battait à se rompre dans sa poitrine. Il l'étendit précautionneusement sur le siège et tâtonna derrière lui pour ouvrir la porte.

Une balle ricocha sur le métal de la carrosserie et il se pencha au-dessus d'elle. Il n'y eut pas d'éclatement; le tireur avait manqué le pneu. Mais une autre balle s'enfonça dans le rembourrage du siège, juste au-dessus de sa tête. Ouvrant la boîte à gants dans le tableau de bord, il en tira le revolver qui lui servait à tuer les serpents, nombreux dans le pays.

Il fallait amener le tireur à ne plus viser la voiture, où Lilli risquait d'être touchée. Webb attendit que le troisième projectile fasse voler le pare-brise en éclats pour ouvrir la portière et se jeter sur le sol, se mettant aussitôt à ramper à toute vitesse. Deux autres déflagrations claquèrent coup sur coup, l'invisible assaillant essayant de localiser sa cible. Un affleurement de charbon dénudé par l'érosion se présenta devant lui et Webb se précipita derrière son arête pour s'y abriter.

Une balle vint faire sauter des fragments de charbon qui s'émiettèrent contre sa main tandis qu'il s'aplatissait sous le rebord rocheux.

Il haletait. La transpiration ruisselait de son front. Tous les coups partaient d'une même arme, il n'y avait qu'un seul tireur et, d'après la trajectoire, il devait se trouver de l'autre côté de la route, dans une pinède, sur la colline. Webb vérifia son revolver : il ne contenait que cinq balles.

Si un cavalier du ranch se trouvait dans le voisinage, peut-être avait-il entendu les coups de feu? Mais Webb ne pouvait prendre le risque d'attendre de l'aide, avec Lilli blessée et inconsciente dans la voiture. Le seul, mais faible avantage dont il disposait, c'est que l'adversaire ignorait qu'il fût armé. Cinq balles seulement ne lui permettraient pas de répliquer longtemps à l'ennemi; il fallait donc le débusquer. Webb était en terrain découvert. L'assaillant, qui avait bien choisi le lieu de l'embuscade, bénéficiait d'une situation privilégiée.

Webb fit semblant de se rabattre vers la voiture mais se rejeta derrière le muret de charbon. Cette fois il avait vu, entre les arbres, un éclair rouge. Les coups partaient de derrière les branches du plus petit sapin, dont le rideau d'aiguilles brunes et brillantes dissimulait le tireur.

Aucun bruit ne venait de la voiture, indiquant que Lilli aurait repris conscience. L'angoisse lui desséchait la bouche, mais Webb devait l'écarter de son esprit, concentrant toute son attention sur la lutte. Il se mit à ramper sur le ventre, laissant son chapeau sur le rebord de la crête charbonneuse et, comme un serpent, se glissa entre les herbes, profitant de chaque ondulation de terrain pour s'y couler. Il s'attendait à entendre à tout moment une balle siffler à son oreille. Ce qui le protégeait, c'était précisément que le tireur ne pouvait croire qu'il puisse s'avancer en terrain aussi découvert.

La progression qui l'amena au pied de la colline lui parut durer une éternité. La chemise trempée de sueur, il s'arrêta pour juger de la distance le séparant encore des arbres, la main crispée sur son revolver.

Sur la droite, un hennissement d'inquiétude, à peine audible, attira son attention. Un grand cheval de labour, attaché à un pieu fiché en terre, ouvrait un œil effaré sur ce grand corps sombre qu'il voyait entre les herbes. Webb reconnut un des chevaux de Kreuger. Kreuger était son assaillant! Il se maudit de n'avoir pas écouté les avertissements de Lilli. Mais même alors, qu'aurait-il pu faire? La cour avait jugé et libéré Kreuger... pour qu'il puisse tuer encore.

Le cheval s'ébroua. Il fallait agir vite. Kreuger devait l'avoir entendu lui aussi. Bondissant sur ses pieds, l'arme au poing, Webb vit Kreuger se détacher de l'arbre auquel il s'appuyait, regardant le haut de la colline :

– Jetez votre fusil, Kreuger!

Celui-ci fit volte-face et tira sans même épauler. La balle traversa sa manche et Webb appuya instinctivement sur la détente, atteignant Kreuger en pleine poitrine. Il chancela mais continua à avancer et, cette fois, il leva son fusil et visa. Webb fit feu en se rejetant sur sa gauche. Il entendit le sifflement de la balle qui le frôla. Le bras gauche de Kreuger pendait, inerte, et une tache rouge s'élargissait sur sa manche. Il essaya tout de même, avec son seul bras valide, de relever son fusil pour tirer. Grinçant des dents, Webb tira aussi, se rendant compte que cet homme ne cesserait de le viser qu'une fois mort.

Kreuger tomba en avant et lâcha son fusil. Webb se précipita sans détourner son arme, comme un chasseur qui a abattu mais non tué une bête féroce. Dans un effort surhumain, Kreuger essayait de se traîner jusqu'à son fusil. Mais Webb l'atteignit le premier et s'en empara. Kreuger tordit le cou pour le regarder, les yeux luisant de haine.

– Bon Dieu, Kreuger, mais pourquoi?

– Vous avez incendié ma ferme, articula Kreuger d'une voix qu'étranglait le sang qui montait à sa bouche et coulait du coin de ses lèvres. Vos hommes... y ont mis le feu... Pettit m'avait prévenu que vous... aussi...

Ses paroles devinrent inintelligibles tandis que la lumière de la vie s'éteignait dans ses yeux.

– Pettit! s'exclama Webb, les traits durcis, se penchant vers l'homme dont il saisit les épaules. Que voulez-vous dire? De quoi vous a prévenu Pettit?

Mais l'homme qu'il fixait intensément était mort et le sol sec et craquelé s'imprégnait de son sang. Webb lâcha la chemise et le corps inerte retomba. Une nausée monta en lui, mais il pensa à Lilli et dévala la pente.

Elle gisait toujours sur le siège, exactement dans la même position, n'ayant visiblement pas bougé. Son pouls s'était encore affaibli et c'est à peine s'il sentit son souffle sur sa main. Il serra les dents pour retenir ses sanglots.

– Lilli, au nom du ciel, ne meurs pas! J'ai besoin de toi! gémit-il.

Il s'éloigna d'elle à regret pour inspecter les dégâts subis par la voiture. A droite, le pare-chocs avant enfoncé dans le talus empêchait qu'on change le pneu. Il essaya en vain de faire repartir le moteur. Il allait soulever le capot quand un martèlement de sabots l'avertit de l'arrivée de cavaliers. Il s'empressa d'ouvrir la portière pour prendre Lilli dans ses bras. Ike Willis et Nate Moore le trouvèrent donc debout au milieu de la route, les attendant, et arrêtèrent brusquement leurs chevaux pour sauter à terre.

– On a entendu des coups de feu, que s'est-il passé? demanda Nate, regardant avec inquiétude la femme inerte dans les bras de Webb.

– Kreuger. Son corps est là-haut... Je vais prendre

ton cheval, Nate. Et toi, Ike, va chercher le docteur. C'est sa tête, elle a heurté...

Il ne put terminer sa phrase, étouffé par les larmes.

Resté seul sur les lieux du drame, Nate en déchiffra sans peine les signes et sut en reconstituer le déroulement.

Assis au chevet de Lilli, Bardolph ne pouvait qu'assister, impuissant, au tarissement de la vie dans son corps, se bornant à surveiller son pouls et sa respiration. Tassé sur une chaise, tout près du lit, Webb serrait une de ses mains dans les siennes, comme pour lui transmettre sa propre force. Dans son visage mortellement pâle sous le hâle, ses yeux avaient une expression hagarde.

Se penchant sur elle, Simon chercha une fois encore le pouls avec son stéthoscope et ne le trouva pas. La chose s'était passée si vite qu'il n'aurait su en situer le moment. Des larmes emplissaient ses yeux quand il les tourna vers Webb.

– Je n'ai pu la retenir. Je suis désolé...

Aucune révolte, aucun refus de l'évidence, Webb ne manifesta rien. Sa sombre tête baissée, il serrait si fortement la main de Lilli que ses jointures blanchissaient. Pour Simon, ce silence imposait une épreuve plus insupportable encore que ne l'eussent fait des sanglots ou des protestations.

– Laisse-moi seul avec elle, dit-il enfin d'une voix étrangement basse et rude.

Quand Simon sortit de la pièce, son menton tremblait et les larmes lui brouillaient la vue au point qu'il eut du mal à trouver la porte. La refermant derrière lui, il s'y appuya, le souffle haché. A l'intérieur, il entendit remuer une chaise.

Webb s'était assis au bord du lit, le visage ruisselant de larmes. Prenant Lilli dans ses bras, il enfouit sa tête dans sa chevelure cuivrée et s'abandonna aux sanglots qui secouaient son corps. Il ne se détacha d'elle que lorsque toute chaleur l'eut quittée.

29

Impassible, Webb se tenait debout devant la tombe, bien d'aplomb sur ses jambes légèrement écartées, son petit garçon de moins d'un an dans les bras. Le pasteur débita d'un ton monocorde la prière des morts. A part le Dr Bardolph, l'assistance se composait uniquement des hommes du ranch avec leurs familles.

De la fosse fraîchement creusée, des bourrasques arrachaient une fine poussière de terre sèche qui fouettait le visage de ceux qui se trouvaient là. Et le petit Chase se gratta le nez en faisant une grimace agacée.

Après avoir jeté lui-même une pelletée de terre sur le cercueil, Webb en présenta une autre à son fils qui empoigna tout ce que pouvait contenir sa petite main, en regardant gaiement son père, comme s'il s'agissait d'un jeu.

– Jette-la, mon petit, dit-il d'une voix neutre en désignant la fosse d'un signe de tête.

L'enfant lança la terre d'un geste vigoureux et se pencha vers la pelle pour en reprendre. Mais Webb la vida et la passa à Nate Moore, qui le suivait avec ses parents. Puis il s'écarta, silhouette solitaire et vêtue de noir, d'autant plus pathétique dans son immobilité et son silence qu'il tenait un si jeune enfant dans ses bras.

Les gens commençaient à se disperser quand il s'approcha de Ruth Haskell et de son mari. Chase tendit aussitôt les bras vers celle qui était déjà sa seconde mère.

– Prends-en soin, Ruth, dit Webb en le lui laissant.

Intrigué par son attitude comme tous ceux qui l'avaient observé, Nate le fut plus encore quand il le vit se diriger vers les écuries et non pas vers la Grande Maison. Il le suivit et le trouva en train de seller un cheval.

– Où vas-tu?

– En ville.

– Et pourquoi?

– J'ai des questions à poser à Pettit.

– Ça ne peut pas attendre? Une tempête de sable se prépare.

– Non, ça ne peut pas attendre.

Webb mettait déjà le pied à l'étrier.

– Alors je viens avec toi.

– Merci, mais je n'ai besoin de personne.

Il franchit la barrière du ranch et s'élança sur la route de Blue Moon, devançant de peu la bourrasque qui finit par le rattraper à quelques kilomètres de la ville, cinglant monture et cavalier de milliers de petits projectiles qui leur piquaient la peau et pénétraient partout. Webb dut nouer un mouchoir sur le bas de son visage pour se protéger la bouche et le nez.

Dans les rues désertes où les quelques commerçants qui n'avaient pas plié bagage avaient déjà fermé boutique, le vent faisait voler de vieux papiers et rouler des bouteilles et des boîtes de conserve vides.

Une pancarte annonçait que la banque était fermée, aussi Webb contourna-t-il le bâtiment et mit-il pied à terre devant la porte de derrière. Une lumière brillait à l'intérieur. Il boucla le ceinturon auquel pendait son étui à revolver, tandis que le cheval se serrait contre la maison pour s'abriter du vent.

La porte n'était pas verrouillée, il entra et abaissa son mouchoir, respirant une odeur de renfermé.

La lumière venait du bureau personnel de Pettit, dont la porte était ouverte. Webb y entra; le bruit de ses pas avait été couvert par le rugissement de la tornade, mais Pettit, assis derrière son bureau, ne parut pas surpris de le voir arriver.

Il tenait à la main un verre à demi plein de whisky, la barbe envahissait ses joues et il semblait avoir dormi tout habillé, tant sa chemise était fripée. Le sourire que Webb lui connaissait bien illumina un bref instant son visage.

– Salut, Webb. Je savais que tu viendrais tôt ou tard. Je suis content de ne plus avoir à attendre, dit-il d'une voix morne.

– Tu sais que ma femme est morte, dit Webb en s'avançant, sans prendre place sur la chaise vide qui faisait face à Doyle.

– Oui, je le sais. Je ne m'attends pas à ce que tu me croies, mais j'en suis sincèrement désolé, dit Doyle, baissant les yeux et remplissant de nouveau son verre.

– Avant de mourir, Kreuger m'a dit que tu l'avais prévenu de mon intention d'incendier sa ferme.

– Ce n'est pas exactement ça, répliqua Doyle en tendant la bouteille vers Webb pour l'inviter à se servir, ce que celui-ci refusa tout aussi silencieusement. Il s'imaginait que tu ferais quelque chose de ce genre et je l'ai encouragé en ce sens, expliqua-t-il en levant son verre d'une main tremblante pour avaler vivement une gorgée d'alcool.

– C'est-à-dire que tu l'as brûlée, sachant qu'il m'en rendrait responsable.

– J'ai payé deux vagabonds pour le faire, mais je leur ai ordonné de rester jusqu'à ce que le feu soit éteint pour s'assurer que l'incendie ne se propageait pas.

– Tu savais que Kreuger se retournerait contre moi, tu savais qu'il essaierait de me tuer... C'est bien ça que tu voulais? Pourquoi, Doyle? pourquoi? demanda Webb d'une voix froide.

Pettit fit craquer bruyamment sa chaise en se rejetant en arrière, les yeux au plafond :

– Je suis fichu. J'ai tout perdu. La banque, la scierie, toutes mes terres, même le ranch de papa. J'ai tout perdu. En voyant venir la débâcle, j'ai désespérément tenté de l'arrêter. Webb, j'ai toujours voulu tout avoir : argent, terres, puissance, avec tout ce que ça comporte... J'y étais presque arrivé, Webb, presque, mais il me fallait à tout prix des fonds ou des biens sur lesquels je puisse emprunter.

– C'est les « Trois C » que tu visais, dit Webb sans le quitter des yeux.

– Webb, il faut que tu me croies, si j'avais eu le choix, je n'aurais pas fait ça. Je n'aurais pas pris le ranch, d'ailleurs. Une fois débarrassé de toi, il m'aurait été facile de me faire nommer administrateur de la propriété de ton fils. Je l'aurais gérée pour lui. Je me serais contenté d'obtenir un prêt gagé sur le ranch, et je l'aurais remboursé.

– Ainsi tu as lancé Kreuger sur moi pour m'éliminer, résuma durement Webb.

– Tu ne peux pas savoir l'enfer qu'a été pour moi le lendemain du procès. Je ne cessais de me demander si tu étais toujours vivant et si, toi mort, je pourrais continuer à vivre. Je suis presque soulagé de te voir maintenant debout devant moi. Je sais que tu ne me crois pas, mais c'est vrai.

La tête de Doyle, qu'il tenait toujours obstinément baissée, se mit à dodeliner tandis qu'il levait de nouveau son verre. Pris d'une effroyable rage, Webb le lui arracha des mains d'un coup de poing lancé à la volée :

– J'ai envie de te tuer pour ce que tu as fait!

Doyle essuya machinalement le whisky qui éclaboussait sa chemise et leva les yeux vers lui avec un triste sourire :

– Ce serait une bénédiction pour moi, si tu le faisais. Je suis foutu. Ça fait deux jours que je ne pense qu'au suicide, mais je n'en ai pas le courage. C'est probablement pour ça que je suis resté ici à t'attendre.

En prenant son revolver, Webb avait le meurtre en tête. Maintenant, face à la cible qui s'offrait à lui, il recula, sortit lentement l'arme de son étui et, la tenant par le canon, la posa sur le bureau.

– Tu t'es toujours arrangé pour trouver quelqu'un qui fasse pour toi le sale boulot. Quand ce n'était pas Kreuger, c'étaient ces vagabonds que tu as payés pour brûler sa ferme, dit-il avec mépris. Si tu veux mourir, tu n'as qu'à appuyer sur la détente. Fais-le toi-même, je ne tiens pas à te faciliter aussi cette tâche-là.

Il pivota et, très droit, dos et épaules raidis, se dirigea vers la porte et s'éloigna sans prêter attention à la voix suppliante de Doyle :

– Webb, non, ne t'en va pas! Ne me laisse pas! Reviens!

Dans l'entrée, il n'hésita qu'une seconde avant de tourner la poignée de la porte pour se retrouver dans les tourbillons de poussière qui obscurcissaient le jour. Il prit les rênes du cheval qui, tête baissée et pressé contre le mur, cherchait à s'en protéger. Un bruit sourd, peut-être la chute d'un morceau de bois arraché à une toiture ou l'éclatement d'une bouteille vide projetée contre une maison, ponctua les hurlements de la tempête.

Menant toujours son cheval par la bride, Webb traversa la rue et s'engagea dans l'allée au bout de laquelle il entra dans le local où Bardolph recevait ses clients. Celui-ci n'était pas rentré de sa tournée, attendant peut-être la fin de la tornade. Il s'assit donc et se servit un verre, se laissant aller à son chagrin, détendant ses traits crispés et, finalement, il s'endormit.

Ce fut le silence qui le réveilla. Le vent était tombé. Il se leva, les membres endoloris, et sa première pensée fut qu'il devait se hâter de rentrer pour ne pas inquiéter Lilli. Puis il se souvint qu'elle ne l'attendait pas à la Grande Maison et se sentit écrasé par un énorme poids.

En débouchant dans la rue, il vit le sheriff et s'arrêta.

– Pettit est mort, dit Potter, le dévisageant pour guetter sa réaction. (Il lui tendit le revolver qui était glissé dans sa ceinture :) C'est le vôtre?

– Oui, répondit Webb en le prenant pour le remettre dans son étui avant de monter en selle.

– Pettit a laissé un mot. Voulez-vous savoir ce qu'il dit? Il y a un message pour vous. Il demande que vous lui pardonniez.

Webb ne fit aucun commentaire. Lilli pouvait peut-être lui pardonner, pas lui. Il pleurait la femme qu'il avait perdue. Son chagrin demeurerait longtemps vivant en lui, dans sa longue solitude. Il prit le chemin du ranch, lâchant la bride à son cheval.

ÉPILOGUE

Du haut du perron de la Grande Maison, Webb contemplait le paysage ensoleillé d'une belle matinée de printemps. La prairie s'étendait au loin, verte et grasse, la rivière ondulait au fond de la vallée, contournant les bâtiments du ranch, et rien, dans ce spectacle, ne rappelait la cruelle sécheresse qui avait sévi plusieurs années auparavant.

Trois chevaux sellés attendaient au bas des marches et Nate Moore, après s'être roulé avec soin une mince cigarette, en approcha une allumette qu'il avait enflammée en la frottant contre le tissu rêche de son pantalon.

– En ville, ce matin, pour l'enterrement du docteur, j'ai entendu dire que la propriété du vieux Beasley venait d'être achetée par un ancien marin démobilisé, un dénommé O'Rourke, dit-il.

– Je l'ai vu. Il est venu se présenter, dit Webb. Il a la langue un peu trop bien pendue pour mon goût.

La réflexion de Nate assombrissait le plaisir qu'il tirait de la vision offerte à ses yeux; Simon Bardolph avait été pour lui un ami très cher et l'absurdité de sa mort ne lui en semblait que plus pénible : un cow-boy ivre, voulant expérimenter la vitesse de son camion, avait heurté par-derrière le boghei du médecin, le tuant sur le coup.

– Oui, O'Rourke, on croirait à l'entendre que ses vaches ne vont lui donner que des génisses, railla Nate. Mais elle n'est pas fameuse, sa terre, très accidentée, et pas beaucoup d'eau!

O'Rourke ignorait tout des ravages d'une longue sécheresse. Ceux qui l'avaient connue préféraient ne pas en parler. Sur près de quatre-vingt milles, plus de soixante mille fermiers qui avaient expérimenté la nouvelle forme de culture étaient repartis. Un véritable exode rural. Quant à Blue Moon, rien ne restait de sa période d'expansion galopante. Beaucoup d'immeubles avaient brûlé : il arrivait que des voyageurs allument un feu dans un magasin abandonné pour se réchauffer.

L'auberge était toujours là; elle appartenait maintenant à un dénommé Jake. Les cow-boys, de nouveau très nombreux dans la région, s'y ravitaillaient en whisky. Un autre immeuble abritait maintenant une station-service, une épicerie et le bureau de poste. La quincaillerie s'était adjoint un rayon de confection après l'incendie du grand magasin d'Ellis. Le train ne passait plus par Blue Moon.

Mais la terre gardait la trace des dommages subis. Là où la charrue avait labouré le sol, là où la sécheresse avait fait disparaître le précieux humus qui nourrissait l'herbe grasse et vigoureuse qui donnait sa qualité au bétail du pays, seule une végétation maigre et dure repoussait. La prairie qui couvrait la superficie des « Trois C » contrastait avec les pâturages environnants : elle était restée préservée.

La porte de la maison s'ouvrit brusquement, poussée par un jeune garçon à la crinière noire et aux yeux bruns pleins de hardiesse. Chase avait déjà presque six ans et, bien que de carnation différente, par son attitude ferme et décidée, son allant, il rappelait Lilli à son père. La gorge serrée et un picotement dans les yeux, Webb n'en aimait que plus profondément son fils chaque fois qu'il évoquait ainsi son souvenir.

– J'ai dit à Buck que j'allais attraper une vache au lasso. Je peux, n'est-ce pas? demanda-t-il à son père, tout excité.

Webb avait pour principe de l'emmener avec lui

2101
★★★★

Impression Brodard et Taupin à La Flèche (Sarthe)
le 5 novembre 1986
6681-5 Dépôt légal novembre 1986. ISBN 2-277-22101-5
Imprimé en France

Editions J'ai lu
27, rue Cassette, 75006 Paris
diffusion France et étranger : Flammarion

CARTLAND Barbara (suite)	Les illusions du cœur 2050**
	Un amour étoilé 2067**
	Le marquis et l'ingénue 2068**
	Prise au piège 2082**
	Un ange en enfer 2083**
	Un comte cruel 2099**
	Miracle pour une madone 2100**
CHARLES Theresa	Le chirurgien de Saint-Chad 873***
	Inez, infirmière de Saint-Chad 874***
	Crise à Saint-Chad 994**
	Lune de miel à Saint-Chad 1112**
	La bague d'opale 1229**
	Gare aux sorcières ! 1275**
	Toi seul 1337***
	Un choix déchirant 1428**
	Rosamond 1795****
	Thea 1873****
COOKSON Catherine	L'orpheline 1886*****
	La fille sans nom 1992****
	L'homme qui pleurait 2048****
COSCARELLI Kate	Destins de femmes 2039****
DAILEY Janet	Le solitaire 1580****
	Le cavalier de l'aurore 1701****
	La Texane 1777****
	Le mal-aimé 1900****
	La saga des Calder :
	- La dynastie Calder 1659****
	- Le ranch Calder 2039****
	- Prisonniers du bonheur 2101****
DALLAYRAC Dominique	Et le bonheur, maman ? 1051***
DELLY	La lune d'or 1136*** & 1137***
DESMAREST Marie-Anne	Torrents 970***
(Le cycle de Torrents)	Jan Yvarsen 1024**
	Jan et Thérèse 1122**
	Le fils de Jan 1148**
	Le destin des Yvarsen 1230**
	Le dernier amour de Jan 1277**
	L'ennemi de Jan 1389**
	Le secret de Sigrid 1595**

CARTLAND Barbara (suite)

Le lys de Brighton 1672**
Un baiser pour la vie 1700**
La princesse en péril 1762**
Défi à l'amour 1763****
Ola et le marquis 1775**
Le festin secret 1776**
Un souhait d'amour 1792**
Indomptable Lorinda 1793**
L'amour et Lucie 1806**
Rencontre dans la nuit 1807**
La magie de la bohémienne 1819**
La revanche d'Anthéa 1820**
L'invitation au bonheur 1842**
Splendeurs impériales 1859**
Serment d'amour 1860**
L'amour à la barre 1870**
Les colombes de l'amour 1871**
Les violons de l'amour 1883**
L'amour était au rendez-vous 1884**
Un rossignol chantait 1898**
Une passion inattendue 1899**
Thérésa et le tigre 1912**
Pour l'amour d'un roi 1913**
Un cœur caché 1929***
Deux cœurs au gré des flots 1930**
Une source de bonheur 1941**
Le comte prodigue 1942**
Un amour au clair de lune 1954**
Quand l'amour s'éveille 1955**
La brûlure de la passion 1974**
Un amour en danger 1975**
La force d'une passion 1990**
La princesse oubliée 1991**
La revanche du cœur 2005**
Un mariage imprévu 2006**
La puissance d'un amour 2030**
L'amour en offrande 2031**
Les mirages de l'amour 2040**
Idylle à Calcutta 2049**

Romans sentimentaux

Depuis les ouvrages de Delly, publiés au début du siècle, la littérature sentimentale a conquis un large public. Elle a pour auteur vedette chez J'ai lu la célèbre romancière anglaise Barbara Cartland, la Dame en rose, qui a écrit près de 300 romans du genre. A ses côtés, J'ai lu présente des auteurs spécialisés dans le roman historique, Anne et Serge Golon avec la série des Angélique, *Juliette Benzoni, des écrivains américains qui savent faire revivre toute la violence de leur pays (Kathleen Woodiwiss, Rosemary Rogers, Danielle Steel, Janet Dailey), ou des auteurs de récits contemporains qui mettent à nu le cœur et ses passions, tels que Jacqueline Monsigny, Theresa Charles ou Marie-Anne Desmarest.*

ARCHER Jeffrey	*La fille prodigue 1857*** & 1858****
BENZONI Juliette	*Marianne, une étoile pour Napoléon 601**** & 602*****
	*Le trésor 1509*****
	*Haute-Savane 1730******
	*Un aussi long chemin 1872*****
CARTLAND Barbara	*Le masque de l'amour 973***
	*La belle et le cavalier 985****
	*Les amours mexicaines 1052****
	*Les roses de Lahore 1069***
	*La flamme d'amour 1110***
	*L'enchantement du désert 1188***
	*La première étreinte 1189****
	*Que notre bonheur dure 1204***
	*La belle et le léopard 1215***
	*Les larmes de l'amour 1228***
	*Pirate d'amour 1455***
	*Le sortilège des Antilles 1497***
	*Rhapsodie d'amour 1582***
	*Duel avec le destin 1626***
	*La belle cavalière 1641***
	*La tigresse et le roi 1642***
	*Un cri d'amour 1657***
	*La vallée d'amour 1658***